C.L. Miller

Mord an Backbord

C.L. Miller

Mord an Backbord

Kriminalroman

Deutsch von Leena Flegler

blanvalet

Die Originalausgabe erschien 2025 unter dem Titel »THE ANTIQUE HUNTER'S DEATH ON THE RED SEA« bei Macmillan, London.

Die Zitate im Text stammen von Oscar Wilde
und wurden folgenden Quellen entnommen:
Oscar Wilde, *Bunbury oder Die Bedeutung des Ernstseins: Eine triviale Komödie für ernsthafte Leute*, übersetzt von Felix Paul Greve (Erstdruck in »Oscar Wildes sämtliche Werke in deutscher Sprache«, Band 10, Wien und Leipzig, 1906–1908, überarbeitet 1922) und
Oscar Wilde, *Das Bildnis des Dorian Gray*, übersetzt von
W. Fred, Deutsche Bibliothek Berlin, zit. nach Projekt Gutenberg,
www.projekt-gutenberg.org/wilde/d-gray2/chap016.html.

Neumarkter Straße 28, 81673 München
produktsicherheit@penguinrandomhouse.de
(Vorstehende Angaben sind zugleich
Pflichtinformationen nach GPSR)

Redaktion: Susann Rehlein
Umschlaggestaltung und -motiv: www.buerosued.de
BSt · Herstellung: CS
Satz: Satzwerk Huber, Germering
Druck und Bindung: GGP Media GmbH, Pößneck
Printed in Germany
ISBN 978-3-7645-0855-5

www.blanvalet.de

Für alle,
die den Mut haben,
noch mal einen neuen Weg
im Leben einzuschlagen

Die Wahrheit ist selten rein
und niemals einfach.

Oscar Wilde

Prolog

Phil

Themse-Ufer, London
Ein Jahr zuvor

Arthur Crockleford saß auf einer Bank an der Themse und ließ den Blick über die braune Brühe schweifen, die unter der Hungerford Bridge hindurchströmte und am Embankment ans Ufer schwappte. Schwere, dunkle Wolken hingen am Himmel, und der feuchte Wind fegte eine leere Schokoriegelverpackung über das Pflaster. Arthur hatte den Arm scheinbar entspannt über die Rückenlehne der Parkbank gelegt, biss allerdings die Zähne zusammen.

Phil hatte ihn schon eine Zeit lang aus sicherer Entfernung beobachtet und auf Hinweise gelauert, warum er aus heiterem Himmel um ein Treffen gebeten hatte. Arthur war für sein methodisches Vorgehen und seine Gewissenhaftigkeit bekannt. Bei ihm geschah nichts nur nach Lust und Laune.

»Alles in Ordnung?«, fragte Phil, als er auf ihn zutrat. Sein alter Freund hatte Ringe unter den Augen und war seit ihrer letzten Begegnung mager geworden.

Arthur nahm den Arm von der Lehne und zupfte nervös an seinem Ärmelsaum, als vor ihnen ein paar Touristen stehen blieben, um ein Foto vom Themse-Ufer zu machen. »Ich hab munkeln hören, es soll einen Nachfolger geben … Der Sammler setzt sich zur Ruhe, und ein Neuer wird gewählt.«

Der Sammler? Phil erstarrte.

Den Namen hatte er zuletzt fünf Monate zuvor während einer Besprechung mit Interpol gehört. Damals war aus einer Privatsammlung in New York eine Shakespeare-Gesamtausgabe aus dem Jahr 1623 entwendet worden – eine von mutmaßlich nur dreiundachtzig erhaltenen Erstausgaben. Eine der jüngeren Ermittlerinnen, Sloane, hatte berichtet, dass das Werk wohl noch am selben Tag ins Vereinigte Königreich geschmuggelt worden war. Der Diebstahl war sauber geplant gewesen, und ihre einzige Spur waren Überwachungsbilder eines weißen Transporters, der vom Tatort wegfuhr. Als er Tage später entdeckt wurde, war er ausgebrannt. Das Einzige, was sie – nur wenige Schritte von dem Fahrzeugwrack entfernt – sicherstellen konnten, war ein kaputter Schlüsselring mit einer Schlange, die sich in den Schwanz biss.

»Tut mir leid, ich …« Phil sackte neben Arthur auf die Bank. »Hab ich das gerade richtig verstanden? Du glaubst, dass es den Sammler wirklich gibt? Dass … einer allein für all diese millionenschweren Diebstähle über mehrere *Jahrhunderte* verantwortlich ist?« Kopfschüttelnd sah er Arthur ins Gesicht. »Die meisten glauben, er wäre eine Legende, eine Art mythische Figur des Schwarzmarkts …«

»Die meisten, ja. Aber *ihr* nicht.« Arthur sah Phil vielsagend an.

Phil hörte darüber hinweg. Er wollte jetzt nicht über seinen früheren Partner Ed, eine gewisse Akte ganz unten in Eds Schreibtisch oder Theorien reden, über die andere seit Jahrzehnten lachten. »Rede weiter.«

»Erinnerst du dich noch an die Ming-Vase, die 2001 aus einem Museum in Griechenland gestohlen wurde? Nach der ich damals fahnden sollte?«

Phil blinzelte langsam. Wie hätte er das je vergessen können?

»Die Spur hat nach Jordanien geführt. Ich war mir sicher, dass der Deal dort auf einem Schiff stattfinden würde. Die Vase war so selten und kostbar, dass ich mich bis heute frage, was dafür geboten wurde. Definitiv mehrere Millionen. Jedenfalls ist bei meinen Nachforschungen wiederholt der Name *Sammler* gefallen, bis ich irgendwann davon ausgehen musste, dass in den Geschichten über den sagenumwobenen Antiquitätendieb womöglich doch ein Körnchen Wahrheit steckte ... Damals war mein Hauptkontakt ein gewisser Chris Prince. Ich hatte ihn immer als eine Art Söldner angesehen, der selbst gar kein echtes Interesse an Antiken und Antiquitäten hatte. Aber nach den Informationen zu urteilen, die er mir damals zugespielt hat, könnte er für den Sammler gearbeitet haben – oder für Leute, die mit dem Sammler in Verbindung standen. Besagter Prince sollte die Vase aufs Schiff bringen. Als das Schiff dann in Flammen aufging, glaubte ich natürlich, er wäre eins der vier Opfer gewesen.«

Phil rang die Hände – noch heute, Jahrzehnte später, hatte er den erstickenden Geruch von Schiffsdiesel und brennendem Holz in der Nase und fühlte die Panik von damals, als er das kleine Fischerboot näher an das Inferno steuerte, um im dichten Qualm nach Überlebenden zu suchen.

»Phil?« Arthur tätschelte ihm die Hand und holte ihn ins Hier und Jetzt zurück. »Ich weiß, dass dein Kollege ...«

Phil schüttelte den Kopf. Er würde jetzt nicht über Ed reden. »Also – Chris Prince.«

»Ja, natürlich. Ein paar Tage später stand ich Chris plötzlich wieder gegenüber. Wie durch ein Wunder tauchte er in meinem Hotel auf. Er war hochgradig nervös und leichenblass und presste sich eine Kiste vor die Brust, die ich für ihn verstecken sollte. Ich hab ihm sofort geglaubt, als er gesagt hat, wenn er damit erwischt wird, ist er ein toter Mann. Chris und die Vase waren an besagtem Morgen gar nicht mit an Bord, und er meinte, ich bin der Einzige, der das jetzt weiß.«

»Chris war am *Leben* und die Vase die ganze Zeit über in *seinem* Besitz?« Phil schluckte die Wut hinunter, die in ihm hochkochte. Trotzdem klang seine nächste Frage unüberhörbar bissig. »Warum hast du mir das nie gesagt? Ich hätte ihn aufspüren ... und ein paar offene Fragen klären können.«

»Jetzt im Nachhinein weiß ich natürlich, dass ich das hätte tun müssen. Ich hätte die Vase sofort den Behörden übergeben sollen. Aber du musst auch verstehen, dass ich wegen eines *Gegenstands* kein Menschenleben in Gefahr bringen wollte.« Arthur seufzte schwer. »Du warst damals außer dir vor Trauer ... und Zorn ... und ich hab angenommen ...«

»Dass ich losziehen und alles in Schutt und Asche legen würde, um ...« *Um Rache zu üben.* Natürlich hätte Phil das getan – und würde es vermutlich heute noch tun, obwohl seither eine Menge Zeit vergangen war.

»Dass du eine Dummheit machen würdest.« Arthur nickte in Richtung von Phils geballten Fäusten – ein kleiner Riss in der beherrschten, professionellen Fassade. »Aber das war noch nicht alles, was Chris mir erzählt hat. Er wusste natürlich, wie sehr ich diesen Kunstraubzügen ein Ende setzen wollte. Er bot an, wir könnten die Vase benutzen, um den Sammler aus der Deckung zu locken. Er meinte, der Sammler sei auf nichts versessener als auf diese Vase – als wäre sie ihm irgendwie emotional wichtig. Wir haben eine Absprache getroffen, und dann tauchte Chris ab. Irgendwann glaubte ich schon, er hätte mir einen Haufen Lügen aufgetischt … oder dass es mit ihm ein schlimmes Ende genommen hat. Bis er aus heiterem Himmel im letzten Winter auf einer Party wieder vor mir stand und wissen wollte, wo ich die Vase versteckt hatte. Er war komplett verändert. Selbstsicher war er immer gewesen, aber jetzt war er … obsessiv. Seine Ausstrahlung war richtig düster geworden. Ich wollte unbedingt wissen, warum ihm die Vase nach Jahrzehnten urplötzlich so wichtig war. Also haben wir einen weiteren Deal ausgehandelt.«

Phil spreizte die Finger und fuhr sich durch die Haare. »Das FBI … Wir … Was du gleich sagst, wird mir nicht gefallen, stimmt's?«

»Ich hab Chris gesagt, dass die Vase in einem Museum verwahrt wird und jemand, dem ich vertraue, sie dort rausholen könnte – nur dass der Hinweis, wo genau sie aufbewahrt wird, ausschließlich von der richtigen Person zu entschlüsseln wäre.«

»Diesmal bist du mit deiner Heimlichtuerei zu weit gegangen, alter Mann, das sage ich dir.«

»Und jetzt will ich es wiedergutmachen.«

»Sag mir, wo die Vase ist, und wir stellen ihm eine Falle. Sag mir, wie ich Chris finden kann.«

Als Arthur den Kopf schüttelte, war es mit Phils Beherrschung vorbei. Er packte Arthur am Arm.

»Du hast mich *jahrzehntelang* hingehalten!«

»Nicht jetzt …« Arthur wand sich aus Phils Griff und richtete seine Jacke. »Angeblich findet im kommenden

Herbst eine sogenannte Antikenkreuzfahrt statt, bei der ein neuer Sammler aufrücken soll. In diesem Rahmen soll es genau *eine* Unterredung geben, bei der der scheidende und der neue Sammler aufeinandertreffen. Buche diese Kreuzfahrt, und dann entlarve sie, ein für alle Mal. Das ist die einzige Möglichkeit, sie zu stellen … und dem Morden, das mit ihren Coups einhergeht, ein Ende zu setzen.«

Eine Taube pickte zu ihren Füßen. Arthur rückte sich den Trilby auf seinem Kopf zurecht und stand auf.

»Ich weiß, wie sehr du das willst.« Stirnrunzelnd sah er Phil an. »Vor all diesen Jahren hab ich dir auf der Beerdigung versprochen, dass ich dir helfen würde, Ed Gerechtigkeit widerfahren zu lassen. Das war ernst gemeint. Ich bitte dich nur noch um ein bisschen Geduld, weil ich erst sicherstellen muss, dass alles nach Plan läuft.« Er streckte die Hand aus und drückte Phils Schulter. »Du hast nur diese eine Chance, mein Freund.« Dann wandte er sich ab und machte sich auf den Weg.

»Und was ist mit dir?«, rief Phil ihm hinterher. »Du bist doch wohl auch dabei?«

Doch Arthur antwortete nicht.

DEDHAM VALE NEWS

Toter Kunstdieb und millionenschwerer Kunstschatz entdeckt

Seit der Kunst- und Antiquitätendieb Giles Metcalf in Suffolk ermordet aufgefunden wurde, wird unter Hochdruck nach dem Täter gefahndet. Die Polizei geht davon aus, dass Metcalf unzählige gestohlene Kunstgegenstände angehäuft und im Gewölbe seines Familiensitzes, Copthorn Manor, verwahrt hatte.

Dass die unbezahlbare Ansammlung von Artefakten aus dem Nahen Osten sichergestellt werden konnte, ist der Abteilung für Kunst- und Antikenkriminalität bei Scotland Yard, dem Dezernat für Kunstverbrechen des FBI und der ortsansässigen Antiquitätenfahnderin Freya Lockwood zu verdanken.

Miss Lockwood, 47, will sich gegenüber Dedham Vale News bislang nicht äußern, allerdings hat sie zusammen mit ihrer Tante Carole Lockwood kürzlich Crockleford Antiques übernommen, einen Antiquitätenhandel in Little Meddington, den zuvor der jüngst verstorbene Arthur Crockleford geführt hatte.

Agatha Craven von den benachbarten Teapot Tearooms äußert sich folgendermaßen: »Ich kannte Arthur sehr, sehr gut. Er hat ebenfalls nach gestohlenen Kunstschätzen gefahndet und sie den Museen und so weiter zurückgebracht. Er war so ein netter Mensch! Einmal hat er dem Lowestoft Maritime Museum ein Gemälde gestiftet, nur weil sie dort Platz an der Wand hatten. Wie nett ist das bitte schön?«

Freya Lockwood gehört einer wachsenden Gruppierung innerhalb der Kunstbranche an, die sich der Rückgabe gestohlener Werke an ihre rechtmäßigen Besitzer und der Restitution von Kulturgütern an das jeweilige Ursprungsland verschrieben hat. Gleichzeitig sind in den vergangenen Jahrzehnten in Großbritannien zahlreiche Herrenhäuser von hoch spezialisierten Diebesbanden heimgesucht worden, die mutmaßlich von gewissenlosen Kunstsammlern beauftragt werden.

Der Schätzwert der weltweit auf dem Schwarzmarkt gehandelten Kunstschätze beläuft sich auf 50 Milliarden Dollar – und es ist ein Wachstumsmarkt. Von der Anhäufung von Kulturgütern durch das britische Empire über die Plünderung antiker Stätten in Konfliktgebieten im Nahen Osten bis hin zum Kunstraub in der vom Krieg erschütterten Ukraine: Der skrupellose Raub von Kulturschätzen hat Konjunktur ...

1

Freya

Bei Crockleford Antiques war es gespenstisch still. Ich ließ mich an Arthurs altem Schreibtisch nieder und sah gerade aus dem Schaufenster, als draußen vier Schulkinder vorbeiliefen, sich tief unter einen gestreiften Regenschirm duckten und ihn mit vereinten Kräften festhielten, damit sie gegen den Wind eine Chance hatten. Einer der Jungs quiekte laut auf, als eine besonders heftige Böe die Hauptstraße entlangfegte und sie alle umzuwehen drohte. Für einen kurzen Moment übertönte ihr Gelächter Regen und Sturm.

Seufzend drehte ich mich vom Fenster weg. Der Laden wirkte noch düsterer als sonst. Ich knipste die Schreibtischlampe an und zog die erste von drei Snuff Bottles aus der Vitrine am Schaufenster zu mir her. Das kleine Schnupftabakgefäß lag geschmeidig in meiner poliertuchbedeckten Hand. Als ich es mir vors Gesicht hielt, entdeckte ich einen winzigen Flohbiss im Flaschenboden – nichts, was der Durchschnittskunde bemerkt hätte. Aber so wollte ich mein Geschäft nicht führen. Ich zupfte das Preisetikett über 550 Pfund ab. Immer noch ein schönes Stück – aus China, spätes neunzehntes Jahrhundert, Hinterglasmalerei. Ich hoffte, jemand würde seinen Charme erkennen und es trotz der Beschädigung kaufen wollen. Denn genau wie bei Menschen bedeutete so eine Macke nicht gleich, dass etwas wertlos war.

Die schmalen Schultern des Fläschchens und der rote Stopfen waren ein bisschen eingestaubt. Vorsichtig strich ich mit der Ecke des Poliertuchs darüber, und die chinesischen Schriftzeichen erwachten zu neuem Leben.

Nachdem meine Eltern bei einem Hausbrand ums Leben gekommen waren – da war ich gerade zwölf gewesen –, hatte ich meine Teenagerzeit hier im Laden bei Arthur verbracht und ihn später sogar bei seinen abenteuerlichen Antiquitätenermittlungen begleitet. Inzwischen saß er zwar nicht mehr auf seinem rechtmäßigen Platz an diesem Schreibtisch; trotzdem war seine Präsenz zu spüren, und noch immer hing ein süßlich-moschusartiger Politurgeruch in der Luft. Nachdem ich Arthur zwanzig Jahre lang aus dem Weg gegangen war, war ich schlussendlich dorthin zurückgekehrt, wo ich hingehörte.

Ich nahm das zweite Gefäß zur Hand: chinesisches Qianlong-Zinn samt graviertem Schlangendrachendekor und grünem Stopfen. Meine Fingerkuppen strichen über das kühle Metall, und dann zog ich den Stopfen ab, um mir den winzigen Löffel anzusehen, der im Innern hing und mit dem eine Prise Schnupftabak bemessen wurde.

Draußen prasselte der nächste Schauer ans Fenster. Der Wind pfiff durch die Ritzen in der verzogenen Tür und wehte das Plakat auf, das an der Innenseite klebte. Ich warf einen Blick auf die georgianische Standuhr links neben mir. Im selben Moment hatte der Zeiger die Drei erreicht, und die Uhr gongte leise.

Sky ist spät dran. Seltsam.

Sky Stevens hatte ich erst wenige Wochen zuvor eingestellt. Die Fünfundzwanzigjährige war clever, verlässlich und verantwortungsbewusst. Im Handumdrehen hatte sie sich unersetzlich gemacht, und sosehr ich meine Tante schätzte: Wir brauchten jemanden, der zuverlässig und pünktlich war. Sky hatte für den Laden bereits einen Internetauftritt gebastelt und die ersten Antiquitäten auf unserer Seite sowie auf speziellen Verkaufsportalen online gestellt. Sie war wirklich ein Computergenie. Seither waren unsere Umsätze merklich gestiegen.

Seufzend ließ ich den Blick durch den leeren Laden schweifen. Nicht zum ersten Mal ertappte ich mich bei dem Gedanken, dass Antiquitäten eindeutig verlässlicher waren als Menschen. Menschen verflüchtigten sich mitunter aus jemandes Leben, zogen um oder wandten sich neuen Freunden zu – oder schlimmer: verschwanden ganz ohne Vorwarnung. Wenn ein Gegenstand verloren ging oder gestohlen wurde, bestand immer noch die Möglichkeit, dass man ihn wiederfand oder zurückbekam. Und genau das hatte ich in meinen Zwanzigern gemeinsam mit Arthur gemacht: Ich hatte weltweit gestohlene Kunstschätze aufgespürt und sie ihren rechtmäßigen Besitzern zurückgebracht. Nichts auf der Welt war spannender gewesen als die Jagd – das sorgsame Kombinieren von Informationen, bis wir einen Kunstgegenstand lokalisiert hatten. Doch wenn ich in dieses Leben zurückkehren wollte, brauchte ich zuallererst einen Auftraggeber, der mich mit so einer Suche betraute. Diesbezüglich schien ich derzeit kein Glück zu haben.

Ich sah erneut auf die Uhr. War Sky die Nächste, die aus meinem Leben verschwand?

Die rosafarbene Snuff Bottle konnte warten. Ich stellte alle drei zurück in die Vitrine und wischte mir einen Staubstreifen vom Ellenbogen. In der Hoffnung, dass ich mit meiner Einschätzung falschläge, kehrte ich an den Schreibtisch zurück und zog mein Handy heraus, um Sky anzurufen.

Im selben Moment schlug die Eingangstür auf und krachte gegen die Wand. Ich sprang auf. Meine rüstige Tante Carole stand in der Tür, nasskalte Oktoberluft schlug mir entgegen – und dann Caroles Markenzeichen, Chanel No. 5. Dieser Oktobertag mochte bis zu ihrer Ankunft grau gewesen sein, aber sobald Carole auftauchte, ging gewissermaßen die Sonne auf.

»Ist Sky gar nicht da?«, fragte sie und versuchte, ihren breitkrempigen Hut und diverse Einkaufstaschen durch die Eingangstür zu manövrieren. Ich eilte ihr zu Hilfe.

Carole machte einen Ausfallschritt, und ihr riesiger, regenschlaffer Sonnenhut streifte den Türrahmen. *Ein Sonnenhut?!*

»Ich war in Bury, beim Sommerschlussverkauf«, erklärte sie. »Den lasse ich mir nicht entgehen, wie du weißt.« Ich nahm ihr mehrere Taschen ab. »Danke, Schätzchen. Dir hab ich auch ein paar Kleinigkeiten mitgebracht – aber nach all der Aufregung brauche ich erst mal einen Tee!«

Mit der freien Hand hängte ich ihren Regenmantel auf. »Ich setze gleich Wasser auf.« Als ich ihre Einkaufstaschen neben dem Schreibtisch abstellte, spitzte aus einer ein Badelaken hervor. »Du weißt aber schon, dass die Kreuzfahrtgesellschaft mich wieder ausgeladen hat? Oder hast du beschlossen, trotzdem in den Urlaub zu fahren? Ich habe wirklich kein Problem damit, allein hierzubleiben, wenn du verreisen willst, wie früher mit …«

Ich brachte den Satz nicht zu Ende. Ich wollte tatsächlich, dass Carole ihr Leben in vollen Zügen genoss, und hatte ihr in den vergangenen Wochen mehrmals damit in den Ohren gelegen, dass sie wieder auf Reisen gehen sollte. Ich würde mich ohne sie wirklich nicht einsam fühlen – immerhin war ich das Alleinsein lange gewohnt gewesen.

»Ich hole uns Kekse.« Ich duckte mich unter den dunklen mittelalterlichen Deckenbalken hindurch und ging in die Küche.

Einen Monat zuvor war ich als Sachverständige zu einer Jordanien-Kreuzfahrt für Antiquitätenfreunde eingeladen worden. Eine gute Möglichkeit, Kundenakquise zu betreiben und mich mit anderen aus der Branche auszutauschen. Ich war davon ausgegangen, dass sonst Arthur derlei Aufträge übernommen und man nun an seiner Stelle einfach mich gefragt hatte. Die Vorstellung, in seine Fußstapfen zu treten, hatte mich in Aufregung versetzt – und am Abend hatten Carole und ich im Crown auf die Einladung angestoßen.

Eine Woche später war dann die E-Mail eines Angestellten der Kreuzfahrtgesellschaft eingegangen: Meine Dienste würden nun doch nicht benötigt.

Als die erste Enttäuschung verflogen war, hatte ich sämtliche Kontakte aktiviert, die ich noch aus meinen Fahnderzeiten mit Arthur hatte. Die meisten waren schon länger nicht mehr als Ermittler für Kunst, Antiquitäten und Altertümer tätig, und diejenigen, die noch im Geschäft waren, klangen unverhohlen misstrauisch. Ein besonders taktloser Kollege hatte angemerkt, dass er die Gründung einer neuen Detektei in meinem »doch fortgeschrittenen Alter« eher »eigentümlich« fände, und konnte mich gar nicht schnell genug aus der Leitung werfen.

Ich hatte überdies jeden Papierschnipsel gesichtet, den Arthur im Laden hinterlassen hatte – unter anderem ein umfangreiches Verzeichnis sämtlicher Antiquitäten, die zum Verkauf standen, samt Provenienz. Allerdings war nirgends eine Liste mit Personen aufgetaucht, mit denen er zusammengearbeitet hatte. Es war fast, als hätte Arthur solcherlei Informationen vernichtet, kurz bevor er gestorben war – oder als hätte jemand die Liste entwendet. Ich hatte also buchstäblich keinerlei Kontakte mehr in die Branche, mal abgesehen von Bella, jener Kunstdiebin, der ich einige Monate zuvor im Fall Copthorn Manor begegnet war. Nur konnte ich ja schlecht zusammen mit jemandem, der auf der falschen Seite des Gesetzes stand, eine Raubkunstdetektei gründen, und selbst wenn ich Bellas Hilfe gewollt hätte, hatte ich ihre Nummer nicht.

Als ich mit zwei Teebechern in der Hand in den Verkaufsraum zurückkehrte, hängte Carole gerade ihren triefenden neuen Hut über einen viktorianischen Perückenständer. Dann wühlte sie geschäftig in einer der Taschen, die wir neben dem Schreibtisch abgeworfen hatten. »Guck mal, was ich dir mitgebracht habe!« Dann musterte sie mich. Und machte ein langes Gesicht. »Du hast abgenommen. Dass du den Laden wieder auf Vordermann bringst und« – sie beugte sich verschwörerisch in meine Richtung – »dass du gleichzeitig deine supergeheime Raubkunstdetektei gründest, macht dir hoffentlich keinen Stress? Denn als die Kreuzfahrtgesellschaft geschrieben und dir abgesagt hat, hab ich beschlossen, uns beiden einen Urlaub zu buchen. Du weißt schon: Abenteuer! Neue Leute treffen!«

Ich biss die Zähne zusammen. »Und geht das wieder so aus wie dein Plan letzten Monat, als du im Dorfgemeinschaftshaus Tier-und-Mensch-Yoga unterrichten wolltest?«

Es hatte damit geendet, dass ein ziemlich geruchsintensives altes Schaf und drei Rentnerinnen zusammen Tee getrunken hatten. Was sogar halbwegs lustig gewesen war. Allerdings würde ich das niemals zugeben, sonst würde Carole nur weitere durchgeknallte Ideen ausprobieren.

»Alle haben Edna *geliebt*, und du hast drei neue Bekanntschaften gemacht.« Carole zog ein winziges Stück Stoff mit roten Punkten aus der Tasche und hielt es in die Luft.

Mir klappte die Kinnlade runter. »Das ist ein *Bikini.*«

Seit ich gut Jahre zuvor meine Tochter Jade zur Welt gebracht hatte, hatte ich keinen Bikini mehr getragen.

»Ganz genau. Und du bist doch nur sprachlos, weil er so toll aussieht! Und du liebst mich noch viel mehr, wenn ich dir jetzt erzähle, wie günstig er war.« Sie schwenkte den dünnen Stoff in meine Richtung. »Du hast dich so gefreut, als diese Einladung kam, und dann ...«

Ich griff nach den schmalen Bikiniträgern. »Für so etwas bin ich zu alt.«

»Man ist nie zu alt für ein bisschen ...«

Das Glöckchen über der Tür schlug an.

»Es tut mir so leid!« Sky stolperte in den Laden und wuchtete einen Rollkoffer vor sich her. Als sie sich zu ihrer vollen Größe aufrichtete, schimmerten Tränen in ihren braunen Augen. »Es tut mir so leid«, wiederholte sie und bugsierte den Koffer neben den Mahagonihutständer, »ich ...«

Im selben Moment rollte ihr die erste Träne über die Wange.

Ich lief auf sie zu und nahm sie erst mal in die Arme. »Was ist denn los?«

Ich legte ihr die Hände auf die Schultern und versuchte, ihren Blick aufzufangen, doch Sky guckte nach unten und wischte sich Regentropfen von der knielangen pinkfarbenen Strickjacke, die sie anstelle eines Mantels trug.

»Setz dich erst mal hin«, forderte ich sie auf und schob sie auf einen der viktorianischen Esszimmerstühle mit Ballonlehne zu, die seitlich neben dem Schreibtisch standen. »Was können wir dir denn Gutes tun?«

»Ich hab mit Aaron Schluss gemacht, und jetzt …« Ihr Blick wanderte zu ihrem Koffer.

»Und jetzt brauchst du ein Dach über dem Kopf?«

Sie nickte.

»Du kannst natürlich hier wohnen.«

Inzwischen strömten ihr die Tränen nur so über das Gesicht. »Es tut mir so leid, aber ich hab …«

Carole drückte ihr ein Taschentuch in die Hand. »Ich stelle den Wasserkocher noch mal an.« Dann huschte sie in Richtung Küche. »Es gibt die guten Chocolate-Chip-Cookies, die ich für genau solche Notfälle parat habe.«

Als Sky sich schnäuzte, entdeckte ich an ihrem Handgelenk einen frischen Bluterguss. Sie sah, dass ich ihn bemerkt hatte, und zog den Ärmel darüber.

»Es war keine nette Trennung. Aaron … hat …«

»Ich hab's gesehen. Wir müssen ihn anzeigen.«

Sie sah mich verängstigt an. »Nein, das kann ich nicht machen!«

»Lass uns das besprechen, wenn du dich halbwegs eingerichtet hast. Oben ist ein Zimmer, das kannst du fürs Erste haben.«

Mit einem Teebecher in der Hand tauchte Carole im Durchgang auf. Als Sky zu ihr aufblickte, stieg ihr die Schamesröte ins Gesicht.

»Als ich in der Zeitung gelesen hab, dass ihr diese gestohlenen Antiquitäten gefunden hattet, ich euch gegoogelt hab und über die Stellenanzeige gestolpert bin«, schniefte sie, »war ich so froh! Und jetzt sitze ich hier und mache mir mit diesem ganzen Durcheinander alles kaputt.«

Sie nahm den Becher Tee von Carole entgegen.

»He, wir sind ein Team – und was heißt hier überhaupt *Durcheinander*?« Ich warf Carole einen flüchtigen Blick zu, die beifällig nickte. »Du hast etwas Besseres verdient als diesen Aaron.«

»Ich liebe diesen Laden.« Sky wirkte schon wieder ein klein wenig zuversichtlicher. »Er hat einen höheren Zweck, und das gibt mir das Gefühl, Teil von etwas Größerem zu sein. *Ihr* gebt mir das Gefühl, Teil von etwas Größerem zu sein.«

Darauf nahm sie erst mal einen großen Schluck Tee.

In den vergangenen Wochen hatte ich mir schon so meine Gedanken über ihren Freund gemacht, hatte aber nicht nachbohren wollen. Jetzt wünschte ich mir, ich hätte es getan. Ich wusste noch gut, wie sie mal erwähnt hatte, dass Aaron ihre Freunde nicht leiden konnte und sie sich deshalb nicht mehr mit ihnen traf und dass ihre Wohnung »sauber und ordentlich« sein und das »Abendessen auf dem Tisch« stehen musste, wenn er nach Hause kam – als wäre sie ein Hausmütterchen aus den Fünfzigern. Und dann die blauen Flecken …

Dass sie so sehr an unserem Laden hing, freute mich ungemein – mir ging es ja genauso, ich freute mich jeden Morgen, hierherkommen zu dürfen.

»Wir müssen nur einen einzigen Fall an Land ziehen, dann wird das Fahndungsbusiness ein Selbstläufer.«

Carole nickte nachdrücklich. »Und *dich* finden wir ganz großartig – deine Computerkenntnisse haben uns jetzt schon weitergeholfen! Du bist ein echter Gewinn für das Team. Ich bin mir ganz sicher, sobald wir den ersten Auftrag haben, verhilft uns dein schicker Abschluss in Informatik sogar zu ein paar Computerhacks!«

Ich sah sie finster an. »Äh … nein. Das gehört eindeutig nicht zu Skys Aufgaben. Wir stehen auf der richtigen Seite von Recht und Gesetz, schon vergessen?«

Carole eilte auf unsere Assistentin zu und nahm sie in die Arme. »Jedenfalls wird jetzt alles gut. Komm, ich beziehe dir dein Bett.«

Im selben Moment klingelte das Telefon. Wir drehten uns synchron danach um.

Das Festnetztelefon klingelt sonst nie.

2

Meine Tante griff zum Hörer des alten Wählscheibenapparats, den Arthur nie hatte ersetzen wollen.

Will sich da bloß jemand nach einer Antiquität erkundigen, oder wird das etwas Aufregenderes?

»Crockleford Antiques?«, meldete sich Carole.

Stille senkte sich auf den Laden herab, während Sky sich die Tränen aus dem Gesicht wischte und ich konzentriert die Ohren spitzte.

»Ja, das hier war mal Arthurs Antiquitätenladen. Leider ist Arthur nicht mehr unter uns.« Caroles Blick wurde wehmütig, während der Anrufer weiterzusprechen schien. »Ein Toter?« Das Blitzen in ihren Augen war wieder da. »*Und* ein gestohlenes Gemälde? Da haben Sie die richtige Nummer gewählt, meine Liebe!«

Ich versuchte, ihr den Hörer aus der Hand zu reißen, doch Carole fuchtelte mich von sich weg.

»Und war es eine natürliche Todesursache, oder ist er *ermordet* worden?«

Ich zog eine Augenbraue hoch und hauchte tonlos in ihre Richtung: *Pietät!*

Trotzdem wollte auch ich unbedingt die Antwort hören.

»Entschuldigen Sie bitte, aber natürlich, wie nachlässig von mir. Erst die Vorstellungsrunde.« Betont nüchtern fuhr sie fort: »Mein Name ist Carole Lockwood, und Arthur war mein bester Freund. Vor rund fünf Monaten haben meine Nichte Freya und ich das Geschäft übernommen. Also – wie können wir Ihnen mit diesem ermordeten Mann und dem Diebstahl behilflich sein?«

Ich quetschte mich neben sie und hielt das Ohr an den Hörer.

»Ich habe hinter dem Museum einen Toten entdeckt – und die Polizei sagt, er wurde erstochen«, erklärte die Anruferin mit zittriger Stimme. »Außerdem fehlt ein Gemälde – und niemand sagt mir, was hier los ist!«

Aufgeregt packte Carole mich am Arm. »Ein Museumsraub? Da sind wir genau die Richtigen!«

Erneut versuchte ich, ihr den Hörer zu entwinden. Ich *musste* einfach selbst mit der Anruferin sprechen.

»Wir sind schon unterwegs. In einer Stunde zwanzig Minuten sind wir bei Ihnen«, sagte Carole und warf den Hörer auf die Gabel. »Sky, schaffst du es ein paar Stündchen ohne uns?«

Sky nickte und streifte ihren Strickmantel ab. Darunter trug sie einen Bleistiftrock und ein gestreiftes Polohemd. »Bin arbeitsfähig.«

»Wenn es nicht so wäre, würdest du uns das aber sagen? Ich kann auch allein fahren«, wandte ich ein.

Carole sah mich empört an. »Wenn es dir zu viel wird, Sky, schließ den Laden einfach ab.« Eilig schlüpfte sie in ihren Regenmantel. »Betty Peters, die Anruferin, arbeitet ehrenamtlich im Lowestoft Maritime Museum. Betty regt sich darüber auf, dass die Polizei sich auf den Mord konzentriert und sich für das Gemälde nicht interessiert. Sie findet, eine spezialisierte Antiquitätenfahnderin würde am ehesten herausfinden, was mit dem Bild passiert ist.«

Mein Herz machte einen Hüpfer. *Unser erster Fall!*

Während ich schon nach meiner Tasche griff, zückte Sky ihr Handy.

»Vielleicht recherchieren wir noch kurz, bevor ihr losfahrt?« Nach ein paar schnellen Klicks und Scrolls hielt sie uns das Display hin. »Das Lowestoft Maritime Museum ist seit 1968 in einem umgebauten viktorianischen Haus im Sparrow's Nest Park in Lowestoft untergebracht. Ein Anbau 1977, ein weiterer 2008.«

»Bestimmt wurde die Sammlung erweitert«, mutmaßte ich.

Noch ein Klick, und Sky fuhr fort: »Es gibt ein paar Meldungen von vor drei Tagen, denen zufolge ein bislang nicht identifizierter Mann – keine Übereinstimmung bei Fingerabdrücken oder Zahnstatus – hinter dem Museum neben der Recyclingtonne tot aufgefunden wurde. Der Polizei zufolge keinerlei Einbruchspuren am Gebäude selbst.« Sie sah erst Carole, dann mich an. »Wir interessieren uns nur für das Gemälde, stimmt's? Oder fahnden wir auch nach Mördern?«

»Nein, nur nach gestohlenen Kunstwerken, Antiquitäten und Artefakten.« Obwohl ich ehrlicherweise nach fast allem gefahndet hätte, um die Detektei anzukurbeln und unseren ersten Fall zu lösen.

»Den laufenden Betrieb bestreiten wir ausschließlich mit Freiwilligen … Das Museum verfügt über eine umfassende Sammlung zur Geschichte der örtlichen Fischerei …«

Doch Carole und ich waren schon halb aus der Tür. Das Jagdfieber hatte uns gepackt.

»Wenn wir zurückkommen, haben wir unseren ersten Auftrag in der Tasche!«, rief Carole noch, während Sky meinen Platz am Schreibtisch einnahm.

Ich hakte meine Tante bei mir unter. »Wer braucht schon eine Kreuzfahrt, wenn wir einen Seefahrtmuseumsfall lösen können?«

*

Caroles – passenderweise marineblauer – Mercedes-Oldtimer parkte wie immer unverschlossen vor dem Antiquitätenladen. Sie setzte sich ans Steuer und begann, in ihrer Handtasche zu kramen, nach dem Schlüssel, vermutete ich. Doch dann zauberte sie ihr spezielles Autokopftuch hervor und legte es sich mit Blick in den Rückspiegel à la Grace Kelly über die langen blonden Haare, drapierte die Zipfel elegant übereinander und verknotete sie im Nacken.

»Offenes Verdeck?«, fragte sie hoffnungsvoll. Mit offenem Verdeck zu fahren, gehörte zu ihren Lieblingsbeschäftigungen.

»Äh … Es ist Oktober, und es regnet.« Ich blieb auf dem Gehweg stehen, weil ich nicht wusste, ob Caroles Wagen eine gute Idee war. »Ist der Tank diesmal voll?«

»Natürlich!«

Ich schob den Kopf in den Innenraum und warf einen Blick auf die Tankanzeige. Halb voll.

Sie strahlte mich an. »Ich bin einfach tipptopp organisiert, Liebes! Benzin für den Wagen, Bikini für den Urlaub!«

»Vielleicht weißt du ja noch, dass wir gerade erst letzte Woche in Simons Traktor nach Hause gebracht werden mussten? Weil du nämlich dachtest, du hättest genug Sprit für Hadleigh und zurück …«

»Ach, war das nicht nett? Du warst ganz furchtbar still – bis ich uns die Traktorsafari organisiert hatte!« Carole ließ den Motor an. »Und wie schon gesagt: Du kannst nicht immer nur herumsitzen und warten, bis der Spaß bei dir anklopft. Du musst schon selbst losziehen und danach suchen.« Dann beugte sie sich zu mir her. »Aus der Antikenkreuzfahrt mit dir als Expertin ist zwar nichts geworden, aber wir können immer noch eigene Abenteuer erleben. Und jetzt komm, steig ein! Wir müssen nach Lowestoft.«

Carole hatte ja recht. Jetzt, da unser erster Auftrag winkte, würde alles gut werden.

»Das Museum macht ab Ende Oktober Winterpause, insofern haben wir Glück, dass jetzt dort eingebrochen wurde«, fand Carole, »im Winter hätte Betty den Diebstahl erst Tage oder Wochen später entdeckt.«

Guter Punkt. Warum brach jemand dort ein, während noch geöffnet war? Weshalb nicht einfach ein paar Wochen warten, bis es weit weniger wahrscheinlicher gewesen wäre, dass jemand den Diebstahl bemerkte? Wozu die Eile?

Während ich draußen die grünen Hügel von Suffolk an uns vorbeiziehen sah, glaubte ich noch, dass all das, was wir bislang gehört hatten, die Wahrheit und nichts als die Wahrheit gewesen wäre … und das war mein erster fataler Fehler.

3

Wir brauchten exakt eine Stunde und dreiundzwanzig Minuten von Little Meddington nach Lowestoft – mit Carole am Steuer eine haarsträubende Fahrt. Der Zahn der Zeit hatte das Küstennest schon recht abgenagt, trotzdem versuchte es, wieder auf die Beine zu kommen, und ich bewunderte es für seinen Kampfgeist. Vor ein paar edwardianischen Häusern fiel ein Schwarm Möwen über einen Müllsack her.

Binnen Minuten hatten wir den Strand erreicht. Die matte Nachmittagssonne beschien die dunkle Nordsee. Am liebsten wäre ich dort stehen geblieben und hätte die windzerzauste, verwaiste Schönheit genossen. Ich hatte so ein Gefühl, als stünde etwas bevor – womöglich war es die Stille vor dem Ansturm von Künstlern und Lebenskünstlern, die bald die hiesigen billigen Mieten, weite Strände und heilsame Meeresluft für sich entdecken würden.

Während ich sehnsüchtig aus dem Wagenfenster blickte, warf Carole mir einen langen Blick zu. »Wenn wir uns beeilen, können wir vielleicht ja noch Tee trinken und Pommes essen, bevor wir nach Hause zurückfahren.«

Ich strahlte sie an. »Das wäre wunderbar.«

Das Lowestoft Maritime Museum lag im nördlichen Teil des Städtchens in der Nähe eines Campingplatzes und war nur durch die Küstenstraße vom Meer getrennt. Es war in einem viktorianischen Häuschen mit Feuersteinfassade untergebracht. Davor stand ein überdimensionierter Schiffsmast samt Union Jack. Eine riesige briefkastenrote Seemine aus dem Zweiten Weltkrieg – hoffentlich entschärft – markierte den Zugang. Im Fenster neben der Eingangstür hing ein Schild mit der Aufschrift »Geöffnet«. Trotzdem schien niemand da zu sein.

»Hallo?«, rief Carole noch von der Schwelle aus.

Ich blieb stehen und sondierte die Lage. Auf den ersten Blick deutete nichts auf einen Einbruch hin: Nirgends ein zerbrochenes Fenster, und auch die Tür war unbeschädigt. Erst als ich mich über das Türschloss beugte, entdeckte ich eine haarfeine Schramme im angelaufenen Messing.

Das Schloss wurde geknackt.

Ein kleiner Museumsshop links hinter einer offenen Tür diente gleichzeitig als Ticketschalter. Eine große, schlanke Frau mit perfekt sitzenden weißen Löckchen und einem Seidentuch um den Hals stand auf, als wir eintraten.

»Betty?«, fragte Carole.

»Dann sind Sie Carole?« Sie eilte auf uns zu. »Danke, dass Sie gekommen sind.«

»Ich bin Freya, Raubkunstdetektei Lockwood.« Stolz lächelnd streckte ich ihr die Hand entgegen.

Betty griff mit beiden Händen nach meiner Hand. »Ich bin so froh, dass Sie kurzfristig kommen konnten. Die Polizei konzentriert sich auf diesen armen Toten, der hinter der Mülltonne lag.« Sie nickte in Richtung der rückwärtigen Wand. »Ich hab ihnen ausführlich geschildert, was ich vermute, aber die wollen nicht mal eine Aussage von mir.«

»Es ist die Ungewissheit, die uns immer am meisten zusetzt, oder?« Carole drückte Bettys Schulter und griff dann ungebeten zu einem Übersichtsplan.

»Sie haben so recht.« Betty drehte sich um und gab auch Carole die Hand. »Ich kann ja nun nicht viel tun, um bei den Ermittlungen zu helfen. Aber als ich gesehen habe, dass das Gemälde fehlt, wusste ich, Arthur hätte mir zur Seite gestanden. Deshalb dachte ich, vielleicht würden Sie das ja ebenfalls tun.« Sie musterte Carole und mich von Kopf bis Fuß, als wollte sie sicherstellen, dass wir für ihren Auftrag geeignet wären.

»Ich habe eine Kratzspur an der Eingangstür entdeckt. Die Schramme in dem alten Messing sieht relativ frisch aus«, bemerkte ich. »Gibt es noch weitere Anzeichen für einen Einbruch?«

»Die Tür wurde aufgebrochen?« Erschrocken riss Betty die Augen auf. »Das hat die Polizei gar nicht erwähnt!«

»Wie wäre es, wenn wir ganz von vorn anfangen?«, schlug ich vor.

Sie zupfte ihren Rock gerade, schob ein Taschentuch in ihren Strickjackenärmel und nickte entschlossen. »Kommen Sie mit. Alles fing vor zwei Tagen an, als ich an der Kasse saß und plötzlich ein junger Mann auftauchte ... Mitte dreißig, üppiger blonder Haarschopf. Kam in einem teuren Wagen – ich hatte ihn draußen parken sehen. Teurer Anzug, handgenähte Schuhe, Goldring mit einer Schlange mit grünen Augen – Sie kennen die Sorte Schnösel.«

Sie scheuchte uns durch eine Tür zur Rechten des Kassentresens und über einen Flur mit Bodendielen, die an Schiffsplanken erinnerten, in einen größeren Ausstellungsraum mit Schiffsmodellen in Glasvitrinen.

»Er kam direkt auf die Kasse zu und fragte, ob wir eine graue Vase für ihn hätten, er bräuchte Requisiten für einen Vortrag oder so ... Ist Ihnen so etwas schon mal untergekommen?«

Carole und ich schüttelten den Kopf.

»Ich hab geantwortet, dass wir hier keine graue Vase haben und unsere Exponate auch nicht verleihen. Was für eine Frage!«

Betty suchte in meinem Gesicht nach Antworten, die ich noch nicht parat hatte.

»Jedenfalls ist er wieder gegangen, und ich hab am Abend wie sonst auch abgesperrt. Als ich tags darauf wiederkam, fehlte das Gemälde, das Arthur uns geschenkt hat.«

Arthur? Ich wollte schon fragen, welche Verbindung Arthur zu dem Museum hatte, als Betty schniefte und ihr Taschentuch zückte.

»Dann musste ich erst Ordnung machen, wie jeden Morgen, und wollte gerade den Müll rausbringen ... Hab doch nicht damit gerechnet, dass ich dort eine Hand entdecken würde ... eine Leiche ... Da musste ich erst mal Clive vom Campingplatz rufen.« Sie wischte sich über die Nase. »Clive hat für mich die Polizei alarmiert, während ich an der Kasse gewartet habe. Dann haben sie das Museum abgesperrt.« Betty atmete tief durch. »So was passiert hier draußen doch nicht! Wir haben nicht mal funktionierende Kameras – das sind alles nur Attrappen!«

Ihre Stimme zitterte bedenklich. Ich trat auf sie zu und legte ihr die Hand auf den Arm.

»Wir müssen das nicht in allen Einzelheiten durchgehen, wenn es Ihnen zu viel wird.« Mit sanfter Stimme versuchte ich, sie zu beruhigen. »Ich kann mir schon denken, dass es wirklich sehr schlimm für Sie war, auf eine Leiche zu stoßen ... Aber vielleicht könnten Sie uns von dem Gemälde erzählen, das Arthur gestiftet hat? Hätten Sie vielleicht ein Foto?«

Carole und ich wechselten einen Blick.

Meine Neugier war entfacht, dabei waren wir gerade erst ein paar Minuten hier.

Betty schob das Taschentuch zurück in ihren Ärmel und straffte die Schultern. »Ich zeige Ihnen, wo es hing. Vielleicht finden Sie ja Hinweise darauf, was dort vorgefallen ist.«

An den riesigen Vitrinen mit Schiffsmodellen vorbei durchquerten wir den ersten Ausstellungsraum. Betty hatte auf Museumsführerinnenmodus geschaltet – eindeutig ihre Lieblingsrolle. Der Reihe nach zeigte sie auf die großen Modelle und benannte den jeweiligen Stifter.

Ein kurzer Flur – einem historischen Ruderhaus nachempfunden – führte zum nächsten Ausstellungsbereich. Betty strich am hölzernen Türrahmen auf und ab. »Das hier stammt aus einem echten Schiff.«

Carole und ich blieben vor einem alten Steuerrad stehen. Auf einem Monitor darüber wurde in Echtzeit die Position der Schiffe angezeigt, die derzeit vor der Küste von Lowestoft lagen.

Carole legte beide Hände ans Steuerrad. »Ach, das hier muss für Kinder doch …« Sie drehte das Steuerrad nach links und rechts und wieder zurück in die Ausgangsposition. »Hier können sie so tun, als würden sie ein echtes Schiff steuern!«

Meine Tochter Jade hätte so etwas als Kind geliebt …

Eilig schob ich den Gedanken beiseite. Jade, die inzwischen zwanzig war, war im Sommer in die USA gegangen, um dort zu studieren – immerhin eine Sache, die ihr wohlhabender Vater ihr ermöglichte. Dass sie dort glücklich war, freute mich natürlich, gleichzeitig sehnte ich mich nach unserer gemeinsamen Zeit zurück.

Betty tippte Carole auf den Arm, doch als es nichts nutzte, hakte sie sie bei sich unter und zog sie regelrecht weiter. »Da entlang. Ich war um acht Uhr morgens hier und bin sämtliche Räume abgegangen, wie immer. Als ich genau hier angelangt war ...«

Sie hatte uns annähernd einmal durchs ganze Museum geführt, als sie erneut stehen blieb und auf einen Nagel in der rückwärtigen Wand zeigte.

»... fehlte das Gemälde«, führte ich ihren Satz zu Ende.

»Ganz genau. Arthur meinte damals, es wäre eine Reproduktion und nicht allzu viel wert. Aber ich sage Ihnen, was ich mir dazu überlegt habe. Ich weiß schon, ich sehe aus, als ob ich kein Wässerchen trüben könnte – aber ich schaue mir im Fernsehen wahnsinnig gern True-Crime-Dokus an.«

Bei dem Blitzen in Bettys Augen ahnte ich bereits, dass ihr kein noch so winziges Indiz entging.

»Ich glaube, dass in der Nacht gleich *zwei* Männer hier waren: Mr. Schnösel kam zusammen mit einem Komplizen zurück. Dann gerieten sie« – Betty reckte den Zeigefinger – »in einen Streit, und er brachte seinen Komplizen um.«

»Aber war es nicht so, dass es gar keine Spuren gab? Oder hat die Polizei doch Hinweise auf eine Auseinandersetzung *im Museum* gefunden?« Bettys Hypothese klang für mich ziemlich abwegig. Denn warum sollte ein Dieb seinen Komplizen noch am Tatort umbringen? Andererseits hatte ich vor Jahren gelernt, dass man Zeugen am besten reden ließ, weil sie manchmal wichtige Infos erwähnten, derer sie sich selbst gar nicht bewusst waren.

»Hm.« Betty runzelte die Stirn. »Na ja, dann ... haben sie den Streit vielleicht draußen gehabt? Eine Art Duell! Mr. Schnösel hat sich das Gemälde geschnappt und die Leiche des Komplizen hinter den Mülltonnen versteckt. Ich hab das auch schon der Polizei erzählt, aber die scheinen mich nicht ernst zu nehmen.«

»Aber der Arme ist erstochen worden«, wandte Carole ein. »Von Duell kann keine Rede sein.«

Noch ehe ich die nächste Frage stellen konnte, nahm Carole Bettys Hände.

»Wir klären die Tat auf. Ein Mörder und Kunstdieb ist genau das Richtige für uns. Freya hat ihr Leben lang nichts anderes gemacht.«

Ich wollte schon widersprechen, als Carole mir einen Klaps versetzte.

»Wir zwei sind eindeutig die Besten für diesen Job.«

Ich lächelte sie an – denn davon war auch ich tatsächlich überzeugt.

4

Es wurde kühl im Museum, als die Herbstsonne unterging und es draußen dämmrig wurde. Trotzdem schien mir die leere Stelle an der Wand regelrecht entgegenzuleuchten.

»Hätten Sie denn ein Foto des Gemäldes?«

»Könnte schon sein ...« Betty runzelte die Stirn. »Da muss ich mal Steven, den Geschäftsführer, fragen.«

»Vielleicht können Sie es uns beschreiben?«, hakte ich nach.

»Ein großes Segelschiff mit Kanonen an der Seite und riesigen, windgeblähten Segeln. Ein Kapitän auf der Brücke ... nur dass schon das halbe Schiff in Flammen steht und drauf und dran ist zu sinken. Schwarze, stürmische See, darüber Sturmwolken ... Arthur meinte damals, es stamme aus dem neunzehnten Jahrhundert, sei die Reproduktion eines älteren Werkes ... und habe rein dekorativen Wert.«

Das Gemälde eines brennenden Schiffes?

Mir lief es eiskalt den Rücken hinunter.

Reglos starrte ich den Nagel in der Wand an. Gleichzeitig schwirrte mir der Kopf. Mir war soeben etwas eingefallen. Nach seinem Tod im Mai hatte ich in Arthurs Ladengeschäft sieben versteckte Bücher gefunden, die allesamt Listen von unschätzbar wertvollen gestohlenen oder verschollenen Kunstschätzen enthielten, die mutmaßlich auf dem Schwarzmarkt gelandet waren. Auch wenn er genötigt worden war, sich an den illegalen Machenschaften auf Copthorn Manor zu beteiligen, hatte Arthur geplant, irgendwann so viele dieser Kunstwerke und Antiquitäten wie nur möglich zu lokalisieren und sie den rechtmäßigen Besitzern auszuhändigen.

Sein Plan war zu Lebzeiten nicht mehr aufgegangen. Die Bücher indes hatte er dort versteckt, wo seine Erbinnen – Carole und ich – sie finden würden. Mithilfe eines der Dossiers hatten wir den Abtransport einer riesigen Sammlung von Kunstschätzen aus dem Nahen Osten aus Copthorn Manor vereiteln können, doch ein anderes hatte eine lange Liste nautischer Kunst und Sammlerstücke enthalten. Und ganz hinten hatte das Foto eines Gemäldes mit einem brennenden Schiff geklebt ... An einen Kapitän konnte ich mich nicht erinnern, aber ich wusste noch, dass Arthur irgendetwas daruntergeschrieben hatte. Flammen bescherten mir immer ein mulmiges Gefühl, daher hatte ich das Foto nicht genauer betrachtet. Ich würde es mir noch mal vornehmen müssen.

»Es sieht so kahl aus«, seufzte Betty und riss mich aus meinen Gedanken.

»Wir versuchen, das Gemälde für Sie aufzuspüren. Ich habe nur noch ein paar letzte Fragen dazu ... wenn das in Ordnung wäre? Wann genau wurde es gestiftet?«

»Am fünfzehnten Mai dieses Jahres«, antwortete sie wie aus der Pistole geschossen. Nur wenige Tage später war Arthur ermordet worden, obwohl es zunächst nach einem unglückseligen Sturz ausgesehen hatte. Aber offenbar hatte Arthur geahnt, dass er in Lebensgefahr schwebte, denn er hatte, was seine geheimen Geschäfte anging, noch diverse Vorkehrungen treffen können.

Als ich im Zuge der Ermittlungen auf Copthorn Manor seinen Hinweisen nachgegangen war, hatte sich mir das ganze Ausmaß des illegalen Kunst- und Antikenhandels durch organisierte Banden eröffnet: die Art und Weise, wie Kunstschätze regelrecht zu einer alternativen Währung wurden, indem sie weder Bankenchecks noch behördliche Kontrollverfahren durchlaufen mussten. Man brauchte bloß einen Sachverständigen, der den Wert eines Objekts schätzte – und genau das hatte Arthur für den weltweit operierenden Copthorn-Manor-Hehlertrupp leisten müssen, um zu verhindern, dass mir ein Mord in die Schuhe geschoben wurde. Zum Glück hatte er rechtzeitig das FBI eingeweiht.

Ein kleines Museum, das sich auf Seefahrt und regionale Fischereimemorabilien spezialisiert hatte, schien mir zwar ein eher ungewöhnlicher Tummelplatz für Kunstdiebe zu sein; aber nachdem das Einzige, was verschwunden war, ausgerechnet Arthurs Gemälde zu sein schien, hieß das doch wohl, dass es bedeutsamer war als gedacht.

Was hast du da wieder ausgeheckt, Arthur?

Carole hatte mittlerweile hinreichend an den Exponaten herumgespielt und betrat vor uns her eine Kombüse, während ich mich bei Betty erkundigte, ob Arthur mehr über das Gemälde erzählt hatte.

»Woher kannten Sie ihn überhaupt?«

»Ach, den kannte ich seit Jahren und Jahrzehnten! Meine Cousine Agatha führt die Teapot Tearooms in Little Meddington. Arthur war einfach nur hinreißend, finden Sie nicht? Immer so hilfsbereit! Er war hier, als die Königliche Prinzessin diesen Kombüsenanbau eröffnet hat.« Wir gingen ein Stück weiter, und Betty tippte auf den Flyer in meiner Hand. »Steht alles da drin.«

Ich faltete ihn erstmals auf, und siehe da – ein Foto von Arthur neben Prinzessin Anne. In der Hand hielt er eine winzige Tasse, als wollte er an einem Puppenkaffeekränzchen teilnehmen.

»Wann ist dieser Flyer gedruckt worden?«

»Der ist recht neu. Noch so eine Sache, die Arthur übernommen hat.«

Beim Anblick meines alten Mentors schlich sich ein Lächeln auf mein Gesicht. Ich hätte ihn wahnsinnig gern gefragt, warum er sich derart für das Museum engagiert hatte.

»Und als Arthur den Flyer gestaltet hat … hat er da auch die Fotos ausgewählt, die abgedruckt werden sollten?«

»Na ja, schon … Er war ja immer überaus umsichtig. Auf dem Foto von ihm und der Prinzessin hat er gesehen, dass die Wand neben der Kombüsentür leer war, und ein paar Wochen später kam er und hängte das Gemälde dorthin – hatte sogar Hammer und Nagel dabei!«

Wirklich?

»Und wissen Sie auch, wie das Gemälde in Arthurs Besitz gekommen ist?«

»Nein, leider nicht. Er kam eines Nachmittags einfach hier reingeschneit. Meinte, er hätte es oben in Norfolk abgeholt und wäre auf direktem Wege hergefahren. Dann hängte er es wie gesagt auf, und ich hab noch zu ihm gesagt, wie großzügig das von ihm sei. Daraufhin meinte er nur: Nicht der Rede wert, es sei nicht teuer gewesen, ich solle es nicht an die große Glocke hängen.«

Irgendwas, was ich erst kürzlich gesehen hatte, regte sich in meiner Erinnerung. »Die *Dedham Vale News* hat erwähnt, dass Arthur ein Gemälde gestiftet hat …«

Betty klappte die Kinnlade runter. Dann schüttelte sie ungläubig den Kopf. Das schlechte Gewissen war ihr deutlich anzusehen.

»Sie haben es herumerzählt, oder? Sie haben es Ihrer Cousine Agatha aus Little Meddington erzählt – und die hat es unserer Lokalzeitung gesteckt, als die über den Copthorn-Manor-Fall berichtet hat. Irgendwer könnte den Artikel gelesen haben und dann gezielt angereist sein, um das Gemälde zu stehlen.«

Betty klappte den Mund wieder zu. Tränen schimmerten in ihren Augen. »Dann hab ich vielleicht ... Aber sie hat mir versprochen, es nicht weiterzuerzählen! Das war bloß ... Agatha war zu Besuch, wir sind hier ein bisschen herumgeschlendert, ihr fiel das Gemälde auf, und sie hat sich danach erkundigt. Keiner der anderen Freiwilligen hat es je auch nur bemerkt. Sie ist aber auch ein Plappermaul!«

Ich berührte Betty sanft am Arm. »Es ist eine kleine Lokalzeitung, wahrscheinlich hat es nichts zu bedeuten.«

Schniefend sagte sie: »Ich glaube, das Opfer und das Gemälde hatten miteinander zu tun.« Sie fischte im Ärmel nach ihrem Taschentuch. »Arthur hat immer gesagt, ich soll meinem Bauchgefühl vertrauen.«

»Und Arthur hatte immer recht«, pflichtete Carole ihr bei.

Ich dachte kurz über Betty nach. Wusste sie mehr über Mr. Schnösel, als sie uns erzählt hatte?

»Hat der verdächtige Besucher Sie noch nach anderen Sachen gefragt? Überlegen Sie noch mal genau ... Da war die graue Vase ... das Gemälde ... und ...«

Im selben Moment, da ich die Vase erwähnte, fiel mir ein Fall ein, an dem Arthur und ich Jahrzehnte zuvor zusammengearbeitet hatten. Wir hatten nach einer Vase aus der Ming-Zeit gefahndet. Schon im nächsten Moment schob ich den Gedanken beiseite. Unmöglich, dass es sich um dieselbe Vase handelte. Die damalige war nie mehr aufgetaucht.

Betty richtete den Blick zur Decke und dachte nach. »Also, jetzt, wo Sie es sagen ... Er hat sich nach einem Seeschwert erkundigt, und als er meinen Teebecher sah, erzählte er etwas von Teeservices aus Schiffswracks. Ist das zu fassen? Ich hab noch zu ihm gesagt, dass wir so was hier nie gehabt hätten.«

Nur dass Betty diesmal schiefgewickelt war: Denn Schiffswrackgeschirr gab es tatsächlich. »Schiffswrackkeramik ist ein großes Sammlerthema«, erklärte ich ihr. »Über ein gutes Jahrtausend wurde zwischen Asien und Europa unter anderem Geschirr gehandelt. Damals mussten die Handelsschiffe auf dem Seeweg durch schwierige Gewässer fahren, und einige sind mitsamt ihrer Fracht untergegangen.«

Die Vorstellung, dass über Hunderte von Jahren antike Objekte ungestört am Meeresgrund lagen und von Seepocken, Korallen und Muscheln bewachsen zu regelrechten *Meeresskulpturen* wurden, war gleichermaßen romantisch und faszinierend.

»Ach, wenn das mal nicht zauberhaft klingt«, warf Carole ein und machte ein paar Schritte den Flur entlang. »So etwas würde ich ja gern mit eigenen Augen sehen.«

Mir war klar, dass sie lieber die Ausstellung sehen als weiter herumstehen und reden wollte.

Was ich an Schiffswrackkeramik immer schon mit am faszinierendsten fand, war die Möglichkeit, sie mitunter bis zur Töpferscheibe zurückzuverfolgen – und mithilfe von Logbüchern exakt datieren zu können, wann das Handelsschiff gesunken war. Zu den bekanntesten und am besten dokumentierten Funden zählten die Hatcher- und die Hội-An-Sammlung. Irgendwie fand ich die Vorstellung fantastisch, dass Taucher ganze Porzellanunterwasserwelten entdeckten.

»Klingt faszinierend. Aber so was liegt doch wohl nicht in der Nordsee herum, oder?«, fragte Betty. »Doch, halt! Einen Fund gab es mal!«

»Was meinen Sie?«

»Vor ein paar Jahren wurde hier ganz in der Nähe das Wrack der HMS *Gloucester* entdeckt – und geheim gehalten, solange die Archäologen noch daran arbeiteten. Sie war 1682 gesunken, mit Hunderten Menschen an Bord – wobei der Herzog von York, der spätere König James II., überlebte. Ach, Regionalgeschichte ist toll, finden Sie nicht? Wenn eine Teetasse von diesem Schiff gefunden würde, wäre das sicher auch Wrackporzellan, oder? Allerdings hab ich dahin gehend nichts gehört.«

Ich wollte schon fragen, wo genau die HMS *Gloucester* gesunken war, als Betty auf die Uhr sah.

»Tut mir wahnsinnig leid, aber ich müsste gleich abschließen …«

»Natürlich. Eine letzte Sache noch: Wie war das gleich wieder mit den Leihgaben, die Mr. Schnösel haben wollte? Haben Sie ihn gefragt, was genau er damit vorhatte?«

»Er meinte, er würde in einigen Tagen als Experte an einer Antikenkreuzfahrt teilnehmen und bräuchte für Vorträge ein paar Exponate zum Herzeigen. Ich hab versucht, diese Kreuzfahrt zu googeln, aber Computer sind nicht so mein Ding.«

Ich lächelte Betty an. »Wir kümmern uns darum.« Dann zog ich mein Handy aus der Tasche und rief im Laden an. Vielleicht brauchte Sky ja ein bisschen Ablenkung, und als Chefrechercheurin der Detektei Lockwood würde sie garantiert ein, zwei spannende Infos zu den Sachverständigen an Bord dieser Kreuzfahrt zutage fördern.

»Sky, Freya hier. Du kannst uns bestimmt helfen. Findet in diesem Monat irgendwo eine Antikenkreuzfahrt statt –

womöglich diejenige, an der ich hätte teilnehmen sollen? Ich bräuchte eine Liste und Fotos der beteiligten Expertinnen und Experten.«

»Ich setze mich sofort dran«, erwiderte sie und legte auf.

*

Wir hatten Lowestoft kaum hinter uns gelassen, als Sky mir eine Textnachricht schickte.

Ich las sie laut vor.

»Nur eine Kreuzfahrt mit Antiquitätenbezug in diesem Jahr: von Griechenland nach Jordanien, Abfahrt war gestern, Veranstalter ist MVGoldstar.«

Carole sah mich aufgewühlt an. »Das war diejenige, bei der du hättest mitfahren sollen!«

Im selben Moment kam eine weitere Nachricht.

»Hier steht noch: ›mindestens fünf Sachverständige an Bord‹, aber der einzige und angeblich wichtigste, der namentlich genannt wird, ist ein gewisser Mark Rushwell. Ich suche weiter. Erwähnenswert ist vielleicht noch, dass die angekündigte Ausstellung an Bord kurzfristig neu bestückt wurde. Besteht jetzt aus Artefakten aus einer Privatsammlung. Anbei die aktualisierten Informationen.«

Als ich die MVGoldstar-Webseite aufrief, blieb mir die Spucke weg. Auf der Seite war ein riesiges Seeschwert abgebildet – und das hatte ich irgendwo schon mal gesehen! Ich klickte ein weiteres Foto an – das einer großen Ausstellungsvitrine. Mit Schiffswrackgeschirr. Und eine spezielle *Meeresskulptur* erkannte ich wieder!

Ich überflog erneut Skys Nachricht.

»Es kann doch kein Zufall sein, dass Mr. Schnösel von derselben Kreuzfahrt gesprochen hat, an der ich hätte teilnehmen sollen. Und dann nautische Sammlerstücke – Arthurs Dossier Nummer zwei war voll davon! Sobald wir zurück sind, nehme ich es mir noch mal vor.«

Ich musste mich mit eigenen Augen davon überzeugen, dass das Schwert samt Scheide, das Schiffswrackgeschirr sowie die Meeresskulptur aus Arthurs Dossier identisch waren mit denjenigen an Bord des Kreuzfahrtschiffs.

»Wir müssen irgendwie auf dieses Schiff«, murmelte ich vor mich hin.

Carole strahlte mich an.

5

Bei unserer Rückkehr lag Crockleford Antiques tief im herbstlichen Dunkel. Schlagartig hatte ich ein mulmiges Gefühl.

Wo ist Sky?

»Ist sie ausgegangen?«, fragte Carole, die anscheinend den gleichen Gedanken gehabt hatte.

Ich sah auf die Uhr. »Es ist gerade erst Viertel nach sechs. Vielleicht hat sie den Laden früher abgeschlossen und ist nach oben gegangen.« Wir sprangen beide regelrecht aus dem Wagen, und Carole hielt bereits die Ladenschlüssel in der Hand.

»Hallo?«, rief ich, kaum dass sie aufgesperrt hatte. Sofort stand mir wieder der blaue Fleck an Skys Handgelenk vor Augen. Ich machte Licht, und im nächsten Moment lief ich auch schon auf die Treppe zu, die zur Wohnung im Obergeschoss führte. »Sky?«

Carole lief hinter mir her. »Vielleicht hat sie es sich ja anders überlegt«, flüsterte sie, »und ist zurück nach London gegangen?«

»Vielleicht … Aber ich glaube nicht.« Ich hatte unter einer der Türen im ersten Stock Licht hindurchschimmern sehen.

Sky döste auf dem Sofa, hatte Noise-Cancelling-Kopfhörer auf den Ohren, und auf ihrem Laptop lief irgendein

Zombie-Apokalypse-Film. Erst als ich erleichtert aufseufzte, merkte ich, dass ich die Luft angehalten hatte.

Ich lächelte Carol an, und auf Zehenspitzen traten wir den Rückzug an – froh, dass Sky bei uns in Sicherheit war.

»Während sie oben ist, könntest du kurz die Treppe im Auge behalten?«, fragte ich.

»Was soll sie denn nicht mitbekommen?«

Schmunzelnd drehte ich mich zu dem georgianischen Mahagonibücherschrank um, der sich über die komplette Ladenwand erstreckte.

»Ich brauche das zweite Dossier«, antwortete ich und fing an, alte Auktionskataloge und Nachschlagewerke aus einem der Fächer auf den Schreibtisch zu stapeln. »Arthur hatte so einige Verstecke in seinem Laden – du weißt ja selbst, dass er ein begabter Tischler war –, und in den vergangenen Monaten hab ich eins nach dem anderen aufgespürt.«

Inzwischen war das Regalfach leer, und ich streckte mich nach der Rückwand aus.

»Was in aller Welt machst du denn da?« Carole stellte sich neben mich.

»Solltest du nicht die Treppe im Blick behalten?« Als Carole sich nicht vom Fleck rührte, versuchte ich, schnell zu machen. »Ich hab die Dossiers an verschiedenen Stellen versteckt. Wenn jemand danach suchen sollte, findet er immer nur eins auf einmal.«

Ich presste die gespreizten Finger gegen die Rückwand.

Klick.

Ein Geheimfach glitt auf.

»Schätzchen!« Carole war schneller als ich: Ihre Finger schlossen sich um das Buch, das ich dort versteckt hatte. »Ich hab's!«

»Du steckst dir allen Ernstes die Lorbeeren für etwas an, was *ich* geöffnet habe?«

Carole schnalzte missbilligend mit der Zunge. »Reine Semantik, Liebes. Jetzt sei mal nicht kleinlich.«

Sie ließ sich am Schreibtisch nieder und schlug das Dossier auf. Nachdem sie ein paar Seiten umgeblättert hatte, klappte sie es mit einem Seufzer wieder zu.

»Da drin steht doch kein Wort darüber, wer das Gemälde gestohlen hat.«

»Wie ärgerlich – und ich dachte schon, jetzt, wo du es gefunden hast …«

Grinsend streckte ich die Hand aus und wartete darauf, dass sie es mir aushändigte. Dann blätterte ich darin.

»In den letzten Monaten bin ich sämtliche Dossiers durchgegangen. Keiner der Kunstschätze, die er in diesem hier aufgelistet hat, stand in der Lost-Art-Datenbank. Ich gehe davon aus, dass sie – anders als die Artefakte aus dem ersten Dossier, dem zu Copthorn Manor – nicht als gestohlen gelten.« Ich blätterte zurück zur ersten Seite. »Beim letzten Mal hat Arthur einen Hinweis hinterlassen, indem er uns ungefragt ein Wochenende auf Copthorn Manor gebucht hat. Mir war lange nicht klar, warum er uns stattdessen nicht einfach einen Begleitbrief pro Dossier hinterlassen hat. Aber Briefe sind nun mal riskant, die können in die falschen Hände geraten … Ah, hier! Genau das hatte ich vor Augen.«

Teil 1: Sammlung Schwert

Erlesene nautische Sammlung, u. a. Hội-An-Ware (Vietnam, ca. 1450-1500) sowie Artefakte aus der Sammlung Hatcher (China, ca. 1643), feinste Keramik aus beiden

Wracks. Die kunstvoll bemalten Objekte waren für die damalige wohlhabende Oberschicht bestimmt. Alle mit Auktionsetiketten samt Provenienz.

»Was ist denn Hội-An-Ware?«, wollte Carole wissen.

»Wie das Schiff hieß, haben sie wohl nie herausgefunden, deshalb haben sie die Funde nach der nächstliegenden Stadt benannt: Hội An in Vietnam.« Ich überflog die Fotos und Beschreibungen der Schiffswrackkeramiken, die aus mehreren Auktionskatalogen stammten. Dann nahm ich mein Handy hoch und klickte die Webseite mit der Kreuzfahrtausstellung an, die Sky geschickt hatte. »Die Exponate auf dem Kreuzfahrtschiff sehen den Einträgen in Arthurs Dossier verdammt ähnlich. Andererseits sind in den Wracks Hunderte Objekte gefunden worden. Wir bräuchten eins, das unzweifelhaft wiedererkennbar wäre …«

Ich blätterte durch *Teil 1* und stieß ein gutes Stück weiter zunächst auf eine endlos lange Liste mit Gemälden maritimer Motive …

»Da!« Ich zeigte auf das Foto eines Marineschwerts aus Bronze. »Ich wusste, dass ich das schon mal gesehen habe!«

Neben dem Foto klebte ein Zeitungsausschnitt:

Eine über 200 Jahre alte Rarität – ein Schwert, das dem Kapitän eines Schlachtschiffs für herausragende Tapferkeit in der Schlacht von Trafalgar verliehen und zuletzt auf rund 200 000 Pfund geschätzt wurde – ist am späten Samstagabend aus dem Stammsitz der Familie Rushwell entwendet worden.

Ich starrte das Datum an. »Das war vor gut fünfzehn Jahren.«

Mit dem 100-Guinea-Schwert aus Bronze wurde James Rushwell, Kapitän der HMS *Swiftsure*, einem Linienschiff dritten Ranges mit zuletzt 74 Kanonen, für seine Verdienste in der siegreichen Schlacht 1805 ausgezeichnet.

Nur 23 dieser Schwerter wurden an Kapitäne der wohl berühmtesten Seeschlacht der Welt verliehen. Das nun gestohlene Exemplar befand sich vollkommen unbeschädigt weit über 200 Jahre lang im Besitz der Familie Rushwell.

»Das Schwert auf dem Foto und dieses hier sehen identisch aus. Wir müssen herausfinden, ob es das gestohlene Rushwell-Schwert ist. Ich würde es ja gern mit eigenen Augen sehen …« Ich blätterte weiter. »Vielleicht hat Arthur die Einladung zu dieser Kreuzfahrt eingefädelt, weil er wusste, dass uns das auf die Spur dieses Kunstschatzes führen würde?« Ich sah ratsuchend zu Carole, doch die schien in ihre eigenen Gedanken versunken zu sein. »Als die Einladung kam, habe ich die Puzzleteile nur deshalb nicht zusammengekriegt, weil die Ausstellungsstücke damals noch nicht bekannt waren.«

Ich wandte mich wieder dem Dossier zu, blätterte bis ganz nach hinten – und hielt jäh inne. Da, auf der allerletzten Seite: das Foto eines Ölgemäldes von einem brennenden Segelschiff. Sturmwolken am Himmel, unruhige schwarze See. Der Großmast stand bereits in Flammen. Man hatte fast den Eindruck, als schwebte der Maler über dem Inferno und wartete nur auf den Untergang. Unter das Foto hatte Arthur geschrieben: *Seeschlacht bei Scheveningen, 10. August 1653*, und darunter wiederum: *Was das Feuer nicht zerstört, härtet es. Oscar Wilde.*

»Arthur hat Betty erzählt, das Gemälde sei eine Reproduktion. Wenn wir uns sicher sein wollen, müssen wir einen Sachverständigen draufschauen lassen.«

Ich fotografierte das Foto ab und schickte es an Betty, die postwendend antwortete: *Das ist das Gemälde!*

Carole hatte mir über die Schulter gespäht, als Bettys Nachricht eingegangen war. »Dann hat Arthur also ein Foto gemacht und es in sein Dossier geklebt, bevor er das Original ins Lowestoft Maritime Museum gehängt hat?«

»Klingt ganz danach. Allerdings hat Betty erwähnt, er wäre aus Norfolk gekommen, um das Gemälde vorbeizubringen. Was hat er oben in Norfolk gemacht? War das Gemälde dort eingelagert? Und wenn es jetzt auf dem Kreuzfahrtschiff ist …«

Carole nickte nachdrücklich. »Vielleicht können wir sie ja davon überzeugen, dass sie dich noch mitfahren lassen? Los, rufen wir an!«

Sie nahm ihr Handy heraus und rief eine Nummer auf.

»Hallo«, sagte sie, als jemand ranging, »ich weiß, das klingt jetzt womöglich ganz furchtbar dumm, und Sie wollten bestimmt gerade Feierabend machen, aber …«

»Hat das Schiff nicht längst abgelegt?«, raunte ich ihr zu, trotzdem glimmte in mir ein Funke Hoffnung auf. »Wie sollen wir denn auf das Schiff kommen, wenn es schon unterwegs ist?«

Carole hob den Zeigefinger an die Lippen, um mich zum Schweigen zu bringen, und erklärte der Person am anderen Ende lang und breit, dass es zu einem Missverständnis gekommen sei. Dann lauschte sie kurz und flüsterte mir zu, die Geschäftsstelle von MVGoldstar Cruises habe einen Brief erhalten, demzufolge wir leider nicht teilnehmen könnten.

»Aber gute Frau, *wir* haben eine E-Mail erhalten, angeblich von *Ihnen*, dass unsere Plätze auf der Kreuzfahrt storniert wurden.« Dann ließ sie sich eine Weile darüber aus, wie schrecklich enttäuschend dies alles sei, und erkundigte sich nach einer Möglichkeit, vielleicht doch noch …

Nach allen Regeln der Kunst ließ Carole ihren Charme spielen – ihre Superkraft, die fast alles möglich machte.

»Ja, *natürlich* können wir morgen in Zypern sein. Dann gehen wir an Bord, bevor Sie den Suezkanal erreichen.« Aufgeregt krallte Carole die Finger in meinen Arm.

»Gut gemacht«, raunte ich ihr zu und fing parallel an, nach Flügen zu suchen.

Carole notierte sich noch ein paar Infos und legte auf.

»Ich buche die Flüge, während du nach oben gehst und Sky fragst, ob sie den Laden ein paar Tage lang allein managen kann.«

Noch am Fuß der Treppe drehte meine Tante sich zu mir um. »Na, bist du nicht doch froh, dass ich dir den Bikini gekauft habe?«

»Wir werden keine Zeit haben, in der Sonne zu liegen.« *Dem Himmel sei Dank!* »Wir müssen ein gestohlenes Gemälde zurückholen.«

6

Bella

Seit den Ereignissen auf Copthorn Manor fünf Monate zuvor war Bella davon ausgegangen, dass ihr die Namen Freya und Carole Lockwood nie wieder über die Lippen kommen würden. Oder vielleicht war es auch nur blinde Zuversicht gewesen …

In ihrer ruhigen Mietwohnung in Edinburgh mit den hohen Decken und riesigen Fenstern griff Bella zu ihrem Handy. Sie drückte die Kurzwahltaste. Wieder keine Verbindung. Dass sie Chris zuletzt gesehen hatte, war jetzt drei Tage her. Sie hatte mehrmals die Tracking-App aufgerufen, doch sein Handy war nach wie vor tot. Konnte der Trip nach Suffolk tatsächlich schiefgegangen sein? Er würde sie doch nicht einfach sitzen lassen? Bella nahm einen Schluck Wein, um dieses unvertraut schmerzhafte Gefühl wegzuspülen.

Leute verlassen mich nicht. Ich verlasse sie.

Sie schenkte sich nach. »Besser, ich sehe das Ganze als einen Flirt und nichts weiter«, erklärte sie ihrem Weinglas. »So läuft das doch mit Mitte zwanzig.«

Oder hatte er nach ihrem letzten Streit beschlossen, einen Schlussstrich zu ziehen?

Der Wein hätte sie eigentlich einlullen sollen. Stattdessen förderte er eine Erinnerung zutage, bei der sich ihr der Magen zusammenkrampfte. Bella hatte sich in die Tür gestellt und Chris den Weg versperrt. Sie hatte sogar die Klinke festgehalten – bis ihr urplötzlich etwas gedämmert hatte: Mit fünf Jahren hatte sie, als ihr Vater sie beide verließ, ihre Mutter angeschrien. *Du hättest verhindern müssen, dass er geht!* Nur war sie damals ein trauriges, verletztes Kind gewesen … und hatte in all den darauffolgenden Jahren nur mehr gebetet, dass ihr Vater nie wieder zurückkommen möge.

Deshalb hatte sie am Ende den Weg für Chris freigemacht.

»Du kannst trotzdem nicht einfach dort aufkreuzen«, hatte sie gefleht und selbst gehört, wie verzweifelt sie klang. »Dieser Privatdetektiv – oder wen immer du für die Infos bezahlst – könnte sich doch genauso gut irren. Das war doch bloß ein blöder Zeitungsartikel in einem Lokalblättchen.«

Doch alles Zurückrudern schien nichts zu helfen. Als Chris in sein Anzugsakko schlüpfte, packte sie ihn am Arm.

»Bitte«, flüsterte sie.

Sichtlich genervt machte er sich von ihr los. Sie wusste, dass er anhängliche Frauen verabscheute – das hatte er oft genug gesagt.

»Arthur hat behauptet, die Vase sei ›in einem Museum sicher verwahrt‹. Dann taucht er in dieser Museumsbroschüre auf, und in der Lokalzeitung steht, er hat Lowestoft ein Gemälde gestiftet. Das ist doch kein Zufall! Das ist … die Bestätigung.« Er hielt die Akte hoch, die er tags zuvor erhalten hatte. »Ich muss der Spur zumindest nachgehen. Wenn ich die Vase finden und auf dem Schiff aus dem Hut zaubern kann, sind die Vorzeichen für uns sofort ganz andere. Das wäre der handfeste Beweis, dass ich alles herzaubern kann.« Er nahm den Autoschlüssel aus der Schale. »Mit dem Geld aus dem Verkauf steht uns die ganze Welt offen. Ich mache das für *uns.*«

Für einen kurzen Moment wurde sein Gesichtsausdruck sanfter. Er legte ihr seine warme Hand an die Wange und sah ihr tief in die Augen.

»Ich liebe dich. Das weißt du doch, oder?«

In diesem Moment hatte Bella ihm geglaubt. Er war wie sie, hatte einen unbeugsamen Willen und war dem Nervenkitzel und den Vorzügen eines Lebens in der Unterwelt verfallen.

Ein paar Sekunden später war er gegangen.

Nun, mehrere Tage später, machte sie den Kühlschrank auf und warf alles in den Müll – ihre Hafermilch, seine Protein-Shakes.

Er würde nicht zurückkommen.

Widerwillig machte sie sich daran, wie jedes vorige Mal hinter sich herzuputzen, streifte ihre gelben Gummihandschuhe über und griff zu der Sprühflasche unter der Spüle. Sobald die komplette Wohnung sauber war, ging sie die Schränke durch: Seine Sachen landeten in einem Müllsack, den sie im Charity-Laden abgeben würde, genau wie ihre eigenen, die sie in ihrem bevorstehenden neuen Leben nicht mehr brauchen konnte.

Anschließend legte sich Bella aufs Bett und starrte zur Decke.

Und wer muss ich als Nächstes werden?

Es war anstrengend, mehrmals im Jahr in eine neue Rolle zu schlüpfen. Für die kurze Zeit, die sie in Chris' Armen hatte liegen dürfen, hatte sie sich die Hoffnung erlaubt, dass es damit endlich vorbei sein könnte.

Bella holte tief Luft und konzentrierte sich auf all das, was sie im Griff hatte. Auf ihre Talente. Sie schaltete den

Fernseher ein, zappte durch die Sender, und es dauerte nicht lange, bis sie bei einer Schauspielerin hängen blieb, an der sie sich für ihre nächste Inkarnation orientieren konnte.

Mit einem strengen Dutt machte sie einen letzten penib-len Kontrollgang durch die blitzsaubere Wohnung. Dass sie nicht nachlässig wurde, war überlebenswichtig. Sofern sich irgendwer ihren Lover geschnappt hatte, könnten sie es auch auf sie abgesehen haben – und das wären dann garantiert Profis. Und Profis untersuchten den Siphon im Bad nach vereinzelten Haaren samt Wurzel und die Unter-seite eines Glascouchtischs auf Fingerabdrücke.

Aber das kümmerte Bella nicht. Auch sie war ein Profi. Nicht mehr lange, und es gäbe nicht mehr den geringsten Hinweis darauf, dass sie je hier gewohnt hatte.

Sie putzte die Pantryküche ein zweites Mal, besonders dort, wo die Arbeitsplatte ein Stück hervorstand – genau da blieb gern mal ein Daumenabdruck zurück. Die Bleiche brannte in ihren Augen, doch noch während sie weiter-schrubbte und wienerte, ließ sie die Gedanken schweifen. Bella mochte keine offenen Enden. Sie wollte sich sicher sein können, was genau vorgefallen war. Und das hieß: diese Antikenkreuzfahrt auskundschaften, an der Chris hatte teilnehmen sollen. Er war davon schier besessen gewe-sen, und sie wusste obendrein, dass der sagenumwobene *Sammler* irgendwas damit zu tun hatte.

Bella glaubte nicht, dass er tatsächlich existierte. Die Mythen und Legenden von seinen gierigen Raubzügen kur-sierten seit gut zweihundert Jahren – und so lange lebte nun mal kein Mensch. Aber auf die Gefahr hin, dass es den Sammler wirklich gab, steckte er ja vielleicht hinter den Gerüchten über illegale Ausgrabungen in Ägypten, bei denen erst kürzlich ein ganzes Grab geplündert worden war.

Zahlreiche Funde waren auf dem Schwarzmarkt gelandet. Bella hatte dem Gerede keinen Glauben geschenkt – bis Chris ein Treffen in Ägypten erwähnt hatte, bei dem es um Artefakte aus einer heimlichen Grabung gehen sollte. In dem Moment war sie hellhörig geworden.

Vielleicht sollte sie diesmal eine rotblonde Perücke wählen? Und farbige Kontaktlinsen, damit ihre braunen Augen nicht zu sehen waren? Und eine dicke Schicht blasser Foundation. Der Pass mit ihrem Foto mit blonden Haaren war ein Meisterwerk der Fälscherkunst. Ja, der wäre genau richtig.

Die Kreuzfahrtroute war ihr herzlich egal – griechische Inseln (die sie inzwischen verpasst hätte), Zypern, dann der Suezkanal, altägyptische Sehenswürdigkeiten und Fundstätten und zu guter Letzt ein Besuch im jordanischen Petra. All das kannte sie schon, war zigmal dort gewesen. Trotzdem musste sie in Limassol auf dieses Schiff – und herausfinden, ob Chris noch am Leben war.

Bella ließ ein allerletztes Mal den Blick durch die Wohnung schweifen und war zufrieden.

Auf Wiedersehen, Susan Jones. Hallo …

Sie musste im Pass nachschauen. Vielleicht konnte sie ihre Make-up-Künste ja sogar ein bisschen weiter treiben und an Bord des Schiffes etwas älter sein? Eine alte Frau fiel schließlich niemandem groß auf.

7

Laura

Laura Scott saß an ihrem Schreibtisch an Bord des MVGoldstar-Kreuzfahrtschiffs *Emperor of the Ocean* und starrte hinaus auf den Hafen von Limassol, der in der dunstigen zypriotischen Sonne lag. Die Eventmanagerin hasste ihren Job. Sie war all das so leid.

Als sie die Stelle fünf Jahre zuvor angeboten bekommen hatte, war ihr die Aussicht, per Schiff unterwegs zu sein, aufregend vorgekommen – wie die perfekte Möglichkeit, Geld zu verdienen und gleichzeitig die Welt zu sehen. Aber inzwischen … hatte sie es satt, ständig in Bewegung zu sein … immer derselbe blaue Ozean … und in einem fort über die Schulter spähen zu müssen.

Beim Anblick der Passagierinnen und Passagiere, die von ihrem Tagesausflug zurückkamen, biss sie sich auf die Unterlippe. Wie viele waren es diesmal? Drei-, vierhundert? Innerhalb der nächsten Stunde würden sich die handverlesenen Premiumgäste sowie die Sachverständigen (die zwei, die aufgetaucht waren) in die Bibliothek zurückziehen. Andere würden mit den üblichen kleinlichen Banalitäten bei ihr landen – zu wenige Kleiderbügel, Wäscherei zu teuer, das falsche Mineralwasser in der Kabine …

Nur noch vier Tage, und ich bin weg.

Erneut ließ Laura den Blick über den Hafen schweifen. Von Chris Prince keine Spur. Als sie hatte munkeln hören, dass er ermordet worden war, noch ehe sie abgelegt hatten, war sie komplett aus dem Gleichgewicht geraten – vor Erleichterung *und* vor Angst. Wenn er tatsächlich tot war, konnte er sie nicht mehr zwingen, weiter mit ihm zusammenzuarbeiten. Aber was, wenn irgendwer beschlossen hatte, alle aus dem Weg zu räumen, mit denen Chris zusammengearbeitet hatte? War sie vielleicht die Nächste?

Dann hatte sie sich zur Räson gerufen – Chris war wie eine Kakerlake: Der überlebte alles. Sie würde sich weiter an ihre Vorgaben halten.

Laura suchte abermals den Gästestrom ab, als ihr Blick an zwei Frauen hängen blieb, die am Zolldurchgang standen. Was machten die denn hier? Sie lief durch die Bibliothek, drückte den Schalter neben der Außentür und trat hinaus aufs Außendeck, schirmte mit der Hand ihre Augen gegen die Sonne ab und lehnte sich über die Reling.

Freya und Carole Lockwood. Die hätten hier nicht auftauchen dürfen.

Ihr Puls schoss in die Höhe, und eilig kehrte sie nach drinnen zurück. Sie nahm sich den vierten Kaffee des Tages und schloss die Augen, als sie das heiße, bittere Getränk auf ihrer Zunge schmeckte. Kaffee erinnerte sie immer an zu Hause – an Australien, an Byron Bay. Unwillkürlich musste sie lächeln, als sie an ihr Lieblingscafé dachte, das direkt neben ihrer eleganten neuen Wohnung lag. Als Teenager hatte sie zugesehen, wie dort die Wellen über die goldenen Strände leckten … wie ihre zwei Brüder mit den Surfboards unterm Arm auf sie zugeschlendert kamen … Sie holte tief Luft. Manchmal konnte Heimweh richtiggehend beruhigend sein.

Nur noch vier Tage. Der Countdown war zu ihrem Mantra geworden.

Die Wohnung, die sie sich Monate zuvor unter ihrem echten Namen gekauft hatte, war bereits vollständig möbliert. Sie würde mit dem nötigen Geld nach Hause zurückkehren und sich um ihre Mutter kümmern, die sich derzeit von der Chemotherapie erholte.

In vier Tagen bin ich weg.

Seit sie sieben Jahre zuvor mit achtzehn in Großbritannien gelandet war, erzählte sie jedem, dass sie aus Perth stammte und Mutter, Vater und eine kleine Schwester hatte … was ja auch auf die Backpackerin zutraf, deren Identität sie gestohlen hatte. Die Wahrheit behielt sie für sich. Aber reichte das wirklich, um unbehelligt zu bleiben, sobald sie ihr neues Leben antrat?

Laura sah sich in der Bibliothek um und ermahnte sich zur Ruhe. Ein letztes Mal würde sie schauspielern. Und sicherstellen, dass sie keinen Verdacht erregte. Falls das Gespräch auf die Gerüchte käme, hätte sie von Chris noch nie gehört.

Durch die Tür war ein mehrstimmiges Murmeln und dann Gelächter zu hören. Im selben Moment ging eine Nachricht auf ihrem Handy ein.

Freya Lockwood nimmt als Antiquitätenexpertin teil. Sie kommt in Begleitung von Carole Lockwood. Kümmere dich darum. Danke. Dave.

»Das kommt aber ein bisschen spät, Davy«, brummelte sie in den leeren Raum hinein. »Sie sind ja schon da.«

Widerwillig griff sie zu ihrem Schlüsselband und stellte das Pausenschildchen auf ihren Tisch. Die Firmenzentrale hatte beschlossen, dass sie bei dieser Kreuzfahrt ihren Arbeitsplatz in Sichtweite der »gehobenen Gäste« einrichten sollte – ein echtes Handicap, weil sie auf diese Weise ständig verfügbar sein musste. Dave aus der Firmenzentrale hatte zwar keine Ahnung vom Geschäft, aber die Beschwerden, dass Laura bei den vergangenen Kreuzfahrten wiederholt abgetaucht sei, waren dann doch bis zu ihm durchgedrungen. Dabei war sie nie wirklich abgetaucht – sie hatte sich nur um den anderen Geschäftsbereich gekümmert.

Laura war drei Tage zuvor an Bord gegangen – nur einen Tag vor den zahlenden Gästen. Ihr Job bestand darin, sicherzustellen, dass bei derlei Themenkreuzfahrten alles reibungslos und nach Plan lief – von den Kochkursen mit Sterneköchen und entsprechenden Exkursionen in die jeweilige Gastrowelt bis hin zu den Vorträgen von Antiquitätenexperten und den Besichtigungen historischer Stätten. Sie taktete Redezeiten, organisierte die Führungen an Land, wo immer sie anlegten. Doch bei dieser sechsten Antikenkreuzfahrt war von Anfang an der Wurm drin gewesen.

Die Probleme hatten damit begonnen, dass Arthur Crockleford ermordet worden war und entsprechend nicht teilnehmen konnte – was für seine Verhältnisse gelinde gesagt *unzuverlässig* war. Immerhin hatte sie kurze Zeit später eine E-Mail erhalten, dass seine Geschäftspartnerin, Freya Lockwood, für ihn einspringen würde. Dann die nächste Mail: Sie könne nun doch nicht teilnehmen. Als Laura in der Zentrale Bescheid gesagt hatte, dass es somit zu wenige Sachverständige wären, meinten sie dort, sie würden sich darum kümmern. Stattdessen sollte Ben Wells an der Kreuzfahrt teilnehmen.

Nur dass besagter Ben Wells am Abreisetag nicht erschienen war.

Und Chris Prince ebenso wenig.

Chris ging nicht ans Telefon und beantwortete auch

keine ihrer Nachrichten. Ben Wells genauso wenig. Das Ganze war wirklich … eigenartig.

Laura nahm die Treppe zum Boardingbereich. Unterwegs kam sie am Rollwagen des Reinigungstrupps vorbei und musste wieder an die leeren Kabinen denken. Eigentlich war die Aussicht, den Lieblingsfernsehexperten kennenzulernen und ein, zwei Dinge über ein neues Sammlerstück und über Antiquitäten zu lernen, für die Zielgruppe immer unwiderstehlich gewesen, und normalerweise waren die Themenkreuzfahrten von MVGoldstar immer restlos ausgebucht. Doch diesmal stand ein Dutzend Kabinen auf Deck acht leer. Nur Luke, der Kurator der Bordausstellung, war dort eingezogen. Dann war Laura auf dem gleichen Flur untergebracht worden. Einen plausiblen Grund dafür, dass die übrigen Kabinen leer standen, hatte sie nicht zu hören bekommen. Einer der Stewards hatte erwähnt, dass es auf dem Deck wohl Probleme mit den Rohrleitungen gebe, und der Kapitän hatte erklärt, eine ganze Reisegruppe sei nicht erschienen. Laura glaubte von alldem kein Wort. Die Rohre in ihrer Kabine funktionierten jedenfalls einwandfrei.

Wieder ihr Handysignalton – und diesmal hatte Dave eine E-Mail geschrieben: Freya Lockwood könne die fünf »unten markierten« Vorträge übernehmen.

Hat Arthur seiner einstigen Kompagnonin erzählt, worum es bei diesen Kreuzfahrten geht?

Laura durchquerte das Deck mit den Ladengeschäften, Friseursalons und Bars und schlängelte sich durch den stetigen Strom der Passagierinnen und Passagiere. Zuletzt kam sie an der Galerie vorbei. Warum war die geschlossen? Wo steckte Luke? Zeit nachzusehen, hatte sie nicht; wenn sie sich jetzt nicht beeilte, würden ihr die beiden Lockwoods durch die Lappen gehen.

Während sie weiter in Richtung Boardingbereich lief, ging ihr die Galerie nicht aus dem Kopf. Die ursprünglich angekündigte Ausstellung unter dem Titel *Moderne Kunst – künftige Sammlerwerte* mit nummerierten und signierten Drucken von Künstlerinnen und Künstlern wie Damien Hirst, Bridget Riley und den Connor Brothers war von einem Galeristen aus Mayfair in London kuratiert, dann aber ohne jede Vorwarnung abgesagt worden. Stattdessen waren ihnen Exponate aus einer Privatsammlung nautischer Antiquitäten zugestellt worden.

Noch am Tag ihrer Abreise waren um sechs Uhr morgens Kisten voller maritimer Gemälde, alter Navigationsinstrumente und mit Seepocken überzogener Tassen und Unterteller angeliefert worden, bei denen es ihr eiskalt den Rücken hinunterlief. Der offiziellen Sprachregelung zufolge stammten die Exponate von einem renommierten privaten Sammler. Luke, der Kurator, hatte die Lieferung überwacht … und gebärdete sich anders als jeder Kurator, den sie zuvor jemals getroffen hatte. In der Branche waren exaltierte Persönlichkeiten fast schon der Normalfall – aber so war er nicht: Er war groß, blass, still, und ständig umspielte der Hauch eines falschen Lächelns seine schmalen Lippen. Die Brillengläser in dem zierlichen Metallgestell waren so dick, dass seine Augen dahinter riesig wirkten. Immer wieder huschte sein Blick in ihre Richtung. Er schien einfach alles zu sehen.

Sie wusste aus Erfahrung, dass sie ihrem Bauchgefühl besser trauen sollte, das ihr unmissverständlich zu Vorsicht riet. Laura nahm sich vor, ihm aus dem Weg zu gehen – und nicht mit ihm allein zu sein –, nur würde das nicht ganz leicht werden.

Nervös rieb sie über die Gravur auf der Innenseite des Ringes an ihrem Ringfinger. Wie es sich wohl anfühlte, jemanden zu haben, bei dem sie anrufen könnte, wenn alles, was schiefgehen konnte, auch tatsächlich schiefging?

Als Chris ihr drei Jahre zuvor den Ring überreicht hatte, hatte sie ihn als Zeichen betrachtet, dass sie nun bis ins Heiligtum des Schwarzmarkts vorgedrungen und dass Reichtum dort quasi selbstverständlich war. Wie unfassbar naiv. Ihr war nicht annähernd klar gewesen, welchen Preis sie dafür würde zahlen müssen.

Laura nahm ihr »Sachverständige: Herzlich willkommen«-Schild hoch und versuchte, ihr heftig schlagendes Herz zu beruhigen. Als die zwei Frauen in Sicht kamen, war ihr einziger Gedanke: *Wenn Freya und Carole Lockwood wissen, was Arthur wusste, enden sie auf dem Meeresgrund.*

8

Freya

**Ablauf der Antikenkreuzfahrt im Oktober/
von Athen nach Akaba, Jordanien**

Tag 1: Abfahrt Piräus/Athen um 17 Uhr

Tag 2: Minikreuzfahrt griechische Inseln; Vorträge

Tag 3: Limassol, Tagesausflug; Expertendinner

Tag 4: Suezkanal, ganzer Tag an Bord; Vorträge

Tag 5: Safaga/Hurghada, Tagesausflug; Halloween-Ball

Tag 6: Jordanien, Expertenführungen durch Petra; Vorträge

Das Taxi, das wir am Flughafen Larnaca genommen hatten, raste über die aufgeheizten, staubigen Straßen in Richtung Limassol. Ich lehnte die Stirn ans Fenster und wünschte mir, wir hätten das Schiff schon erreicht.

Den ganzen Flug über hatte ich mich gefragt, ob das gestohlene Gemälde aus dem Lowestoft Maritime Museum, das Arthur fotografiert und in seinem Dossier aufgeführt hatte, wirklich dasselbe war wie das in der Ausstellung an Bord und, wenn ja, wer es dort hingebracht hatte. Betty war überzeugt davon, dass es Mr. Schnösel gewesen sein musste, allerdings gab es keinerlei Hinweise auf seinen echten Namen oder darauf, dass er tatsächlich der Dieb war.

Während mir in der Warteschlange am Hafen die gestreifte Baumwollbluse und meine Chino in der Spätoktobersonne auf der Haut klebten, rief ich erneut meine E-Mails ab. Ich versuchte, mich auf meine bevorstehenden Aufgaben zu konzentrieren: Ich sollte also beim Abendessen eine Tischgesellschaft bespaßen, im Theatersaal und in der Bibliothek des Schiffes mehrere Vorträge halten und täglich um vier Uhr nachmittags bei Kaffee und Kuchen im Grand Salon für die Kreuzfahrtgäste verfügbar sein. Als meine Reisebegleitung durfte Carole ihrerseits tun und lassen, was sie wollte – und nach ihrem halben Dutzend Koffer zu urteilen, hatte sie geplant, sich mindestens viermal am Tag umzuziehen.

»Das sieht doch herrlich aus«, schnurrte Carole mit Blick auf das Kreuzfahrtschiff. Möwen kreisten am wolkenlosen Himmel und hockten auf den dicken Ankerketten, mit denen es am Dock befestigt war. »Während du deine Sachen gepackt hast, hab ich all meinen Charme spielen lassen und mir eine Premiumsuite und dir die benachbarte Kabine gesichert. Anscheinend gab es kurzfristig eine Handvoll No-Shows.« Auf ihren leuchtend roten Pumps tippelte sie die Boardingrampe hinauf, krallte sich jedoch sicherheitshalber an meinen Arm fest. »Ich hab versucht, auch vernünftige Schuhe einzupacken, bis mir auffiel – ich besitze gar keine!«

Ich wollte sie schon fragen, ob sie sich von mir ein Paar Flipflops leihen wollte, als sie irgendwas zu entdecken schien, meinen Arm losließ, stattdessen ihren überdimensionierten Strohhut festhielt und losflitzte. »Da vorne!«

Vor einer gepflegten jungen Frau Mitte zwanzig mit sonnengeküssten Wangen, roten Lippen und blond gesträhnten Haaren, die sie sich zu einem Knoten gezwirbelt hatte, holte ich Carole wieder ein.

Die junge Frau trug eine Crewuniform und hielt ein Schild mit der Aufschrift »Sachverständige: Herzlich willkommen« hoch.

»Die Expertinnen sind da«, flötete Carole mit trillernden Fingern der verdutzten MVGoldstar-Frau entgegen.

»Und deine Expertise besteht ... worin genau? In dramatischen Auftritten?« Ich bedachte Carole mit einem Augenzwinkern und wandte mich der jungen Frau zu. »Ich bin Freya Lockwood. Eine Ihrer Antiquitätensachverständigen.«

»Ich bin auch Expertin«, entgegnete Carole, »oder steht da etwa ausdrücklich ›Antiquitäten‹?«

»Was ist denn Ihr Fachgebiet?« Die Frau hatte einen eindeutig australischen Zungenschlag, wenn auch dezent, als wäre sie schon lange nicht mehr zu Hause gewesen.

Meine Tante strahlte übers ganze Gesicht. »Das Leben, Schätzchen – ich bin Expertin darin, mein Leben in vollen Zügen zu genießen, ohne mich von irgendwelchen Umständen aus der Ruhe bringen zu lassen.«

Ich schüttelte den Kopf. An ihre Heckscheiben-Stickersprüche glaubte Carole wirklich.

»Ich bin Laura und zuständig für das Kreuzfahrtprogramm.« Die Frau gab sich sichtlich Mühe zu lächeln. »Toller Hut!«

Carole rückte ihn stolz zurecht, während Laura mit ihren braunen Augen jede Einzelheit an ihr zu mustern schien.

»Also dann … Das erste Treffen ist um halb vier in der Bibliothek auf Deck neun.« Sie sah auf die Uhr. »Das ist in einer Stunde. Dort kriegen Sie einen Ausdruck des gesamten Ablaufplans.« Dann überreichte sie mir einen Lageplan des Schiffes sowie zwei Schlüsselkarten. »Ihre Kabinen befinden sich auf Deck sieben. Ihr Gepäck wird direkt dort hingebracht. Am besten nehmen Sie gleich da vorn rechts den Aufzug.« Dann trat sie ein paar Schritte zurück und gab uns zu verstehen, dass das Empfangskomitee sein Soll erfüllt hatte.

Carole sah staunend zu den Decks über uns hoch. »Das hier muss doch ein fantastischer Arbeitsplatz sein.«

»Ach, ein Hafen ist wie der andere.« Im selben Moment schien Laura selbst aufzufallen, wie schlecht gelaunt sie klang. Sie rang sich ein Lächeln ab. »Aber dieses Schiff ist kleiner, nur auf vier-, fünfhundert Passagiere ausgelegt. Die richtig großen Kreuzfahrtschiffe fassen tausend Passagiere und mehr. Dann bis später.« Sie hob flüchtig die Hand, und weg war sie.

Wir verließen den Boardingbereich und betraten einen weitläufigen klimatisierten Raum, von dem eine Art Einkaufspassage sowie das Bordrestaurant *Grand Salon* abgingen. Eine breite goldfarbene Treppe, die sich auf halber Höhe aufzweigte, führte hinauf aufs nächste Deck. Über uns baumelte mindestens ein Dutzend blitzender Kronleuchter von der hohen Decke.

»Wie kann etwas so Wuchtiges so stabil im Wasser liegen?«, fragte ich. »Und hat sie wirklich gesagt, das hier sei ein *kleines* Schiff?«

Das Interieur der *Emperor of the Ocean* wirkte erlesen und opulent. Von oben schien duftige Luft herzuwehen. Ich hätte nicht sagen können, ob es an den Blumenarrangements lag; vielleicht war der Klimaanlage auch irgendwas beigefügt worden. Dann spürte ich eine leichte Bewegung unter meinen Füßen – nicht heftig genug, um mich aus dem Tritt zu bringen, trotzdem musste ich leicht ausbalancieren.

»Ach, *wunderbar*, findest du nicht?«, fragte Carole. »Hier fühle ich mich glatt wie zu Hause!«

»Du müsstest wahrscheinlich superreich sein, wenn du dir so eine Kreuzfahrt selbst leisten wolltest.« Im selben Moment begriff ich, dass ich vor genau solchen superreichen Passagierinnen und Passagieren stehen und reden, mit ihnen im Grand Salon Small Talk betreiben und am Dinnertisch zusammensitzen müsste.

Als die Fahrstuhltüren aufgingen, straffte ich die Schultern und reckte das Kinn – *du schaffst das, und so kommen wir auch der Wahrheit auf den Grund.* Ich betrat die Kabine, deren Rückwand verglast war, sodass wir auf dem Weg zu Deck sieben an der ganzen Pracht der dazwischenliegenden Etagen vorüberrauschten.

Ich umklammerte meine Handtasche, in der mein Laptop und ein paar Schmuckstücke steckten, die ich gern zu meinen Hosenanzügen trug. Ich war gebeten worden, zwei bebilderte PowerPoint-Präsentationen zu erstellen, und hatte den Flug nach Zypern dafür genutzt. Ich war nicht geübt darin, vor Leuten zu sprechen. Aber sofern wir hier das gestohlene Gemälde wiederfänden, hätte ich meinen ersten Fall gelöst – was dringend benötigte Werbung für die Kunstdetektei Lockwood wäre und uns auf den Radar einiger größerer Museen bringen würde. Damit würde die Detektei endlich durchstarten.

Carole musste mir die Nervosität angesehen haben, weil sie prompt murmelte: »Die letzten Tage waren nervenaufreibend … Wie wär's, wir atmen vor diesem Treffen noch mal tief durch und legen uns einen Schlachtplan zurecht?« Sie hakte sich bei mir unter und tätschelte meinen Arm.

*

Meine Kabine und Caroles weit größere Suite waren durch eine Zwischentür miteinander verbunden. Ich hatte das merkwürdige Gefühl, als wäre ich leicht aus dem Gleichgewicht geraten, was nichts mit dem Schwanken des Schiffes zu tun hatte. Als ich mich in meiner Kabine umsah, schien jedes Detail mir entgegenzurufen: *Entspann dich endlich, du bist im Urlaub.* Im Bad hingen flauschige Bademäntel, auf einem Beistelltisch stand eine große Schale mit Obst, und das Bett war mit blütenweißer Bettwäsche bezogen. Trotzdem ging mein Gehirn in einem fort Stichpunkte durch, die ich an Bord kontrollieren musste.

Als ich rüber zu Carole ging, saß sie auf ihrem Bett und testete die Matratze.

»Herrlich hier, oder?« Sie strahlte mich an.

Ich bedachte sie mit einem Lächeln. Dass sie ein solches Chamäleon sein konnte, war wirklich bewundernswert. Ich war mir sicher, dass sie sich bei unserem Einsatz als überaus nützlich erweisen würde.

»Zuallererst müssen wir so viel wie möglich über die anderen Experten an Bord herausfinden. Mark Rushwell ist der Einzige, der mit einem ausführlichen Profil vorgestellt wurde – aber es sind auch noch weitere Sachverständige erwähnt. Wir müssen Fotos von ihnen organisieren und sie an Betty schicken.«

Carole fuhr mit der Hand über die Bettdecke. »Vollkommen richtig. Fotos von jedem Einzelnen. Gib mir eine Minute, damit ich mich umziehen kann.«

Ich kehrte in meine Kabine zurück und schob die gläserne Balkontür auf. Salzige Mittelmeerluft schlug mir entgegen – und das Murmeln der Passagierinnen und Passagiere auf den benachbarten Balkonen. Als ich mich über das Glasgeländer lehnte, machten ein paar Nachbarn ein paar Decks tiefer gerade aufgeregt Selfies. Über dem Schiff kreisten Möwen.

Alle warteten nur darauf, dass wir endlich in See stachen.

Carole gesellte sich zu mir.

»Ich hab schnell noch unsere Halloween-Kostüme aufgehängt. Das wird lustig!« Dann kam sie ganz dicht an mein Ohr heran und flüsterte: »Ab jetzt sind wir undercover, oder? Oh, das ist alles so aufregend!« Sie zeigte auf die scheinbar endlosen Reihen aus makellosen Balkonen zu beiden Seiten. Im Schatten des Schiffes dümpelten Möwen auf den Wellen. »Keiner von denen ahnt auch nur, warum wir in Wahrheit hier sind!«

»Was denn für Halloween-Kostüme?« Ich war mir sofort sicher, dass das Kostüm, das sie für mich vorgesehen hatte, das ausgefallenste von allen wäre.

»Im Programm stand auch ein Halloween-Ball. Und dein Kostüm bleibt fürs Erste geheim. Aber mach dir keine Sorgen, es ist großartig!«

Ich musste lachen. »Dann sollten wir wohl allmählich in Richtung Bibliothek gehen und meine Kollegen kennenlernen.«

»Ausgezeichnete Idee.« Carole tätschelte erneut meinen Arm. »Ich lege nur noch schnell ein bisschen Lippenstift auf. Du kannst gern vorgehen, und wir treffen uns dort. Immerhin bist du diejenige, um die es hier geht.«

Ich warf einen letzten Blick aufs glitzernde Wasser. Nicht mehr lange bis Sonnenuntergang. Am nächsten Morgen würden wir in den Suezkanal einfahren, doch in der Zwischenzeit wäre dieses Schiff unsere Luxusherberge – in der zwei Nächte und ein ganzer Tag auf See vor uns lagen.

Die Schiffsmotoren dröhnten, und das ganze Fahrzeug vibrierte.

Binnen Minuten waren die Ketten gelöst, die uns an Land gehalten hatten, und als das Schiff Kurs auf den Horizont nahm, war klar: Ab jetzt gab es kein Zurück.

9

An der Tür zur Bibliothek klopfte ich vorsichtig an. Als keine Reaktion kam, klopfte ich erneut, diesmal lauter.

Einen Moment später steckte Laura den Kopf durch die Tür. »Ihre Schlüsselkarte funktioniert hier auch.« Mit einem gekünstelten Lächeln zeigte sie auf den Kartenleser.

»Oh. Tut mir leid.«

»Keine Ursache. Kommen Sie rein.«

Ich betrat einen lang gezogenen, lichtdurchfluteten Raum mit deckenhohen Fenstern an einer Seite und dunkelblau lackierten Bücherregalen gegenüber. Weil ich jedoch noch viel dringender die Galerie sehen wollte, erkundigte ich mich gleich danach.

Laura wollte schon antworten, als ihr Blick an etwas hinter mir hängen blieb und sie schlagartig blass wurde.

Im selben Moment schob sich jemand an mir vorbei und stellte sich vor mich. »Die Galerie ist abgeschlossen«, beschwerte er sich bei Laura. Hinter seiner Brille sahen seine Augen riesig aus. »Wo sind die Schlüssel?« Er hielt die Hand auf und sah Laura herablassend an.

»Tut mir sehr leid …« Laura schien sich beherrschen zu müssen, um nicht die Augen zu verdrehen. »Das ist Luke, der Kurator unserer Bordgalerie. Und jetzt sei so gut, Luke, und lass mich erst mit Miss Lockwood reden.«

»Ich muss ein paar Sachen für meinen Privatvortrag aus der Sammlung holen«, beharrte er fast bedrohlich leise. »Ich war bloß für eine halbe Stunde weg, und prompt hat sich dieser Security-Mann verflüchtigt. Er muss abgeschlossen und den Schlüssel mitgenommen haben.« Er klang angestrengt, und die Ader an seinem Hals pulsierte, als wäre er kurz davor zu explodieren.

Laura lächelte geduldig; das hatte sie eindeutig trainiert. »Ich rufe die Security an und kläre das.« Dann drehte sie sich wieder zu mir um. »Ich wollte Ihnen den Ablaufplan geben, richtig?«

Mit ein paar geschmeidigen Schritten umrundete sie den Schreibtisch neben der Tür und zog ein Schubfach auf. Als ich einen Schritt nach vorn trat, sah Luke mich finster an.

»Ich bin Freya Lockwood, eine der Antiquitätenexpertinnen.« Ich streckte ihm die Hand hin, worauf er jedoch nicht reagierte.

Ich sollte ein Foto von ihm machen – der könnte glatt Mr. Schnösel sein.

»Ruf sofort da an«, blaffte er Laura an.

Ich beschloss, ihr zuliebe für ein bisschen Entspannung zu sorgen und gleichzeitig mehr über die Ausstellung in Erfahrung zu bringen. »Habe ich das richtig verstanden? Eigentlich sollten Werke bekannter zeitgenössischer Künstler ausgestellt werden, aber das wurde kurzfristig über den Haufen geworfen?«

»Klingt mir nicht wirklich nach einer Frage.«

Ich wartete ab, ob er das noch ausführen würde, doch er konzentrierte sich wieder ausschließlich auf Laura.

»Und wo ist diese Galerie?«, hakte ich nach.

»Ich brauche den Schlüssel, und zwar pronto. Könntest du also *bitte* schneller machen?«

Sie zuckte nicht mit der Wimper, drehte sich aber leicht von ihm weg. »Warum machen Sie sich unterdessen nicht mit Ihren Kollegen bekannt?«, wandte sie sich an mich und zeigte auf die Tür zum Außendeck. Am Geländer standen ein Mann und eine Frau – und natürlich wollte ich sie kennenlernen und sehen, was ich noch alles herausfinden konnte.

Mark Rushwell war Anfang sechzig, grauhaarig, braun gebrannt und trug einen maßgeschneiderten rosa Leinenanzug. Der attraktive Mann war schon in mehreren Antiquitätensendungen und Fernsehshows zu sehen gewesen. Bei der Frau handelte es sich um Sally Bright, die regelmäßig in *Bargain Hunt* und *Antiques Roadshow* auftrat: Typ Schulleiterin, pflegeleichte, vernünftige Frisur, blasser Teint, der erste rote Flecken aufwies. Anscheinend hatte sie jetzt schon ein bisschen zu viel Sonne abgekriegt. Über ihrem geblümten Sommerkleid trug sie eine dunkelblaue Jacke mit goldenen Knöpfen, was mir eindeutig übertrieben vorkam. Die beiden hatten die Köpfe zusammengesteckt, sahen sich jedoch in einem fort um, damit auch ja niemand sie belauschte.

Verdächtig.

Ich nickte Laura zu und hatte die Bibliothek bereits halb durchquert, als sie mich zurückrief.

»Entschuldigen Sie – hier, die Einzelheiten zu den Vorträgen und zum Expertendinner heute Abend.« Laura hatte zu mir aufgeschlossen und drückte mir einen Umschlag in die Hand. Hinter ihr verließ Luke soeben die Bibliothek. »Ich bin froh, dass Sie doch noch gekommen sind. Wir hatten bislang nur zwei Redner, und die waren nicht sonderlich glücklich darüber.« Ihr Blick huschte zu Mark und Sally auf dem Außendeck. Trotzdem sah sie kein bisschen froh aus –

eher besorgt, was ich jedoch auf Luke schob. »Wie kommt es, dass Sie es sich anders überlegt haben? War's am Ende doch das schreckliche englische Wetter?«

»Eher ein Missverständnis. Ich hatte ein Schreiben bekommen, dass ich nicht mehr gebraucht würde, aber …« In der Hoffnung, dass Laura den Satz vielleicht vervollständigen würde, verstummte ich.

»Sehr merkwürdig.« Sie dehnte die Schultern, wechselte dann aber einfach das Thema. »Ich hab gehört, dass Sie im Frühling eine Hehlerbande zerschlagen haben.« In Lauras Augen blitzte die Neugier. »Das muss … aufregend gewesen sein.«

Kurz stand mir vor Augen, wie ich in einem der Depoträume auf Copthorn Manor eingesperrt worden war, und ich erschauderte. »Aufregend – so kann man es auch nennen …« Aber ich wollte jetzt keine Fragen zu den Ereignissen im vergangenen Mai beantworten, deshalb lächelte ich nur und drückte auf den Schalter neben der Tür.

Ein tiefer Atemzug, der mir Zuversicht bescheren sollte, und ich trat hinaus aufs Außendeck, das in der Nachmittagssonne badete. Eine frische Meeresbrise wehte leises Gemurmel von den benachbarten Balkonen herüber.

Ich hielt auf Mark Rushwell und Sally Bright zu und wollte schon die Hand ausstrecken, als mir eine Passage aus Arthurs Dossier einfiel.

Mit dem 100-Guinea-Schwert aus Bronze wurde James Rushwell, Kapitän der HMS Swiftsure, *einem Linienschiff dritten Ranges mit zuletzt 74 Kanonen, für seine Verdienste in der siegreichen Schlacht 1805 ausgezeichnet.*

War es Zufall, dass jenes Schwert einem Rushwell gehört hatte? Oder war Mark sein Nachfahr? Ich würde Sky bitten, das für mich herauszufinden.

Mit einem Lächeln im Gesicht kam Mark auf mich zu. »Guten Tag, ich bin Mark Rushwell, und Sie müssen Freya Lockwood sein. Ihr Ruf eilt Ihnen voraus, Miss Lockwood!« Er hatte die linke Hand in die Jackentasche geschoben, streckte mir seine Rechte entgegen. Er wirkte wie jemand, der es gewohnt war, sein Gegenüber um den Finger zu wickeln.

»Freut mich, Sie kennenzulernen.« Wir gaben einander die Hand, und sein Handschlag war fest und freundlich. »Ich wollte nicht stören, ich dachte mir nur, ein Kaffee hier draußen wäre jetzt schön.«

Sally nickte mir zu. »Aber Sie stören doch nicht! Ich bin Sally Bright. Ist dieses Schiff nicht ganz wunderbar? Und wie gut, dass Sie noch gekommen sind! Wir haben gerade festgestellt, wie anstrengend all diese Events für zwei Leute sind. Ursprünglich sollte ich nur die Landgänge begleiten. Meine Leidenschaft ist die Ägyptologie – und die Nabatäer, die das antike Petra gegründet haben. Der Ausflug dorthin wird einfach nur herrlich! Trotzdem …« Sie kam einen Schritt näher und fuhr flüsternd fort: »Mein gestriger Vortrag über englische Möbel aus dem achtzehnten Jahrhundert war nur mithilfe von Google möglich!«

Ich gluckste in mich hinein. Wäre mir nicht anders gegangen.

»Aber erzählen Sie das bloß nicht den Passagieren! Die schienen übrigens kein bisschen schlauer zu sein …«

»Versprochen.« Ich berührte sie sachte am Arm, um ihr zu verstehen zu geben, dass ihr Geheimnis bei mir in guten Händen war. »Ich freue mich, dass ich Sie unterstützen darf. Die Einladung war eine Ehre für mich.« Ich sah Mark und Sally abwechselnd an. »Sind Sie beide schon seit Tag eins dabei?«

Sally nickte. »Wussten Sie, dass eigentlich zwei weitere Sachverständige mitfahren sollten – Sie gar nicht mit eingerechnet – und beide einfach nicht aufgetaucht sind? Auf dem Schiff wird gemunkelt, dass einer von ihnen ... vermisst wird. Also ... *vermisst-vermisst*, wenn Sie verstehen, was ich meine.«

»Und wer sind die beiden? Auf der MVGoldstar-Webseite habe ich keine Namen finden können.«

»Ben Wells und Chris Prince.« Mark lehnte sich gegen das Geländer. »Da die beiden nicht allzu bekannt sind – also, nicht wie wir, aus dem Fernsehen –, hat der Veranstalter sie auf der Webseite wahrscheinlich gar nicht erst vorgestellt.«

Ich drehte mich wieder zu Sally um. »Und kennen Sie die beiden?«

Sie zuckte mit den Schultern. »Ich würde ja behaupten, beide sind eher Sammler als Experten.« Sally kräuselte die Lippen zu einem Lächeln, als hätte sie einen Insiderwitz gemacht. »Aber sei's drum – Mark ist ohnehin besser darin, sein Publikum zu bezirzen und zu unterhalten.« Kurz sah sie ihn versonnen an. Dann straffte sie sich und warf einen Blick auf ihre Armbanduhr. »Ich glaube, ich gehe vor dem Meet and Greet noch ein bisschen spazieren.«

»Aber ich ...« Doch da war sie schon weg. Ich hätte sie gern gefragt, ob sie irgendwo aufgeschnappt hatte, warum die zwei Männer nicht aufgetaucht waren. Aber anscheinend musste das warten.

Ich schrieb eine kurze Nachricht an Sky und bat sie, die beiden abwesenden Experten zu checken, die immerhin inzwischen Namen bekommen hatten.

»Wirklich – schön, dass Sie da sind«, sagte Mark. »Wir sehen uns in einer halben Stunde im Grand Salon zum täglichen Kreuzfeuer der Passagiere. Genießen Sie Ihren Kaffee!«

Ich seufzte und suchte mir einen Stuhl am entlegenen Ende des Außendecks. Dann krümmte ich die Finger der rechten Hand, bis sie ganz leicht über meine verbrannte Handfläche strichen – eine dumme Angewohnheit, wenn ich nachdachte.

Mein Handy pingte.

Es war Betty.

Sind Sie schon auf dem Schiff? Haben Sie diesen tollen Mann aus dem Fernsehen schon kennengelernt? Mark Rushwell?

Drei tanzende Pünktchen.

Sieht er im echten Leben auch so gut aus? Sind Sie so lieb und bringen mir ein Autogramm mit?

Und wieder …

Keine Eile – nur wenn sich ein Päuschen ergibt!

*

Das Meet and Greet, wie Sally es genannt hatte, fand im Grand Salon statt und bestand aus acht Passagierinnen und Passagieren und den Sachverständigen, also auch mir. Die Gäste hatten sich um den Silberfuchs Mark Rushwell geschart, während Sally und ich ein paar Schritte abseits mit Softdrinks in der Hand an der Bar standen.

»Kennen Sie und Mark sich gut?«, fragte ich sie.

»Ach, seit Jahren! Meine Eltern hatten einen Antiquitätenladen in Cranbrook, seine Eltern hatten ein Auktionshaus in Sevenoaks …« Sie zuckte mit den Schultern. »Kent ist ja nun keine große Grafschaft. Die Händler kennen ihre Auktionatoren. Mark hat das Familienunternehmen direkt nach seinem Studienabschluss übernommen, als sein Vater krank wurde. Ich wollte den Laden meiner Eltern eigentlich nicht übernehmen, aber mein Ex-Mann fand die Idee ganz toll. Dann hat er die Verkäuferin gevögelt und ist mit unserer Hundesitterin durchgebrannt …«

»Klingt nach einem guten Fang.«

Wir sahen einander an und mussten beide lachen.

»Aber Ihnen geht es ja ganz ähnlich mit Arthurs …« Sie zog eine Augenbraue hoch. »Mit Arthurs Laden. Oder wollen Sie auch … Ihre Fühler in andere Bereiche ausstrecken?«

Sie will offenbar Antworten. Genau wie ich.

»Kannten Sie Arthur gut? Früher hat *er* diese Kreuzfahrten begleitet …«

Sally wurde blass, überspielte es aber mit einem Lächeln. »Ich bin jetzt seit drei Jahren Sachverständige bei MVGoldstar. Da habe ich Arthur ganz gut kennengelernt … Andererseits konnte er ziemlich geheimniskrämerisch sein. Womöglich wusste ich ja doch nicht immer über alles Bescheid.«

Sie drehte sich von mir weg und sah zu Mark, der sich soeben aus seiner Plauderrunde losmachte und auf uns zugeschlendert kam.

»Alles in Ordnung?«

»Ich habe Sally gerade gefragt, wie sie Arthur kennengelernt hat.«

Auch Mark zuckte mit den Schultern. »Den kannten doch alle. Er war das Herz und die Seele jeder Party und ein exzellenter Auktionator.«

Vielleicht hatte ich irgendwas nicht mitbekommen – denn dass Arthur Auktionator gewesen war, war mir tatsächlich neu. Allerdings hatten wir auch zwanzig Jahre lang keinen Kontakt mehr gehabt, insofern mochte dies ein neues Betätigungsfeld für ihn gewesen sein.

Wir mischten uns unters Volk, und ich war beruhigt, alle Fragen beantworten zu können.

Schließlich trafen wir drei uns wieder an der Bar. »Die Stunde ist rum, meine Lieben«, rief er in den Raum hinein.

Aus den Augenwinkeln sah ich eine ältere Dame in malvenfarbenem Cardigan und Rock auf ihn zuwieseln. Ein langer Zopf fiel ihr über den Rücken, und sie hatte sich die Lesebrille in die Stirn geschoben.

»Mark, mein Bester«, rief sie. »Komm, setz dich zu mir.«

Ich rechnete schon damit, dass er protestieren würde, weil das Meet und Greet nun mal vorbei war, doch er schien sich über die Passagierin sogar zu freuen. Bevor sie sich zurückzogen, drehte sie sich zu mir um.

»Ich bin Patricia Henderson.« Wir gaben uns die Hand, und sie lächelte herzlich. »Mark und ich sind nach all diesen Kreuzfahrten richtig gute Freunde geworden. In der Sendung ist er einfach umwerfend!« Bis über beide Ohren strahlend hakte sie sich bei ihm unter, und gemeinsam suchten sie sich ein ruhiges Eckchen.

Ich nahm dies als Zeichen, dass ich jetzt freihatte, die Galerie aufsuchen und die Ausstellungsstücke in Augenschein nehmen konnte. Kaum hatte ich den Grand Salon verlassen, ging ich unwillkürlich schneller. Wenn das gestohlene Gemälde tatsächlich dort hing, war ich auf der richtigen Spur, würde meinen ersten Fall in Rekordzeit lösen und könnte den Rest der Kreuzfahrt einfach nur genießen.

Ich hätte ahnen müssen, dass in der Antiquitätenbranche nichts derart einfach war …

10

Auf Deck elf stieg ich aus dem Glasaufzug. Vor mir lag das Restaurant *Seafood and Steak*, in dem das Dinner mit den »Lieblingsfernsehexperten« stattfinden würde. In der Mitte des Speisesaals waren lange Tische gedeckt worden. Dahinter verwies ein Schild auf die Sunset-Veranda samt Bar.

In den vergangenen zwei Stunden hatte ich zwar die Galerie aufgespürt, allerdings war sie verschlossen gewesen. Vor den Fenstern waren Metallrollos runtergelassen worden. Es war zutiefst frustrierend, weil ich so nicht mal einen flüchtigen Blick auf die Ausstellung hatte erhaschen können. Die restliche Zeit bis zum Abendessen hatte ich mit Rundgängen durch das Schiff verbracht, sodass ich mich jetzt halbwegs orientieren konnte.

Nur wenige Schritte vor der Schwelle zum Restaurant trat ich ohne Vorwarnung ins Leere und stürzte nach vorn. *Himmel!* Ich musste eine Stufe übersehen haben. Statt nach dem Handlauf zu greifen, landete ich auf allen vieren auf der Auslegeware. Meine Handflächen und Knie brannten. Keine Ahnung, ob das Schiff geruckt hatte oder meine Erschöpfung der Grund für meine Unachtsamkeit gewesen war – jedenfalls stieg mir die Hitze in die Wangen.

Nicht gerade der würdevolle Auftritt, den ich mir ausgemalt hatte.

»Du liebe Güte!«, hörte ich eine besorgte Stimme hinter mir, und dann streckte mir Patricia Henderson, die grauhaarige Lady, die sich nach dem Meet and Greet Mark geschnappt hatte, die Hand entgegen. »Ist alles in Ordnung? Haben Sie sich verletzt? Kommen Sie, ich helfe Ihnen hoch.«

Ich nahm ihre Hilfe gern an. »Danke, alles gut, ich bin nur …« Eilig richtete ich mich auf, nicht dass ich der zierlichen Dame noch zu schwer wurde.

Ihr Blick huschte flüchtig zu meiner Brust, und ich zupfte mein smaragdgrünes Wickelkleid zurecht, das über meinem BH verrutscht war. Sie blieb vor mir stehen und schirmte mich ab, bis ich wieder einen anständigen Anblick bot. Ich hätte sie dafür küssen mögen.

»Gehen wir zusammen«, schlug sie vor. »So eine Kreuzfahrt ist doch ganz fabelhaft, finden Sie nicht? Meine Mutter hat früher in einem Reisebüro gearbeitet. Nach der Schule habe ich immer bei ihr am Schreibtisch gesessen und die Reisekataloge durchgeblättert. Ich hab immer davon geträumt, genug Geld zu haben, um über die sieben Weltmeere zu schippern!«

»Ich habe gar keine Erfahrung mit Kreuzfahrten, deshalb freue ich mich, dass ich hier dabei sein darf.« Ich folgte ihr ins Restaurant. Obwohl sie bestimmt auf die achtzig zuging, war sie makellos geschminkt. Sie trug ein knielanges schwarzes Designercocktailkleid, an ihrer Hand funkelte ein auffälliger Jugendstilrubinring, und an ihrem Jäckchen hatte sie eine perlmuttfarbene Gomina von Léa Stein befestigt – die berühmte »schlafende Katze«. Ihr Stil war unaufdringlich, trotzdem sah man ihr Qualität und Hochpreisigkeit an.

»Ihre Léa-Stein-Brosche ist hinreißend«, bemerkte ich.

»Die hat mir mein Neffe geschenkt. Wir hatten früher mal eine weiße Katze namens Snowy. Er ist so ein guter Junge«, schwärmte sie. »Snowy ist leider nicht mehr unter uns.«

Als ich ihren betrübten Blick sah, wechselte ich eilig das Thema. »Sie haben erwähnt, dass Sie früher schon an solchen Antikenkreuzfahrten teilgenommen haben.«

»Mein Mann und ich haben Kreuzfahrten geliebt, und jetzt, da er tot ist, fahre ich eben allein. Er hat immer davon geträumt, Petra zu besichtigen – und viele andere Stätten –, und das mache ich jetzt einfach für uns beide. Allerdings ist der Ablauf seit dem letzten Mal abgeändert worden, und nun bin ich kein großer Fan von Veränderungen ... *Bargain Hunt* beispielsweise, meine Lieblingssendung, hat seit Ewigkeiten immer denselben Ablauf. Ich würde ja meinen, ich wäre um einiges besser als viele der Teilnehmer, andererseits ...«

Am Durchgang zum Restaurant hielt sie abrupt inne.

»Andererseits ...?«, hakte ich nach.

»Ach, nichts weiter. Bill hätte einfach nicht gewollt, dass ich im Fernsehen auftrete. Er war immer sehr auf Zurückhaltung bedacht.« Patricia schob die Tür auf. »Sind Sie verheiratet?«

Ich schnaubte. »Nein. Ich habe kein Händchen für Männer. Ich bin glücklicher Single.«

Patricia drückte meinen Arm. »Man weiß nie, was die Zukunft bringt. Bill war mein zweiter Mann. Er hat mir in vielerlei Hinsicht die Welt eröffnet. Ich hab ihn bei einer Antiquitätenmesse in Oxford kennengelernt ... Damals war er Händler für Keramiken. Anderen gegenüber konnte er fast schon barsch und autoritär auftreten. Bei seiner Beerdigung hat mir jemand anvertraut, er habe richtiggehend

Angst vor Bill gehabt … Aber zu mir war er immer nur wunderbar und sehr großzügig.« Ihr Blick blieb erneut an Mark hängen. »Entschuldigen Sie, ich bin gleich wieder da.« Sie eilte zu ihm hinüber.

Einige der Gäste warteten schon, und ich stellte mich zu ihnen. Sie lächelten freundlich, sprachen mich aber nicht an, wofür ich ihnen insgeheim dankbar war. Ich zupfte mein Kleid zurecht. *Wo steckt eigentlich Carole, wenn ich mal eine Sicherheitsnadel brauche?* Ich sah mich um, bemühte mich um einen selbstsicheren Gesichtsausdruck und gestraffte Schultern, trotzdem waren meine Hände nass geschwitzt. Derart glänzendes Besteck und blütenweiße Tischtücher war ich nicht gewöhnt …

»Hallo, hallo!«

Ich wusste, dass meine Tante erschienen war, noch ehe ich sie zu Gesicht bekam.

»Ist das nicht wahnsinnig edel?«

Sie hakte sich bei mir unter, und ich lehnte mich dezent in ihre Richtung. Vielleicht würde ihr Selbstbewusstsein ja auf mich abfärben.

»Immer daran denken: Wer den meisten Spaß hat, gewinnt. Und heute sind wir die Gewinnerinnen!« Dann setzte sie ihre überdimensionierte Lesebrille auf und studierte den Sitzplan an der Tafel neben dem Pult des Restaurantleiters. »Jeder Sachverständige hat einen eigenen Bereich.« Mit einem erleichterten Seufzer zeigte sie auf ihren Namen. »Ich sitze an deinem Tisch. Zumindest können wir so zusammen essen. Komm, wir tun so, als hätten wir eine Hochzeit gesprengt! Wir essen und trinken, so viel wir nur können, suchen uns zwei attraktive Männer, und dann …«

»Ladys, es ist mir ein Vergnügen, Sie im Seafood and

Steak willkommen zu heißen.« Der Restaurantleiter war gute eins neunzig groß, hatte einen südeuropäischen Teint, dunkle, zurückgekämmte Haare und dunkelbraune Augen. Am Handgelenk trug er eine Patek Philippe. »Wenn Sie mir bitte noch Ihre Namen nennen würden …«

Carole antwortete ihm, und er machte aus dem Abhaken auf seinem Sitzplan ein richtiggehendes Spektakel, benutzte einen goldenen Füller, und mir fiel auf, dass er einen Designeranzug trug.

Als er erneut zu uns aufblickte, lächelte er breit. »Wenn Sie bitte Ihrem Kellner folgen mögen?« Ein Mann in Livree führte uns zu unseren Plätzen.

Kaum dass wir saßen, betrat eine Gruppe uniformierter Schiffsoffiziere den Speisesaal und ließ sich an einem Tisch zu unserer Rechten nieder. Carole saß ein paar Plätze von mir entfernt, zwinkerte mir aber auffällig zu, als einer der Offiziere mit schreckgeweiteten Augen zu uns herüberblickte. Anscheinend hatte auch er mich erkannt.

Phil.

Ich setzte mich so kerzengerade auf, wie ich nur konnte, und schüttelte ungläubig den Kopf. Dann raunte ich meiner Tante leise zu: »Die Sache hier ist soeben hoch spannend geworden.«

Phil war der Undercover-Ermittler vom FBI, den ich im Zuge des Copthorn-Manor-Falls kennengelernt hatte.

»Nur gut, dass ich diesen Bikini in meinen Koffer geschmuggelt habe«, bemerkte Carole eindeutig zu laut, als Phil auch schon in seiner ganzen uniformierten Pracht bei uns stehen blieb. »Also … *Sie* sehen aber mal umwerfend aus!«

Phils Blick huschte zwischen Carole und mir hin und her. Er gab sich leutselig, war aber sichtlich blass geworden.

Wenn das Dezernat für Kunstverbrechen des FBI sich die Mühe machte, einen Undercover-Ermittler an Bord einer MV Goldstar-Kreuzfahrt einzuschleusen, dann ging es hier um weit mehr als nur um ein gestohlenes Gemälde.

11

Phil streckte mir die Hand entgegen. »Guten Abend. Ich bin Nautischer Offizier Phillip Ward. Schön, Sie kennenzulernen.« Er sah mich durchdringend an, damit ich seine Scharade mitspielte. Sein grau meliertes Haar war definitiv besser frisiert als zuletzt, da er auf Copthorn Manor den Gärtner gespielt hatte. Ich gab ihm die Hand, und ein Anflug von Erleichterung huschte über sein Gesicht.

Carole hatte damals im Mai in einem fort Anspielungen gemacht, wie gut er aussehe und wie sehr mir ein Liebhaber guttäte. Ich hatte stur darüber hinweggehört. Doch nach dem Blitzen in ihrem Blick zu urteilen, als sie uns beide beobachtete, war klar, dass sie, sobald sie und ich in der Kabine wären, die nächste Runde einläuten würde. Doch selbst Phil in Uniform würde mich nicht von meinem Auftrag abbringen, das gestohlene Gemälde aufzuspüren.

»Freut mich ebenfalls, Phil. Werden Sie an unserem Tisch essen?«

Wenn nötig, kann ich gern so tun, als wären wir uns nie zuvor begegnet. Trotzdem finde ich heraus, was du hier zu suchen hast.

Ich hatte Phil zuletzt in der Eingangshalle von Copthorn Manor die Hand geschüttelt, kurz bevor ich – erfolglos – versucht hatte, Carole zurück zu unserem Auto zu scheuchen. Sie und ich hatten eben erst den Copthorn-Manor-

Fall aufgeklärt, und inzwischen wimmelte das Herrenhaus nur so von Ermittlern.

»Danke.« Ich hatte ganz Profi sein wollen und steif die Hand ausgestreckt. »Für … alles.« Woraufhin er meine Hand ergriff und mir ins Ohr flüsterte: »Ich hoffe inständig, es wird Ihnen nicht zur Gewohnheit … dass Sie sich in die Tätigkeiten des FBI einmischen.«

»Dann … bis zum nächsten Mal«, hatte ich herausgepresst.

Seither waren wir uns nicht mehr begegnet, und ich hätte zu gern behauptet, dass ich seitdem auch nicht mehr an ihn gedacht hätte. Allerdings wäre das gelogen gewesen.

Phil ließ sich neben Carole nieder, allerdings galt seine Aufmerksamkeit nicht unserem Tisch. Mit dem Blick suchte er den Speisesaal ab, und als Carole ihm etwas zuraunte, schüttelte er leicht verzweifelt den Kopf. Mit einer Geste gab Carole ihm zu verstehen, dass sie fortan den Mund halten würde – und bei seinem Gesichtsausdruck musste ich beinahe lachen. Eine wesentliche Lektion aus unserer gemeinsamen Zeit auf Copthorn Manor schien er vergessen zu haben.

Irgendwie musste ich ihn von Carole erlösen.

Vier weitere Kreuzfahrtgäste betraten das Restaurant und setzten sich an unseren Tisch. Phil schenkte ringsum Wasser ein und verwickelte den älteren Herrn rechts von ihm in ein Gespräch. Binnen Sekunden sah es ganz so aus, als wären sie Freunde, die sich gerade seit Langem wiederbegegnet waren. Diesbezüglich war Phil wie Carole – wenn er es darauf anlegte, verfielen die Leute sofort seinem Charme.

Die Frau neben mir stellte sich vor. »Ich bin Jenny Harris, und das ist mein Ehemann Archie.« Die Frau zeigte auf den Mann, der Phil gerade zum Lachen gebracht hatte.

Jenny trug ein langes silberfarbenes Paillettenkleid, einen markanten Georg-Jensen-Halsring und dazu passende Ohrringe von Astrid Fog, schätzungsweise aus dem Jahr 1972. Solche Ohrringe hatte ich immer schon haben wollen. Sie nahm ihre Serviette hoch. »Man kennt Sie nicht aus dem Fernsehen, oder? Was Antiquitätensendungen angeht, bin ich eine echte Expertin.«

»Freut mich, Sie kennenzulernen, Jenny. Nein, ich …«

Im selben Moment drehte sie sich zu Patricia Henderson um, die an unseren Tisch trat. »Und das hier ist meine gute Freundin Patricia. Sie weiß *alles* über die Sendung *Roadshow*, dafür kennt sie sich mit *Bargain Hunt* kein bisschen aus.«

»Na ja …« Patricia sah aus, als würde sie Jenny Einhalt gebieten wollen, doch die hörte darüber hinweg und wandte sich wieder mir zu.

»Sie waren bislang in keiner dieser Sendungen zu Gast, oder?« Ihre Augenbraue wanderte nach oben. Offenbar war sie überzeugt davon, dass sie nicht für ein Essen mit einem stinknormalen Experten, sondern für einen *Fernsehexperten* bezahlt hatte – und das war ich nun mal nicht.

»Ich fürchte, Sie haben recht.« Ich bemühte mich um ein freundliches Lächeln.

Jenny ließ nicht locker. »Auf der Tafel dort steht, Sie sind die neue Eigentümerin von Crockleford Antiques. Dann sind Sie einfach nur Händlerin?« Ohne meine Antwort abzuwarten, drehte sie sich nach einem Kellner um. »Wie wäre es mit Wein?«

Ich lächelte sie breit an. »Gute Idee.« Wenn sie nur hinreichend angetrunken wäre, würde sie vielleicht aufhören zu sticheln.

»Und jetzt, Jenny, lassen wir die freundliche junge Dame

mal durchatmen, ja?« Patricia nahm sich eins der kleinen Brötchen aus dem Silberkorb vor uns auf dem Tisch. »Erzähl Freya lieber von deiner fantastischen Lalique-Sammlung.« Sie zwinkerte mir zu.

Jenny beugte sich zu mir rüber und hörte über den Einwurf ihrer Freundin einfach hinweg. »Der einzige fernsehfremde Experte, den ich gut leiden konnte, war Arthur Crockleford. Ich hab ihn bei einer dieser Kreuzfahrten kennengelernt, wissen Sie ... Und *das* war mal ein spannender Mann! Charmant, obwohl er so unbekannt war. Irgendwer hat mir mal erzählt, dass sein Laden bloß der Deckmantel für seine geheimen Aufträge war. Grässlich, dass er nicht mehr unter uns weilt. Und all das Hin und Her, wer ihn ersetzen könnte!«

»Kennen Sie denn auch Chris Prince und Ben Wells?«, ging ich eilig dazwischen. »Die beiden waren ja ebenfalls vorgesehen.«

»Schon, aber ...«

»Jen, Rot oder Weiß zum Essen?«, rief ihr Ehemann und sah sie ausdruckslos an.

Während wir anderen darauf warteten, dass der Wein ausgeschenkt wurde, vertieften sich Patricia und Archie in ein Gespräch. Anscheinend hatte er sich nach ihrem Neffen Tony erkundigt. Sie sprach ein wenig leiser, als sie antwortete, trotzdem meinte ich, das Wort »aufsteigen« herauszuhören. In der Zwischenzeit hatte Jenny ihr erstes Glas gekippt und konzentrierte sich wieder auf mich.

»Muss schwer für Sie sein, an dem Ort zu arbeiten, an dem der gute Arthur zu Tode gestürzt ist.« Sie sah mich mit einer Mischung aus Mitgefühl und Neugier an. Es war unerträglich.

Ich griff zu der Serviette auf meinem Schoß und wickelte sie so fest um meinen Finger, dass ich die Blutzufuhr abschnürte. Hilfe suchend drehte ich mich zu dem einzigen Menschen um, dem ich vertraute: zu meiner Tante. Doch die plauderte mit Patricia. Dann schien Phil die Panik in meinem Blick aufzufangen und stupste Carole diskret an.

Ich nickte ihm dankbar zu, und er hob sein Weinglas in meine Richtung.

»Freya, magst du uns gar nicht vorstellen?«, tönte Carole quer über den Tisch.

Meine Rettung. Dafür liebte ich sie.

»Darf ich Ihnen Carole Lockwood vorstellen? Arthur Crocklefords beste Freundin. Sie war in ihren Glanzzeiten oft im Fernsehen«, fügte ich nicht ganz ohne Hintergedanken hinzu.

»Ich stecke bis heute mitten in meinen Glanzzeiten, Schätzchen.« Carole warf ihre Haare zurück und zwinkerte Jenny zu. »Soll ich Ihnen von einer kurzen ... sagen wir ... *Begegnung* mit dem Hochadel Hollywoods erzählen?« Sie senkte die Stimme. »Für Ihren Ehemann könnte das allerdings ein bisschen viel werden ...«

Jenny streifte Archie mit einem abschätzigen Blick, doch die Aufregung war ihr bereits deutlich anzusehen. »Arch, tausch doch bitte den Sitzplatz mit Patricia, ja? Sie muss die Geschichte auch hören!« Und ganz Mann, der es anscheinend gewohnt war, zu gehorchen, stand Archie sofort seufzend auf. Jenny gab weitere Anweisungen, wer mit wem zu tauschen hätte, bis ich zu guter Letzt zwischen Phil und Archie am Tischende landete.

Ich ergriff kurzerhand die Gelegenheit, Phil ein paar Informationen zu entlocken. »Die Bordgalerie soll ja sehr interessant sein. Ich hätte mich liebend gern schon mal dort umgesehen, aber wissen Sie vielleicht, warum sie geschlossen ist?«

Er legte die Finger um den Stiel seines Weinglases und sah sich argwöhnisch am Tisch um. »Warum sind Sie *wirklich* hier?«

»Was ist denn so wichtig, dass …« Ich hielt inne, als Jenny sich zu uns umdrehte. Nein, nicht zu uns … zu *ihm*. Ihr Blick wanderte über seinen Oberkörper, die Lippen, den Haaransatz und wieder zurück. Ich griff zu meinem Wein. »Sie haben eine Verehrerin.«

»Wirklich?« Er sah mich verwirrt an, und ich nickte unauffällig in Jennys Richtung.

»Vielleicht sind wir ja aus demselben Grund hier?«, fuhr ich leise fort. »Wollen Sie mir nicht sagen, warum Sie mit an Bord sind?«

Phil rutschte ein winziges Stück in meine Richtung. »Das hier ist kein Kindergarten … Sie dürften gar nicht hier sein!«

»Nein, das hier ist eine *Ermittlung*«, entgegnete ich und lächelte ihn an. *Außerdem bin ich kein Kind mehr*, hätte ich gern hinzugefügt, ließ es aber besser bleiben.

Er rang sich ein Lächeln ab und drehte sich wieder zu Carole um, die schon mittendrin in ihrer Erzählung war. Trotzdem ließ mich sein letzter Kommentar nicht los. Dass er seinen Job ernst nahm, war mir schon klar – aber war es denn wirklich so schwer, anzuerkennen, dass dies auch bei mir der Fall war? Meine frischgebackene Detektei und der totenstille Antiquitätenladen waren nun mal alles, was ich hatte.

»Die beiden scheinen ja blendend miteinander auszukommen«, bemerkte er mit einem Blick auf Patricia und Carole, die über etwas lachten. Anscheinend wollte er schleunigst das Thema wechseln.

Ich reagierte nicht, und die Stille zwischen uns fühlte sich zunehmend unangenehm an. Wir waren in eine Art Patt geraten.

Ich wandte eine andere Taktik an – Carole machte das, wenn sie einem Mann Informationen entlocken wollte. Ich setzte auf Liebenswürdigkeit. »Arthur wäre wahnsinnig gern hier dabei gewesen, meinen Sie nicht? Vielleicht sollten Sie die Möglichkeit in Betracht ziehen, dass ich etwas weiß, was Sie nicht wissen. So war es beim letzten Mal auch.«

»Wenn *er* hier ist und weiß, dass Sie und Arthur zusammengearbeitet haben ...« Phil verstummte abrupt, als die Suppe serviert wurde. »Sie sind hier nicht sicher«, knurrte er leise. »Beim letzten Mal hätte ich darauf bestehen müssen, dass Sie abreisen, und diesmal ...«

»Wer ist denn *er*?« Ich nahm einen Löffel voll aromatischer Brunnenkressesuppe. Die übrige Tischgesellschaft beachtete Phil und mich nicht weiter, sondern schien Carole an den Lippen zu hängen – sogar Archie, der soeben sein Hörgerät lauter stellte.

Phils Knie streifte unter dem Tisch meines, als er abermals ein Stück näher rutschte. »Sagen Sie mir, was hier vor sich geht.« Er sah mir in die Augen. Sein Gesichtsausdruck war schwer zu deuten. »Was ist seit ...«

»Nichts. Und bei Ihnen?«

Ich wollte nichts preisgeben, er wollte nichts preisgeben. So kamen wir nicht weiter. Trotzdem musste ich in Erfahrung bringen, warum das FBI diese Kreuzfahrt überwachte. Dann kam mir eine Idee, und ich zückte mein Handy. Wenn er wollte, konnte Phil schließlich durchaus wie ein Schnösel aussehen.

»Wie wäre es mit einem Selfie?«

Ich wartete gar nicht erst auf seine Antwort, sondern rückte näher an ihn heran. Sein Aftershave roch nach Vanille und frischen Holzspänen.

Er biss die Zähne zusammen, als mein Finger über dem Auslöser schwebte. »Sie machen jetzt besser kein …«

»Zu spät.« Zufrieden rutschte ich auf meinem Stuhl zurück und schickte Betty das Foto.

Er seufzte und wollte offenbar gerade etwas sagen, als sein Blick an etwas oberhalb meiner Schulter hängen blieb. »Ich bin gleich wieder da.«

Als ich mich umdrehte, kamen Luke und Laura auf uns zu.

Mit der Hand in der Hosentasche trat Phil ihnen entgegen, noch ehe sie unseren Tisch erreicht hatten. Luke sah aufgebracht aus, ballte die Fäuste und redete auf Phil ein. Laura war in einigem Abstand stehen geblieben und biss sich auf die Unterlippe, während Phil die Ruhe selbst zu sein schien. Dann wies er Luke mit einer Geste an, das Restaurant zu verlassen, während er selbst an unseren Tisch zurückkehrte.

Ich war bereits drauf und dran aufzuspringen, doch er schüttelte bloß diskret den Kopf.

Aber wenn Phil nicht wollte, dass ich Luke hinterherlief, dann musste ich doch wohl genau das tun.

12

Sky

Sky Stevens arbeitete inzwischen seit drei Wochen und zwei Tagen bei Crockleford Antiques und liebte jede Sekunde. Doch seit sie bei Aaron ausgezogen war, war schlagartig alles anders geworden. Im Augenblick stand sie verunsichert an der Ladentür und hielt den Schlüssel in der Hand.

Durfte sie überhaupt früher abschließen?

Wäre das Freya recht?

Sollte sie ihnen sagen, was hier los war?

Regen prasselte auf den gepflasterten Gehweg, als ein Laster mit Tagfahrlicht über die Hauptstraße fegte. Dahinter kam jemand auf den Laden zumarschiert. Ihr rutschte das Herz in die Hose.

Instinktiv schob sie den Riegel vor und drehte den Schlüssel im Schloss. Auf der alten Standuhr war es Viertel vor fünf und immerhin fast an der Zeit, die Lichter auszuschalten.

Sky hatte den Fuß bereits auf die unterste Stufe zur Wohnung gesetzt, als sich draußen ein Mann in einem langen Mantel vor dem blasspink verfärbten Himmel abzeichnete. Er rüttelte so fest an der Tür, dass Sky schon befürchtete, der Glaseinsatz könnte zu Bruch gehen.

»Geschlossen«, rief sie und versuchte, ruhig zu klingen und auch keinen Schritt zurückzuweichen.

Der Mann klopfte erneut.

Sky sah sich nach der Hintertür des Ladens um, die auf eine Gasse führte. Würde sie von dort entkommen?

»Kommen Sie morgen wieder«, rief sie in der Hoffnung, dass der Besucher bloß ein übereifriger Kunde war, auch wenn sie etwas anderes befürchtete. War dies einer dieser Momente, in denen Frauen wussten, dass sich jetzt alles entscheiden würde? Sie zog ihr Handy aus der Tasche, und ihr Finger schwebte bereits über der Taste für den Notruf.

»Sky! Aufmachen!«

Als sie seine Stimme hörte, stieg Übelkeit in ihr auf. Trotzdem tippte sie die Notrufnummer nicht an.

»Sofort!«, brüllte er.

Besser, sie rief nicht die Polizei. Immerhin war die Art von Hacking, das sie in der Vergangenheit betrieben hatte, nicht gerade legal gewesen. Die Art von Leben, das sie jetzt hinter sich lassen wollte. Wenn Aaron es nur zuließe.

Sie lief zurück zur Tür, nicht dass er nicht noch mehr Lärm machte. »Hau ab, oder ich rufe die Polizei!« Sie fuchtelte mit dem Handy herum, damit er sah, dass sie es ernst meinte.

Aber sah er auch, wie sehr ihre Hand zitterte?

»Wissen deine neuen Arbeitgeber, was du in Wahrheit treibst? Wissen sie, warum du wirklich hier bist?« Durch den Glaseinsatz sah er sie unverwandt an, und in ihr krampfte sich alles zusammen. Wie hatte sie glauben können, er wäre alles, was sie sich je gewünscht hatte?

»Hau ab, und komm nie wieder!« Sie bemühte sich um eine ruhige, kontrollierte Stimme. »Ich hab dir gesagt, dass …«

Aaron donnerte seine Faust gegen die Tür, die genauso erzitterte wie sie selbst, aber noch hatte er die Tür nicht aufgebrochen. »Du gehst erst, wenn ich bekommen habe, was ich will – und zwar das Dossier. Dein ganzer Computerscheiß hat Geld gekostet. Das schuldest du mir.«

»Ich hab für die Sachen *gearbeitet*!« Doch in den Jahren, in denen sie mit Aaron zusammen gewesen war, hatte sie eins gelernt: Besser, er war einem freundlich gesinnt. »Wie viel willst du?«

»Du führst den Job aus, für den du hergekommen bist. Dann darfst du gehen.« Und damit drehte er sich um und ging weg.

Sky hatte ihm mitgeteilt, dass sie raus aus dem Spiel war; dass sie fertig damit war, Freya und Carole auszuspionieren, dass die beiden nicht hatten, wonach er suchte. Da war er erst recht ausgerastet. Wer immer Aarons Auftraggeber war, hatte ihm anscheinend die Hölle heißgemacht.

Nachdem sie jede Lampe in der Wohnung angeknipst hatte, goss sie sich ein großes Glas Wasser ein und trank es in einem Zug aus. Dann holte sie einen Holzstuhl aus dem Wohnzimmer und klemmte ihn unter die Klinke. Wahrscheinlich würde Aaron an diesem Abend nicht wiederkommen, aber sie wollte lieber kein Risiko eingehen – er war nun mal unberechenbar. Anschließend setzte sie sich Kopfhörer auf, schaltete ein Hörbuch an und rollte sich auf dem durchgesessenen Sofa in ihrer Strickjacke zusammen.

Nur Sekunden später pingte ihr Handy. Freya hatte geschrieben.

Hast du etwas über die vermissten Experten herausgefunden?

Bin noch dran, antwortete sie, stand auf und streckte sich nach ihrem Laptop aus.

Sie seufzte. Sie mochte die Frauen, für die sie arbeitete. Aaron hingegen war immer nur wichtig gewesen, dass die

Kohle stimmte. Was nötig war, um an die Kohle zu kommen, war ihm egal. Als er im Darknet auf die Belohnung gestoßen war, die auf ein gewisses Dossier von Arthur Crockleford ausgesetzt worden war, hatte er keine Sekunde gezögert und seine beste Hackerin darauf angesetzt.

Doch Sky hatte online so wenig finden können, dass sie irgendwann nach Little Meddington gefahren war, um den Laden und die beiden neuen Betreiberinnen genauer unter die Lupe zu nehmen. Damals hatte sie noch geglaubt, mit ein paar Fragen an die beiden das Rätsel lösen zu können.

Es war still in dem Dorf, das sie an ihr eigenes Heimatdorf im nördlichen Essex erinnerte. Dort war sie – als einziges schwarzes Kind in der kleinen konfessionellen Schule und Tochter des örtlichen Säufers – seit jeher aufgefallen, was ein grässliches Gefühl gewesen war. Gegen die Sauferei ihres Vaters hatte Sky nichts ausrichten können; wohl aber hatte sie gute Noten schreiben und dann schleunigst von dort verschwinden können. Mit sechzehn war ihr ein Collegestudienplatz angetragen worden, und sie hatte angefangen, Informatik zu studieren.

Wenn Aaron sie nicht dafür bezahlt hätte, Webseiten für Briefkastenfirmen zu erstellen, damit er Leute dazu bringen konnte, in diese Firmen zu investieren, hätte sie es sich niemals leisten können, die Zwischenprüfung, geschweige denn ihren Abschluss zu machen. Da sie seit jeher notorisch pleite gewesen war, hatte das Ganze nach einem guten Deal geklungen. Doch schon ein paar Jahre später hatte der Job sich verändert. Gewissen Spuren war sie für ihn zusehends ungern nachgegangen. Die schmutzigen kleinen Geheimnisse von Bankern aufzuspüren – das war schon okay, das konnte sie machen, und dann erhielt die eine oder andere Ehefrau oder Freundin anonym Fotos per Post. Doch je länger sie mitmachte, umso klarer stand ihr vor Augen, dass Aaron nichts für sie empfand, dass er sie lediglich ausnutzte, dass auch sie nur eins seiner Opfer war. Aber da war es bereits zu spät. Da steckte sie schon zu tief mit drin.

Was sie nicht hatte kommen sehen, war ein gewisser Wirbelwind in Gestalt von Carole Lockwood – und die Energie, mit der sie einem weismachte, dass alles möglich war. Ursprünglich hatte Sky nur einen kurzen Besuch im Laden geplant, doch dann war da Carole gewesen und vor allem Freya Lockwood, die eine mafiöse Vereinigung zu Fall gebracht und gestohlene Kunstschätze gerettet hatte.

Als Sky in Little Meddington angekommen war, war der Laden geschlossen gewesen. Doch noch während sie in ihrer pinkfarbenen Lieblingsstrickjacke dagestanden und die Hände an die Schläfen gelegt hatte, um durchs Schaufenster zu spähen, hatte Carole ihr auf die Schulter getippt.

»Ich weiß, ich bin ein bisschen spät dran.« Es war bereits weit nach Mittag. »Ich bin gestern Nacht noch in den See gesprungen! Es war *eisig*, Liebes! Tun Sie das nicht, wenn Sie kaltes Wasser nicht gewöhnt sind! Suchen Sie etwas Bestimmtes?«

Carole schloss den Laden auf und winkte sie hinein.

Der moschusartige Geruch von Silberpolitur schlug ihr entgegen. »Ich wollte eigentlich gar nicht …« Sky sah sich um, und dann blieb ihr Blick an dem Aushang an der Eingangstür hängen.

»Natürlich! Sie sind wegen der Stellenausschreibung hier!« Carole forderte sie auf, sich zu setzen, und brachte Tee und Kekse.

»Ich hab diesen Artikel gelesen, über die gestohlenen Kunstschätze …«

Sky brauchte keinen weiteren Job, allerdings war ihr gerade eine Idee gekommen … Über den Job könnte sie vielleicht an Informationen kommen. Umso besser, wenn sie dafür eine Zeit lang aus der Wohnung und außer Sichtweite von Aaron käme.

»Kommen Sie in unser Team! Sie sehen clever und aufgeweckt aus, und genau so jemanden brauchen wir.« Carole breitete die Arme aus, als wollte sie Sky umarmen. Dann schien sie es sich anders zu überlegen – wahrscheinlich weil Sky unwillkürlich zurückgewichen war. Sie war sehr auf ihre persönliche Distanzzone bedacht.

»Ich dachte, Sie wollten vielleicht erst meinen Lebenslauf sehen …?«

Gott, ist diese Frau vertrauensselig!

Nachdem Carole bloß abgewinkt hatte, war Sky ein bisschen durch den Laden geschlendert und hatte sich ausgemalt, wie ein normales Leben aussehen könnte. Jetzt, da sie gute drei Wochen später in einem ausgekühlten, muffigen Zimmer auf dem Sofa lag, fragte sie sich unwillkürlich, ob dies alles nicht ein großer Fehler gewesen war. Aaron würde sie niemals vom Haken lassen.

Sie musste einen Weg finden, mit diesem Durcheinander abzuschließen – nicht nur mit ihrer derzeitigen Lage, nein: mit ihrem ganzen derzeitigen Leben.

Ihr Laptop leuchtete auf ihrem Schoß.

Einer der Namen, nach denen Freya sich erkundigt hatte, kam ihr vage bekannt vor: Chris Prince. Doch nach einer ersten schnellen Suche kam sie zu dem Schluss, dass es zu viele Chris Princes und Ben Wellses gab, um spontan die richtigen beiden herauszupicken – zumal keiner von ihnen auf den ersten Blick mit Antiquitäten zu tun zu haben schien. Der Kreuzfahrtveranstalter wiederum schien sich einzig und allein auf Mark Rushwell zu konzentrieren. Sie fand eine ältere Notiz zu Sally Bright – und dass die Teilnahme der übrigen Experten noch nicht bestätigt sei.

Sky erstellte eine neue E-Mail-Adresse, schrieb an die Firmenzentrale von MVGoldstar und erkundigte sich nach Details für einen Artikel, den sie über Prince und Wells schreiben würde. Wenn MVGoldstar sich nicht von allein zurückmeldete, würde sie kurzerhand deren Datenbank hacken.

Erstmals seit Jahren setzte sie ihre Fähigkeiten im Dienste der guten Sache ein – und das bescherte ihr ein gutes und zugleich Unheil verheißendes Gefühl.

13

Freya

In einer merkwürdigen Art von Gänsemarsch näherten wir uns der Galerie. Nachdem wir erst die komplette Länge des Promenadendecks abgelaufen waren, bogen wir in Richtung der geschwungenen goldfarbenen Treppe zur Shoppingzeile auf Deck zehn ab. Dort ließ ich mich zurückfallen, weil ich auf der Treppe die Lage sondieren konnte. Laura und Luke hingegen hielten schnurstracks auf einen Security-Mann zu, der vor der inzwischen wieder geöffneten Galerietür Wache stand und leicht belämmert dreinblickte. Was sie dort besprachen, konnte ich nicht hören, allerdings fuchtelte Luke wild mit den Armen und forderte anscheinend die Schlüssel zurück. Laura scheuchte ihn schließlich nach drinnen, ohne dass er die Schlüssel bekommen hätte.

Sekunden später eilte auch ich die Treppe hinunter und an den benachbarten Ladengeschäften vorbei.

Phil hatte sich – dem Anschein nach unbeteiligt – direkt neben der Tür zur Galerie postiert, doch ich selbst wollte nicht länger warten. Ich wollte die Ausstellung sehen und lief geradewegs auf die Tür zu.

»Was haben Sie denn vor?«, raunte er mir von der Seite zu und hielt mich zurück.

»Ich möchte mich nur schnell umsehen.«

Er sah mich verwirrt an. »Wozu die Eile? Was erhoffen Sie sich da drin?«

Ich wollte ihm nicht erzählen, wonach ich Ausschau hielt – *noch* nicht. Erst wollte ich sehen, ob ich recht hatte: ob das Gemälde wirklich dasselbe war wie auf dem Foto aus Arthurs Dossier. Ich ließ Phil stehen und betrat die Galerie.

Ringsum Ölgemälde mit Schiffs- und Meeresmotiven, und am hinteren Ende hing ein auffälliges Mahagonibarometer. Es sah fast aus wie eine alte Standuhr, die man kopfüber an der Wand befestigt hatte: ein langer Hals über einem Zifferblatt, nur dass statt der Uhrzeit das Wetter angezeigt wurde. Ich erkannte das gute Stück auf der Stelle wieder: *George Adams, London, circa 1765.*

Dieses *georgianische Radbarometer* hatte ich im ersten Abschnitt unter der Überschrift »Sammlung« in Arthurs Dossier gesehen.

Ich holte mein Handy heraus und rief die Fotos auf, die ich von den Posten im zweiten Dossier gemacht hatte – während das Originaldossier zu Hause im Laden sorgsam versteckt war. Im Handumdrehen hatte ich das richtige Foto samt Beschreibung gefunden.

Gehäuse mit gebrochenem Bogengiebel und Vasenabschluss, aufklappbare Tür, um an die Quecksilbersäule zu gelangen, quadratisches Zifferblatt aus vergoldetem Messing mit mattierter Mitte und versilbertem Rand, Zeiger aus Stahl, arabesk durchbrochene Aufzeichnungshand aus Messing, die über einen Messingknopf oberhalb des Zifferblatts angesteuert wird. Gravur »A General State of the Weather« auf versilberter Platte im oberen Rumpf, am unteren Rand signiert mit »Geo. Adams, No. 60 Fleet Street, London,

Instrut. Maker to His Majesty K. G. III.« Mahagoni und Messing, Schätzwert 30–50000 Pfund.

Es war eindeutig dasselbe Barometer.

Luke stand mitten im Ausstellungsraum und beäugte gerade ein kleineres Gemälde, als er mich entdeckte. Stirnrunzelnd verschränkte er die Arme vor der Brust. »Kann ich irgendwie helfen?«

»Ich bin einfach nur aufgeregt, die Exponate zu sehen.« Ich trat auf die zentrale Ausstellungsvitrine zu, blieb beim Anblick des Inhalts jedoch abrupt stehen.

Ich hielt immer noch mein Handy in der Hand, traute mich aber kaum noch, weitere Fotos aufzurufen – nicht dass Luke und Laura mich dabei ertappten.

In der Vitrine waren mehrere Schiffswrackkeramiken sowie eine Meeresskulptur ausgestellt – eine Vase und eine Teetasse, die durch Korallenbewuchs zu einer Einheit verschmolzen waren. Ein bildschönes Exemplar. Zur anderen Seite hin waren ein Sextant, ein Kompass und ein paar weitere nautische Instrumente ausgestellt … und ein antikes Bronzeschwert.

»Interessiert Sie etwas im Speziellen?«

Als ich mich umdrehte, starrte Laura mich böse an. Die zuvorkommende Art, die sie am Nachmittag in der Bibliothek an den Tag gelegt hatte, war unverhohlener Feindseligkeit gewichen.

»Oh, hallo!« Ich versuchte mich an meinem freundlichsten Lächeln. »Nein, nein. Ich will mich nur ein wenig umsehen.«

Mit zunehmend finsterem Gesichtsausdruck marschierte Luke auf mich zu. »Die Galerie ist geschlossen.« Er zeigte zur Tür. »Kommen Sie morgen wieder.«

»Huhuuuu! Darling!«, rief Carole unvermittelt von hinten und betrat bei Phil untergehakt die Galerie. »Ich habe …« Sie drückte beherzt seinen Arm. »Ich hab einen Offizier und Gentleman für dich gefunden!«

Phil lachte sonor und schüttelte den Kopf.

Normalerweise brachte meine Tante mich mit ihren Scherzen nicht so leicht aus dem Konzept, doch diesmal spürte ich, wie mir die Hitze in die Wangen stieg. Eilig drehte ich mich wieder zu den Exponaten um. Jeder einzelne Posten aus Arthurs zweitem Dossier war hier ausgestellt – und keiner davon war in der Lost-Art-Datenbank aufgeführt gewesen. Entsprechend konnte ich mir nicht ganz sicher sein, dass es sich dabei tatsächlich um Diebesgut handelte. Doch Arthur musste einen Grund gehabt haben, diese Liste zu erstellen und mir zu hinterlassen.

»Wir haben für heute geschlossen«, teilte uns jetzt auch Laura angestrengt mit.

Carole ging geflissentlich darüber hinweg. »Dieses Gemälde …« Sie zeigte auf das Bild, vor dem Luke eben noch gestanden hatte. »Das von dem brennenden Segelschiff. Könnten wir …«

Luke stellte sich ihr in den Weg. »Ein Neuzugang. Ich arbeite immer noch an der optimalen Hängung. Wenn Sie jetzt bitte entschuldigen würden …« Er breitete die Arme aus, wollte sie eindeutig hinausscheuchen.

Nur dass Carole sich keinen Millimeter bewegte. »Wo stammt das her?« Sie reckte den Hals, um an Luke vorbeizuspähen.

Weil ich es ebenfalls unbedingt sehen wollte, huschte ich an Laura vorbei und rief mir das Foto aus Arthurs Dossier in Erinnerung. Betty hatte bestätigt, dass er dem Museum exakt dieses Bild gestiftet hatte. Und es stimmte mit Bettys Beschreibung überein: *großes Segelschiff mit Kanonen an der Seite und riesigen, windgeblähten Segeln. Ein Kapitän auf der Brücke ... nur dass schon das halbe Schiff in Flammen steht und drauf und dran ist zu sinken. Schwarze, stürmische See, darüber Sturmwolken.*

Noch während Luke Carole und Phil nachdrücklich hinauskomplimentierte, zog meine Tante ihr Handy aus ihrer Handtasche und hielt es auf Hüfthöhe. Als es blitzte, zuckte Luke heftig zusammen.

»Was machen Sie denn da?« Er zeigte auf ein Schild an der Wand. »Sehen Sie das nicht? ›Fotografieren verboten!‹«

»Oh, tut mir leid, das hab ich nicht lesen können.« Carole lächelte ihn süßlich an. »Meine Augen sind nicht mehr die besten.«

Eilig schob sie das Handy zurück in die Tasche und schien hinter Phil regelrecht Deckung zu suchen, weil Luke eindeutig zu dicht auf sie zugetreten war.

»Löschen Sie das Foto! *Sofort!*«

Allmählich wurde ich sauer. Ich wollte schon dazwischengehen, doch da griff Carole nach meiner Hand und verschränkte ihre Finger mit meinen.

»Wir gehen«, sagte sie seelenruhig.

Ich atmete tief durch und schob den Impuls beiseite, Luke für seine Rüpelhaftigkeit zurechtzuweisen. Stattdessen schnappte ich mir Caroles Handy. Binnen einer Sekunde hatte ich mir das Bild selbst zugeschickt und löschte das Original auf ihrem Handy. »Sehen Sie? Gelöscht. Den Blitz müssen Sie bitte entschuldigen.«

Phil sprang mir bei, um den Kurator zu beschwichtigen. »Wir sind auch quasi schon weg.«

»Aber morgen früh kommen wir wieder«, fügte ich hinzu, während ich immer noch versuchte, zu erkennen, ob es zu dem Gemälde an der Wand ein Werketikett gab. Gab es nicht. Stattdessen erhaschte ich einen genaueren Blick auf das Bild selbst – und irgendwas kam mir daran merkwürdig vor. Die Hälfte des Schiffes, die nicht brannte – dort, wo der Kapitän am Steuerrad stand – sah heller aus, die Farben wirkten klarer, fast als wäre nur die halbe Leinwand gereinigt … oder übermalt worden.

Luke starrte mich durchdringend an, als würde er mir nicht glauben, dass ich das Foto gelöscht hatte. Doch dann schob sich Phils breiter Rücken zwischen uns, und Luke war der Weg abgeschnitten.

Ich selbst war wie elektrisiert. Es war richtig gewesen, die Kreuzfahrt anzutreten – weil das Gemälde tatsächlich an Bord und ich drauf und dran war, meinen ersten Fall zu lösen.

»Wir kehren besser ins Restaurant zurück«, sagte Carole, als wir auf die goldfarbene Treppe zugingen.

Doch ich brauchte jetzt einen Moment für mich, um nachzudenken. »Ich glaube, ich gehe in die Bibliothek und trinke dort einen Tee.«

*

Als ich die Bibliothek betrat, saß dort ein Crewmitglied an Lauras Schreibtisch.

»Ich möchte nur kurz einen Tee trinken.« Ich lächelte den Mann freundlich an.

»Sicher, dass ich Ihnen nichts Stärkeres anbieten kann?«, erwiderte er mit einer Geste in Richtung der kleinen Bar.

»Nein, nein. Ein Pfefferminztee ist jetzt genau das Richtige.« Ich drückte den Schalter an der Glastür, die zum Außendeck führte, und entschied mich für einen bequemen Korbsessel an der Reling nur wenige Meter von der Stelle entfernt, wo ich zuvor meine beiden Kollegen getroffen hatte. Inzwischen war es dunkel geworden, die Sterne funkelten, und Wellen schlugen gegen den Schiffsrumpf. Ich war froh, dass ich Caroles Rat gefolgt war und einen Schal mitgenommen hatte.

Als ich den Blick schweifen ließ, stellte ich überrascht fest, dass auf dieser Seite des Schiffes kein Land mehr zu sehen war – und kein bisschen Licht, das mir hätte Sicherheit geben können. Trotzdem beruhigte mich das sanfte Pflügen des Schiffes durch die schwarzen Wellen – bis mir mit einem Mal dämmerte, in welcher Lage ich mich befand. Ich mochte das Gemälde aufgespürt haben, wusste aber immer noch nicht, wie es in der Bordgalerie gelandet war und wer es aus dem Museum in Lowestoft gestohlen hatte.

Hatte der Dieb es selbst aufs Schiff gebracht? War er hier? Und war er auch für den Mord hinter dem Museum verantwortlich?

Die Jagd war noch lange nicht vorbei.

In der Hoffnung, auf Antworten zu stoßen, rief ich Caroles Foto auf, zoomte die Gestalt am Steuerrad größer – und wollte meinen Augen nicht trauen.

14

Carole

Carole und Phil schlenderten gemeinsam zum Aufzug. »Gehe ich recht in der Annahme, dass Sie irgendwas auf dem Herzen haben?« Sie tätschelte seinen Arm. »Spucken Sie es aus.«

Er blieb stehen und sah sie mit seinen dunkelbraunen Augen nachdenklich an. »Warum sind Sie beide hier? Sie haben ja keine Ahnung, in welches Wespennest Sie hier stechen.« Er strich sich über die kurzen Haare. »Das hier ist brandgefährlich.«

Carole schnaubte. »Ich glaube, wir haben bereits unter Beweis gestellt, dass wir keine Risiken scheuen. Und vielleicht könnten wir Ihnen sogar behilflich sein? Ich weiß, dass Sie und Arthur ein ... Arrangement hatten und Informationen ausgetauscht haben. Möglicherweise könnten wir ja in seine Fußstapfen treten«, schlug Carole vor. »Sie beschäftigen doch auch externe Berater, stimmt's?«

Phil schüttelte vehement den Kopf. »Arthur war ein alter Freund von mir. Er hätte niemals gewollt, dass ich Sie in Gefahr bringe. Sie beide machen diese Sache hier ... sehr schwierig für mich.«

»Jetzt hören Sie mal.« Carole tippte ihm mit dem Finger auf die Brust. »Wir brauchen Sie nicht als Bodyguard.

Wir sind gestandene Frauen und können ganz wunderbar selbst auf uns aufpassen. Wir benötigen bloß ein bisschen professionelle Hilfe.«

Phil seufzte.

»Vor Ägypten kommen wir sowieso nicht mehr von Bord. Wir sitzen buchstäblich in einem Boot ... insofern ...« Carole mochte weit über siebzig sein, aber wenn nötig, konnte sie nach wie vor jeden Mann um den Finger wickeln. »Warum helfen wir uns nicht gegenseitig?«

Er nickte, allerdings wirkte er, als würde ihn ihr Angebot eher beunruhigen als alles andere. »Gehen wir zurück ins Restaurant.« Im selben Moment gingen die Fahrstuhltüren auf, und er bot ihr seinen Arm.

»Danke, das schaffe ich allein«, entgegnete Carole, bejubelte jedoch insgeheim seine Manieren. »Sie sind beide so gut aussehend und charmant. Dabei kommt Freya überhaupt gerade erst aus sich heraus – und macht bei ihrem ersten Auftrag einen fantastischen Job ...« Dann klappte sie eilig den Mund zu. Womöglich hatte sie damit mehr verraten als beabsichtigt.

Der Anflug eines Schmunzelns umspielte seine Lippen, doch dann hatte er sich wieder im Griff.

Im Seafood and Steak war inzwischen einiges los. In ihrer Abwesenheit war der Wein anscheinend in Strömen geflossen. Carole setzte sich wieder an ihren Tisch, rief in die Runde: »Hab ich was verpasst?«, doch insgeheim machte sie sich Sorgen; denn möglicherweise hatte Phil recht: Hier an Bord war etwas im Busch, und sie musste schleunigst herausfinden, was, bevor ihre Nichte und sie selbst noch in Gefahr gerieten.

An ihrem Platz wartete bereits ein dürftiges Stückchen Käsekuchen mit Beeren, doch Carole war nicht mehr hungrig. Sie zog ihr Handy hervor, um Freya mitzuteilen, dass sie sich gleich in die Kabine zurückziehen würde.

Im selben Moment streckte Patricia die Hand nach ihr aus und berührte sie am Arm. »Kommt Freya noch zurück? Sie ist so überstürzt los, dass ich gar nicht die Gelegenheit hatte, mit ihr über den Laden und über Arthur zu sprechen.«

»Ich glaube, sie hat sich schon hingelegt, und ich wollte …«

Carole verstummte, weil sich urplötzlich Trauer in ihr bemerkbar machte. Sie hatte ihr Lebtag geglaubt, über Arthurs Leben Bescheid zu wissen, doch als Freya und sie auf Copthorn Manor mit den Schattenseiten des Antiquitätengeschäfts konfrontiert worden waren, hatte ihr gedämmert, dass ihr bester Freund ein heimliches Leben geführt hatte. Es tat weh, jetzt daran erinnert zu werden – denn von einer Patricia hatte sie, bevor sie dieses Schiff betreten hatte, noch nie gehört.

Patricia wartete geduldig, bis Carole fortfuhr: »Waren Sie gut mit Arthur bekannt? Ich bin überrascht, dass wir uns nie begegnet sind.«

»Ich habe ihn öfter bei solchen Abenteuern auf See getroffen. Dass er gestorben ist, tut mir wahnsinnig leid.« Sie drückte Caroles Arm. »Ich habe schon so viele liebe Menschen gehen sehen … Aber ich hab einen Neffen, dem ich sehr nahestehe – genau wie Sie Ihrer Nichte. Und ist das nicht ein großes Glück?«

Bei der Erinnerung an all die Menschen, die Carole geliebt und verloren hatte, krampfte sich ihr das Herz zusammen. Sie seufzte, legte ihr Handy beiseite und drehte sich zu Patricia um. »Das stimmt. Arthur und ich haben zusammen so viel erlebt, aber manchmal sind es die kleinen Dinge, die wir am meisten vermissen, finden Sie nicht auch? Ich war wahnsinnig gern an kalten Nachmittagen auf einen Plausch und einen Tee in seinem Laden. Oder wie er mich am Telefon immer mit ›Hallo, meine Liebe‹ begrüßte … Sein Augenzwinkern, wenn wir uns in ein kleines Abenteuer stürzten …« Carole verstummte erneut.

Patricia rieb ihr über den Arm. »Und hat Freya Sie und Arthur bei Ihren Unternehmungen begleitet?«

»Oh, nein. Die beiden hatten lange keinen Kontakt. Sie haben vor Urzeiten mal zusammengearbeitet, aber dann … war das vorbei.«

Patricia nickte. »Ich verstehe schon, dass es nicht ganz einfach ist, die nächste Generation mit einzubeziehen. Aber jetzt hat Freya den Laden übernommen?«

Im selben Moment ging Carole ein Licht auf: Wenn Patricia Arthur bei vergangenen Kreuzfahrten begegnet war, dann wusste sie womöglich so einiges. Carole beschloss, sie ein wenig auszuhorchen.

»Ich will Ihnen etwas anvertrauen.« Sie beugte sich zu Patricia hinüber. »Für Freya gibt es nur die Arbeit. Es war höchste Zeit für ein bisschen Ablenkung – diese Reise ist dafür geradezu perfekt. Ich hab mich gefragt, ob es nicht irgendeinen netten Gentleman gibt, mit dem sie ein, zwei Cocktails trinken gehen könnte … Und nachdem Sie ja die meisten an Bord zu kennen scheinen …« Carole zwinkerte ihr zu.

»Was für eine schöne Idee! Ein bisschen Kuppelei, und die Tage auf See werden vergehen wie im Flug! Und mir fällt da tatsächlich jemand ein.«

Carole wusste, dies hier war ihre Chance. »Ich hatte eigentlich auf diese beiden Experten gesetzt, Ben Wells und Chris Prince. Aber nun scheinen sie gar nicht dabei zu sein … Haben Sie sie je getroffen? Wäre einer von ihnen geeignet gewesen?«

Patricia schüttelte fast schon empört den Kopf. »Die beiden sind viel zu sehr auf ihr Geschäft bedacht, um sich für einen anderen Menschen ernsthaft zu interessieren. Die wären nur gut für ein gebrochenes Herz. Aber ich hab da einen ganz entzückenden Neffen, der eine gute Partie wäre.«

Caroles Handy pingte. Freya hatte geschrieben.

Zoom den Kapitän größer! Erkennst du ihn wieder?

Inzwischen schwadronierte Patricia darüber, wie wunderbar leicht es war, auf einem Kreuzfahrtschiff neue Freundschaften zu schließen und wie sehr sie sich jedes Mal über das Wiedersehen mit anderen Stammgästen freute. Carole sagte etwas Beifälliges und setzte ihre Lesebrille auf. Nur ein flüchtiger Blick …

»Was haben Sie denn da?« Patricia lehnte sich zu ihr vor, und sofort legte Carole ihr Handy beiseite. Warum starrte Patricia so hochinteressiert auf das Display?

»Es war fabelhaft, mit Ihnen zu plaudern – und was für ein gelungenes Dinner! Aber so langsam werde ich müde. Wir waren heute lange auf den Beinen.« Carole stand auf. »Sollen wir uns morgen auf einen Kaffee treffen?«

»Ach, bleiben Sie doch noch.« Stirnrunzelnd ließ Patricia den Blick über die Tischgesellschaft schweifen, die sich bereits gelichtet hatte. »Wo ist überhaupt unser gut aussehender Kapitän? Wenn ich jünger wäre, hätte ich einiges dafür angestellt, in seine starken Arme zu sinken, wenn Sie verstehen, was ich meine … Aber *der* könnte doch auch etwas für ein, zwei Cocktails mit Freya sein?!«

Sie guckte erneut so herrlich verschwörerisch, dass Carole sich umso mehr für sie erwärmte.

»Ich glaube nicht, dass Phillip hier der Kapitän ist. Ich meine, er ist nur einer der Offiziere an Bord.«

»Wie wäre es, wenn wir darum bitten, dass er auch morgen beim Dinner an unserem Tisch sitzt?« Patricia gluckste in sich hinein.

Ein Schmunzeln schlich sich auf Caroles Gesicht. Was würde dieser ernste FBI-Agent wohl sagen, wenn er von ihren Kuppelplänen wüsste?

»Sollen wir noch auf einen Absacker auf die Terrasse gehen?«, schlug sie vor.

Eine Stunde später war Carole ganz schwindlig von all dem Geplauder und Getratsche. Anscheinend waren Patricia und diverse weitere Gäste verärgert, dass einer der wenigen allein reisenden Männer an Bord, Jamie, eine ihnen unbekannte Frau mit in die exklusive Bar gebracht, sie einander jedoch nicht vorgestellt hatte.

Überdies schwirrte ihr der Kopf von den zwei Espresso Martinis, die sie getrunken hatte, während sie den anderen Passagieren gleichzeitig so viele Informationen entlockt hatte wie nur irgend möglich. Als sie zwischenzeitlich erneut versucht hatte, das Gespräch auf die beiden Experten zu lenken, hatte Patricia erneut darüber hinweggehört; Jenny hingegen war bei der Erwähnung der Namen regelrecht erstarrt und hatte nur eilig bemerkt, die zwei hätten »es sich bestimmt anders überlegt«.

Als Carole zu guter Letzt den Fahrstuhl betrat, konnte sie endlich das Foto aufrufen und genauer betrachten. Sie zoomte es mit den Fingern größer – und dass es ihr daraufhin eiskalt den Rücken hinunterlief, lag mitnichten daran, dass sie sich auf See befand, während sie ein brennendes Schiff anstarrte. Es lag an der Gestalt des Kapitäns. Er stand kerzengerade am Steuerrad, obwohl ringsum das reinste

Chaos herrschte. Seine Hände ruhten auf etwas, was sie nicht recht erkennen konnte – und er schien dabei einen Finger abzuspreizen. Vergeblich starrte sie auf seine Hände hinab, konnte aber keine Einzelheiten erkennen. Ihrer Nichte würde das garantiert besser gelingen. Doch an seinem Hals und am Revers fielen ihr Farbflecken auf. Carole zoomte größer. Der Kapitän des brennenden Schiffs trug ein orangefarbenes Krawattentuch, das ihr sofort bekannt vorkam. Sie hielt sich das Handy dicht vors Gesicht, und schließlich konnte sie es nicht mehr leugnen.

Hallo, lieber Arthur.

15

Phil

Phil hatte Carole an ihren Tisch begleitet und war selbst weiter aufs Promenadendeck geschlendert, richtete dort seinen Uniformkragen und atmete erst mal tief durch. Als er endlich eine ruhige Ecke gefunden hatte, legte er die Hände auf die kalte Reling und zwang seinen Puls zur Ruhe.

Der Trotz und die Tatkraft, die Freya bereits auf Copthorn Manor an den Tag gelegt hatte, waren stärker zu spüren denn je. Doch bei allem Ermittlerinnentalent, das er ihr zugestand – er durfte sie und Carole nicht in diese Sache mit hineinziehen. Oder? Um seine Identität auch weiterhin geheim zu halten, würde der Sammler sämtliche Register ziehen. Wer immer bislang versucht hatte, ihn zu entlarven, hatte dafür mit dem Leben bezahlt. Phil wollte es nicht mit noch mehr Toten zu tun bekommen.

Das nächste Problem war das »Treffen«, von dem Arthur ihm im vorigen Jahr an der Themse berichtet hatte. Inzwischen war er Nacht für Nacht auf dem Schiff herumgeschlichen, hatte kaum ein Auge zugemacht und trotzdem nichts Ungewöhnliches entdeckt.

Allmählich beruhigten die Wellen und das gleichmäßige Dröhnen der Motoren seine Nerven, und er nahm sich einen Moment Zeit, um seine nächsten Schritte abzuwägen.

Sollte er Freya und Carole einweihen? Er hatte kein Team mit an Bord, weil er seinem Vorgesetzten gegenüber nicht ausdrücklich erwähnt hatte, dass er Jagd auf den Sammler machte. Ein paar Monate zuvor hatte Sloane, die junge FBI-Kollegin, von einem Informanten erfahren, dass auf einem Kreuzfahrtschiff wertvolle Antiken aus Ägypten hinausgeschmuggelt werden sollten – was ausgereicht hatte, um ihm den Platz auf diesem Schiff zu sichern, während Sloane als Back-up parat stand.

Schon bevor er an Bord gegangen war, hatte er gemutmaßt, dass die Antiquitäten und Kunstwerke aus der Galerie Teil der Privatsammlung des Sammlers sein könnten – aber warum wurden sie dann ausgestellt? Dabei konnte es sich nur um eine unfassbare Nachlässigkeit oder aber um eine Finte handeln. Er tippte auf Letzteres.

Phil seufzte. Zuallererst musste er herausfinden, warum Freya und Carole ebenfalls mit an Bord waren. In Copthorn Manor hatten sie eine Spur verfolgt, die Arthur vor seinem Tod für sie ausgelegt hatte, und hatten den Fall gelöst. War diese Sache hier ebenfalls auf Arthurs Mist gewachsen?

Unwillkürlich stand ihm Freya in der Galerie vor Augen – wie ihr warmer Duft ihn umhüllt hatte –, und er schüttelte den Kopf, um nicht weiter an sie denken zu müssen. Er war im Einsatz, durfte sich nicht ablenken lassen. Doch sofort schoss ihm die nächste Frage durch den Kopf: Warum waren die beiden derart an dem Gemälde mit dem brennenden Schiff interessiert?

Er holte sein Handy hervor, um Sloane eine Nachricht zu schreiben.

Irgendwelche Neuigkeiten zu den Exponaten in der Galerie? Ich weiß, wir hatten uns darauf geeinigt, uns erst die wertvollsten Kunstschätze vorzunehmen, vor allem das

Barometer. Aber ich glaube inzwischen, wir sollten mit dem Gemälde des brennenden Schiffes anfangen.

Sloane: *Hab ich schon nachgeschlagen – steht auf der Liste mit Sachen, die du in Jordanien beschlagnahmen sollst. Wurde vor einer knappen Woche aus dem Lowestoft Maritime Museum gestohlen – in der Nacht bevor ihr abgelegt habt – und steht mit der Ermordung eines bislang nicht identifizierten männlichen Opfers am Tatort in Verbindung. Ich hake bei den dortigen Behörden nach.*

Phil zog besagte Liste aus der Tasche und überflog sie erneut. Als Sloane es tags zuvor erwähnt hatte, war es ihm nicht weiter wichtig vorgekommen, doch sofern Freya wirklich daran interessiert war, war das Gemälde zweifelsohne spannender als gedacht.

Das beschwipste Gelächter von Urlaubsgästen wehte zu ihm herüber und erinnerte ihn daran, dass es schon spät war und er allmählich seine nächtliche Erkundungstour durch das Schiff antreten sollte.

Seit zwanzig Jahren – im Grunde, seit Ed, sein früherer Partner, eine Akte auf seinen Schreibtisch gepfeffert hatte – war er dem Sammler auf den Fersen. In seinen Notizen hatte Ed unter anderem einen Museumswärter erwähnt, der 2000 wegen Beteiligung an einem Kunstraub festgenommen worden war und Ed noch auf dem Weg zum Polizeirevier um Schutz angefleht hatte. Der Mann hatte beteuert, dass es den Sammler wirklich gab und dieser sein Geschäft wie eine Art Konzern betrieb – samt Geschäftsführer, eben dem Sammler selbst, und einer Art Vorstand, in dem jedes Mitglied von jeder Transaktion profitierte. Eine Woche später war besagter Wärter in der Untersuchungshaft ums Leben gekommen, angeblich bei einer Schlägerei. Spätestens ab diesem Zeitpunkt war Ed vollends davon überzeugt gewesen, dass das Unternehmen und die Unternehmensleitung in Gestalt des Sammlers real waren und ihre Geschäftstätigkeiten seit mehr als zweihundert Jahren betrieben. Niemand war je nah genug an sie heranzukommen, um die Beteiligten zu identifizieren – oder wenn doch, hatten sie hinterher nichts mehr erzählen können.

Mit der Zeit war so gut wie jeder ausgeklügelte Raubzug dem Sammler zugeschrieben worden. Jedes Mal, wenn in einer Privatsammlung – selbst einen Kontinent entfernt von dort, wo ein Diebstahl stattgefunden hatte – ein Kunstgegenstand wiederaufgetaucht war, wurde getuschelt, dass der Sammler seine Finger im Spiel gehabt hätte.

Doch Phil hatte im Lauf seiner Ermittlerjahre auch noch etwas anderes festgestellt. Rund sechzig Prozent der Diebstähle waren nach ein und demselben Muster ausgeführt worden. Nirgends Fingerabdrücke. Immer wurde ein Security-Mitarbeiter oder ein Museumswärter erpresst oder bestochen und dann als Sündenbock zurückgelassen. Immer war draußen ein Transporter gesichtet worden, der später nicht mehr auffindbar war. Ein-, zweimal hatten Hinweise auf eine Offshore-Firma verwiesen, die mit einer dürftigen Webseite, die lediglich aus der Landing Page bestand, nach außen einen seriösen Eindruck vermittelte.

Beim Diebstahl einer grauen Ming-Vase aus einem griechischen Museum zwei Jahrzehnte zuvor waren Ed und Phil dem notorischen Kunsträuber so nahe gekommen wie nie zuvor. Sie hatten den Fahrer des Fluchtfahrzeugs bis zu einem Bikertreff am Stadtrand Athens verfolgen und festnehmen können. Bei den Vernehmungen gab er zu Protokoll, dass er bloß eine Art Söldner sei, allerdings wisse, dass die Vase aktuell per Fähre nach Santorin gebracht werde. Er unternahm einen Fluchtversuch, wurde gefasst, schwor

Stein und Bein, dass der Kontakt zur Polizei ihn, der mit dem Sammler direkt kommuniziert habe, das Leben kosten werde. Er legte ihnen ein Prepaidhandy samt Nachrichten vor, die angeblich vom Sammler direkt stammten, und obwohl Phil skeptisch war und die Nachrichten theoretisch von jedem x-beliebigen Beteiligten gestammt haben mochten, war dies alles für Ed nur ein weiteres Indiz dafür, dass der Sammler eine Einzelperson war.

Von Santorin aus verfolgten sie ein verdächtiges Schiff, das das jordanische Akaba ansteuerte – und in jedem einzelnen Hafen, den sie unterwegs anliefen, kursierten Gerüchte, dass der Sammler hinter dem Diebstahl der Vase steckte und sie am Ziel persönlich entgegennehmen würde. Ed war sich sicher, dass sie verdammt dicht dran waren … Doch dann nahmen nur wenige Tage später weitere Männer das Geheimnis des Sammlers mit ins Grab.

Mondlicht glitzerte auf den Wellen, als Phil auf die Uhr sah und beschloss, sich – diesmal ohne Getöse – das Gemälde genauer anzusehen. Als er auf die Galerie zuschlenderte, war die Tür bloß angelehnt. Drinnen standen zwei Leute, starrten die Hauptvitrine an, und der Kurator selbst stand erneut vor dem Gemälde des brennenden Segelschiffs. Phil huschte in die Nische, in der er bereits früher am Abend gestanden hatte und in der die Galeriebesucher ihn nicht sehen konnten. Drinnen ging Luke so dicht an das Gemälde heran, dass seine Nase fast die Leinwand berührte.

Was genau hat er darauf entdeckt?

*

Drei Tage zuvor war der Kurator mit einer umfangreichen Ladung aus unschätzbar wertvollen Kunstschätzen und

Antiquitäten an Bord gegangen. Phil hatte Bescheid bekommen, dass die Exponate für die Ausstellung angekommen seien, und hatte natürlich sofort großzügig angeboten zu helfen, um einen ersten flüchtigen Blick auf die Ausstellungsstücke zu erhaschen.

MVGoldstar unterstützte – wenn auch wenig begeistert – den FBI-Einsatz, andererseits hatte er ihnen auch kaum eine Wahl gelassen. Er trug zwar Uniform, hatte aber keinen Schimmer, wie so ein Schiffsbetrieb funktionierte; die MVGoldstar-Zentrale hatte ihm gestattet, sich gegenüber den zahlenden Gästen als Event-Offizier zu bezeichnen, doch als er Laura Scott vorgestellt worden war, hatte er feststellen müssen, dass der Bereich Events bereits besetzt war.

Phil hatte Luke bei dessen Ankunft willkommen geheißen und ihm das Ladenlokal auf Deck zehn gezeigt, das sie für die Dauer der Kreuzfahrt zur Galerie umwandeln würden. Zuvor war hier ein Juwelier untergebracht gewesen, und MVGoldstar hatte den Beteiligten zugesichert, dass gewissenhaft akkreditierte Sicherheitsleute zur Verfügung stünden. Während Luke und ein weiteres Crewmitglied die Exponate auspackten, hielt Phil sich dezent im Hintergrund. Unter Lukes wachsamer Aufsicht hängte sein Helfer die Bilder an die Wand. Ein ums andere Mal traten sie davor zurück und beäugten die Hängung. Phil kam das langwierige Prozedere fast hypnotisch vor.

In der darauffolgenden Nacht war er allein zurückgekehrt, hatte sämtliche Kunstgegenstände fotografiert und sie in der Lost-Art-Datenbank und diversen Datenbanken des FBI nachgeschlagen. Er war auf die mehrere Jahre alte Anzeige zu dem gestohlenen Bronzeschwert gestoßen. Und auch das Barometer war aus einem Herrenhaus entwendet worden. Die anderen Exponate hingegen schienen nirgends gelistet zu sein. Sloane und Phil hatten ihre Nachforschungen willkürlich mit dem Schiffswrackporzellan begonnen.

Seitdem verspürte er eine unterschwellige Panik. Er musste sich selbst beweisen, dass er auf der richtigen Spur war …

*

Als Phil schließlich die Galerie betrat, hatte Luke sich gerade von dem Gemälde weggedreht, griff zu einem Poliertuch und fing an, den Glasdeckel der großen Vitrine zu bearbeiten. Phil schlenderte seinerseits auf das Gemälde zu, das Luke – und Freya – so sehr interessiert hatte.

»Kann ich irgendwie helfen?«, fragte Luke.

»Ich hab seit Jahren keine Ausstellung mehr besucht.« Was gelogen war. »Waren diese Stücke schon mal auf einer Kreuzfahrt ausgestellt?«

Der Kurator lächelte ihn freundlich an. »Nein. Der Besitzer ist bloß mit den Organisatoren befreundet, und die haben ihn bekniet, ein paar Exponate auszuleihen.«

»Und wie kommen sie wieder zurück zu diesem Besitzer?«

Luke zuckte mit den Schultern. »Sicher verpackt und überwacht … Sie müssten mich bitte entschuldigen, ich muss kurz telefonieren.«

Er marschierte in den hinteren Teil der Galerie und hielt sich das Handy ans Ohr. Er schien wortlos jemandem zuzuhören und gleichzeitig Phil zu beobachten.

Phil wandte sich erneut dem Gemälde zu, das den Kurator, Freya und Carole so sehr zu faszinieren schien. Aber warum? Auf den ersten Blick wirkte es befremdlich, irgendwie … durcheinander und, wenn er es beschreiben müsste, fast wie ein Palimpsest jüngeren Datums auf einem halbwegs beliebigen Schinken aus dem neunzehnten Jahrhundert. Als er es zuletzt gesehen hatte, hatte er dem Kapitän keine Beachtung geschenkt, doch diesmal ging er so nah dran, dass seine Nase fast die Ölfarbe berührte.

Überrascht riss er die Augen auf, und seine Mundwinkel zuckten.

»Hallo, alter Freund, schön, dich wiederzusehen … Wie zum Henker ist dieses Bild auf diesem Schiff gelandet?«, murmelte er vor sich hin.

Anscheinend war er auf der richtigen Fährte.

Luke hüstelte gekünstelt, und Phil beschloss, sich zurückzuziehen. Er hatte die Antwort erhalten, derentwegen er gekommen war. Und sein Respekt für Freya Lockwood wuchs noch ein bisschen mehr.

Sie musste inzwischen ebenfalls gesehen haben, dass Arthur auf dem Bild abgebildet war. Und das behagte Phil nicht.

Er wäre gern sauer gewesen, weil sie an Bord des Kreuzfahrtschiffs gekommen war – und das, obwohl er eigentlich dafür gesorgt hatte, dass dies nicht passieren würde. Doch insgeheim bewunderte er sie für ihre Hartnäckigkeit. Vielleicht war es ja doch an der Zeit, Freya und Carole die Informationen vorzulegen, nach denen sie offenbar suchten …

16

Freya

Suezkanal

Um kurz vor sechs startete ich in meinen Laufsachen auf dem Oberdeck, aber nachdem ein rund sechzigjähriges Pärchen in Hightechlaufschuhen, engen Laufhosen und mit identischen Sonnenvisoren auf dem Kopf an mir vorbeigejoggt war, war die Luft bei mir sofort wieder raus.

Ich schloss die Augen, drehte das Gesicht in Richtung Sonnenaufgang und atmete die salzige Luft ein – und versuchte zumindest, yogimäßig und ausgeglichen auszusehen, auch wenn ich mich nicht so fühlte. Ich hatte schlecht geschlafen. Das Schaukeln des Schiffs machte mich fertig.

Ich beschloss, die nächste Runde des Pärchens nicht auch noch mitanzusehen, und ging stattdessen in Richtung Bibliothek, weil dort vielleicht schon frischer Kaffee bereitstand.

Die Bibliothek war zwar verwaist, aber Kaffee gab es, und mit meinem Kaffeebecher in der Hand betrat ich das Außendeck. Ich ließ mich auf meinem neuen Lieblingsstuhl am hinteren Ende nieder, von wo aus ich jeden sehen würde, der die Bibliothek betrat. Dann rief ich erneut das Foto auf, das Carole von unserem Gemälde gemacht hatte. Betty hatte nie erwähnt, dass der Schiffskapitän darauf aussah wie Arthur. Hatte sie das die ganze Zeit über gewusst? Ich schrieb Sky eine Nachricht.

Hast du irgendwelche Fotos von Chris Prince oder Ben Wells gefunden? Ich schick dir gleich ein Foto des Gemäldes, das in Lowestoft gestohlen wurde – es ist tatsächlich hier! Schau mal, ob du irgendwas darüber herausfinden kannst!

Sky: *Spannend! Mal sehen, was ich dazu finde.*

Ich hatte auch Fotos der Seiten aus dem zweiten Dossier auf dem Handy. Im ersten Abschnitt hatte Arthur nautische Antiquitäten aufgezählt. Der zweite Abschnitt enthielt fünf kostbare Raritäten, die ich in der Galerie nicht gesehen hatte. Sie waren bei fünf größeren Einbrüchen in den vergangenen fünfzehn Jahren gestohlen worden.

20 seltene 2-Pence-Münzen mit Prägefehlern im Wert von je 100 000 Pfund: 2012 aus dem British Museum gestohlen.

Taschenuhr Patek Philippe Supercompilation von 1932, 24 Mio. Dollar: gestohlen 2009 aus dem Safe eines Privathaushalts in New York.

Seltenes Lockentenpärchen, geschätzt auf 50 000 Dollar: gestohlen 2018 aus einem Museum in Cambridge.

Qianlong-Jade aus der Qing-Dynastie/18. Jahrhundert, 5,3 Mio. Dollar: 2006 aus einer Privatsammlung in Amsterdam gestohlen.

Graue Ming-Vase, mehrere Millionen Dollar: gestohlen 2001 aus einem Museum in Athen.

Die graue Ming-Vase interessierte mich am allermeisten, weil Arthur und ich 2001 an dem Fall zusammengearbeitet hatten. Wir hatten die Vase nie aufgespürt, und ich ging davon aus, dass sie bei einem Brand vernichtet worden war. *Bei einem Brand auf einem Schiff* … wie jenem auf dem Gemälde, in das Arthur eingefügt worden war.

Und hatte Betty nicht erwähnt, Mr. Schnösel hätte eine graue Vase erwähnt?

Ich hing eine Zeit lang meinen Gedanken nach, bis mein sechster Sinn plötzlich Alarm schlug. Als ich aufblickte, stand ein Mann in der Tür zur Bibliothek und starrte mich an – der Restaurantleiter, der uns am Vorabend im Seafood and Steak in Empfang genommen hatte, nur dass er inzwischen eine Kellner-Livree trug.

Irgendwie kommt der mir bekannt vor …

Als er meinen Blick auffing, schien er den Kopf einzuziehen und huschte außer Sicht. Als ich Sekunden später den Kopf durch die Tür streckte, eilte er gerade mit abgewandtem Gesicht an Carole vorbei, die auf die Bibliothek zuhielt. *Merkwürdig.*

»Gibt's hier auch irgendwas Stärkeres als Kaffee?« Meine Tante nickte in Richtung der Bar. »Ich würde den Tag ja liebend gern mit einem Glas Urlaubsschampus einläuten!«

Ich nickte. »Das hier ist ein Kreuzfahrtschiff. Da ist Alkohol inklusive. Trotzdem, es ist gerade erst acht Uhr. Es dürfte also auch Croissants, Obst und Müsli geben – du weißt schon: die Sachen, die normale, verantwortungsvolle Erwachsene zum Frühstück zu sich nehmen.«

Meine Tante bedachte mich mit ihrem gewinnendsten Lächeln. »Erwachsensein ist so langweilig! Aber wenn es doch *all inclusive* heißt, wäre es regelrecht unhöflich, den Tag nicht mit Schampus zu beginnen! Äh, wolltest du gerade gehen?«

»Dieser Restaurantleiter von unserem Dinner gestern Abend war gerade als Kellner hier … Kommt dir das nicht auch merkwürdig vor?«

Carole drehte sich stirnrunzelnd nach ihm um.

»Ach, vergiss es. Ich will mir das Gemälde noch mal

genauer ansehen und Luke vielleicht nach der Provenienz fragen. Ich hab irgendwie das Gefühl, dass Arthur versucht haben könnte, mir durch die Blume irgendwas zu sagen.«

Carole sah sich verschwörerisch um und stellte sicher, dass uns niemand belauschte. Dann zog sie mich durch die Bibliothek raus aufs Außendeck. »Ich muss dir etwas zeigen! Das wollte ich schon gestern Abend, aber als ich bei dir vorbeigeguckt habe, hast du schon geschlafen.«

Ich setzte mich wieder. Carole setzte sich mir gegenüber. Die frische Seeluft und die Containerschiffe, die an uns vorbeischipperten, schienen ihr herzlich egal zu sein, so aufgeregt war sie.

»Also – guck dir das an.« Sie rief ein Foto auf ihrem Handy auf und beugte sich vor. »Siehst du das?« Sie drehte das Foto zu mir herum und zoomte es größer.

»Ich hab Arthur wiedererkannt, falls du das meinst.«

»Ja, schon – aber guck dir seinen Kragen an! Da ist ein roter Fleck!« Sie zog das Foto noch ein Stückchen größer. »Das ist … eine *Brosche.*«

Wir starrten einander an. Wir wussten beide, was das bedeutete.

»Der Léa-Stein-Fuchs, den er mir vermacht hat …«

Unwillkürlich erinnerte ich mich an das, was Arthur immer gesagt hatte – *Bereit für die nächste Fuchsjagd?* –, bevor wir gemeinsam den nächsten Auftrag in Angriff genommen hatten.

Ich hatte es geliebt und stets lächelnd geantwortet: *Allzeit bereit, alter Mann.*

Jetzt, da Carole mir diese Hinweise in aller Deutlichkeit vor Augen führte, sah ich mir auch den Bereich rund um Kapitän Arthur genauer an.

»Das Schiff heißt HMS *Lockwood*«, stellte ich verblüfft fest. »Ich behaupte einfach mal, dass so ein Schiff in Wirklichkeit nie existiert hat.«

»Und siehst du, dass dieses orangefarbene Tuch einen lila Rand hat? Genau so eins habe ich ihm als Dankeschön geschenkt, nachdem er mich 2005 auf eine Schiffsreise von Southampton nach New York mitgenommen hat. Er sollte damals als Antiquitätenexperte ein paar Vorträge halten – und ich hatte den Atlantik noch nie mit einem Schiff überquert. Es war herrlich! Also, hiermit hat Arthur uns eindeutig eine Nachricht hinterlassen«, flüsterte meine Tante. »Beim letzten Mal war es ein Brief – und diesmal eben ein Gemälde.«

Ich kniff die Augen zusammen. »Diese Einzelheiten rund um den nachträglich aufgemalten Arthur sind verblüffend detailreich ... Guck dir das an – bis hin zu seinen Fingern! Das muss doch irgendwer mit einer Juwelierlupe aufgemalt haben.«

Carole starrte mich an.

»Was ist los?«

»Na ja, hast du nicht immer von den Miniaturen gesprochen, die deine Mutter gemalt hat und die bei euch im Flur hingen?«

Ich starrte erneut auf das Gemälde hinab. »Exakt so sieht das hier aus ... Aber wir schließen daraus jetzt nicht, dass Arthur meine Mutter gebeten hat, das hier zu malen, oder?«

Carole schüttelte den Kopf. »Deine Mutter ist seit Langem tot. Lange bevor Arthur dir die Fuchs-Brosche vermacht und ich ihm in New York ein orangefarbenes Krawattentuch geschenkt habe. Und beides ist hier abgebildet.«

»Wer hat ihn dann in ein viktorianisches Gemälde eingefügt? Und warum hing es im Lowestoft Maritime Museum?«

Carole zuckte mit den Schultern. »Deine Mutter kannte eine Menge Leute aus der Branche … Vielleicht hat Arthur über sie mal jemanden kennengelernt, den er Anfang des Jahres erneut kontaktiert hat, um dieses Gemälde zu verschönern … bevor er selbst leider gestorben ist? Diese Einzelheiten im Gesicht, die Falten der Hose … Das alles ist das Werk eines Spezialisten.« Sie streckte sich nach mir aus und tätschelte meine Hand.

»Ich frage Sky, ob sie nach Miniaturenmalern suchen kann. Betty meinte, Arthur wäre nach Norfolk gefahren, um das Gemälde dort abzuholen – am besten fängt Sky dort mit der Suche an.«

»Speziallieferung«, rief plötzlich eine Männerstimme hinter mir.

Beide wirbelten wir herum. Phil war mit einem Tablett aufgetaucht, auf dem eine Flasche Champagner, ein paar Gläser und mehrere Croissants arrangiert waren.

»Eine kleine Entschuldigung, Carole, weil ich gestern Abend so unhöflich war. Aber ich musste leider noch etwas erledigen.«

Er stellte das Tablett vor ihr auf den Tisch und entkorkte die Flasche. Der Inhalt sprudelte und zischte, als Carole beschwingt zu ihrem Glas griff.

»Vielleicht wäre es ja an der Zeit, dass Sie uns erzählen, weshalb Sie hier sind«, sagte sie.

Phils Blick huschte in meine Richtung. »Wenn ich Ihnen verrate, was ich verraten darf … sind Sie dann ebenfalls offen und ehrlich?«

Ich nickte. »Soweit das möglich ist, ja.« *Nur die Dossiers werde ich mit keinem Wort erwähnen.*

Er ließ sich auf dem Stuhl neben mir nieder und schenkte uns ein. »Zuallererst muss ich darauf bestehen, dass Sie sich hier an Bord bedeckt halten. Ab sofort keine Schnüffeleien mehr! Sie dürfen nicht mehr auffallen.«

Während wir artig nickten, überkreuzte Carole unter dem Tisch die Finger.

Phil sah sich diskret um und seufzte. »Tut mir leid ... aber dies hier ist ein brenzliger Fall, und ich möchte nicht, dass Sie in die Schusslinie geraten.«

»Aber Arthur wollte, dass wir hier sind!« Carole funkelte ihn empört an.

»Ja, und jetzt sind Sie nun mal hier.« Er redete ruhig weiter, doch der schärfere Unterton war nicht zu überhören. »Auch wenn Sie besser fortgeblieben wären.«

»Reden Sie weiter«, forderte ich ihn auf. »Sie sind zuerst dran.«

»Haben Sie je von einem gewissen *Sammler* gehört?«

Über den hohen Wellen kreischte eine Möwe, und irgendwo blökte ein Nebelhorn, doch schlagartig hatte ich nur noch eine sehr unwillkommene Erinnerung im Kopf.

Der Sammler ... Den Namen hatte ich zuletzt vor einer Ewigkeit gehört. 2001 hatten Arthur und ich in Jordanien nach einer gestohlenen Ming-Vase gefahndet, die bei einem Schiffsbrand verloren ging. Erst anschließend hatte Arthur erwähnt, dass er Gerüchte gehört habe, *der Sammler* sei involviert gewesen. Er setzte mich ins Bild über die Legenden, die über den Mann kursierten, an die er selbst jedoch nicht glaube. Aber was, wenn Arthur bei seinen Streifzügen durch die Unterwelt auf die Wahrheit gestoßen war? Was, wenn er seit jenem Jahr den Gerüchten nachgegangen war, die sich um den Sammler rankten?

Während Carole den Kopf schüttelte, nickte ich bedächtig. »War der nicht bloß eine Sagengestalt?«, fragte ich.

Worauf läuft das hier hinaus? »Was genau wollen Sie gerade andeuten?«

»Ich glaube nicht, dass er eine Sagengestalt ist. Und Arthur hat das auch nicht geglaubt. Von Arthur weiß ich auch, dass der Sammler an Bord dieses Schiffes zu gehen gedachte, weil er hier seinen Nachfolger treffen soll. Der alte Sammler tritt zurück, und ein neuer übernimmt. Arthur meinte, das wäre eine einmalige Gelegenheit – beide in ein und demselben Raum. So könnte ich auf einen Schlag die wahre Identität sowohl des alten als auch des neuen entlarven.«

Ich wartete nur darauf, dass er gleich grinste und es als Scherz abtat, aber seine gefurchte Stirn besagte, dass es alles andere als ein Scherz gewesen war. Ungläubig schüttelte ich den Kopf.

»Sie sind Sonderermittler beim FBI in einer der größten Abteilungen für Kunstverbrechen auf der ganzen Welt – und *Sie* glauben an Verschwörungstheorien?«

»Auch Arthur hat daran geglaubt. *Er* hat mich auch auf diese Kreuzfahrt geschickt. Der Sammler handelt weltweit mit Kunstschätzen, und wie die meisten Privatsammler in einem bestimmten Alter geht er über Leichen, wenn er ein Objekt erst ins Auge gefasst hat. Im vergangenen Winter haben wir einen Privatjet abgefangen – mit einer Ladung aus Kunstschätzen und Antiken im Wert von weit über sechs Millionen Dollar. Leider war der Sammler selbst nicht an Bord. Deshalb müssen Sie auch so vorsichtig sein – der Sammler stellt seine Kunstschätze über alles. Ein Menschenleben hat für ihn keinen Wert. Zeugen werden zum Schweigen gebracht, Informanten getötet und …« Phil verstummte und schloss die Augen.

Bevor ich nachhaken konnte, kam Laura auf uns zu.

»Gut, dass ich Sie endlich gefunden habe.« Sie stützte sich auf Phils Stuhllehne ab, sprach allerdings mich an. »Es gibt Probleme mit dem Zeitplan. Sie müssten Ihren Vortrag zum Thema Modeschmuck bitte früher halten.« Sie sah auf die Uhr. Dann blieb ihr Blick am Rest unseres Champagnerfrühstücks hängen.

»Ich dachte, ich könnte den Nachmittag noch nutzen, um mich vorzubereiten?«

»Ich weiß ... Eigentlich sollte Mark den Vortrag am Nachmittag übernehmen, aber ... wie soll ich sagen ... Er ist zu erschöpft. Sally ebenfalls. Die zwei haben sowieso schon Überstunden gemacht, deshalb ... Könnten Sie *bitte* für sie einspringen?«

»Dann lasse ich Sie wohl mal allein.« Phil stand auf und ging in Richtung Bibliothek.

Laura sah ihm finster hinterher. »Er hätte nicht mit Ihnen dasitzen und trinken dürfen ... Ich hoffe, er hat Sie nicht gestört?«

»Aber nicht doch, meine Liebe! Er hat mir Champagner gebracht, und ich habe ihn gebeten, sich zu uns zu setzen. Er sieht so wahnsinnig gut aus, da konnte ich nicht widerstehen.« Carole zwinkerte Laura zu.

Laura schnalzte missbilligend mit der Zunge. »Dann sehen wir uns also um drei.«

Sobald sie davongerauscht war, griff Carole nach meiner Hand. »Das hier läuft doch ganz ausgezeichnet, findest du nicht?«

Ich war mir nicht sicher, ob es so ausgezeichnet lief, hatte ich doch mittlerweile mehr Fragen als Antworten. Wer war Mr. Schnösel, und hatte *er* das Gemälde gestohlen und an Bord gebracht? Und Arthur hatte Phil auf die Kreuzfahrt hingewiesen, um dem legendenumwobenen Sammler das Handwerk zu legen. Hing das alles miteinander zusammen?

In mir machte sich ein aufgeregtes Prickeln breit, als ich erneut das Foto des Gemäldes aufrief und Arthur großzoomte.

»Was willst du mir diesmal sagen, alter Mann?«, flüsterte ich. »Was steckt hinter dieser Jagd, auf die du uns alle geschickt hast?«

Ich holte tief Luft und fing Caroles Blick auf. Sie beugte sich vor und tätschelte meine Hand. »Was immer hier vor sich geht – wir gehen der Sache auf den Grund, genau wie Arthur es gewollt hätte.«

»Das machen wir«, pflichtete ich ihr bei.

17

Luke

Besorgt betrat Luke Drummond den Bühnenraum, in dem die Vorträge stattfanden. Ihm gingen tausend Dinge gleichzeitig durch den Kopf, doch als sein Blick an Freya Lockwood am Podium hängen blieb, dachte er nur noch: *Sie kann nicht hier sein, um Arthur Crocklefords Job zu machen. Das ist einfach unmöglich.*

Die hinterste Sitzreihe war perfekt, um alle im Blick zu behalten. Im Augenblick war der Saal noch hell erleuchtet, doch binnen weniger Minuten würde das Auditorium abgedunkelt werden.

Luke war den Schwarzmarkt seit Jahren leid, aber ein solches Leben ließ man nun mal nicht einfach so hinter sich. Er … wusste schlichtweg zu viel. Doch jetzt endlich – *endlich!* – war er bereit, seine sorgsam zurechtgelegte Exitstrategie in die Tat umzusetzen. Jetzt, da ein neuer Sammler auf den Plan treten sollte, war die Gelegenheit gekommen, still und heimlich das Weite zu suchen.

Er atmete tief durch und wünschte sich, er wäre ein ganz normaler Passagier. Da hätte er eindeutig mehr Spaß. Seinen Platz an Bord hatte er ausschließlich wegen einer einzigen Sache gebucht – und wenn diese Sache im Kasten wäre, würde ihn keiner je wiedersehen. Costa Rica wartete schon.

Freya klappte ihren Laptop auf und fummelte an den Kabeln herum, um ihre Präsentation in Gang zu bringen. *Was für eine Anfängerin.* Als die Startseite endlich auf der Leinwand erschien, arrangierte sie ein paar kleinere Schmuckstücke aus Silber auf einem Beistelltisch – auf den ersten Blick Mid-Century Modern, womöglich dänisch, aus der Entfernung schwer zu sagen. Dann legte sie ein paar goldene Schmuckstücke aus, eine Kette, Ohrringe, einen Armreif mit rubinroten Glaseinsätzen, in denen sich das Deckenlicht fing.

Womöglich glaubte sie ja, dass solche Statement-Stücke den Massen gefallen würden? Er schnaubte in sich hinein. *Hier gibt es weder Massen, noch will irgendwer sie reden hören. Diese Leute wollen* echte *Antiquitäten.*

So eine Dilettantin.

Jenny und Archie betraten den Saal und setzten sich auf seiner Höhe auf die andere Seite des Mittelgangs. Er war kein bisschen überrascht, die beiden hier zu sehen – sie wollten genauso sehr wissen, was Freya hier trieb, wie er selbst. Archie bedachte ihn mit einem angedeuteten Lächeln.

Am Eingang stand ein Mitglied der Crew und ließ den Blick durch den Raum schweifen, während Laura mit der Beleuchtung zugange war. Dann schien sie endlich zufrieden zu sein, fing Lukes Blick auf und eilte auf ihn zu.

»Du hier?«, fragte sie, sah jedoch kein bisschen überrascht aus. »Hast du beschlossen, dass es dich doch interessiert? Oder bist du nur hier, um Ärger zu machen?«

»Ich bin hier, um die Augen offen zu halten.«

Stirnrunzelnd sah Laura ihn an. Sie glaubte ihm eindeutig kein Wort, doch statt weiter nachzubohren, dehnte sie die Schultern und nötigte sich ein Lächeln ab. Die professionelle Maske saß wieder.

Luke hatte den leisen Verdacht, dass Laura dies alles genauso sehr hinter sich lassen wollte wie er. Die Frage war nur, ob sie den Mut dazu hatte. In den vergangenen Jahren war Laura die Freude abhandengekommen. Er hatte sie von Anfang an nicht leiden können, aber selbst er meinte ihr anzusehen, dass sie nur noch ein Schatten der jungen Frau war, die er vor Jahren in London kennengelernt hatte. Da war sie sorglos gewesen, hatte gern gelacht und gescherzt – aber der Schwarzmarkt veränderte einen. Inzwischen hatte sie einfach zu viel erlebt … Sie hatten beide zu viel erlebt.

Seine handgenähten Budapester stießen gegen eine Plastiksektflöte am Boden, die der Reinigungstrupp nach der Tanzrevue am Vorabend übersehen hatte. Genau deshalb bevorzugte Luke die beschauliche Umgebung eines Herrenhauses oder Schlosses. Er mochte es nicht, auf See mit Hunderten Fremden zusammengepfercht zu sein. Eine der Freuden seines Jobs war immerhin, mit Leuten zusammenzuarbeiten, die eine Vision für ihre Sammlungen hatten. Leute, die hinreichend vermögend waren, um ihren persönlichen Geschmack kontinuierlich zu verfeinern – und bei Auktionen jeden anderen auszustechen. In einem solchen Milieu fühlte er sich zu Hause.

Trotzdem musste er, bevor er sich aus dem Staub machte, sicherstellen, dass die Exponate aus der Galerie in die richtigen Hände gerieten.

Luke musste erneut an den Vorabend denken. Freya Lockwood … Diese neugierige Person war die Letzte, die er in der Galerie hatte entdecken wollen. Immerhin hatte sie Arthur Crockleford gut gekannt – und Arthur hatte seinerseits viel zu viel gewusst.

Dass ihre Tante auch noch ein Foto des Gemäldes hatte machen können, beunruhigte ihn zutiefst. Ihm war klar, dass es am sichersten wäre, die Galerie einfach zu schließen, doch das hieße, er würde gewisse Dinge nicht mehr annähernd so gut im Blick behalten können wie nötig. An Bord eines Kreuzfahrtschiffs herrschte nun mal nie die notwendige Ruhe, um unbeachtet zu sein. Unbeachtet war er bloß auf seinem Kabinendeck.

Und jetzt musste er auch noch diese Lockwoods im Auge behalten ... Die beiden Frauen durften ihm bis zum Zahltag nicht in die Quere kommen.

Luke lehnte sich auf seinem Stuhl zurück und verschränkte die Arme.

Bald war es so weit.

18

Freya

Vor den Flügeltüren zum fensterlosen Theatersaal von MVGoldstar stand ein großes »Programm«-Schild. Ich war früh dran gewesen, und jetzt stand ich am Rand der Bühne und krallte mich in den Samtvorhang. Ich hörte das Blut in meinen Ohren rauschen. Durch einen Spalt im Vorhang sah ich die ersten Leute die Treppe in den bestuhlten Raum herunterkommen.

Ich nahm mein Handy heraus, um mich abzulenken, und hoffte auf eine Nachricht von Sky, doch sie hatte nicht geschrieben.

Als Nächste kam Carole durch die Flügeltür und winkte mir zu. Sie wusste genau, wo ich mich versteckte.

Eine Antiquitätenexpertin, die derlei Vorträge hielt, hatte ich nie werden wollen. Ich wollte nicht, dass die Leute mich kannten ... dass man sich öffentlich eine Meinung über mich bilden konnte. Ich wollte mich lieber im Hintergrund halten. Nur so konnte ich unbehelligt die Schattenseiten des Kunst- und Antiquitätenhandels erkunden und nach gestohlenen Objekten fahnden.

Doch wenn dies hier nötig wäre, um den Fall zu lösen, dann ... *Ich schaffe das!* Mit einem tiefen Atemzug nahm ich all meinen Mut zusammen und betrat die Bühne.

Im Saal war Platz für gut dreihundert Leute – bei einer Kreuzfahrt mit rund vierhundert Passagieren. Zum Glück waren die meisten Plätze leer geblieben. Als die Tür abermals aufging, war es Phil – diesmal in der üblichen Crewuniform aus blauen Shorts und blauem Poloshirt, das unter seinen vor der Brust verschränkten Armen spannte. Er suchte die Bühne und den restlichen Raum ab, blieb aber am Eingang stehen. Er sah aus wie ein Türsteher, und dankbar lächelte ich ihn an, auch wenn er gerade nicht zu mir hersah.

Carole hatte sich in die erste Reihe gesetzt. Sie reckte das Kinn und strahlte mich an. Sie war unübersehbar stolz auf mich, und ausgerechnet heute brauchte ich auch wirklich alle Bestätigung, die ich bekommen konnte. Mein Zeigefinger strich über die vernarbte Haut in meiner Handfläche – wie immer, wenn ich nervös war.

Nur dass es diesmal nicht funktionierte. Stattdessen stand mir erneut das Bild des brennenden Schiffes mit Arthur am Steuerrad vor Augen. Warum dieses Bild? Er wusste, dass der Gedanke an Feuer mich dazu brachte, die Faust um meine Brandwunde zu ballen. Wenn Flammen in einem Kamin oder in einem alten Ofen mit Klappe flackerten – meinetwegen. Aber irgendein banaler Fernsehwerbeclip oder ein Zeichentricklöwe, der durch einen Feuerring sprang, ließ meinen Puls in die Höhe schnellen und …

Ich spreizte die Finger und starrte auf meine Handfläche hinab.

Was versuchst du mir zu sagen, Arthur?

Aus den Augenwinkeln erhaschte ich einen Blick auf Patricia vom Dinner am Vorabend, die den Saal betrat und Phil überschwänglich begrüßte. Dann kam sie den Mittelgang entlang, setzte sich zu Jenny und Archie und winkte Carole zu. Gut, dass sie ebenfalls gekommen war.

Phil blieb stocksteif an der Tür stehen und starrte sämtliche Vortragsgäste an, als müsste er sie sich einprägen. Laura huschte an der Bühne vorbei und brummte missbilligend, weil das Publikum sich derart weitläufig verteilt hatte. Wie eine Schäferin trieb sie die Herde mittig vor der Bühne zusammen. Nur Luke blieb stur auf seinem Platz ganz hinten sitzen.

Auf Höhe des Beistelltischs, auf dem ich den Schmuck arrangiert hatte, stieg Laura auf die Bühne. In der Hand hielt sie ein Headset, das sie mit dem Akku verkabelte, der an meinem Hosenbund klemmte, und in meinen Kopfbügel einhängte. Dann bog sie das Mikro an meinen Mund. Es fühlte sich merkwürdig an meiner Wange an.

»Gibt's kein normales Mikro? Ich bin mir nicht sicher, ob ich das hier brauche – wir sind ja nicht gerade auf der großen Musicalbühne ...«

»Das hier ist das beste, was es gibt, und perfekt für Vorträge und Vorlesungen.« Sie hielt sich die Hand gegen das gleißende Scheinwerferlicht über die Augen und versuchte, ins Publikum zu sehen. »Hallo, alle miteinander, und bitte entschuldigen Sie die kurzfristige Änderung im Ablaufplan ... Sollen wir direkt anfangen?«

Ich nahm meine Notizen zur Hand, während Phil die Türen zum Saal schloss und die Beleuchtung gedimmt wurde.

Augen zu und durch!

Ich drückte auf den Klicker für die Präsentation, und hinter mir auf der Leinwand tauchte die erste PowerPoint-Folie auf.

»Guten Tag – und schön, dass Sie alle da sind.« Mir war klar, dass nicht viele gekommen waren, aber ich hatte mir nun mal »alle« aufgeschrieben und blieb deshalb auch dabei. »Ich werde Ihnen gleich etwas über antiken und weniger antiken Modeschmuck erzählen.« Noch einmal holte ich ganz tief Luft. »In den letzten Jahren wird gern Jagd gemacht auf alles, was das Attribut *vintage* trägt. Die Leute fühlen sich zunehmend vom Charme vergangener Tage angezogen, stöbern auf Flohmärkten und in Trödelläden hübsche Stücke auf, und zwischen all den Schätzen, die nur darauf warten, gehoben zu werden, sticht der Modeschmuck ganz besonders hervor. Er ist verhältnismäßig günstig, und mit seiner Geschichte, die vielleicht auch alte Hollywoodschönheiten in Erinnerung ruft, ist der Modeschmuck für Vintage-Fans ungemein interessant geworden. Aber was genau ist eigentlich Modeschmuck?

Der Begriff entstand im frühen zwanzigsten Jahrhundert in der Haute-Couture-Modewelt. Er bezeichnet im Grunde Schmuck, der einen bestimmten Modetrend aufgreift, aber aus verhältnismäßig preiswerten Materialien besteht.

Ich glaube, einer der spannendsten Aspekte am Sammeln von Modeschmuck ist die Verbindung zur Hollywoodglamourwelt. Im frühen zwanzigsten Jahrhundert wurde Modeschmuck quasi zum Symbol für den Traum von einem Leben als Filmstar – denn endlich war es auch für normale Frauen erschwinglich, sich wie die großen Stars zu schmücken.«

Ich klickte die nächste Folie an, und hinter mir erschienen einige Hollywooddivas: Marilyn Monroe, Joan Crawford, Greta Garbo und Vivien Leigh.

»Zwischen den Dreißiger- und Sechzigerjahren trugen Stars und Sternchen in Hollywood gern auffällige Schmuckstücke, die zu ihrem Zauber grundlegend beitrugen. Die Schmuckstücke, die damals auf der großen Leinwand zu sehen waren, sollten meist die ausgeklügelten Kostüme und Roben der Schauspielerinnen unterstreichen. Viele der Stücke wurden eigens für die Trägerin gefertigt – passend zur jeweiligen Rolle, zum Stil oder zum Filmgeschehen, was die Faszination für den Schmuck durchaus verstärken konnte. Marilyn Monroe beispielsweise liebte den funkelnden Schmuck aus dem Haus Joseff of Hollywood, und Joan Crawford, die als starke, strahlende Persönlichkeit galt, trug regelmäßig Stücke von Miriam Haskell, Trifari und Eisenberg. Auf diesem Tischchen hier befinden sich drei Stücke von Joseff of Hollywood. Der Gründer, Eugene Joseff, gehörte zu den führenden Modeschmuckherstellern für sämtliche großen Hollywoodstudios.«

Ich nahm meine Joseff-Schlangenkette hoch – an der zwei sich windende Schlangen mit weit offenem Maul einen großen roten Cabochon zu verschlingen schienen.

»Diese Kette, die dazu passenden Ohrringe und der Armreif …«

Die Flügeltüren gingen erneut auf, und von draußen fiel Licht in den abgedunkelten Saal. Eine blonde Frau in Kellnerinnen-Livree huschte in die letzte Reihe.

Carole folgte meinem Blick, keuchte im selben Moment hörbar auf, fuchtelte mit einer Hand hektisch in meine Richtung, während sie mit der anderen Hand in Richtung der Frau wies. Doch die war bereits in die Dunkelheit abgetaucht. Ich hielt mir die Hand über die Augen und ließ den Blick schweifen.

Da, ganz hinten, im dunklen Auditorium kaum zu erkennen, saß sie ein paar Stühle von Luke entfernt.

Ein Hüsteln von links, Laura raunte mir zu: »Reden Sie weiter!«

»Dies hier ist ein gutes Beispiel für Joseffs auffälligere Stücke: Zum einen ist es riesig und auf der Leinwand nicht zu übersehen. Seine Kreationen wurden von Marlene Dietrich in *Shanghai-Express*, von Greta Garbo in *Die Kameliendame* und von Vivien Leigh in *Vom Winde verweht* getragen – und in verschiedenen Filmen von Marilyn Monroe. 1939 brachte Joseff erstmals eine Kollektion für die breitere Öffentlichkeit heraus …«

»Wie zum Geier sollen wir diese Sachen da oben erkennen?«, blökte Luke und kam den Mittelgang entlangmarschiert.

Meine Wangen loderten. »Moment, das Foto erscheint sofort auf der Leinwand.«

Ich drückte den Klicker und wartete. Und drückte erneut.

Nichts passierte.

Seitlich im Saal klapperte es, und dann schob sich ein Lichtstrahl in den Raum, vor dem sich ein breiter Rücken abzeichnete, als Phil eilig nach draußen ging. Ich hielt erneut die Hand über die Augen und suchte das Publikum ab. Luke stand inzwischen direkt vor der Bühne. Er hatte die Arme verschränkt und machte ein demonstrativ unbeeindrucktes Gesicht.

Ich sah zu Carole, die in seine Richtung zeigte.

»Halt sie hoch«, zischte sie, und: »Zeig sie herum!«

Mir wollte tatsächlich nichts Besseres einfallen, also nahm ich die Kette und stieg die Stufen zum Publikum runter.

Luke machte einen Schritt vor, als ich die goldenen Metallschlangen auf meine offene Handfläche legte, und auch die anderen im Publikum standen auf und kamen näher – außer Phil, der zu meiner großen Erleichterung wieder zurück im Saal war.

»Sorry«, raunte er leise in meine Richtung.

Laura schob sich neben mich. Als mir ihr starkes, blumiges Parfüm in die Nase stieg, musste ich niesen. Alle wichen ein Stück zurück.

»Musste das sein?«, blökte Luke angewidert.

»Entschuldigen Sie vielmals.« Ich spürte, wie ich Gänsehaut an den Armen bekam.

Luke machte erneut einen Schritt auf mich zu, diesmal schlug mir sein Old Spice entgegen, und fast hätte ich noch einmal niesen müssen. Er spähte auf die Kette hinab und zuckte abfällig mit den Schultern.

»Ich dachte, das hier wäre eine *Antikenkreuzfahrt*! An diesen Sachen ist doch rein gar nichts antik!«

Obwohl die Klimaanlage auf vollen Touren lief, war ihm der Schweiß auf die Stirn getreten. Er sah mich so finster an, als wollte er mir sagen, dass ich mit meinem Vortrag und meiner Expertise hier ja wohl nichts zu suchen hätte. Prompt wanderten die Blicke der anderen von der Kette in meiner Hand zu meinem Gesicht.

Ich wollte schon zu einer Rechtfertigung anheben, als im selben Moment Caroles wunderbar rauchige Stimme ertönte: »Könnten Sie meine Nichte bitte ihren Vortrag zu Ende halten lassen und Ihre Fragen im Anschluss stellen?«

»Was für Antworten könnte *sie* denn schon für uns haben?« Luke funkelte mich finster an und drehte sich so abrupt weg, dass er fast über den nächstbesten Stuhl gestolpert wäre. Bevor ich auch nur fragen konnte, ob er sich wehgetan hatte, hustete er erneut und blaffte: »Los, machen Sie schon weiter.« Er zog ein Taschentuch hervor und tupfte sich die Schläfen.

Kurz herrschte ringsum angespannte Stille. Alle starrten mich an und warteten darauf, dass ich irgendwas sagte oder unternahm.

Mir zog sich der Magen zusammen.

Carole legte mir eine Hand auf die Schulter. »Halte einfach weiter deinen wunderbaren Vortrag, Schätzchen. Wir wollen ihn alle hören.«

Widerwillig trat ich zurück auf die Bühne. Eine Schweißperle lief mir den Rücken hinunter. Zum Glück hatte Laura in der Zwischenzeit den PowerPoint-Schluckauf behoben, und diesmal konnte ich die entsprechenden Fotos zu meinen Ausführungen an die Wand werfen.

In den darauffolgenden zwanzig Minuten blieb meine Stimme zittrig, und mir rauschte das Blut in den Ohren. Trotzdem bekam ich es irgendwie hin. Mit ein bisschen Übungen wären derlei Auftritte garantiert nicht mehr annähernd so angsteinflößend, wie ich zunächst befürchtet hatte, dachte ich …

»Normalerweise rate ich angehenden Sammlerinnen und Sammlern: Kaufen Sie nur, was Sie wirklich lieben. Doch in diesem Fall würde ich sogar sagen: Kaufen Sie nur, wofür Sie echte *Leidenschaft* aufbringen. Modeschmuck sieht immer wunderbar aus, geradezu magisch, wenn er aus Ihrer Schmuckschatulle quillt, aber letztlich ist er dazu gedacht, dass man ihn trägt. Er ist seit jeher ein Statement zu Mode und Stil. Deshalb sammeln Sie ihn bitte nicht einfach nur. Tragen Sie ihn selbstbewusst. Stellen Sie ihn *zur Schau*.

Das Sammeln von Vintage-Modeschmuck ist nicht nur ein Hobby, es ist eine Reise mitten hinein in die Glamourwelt und die Eleganz eines vergangenen Zeitalters. Selbst als Anfängerin und Anfänger auf dem Gebiet können Sie wahre Schätze heben – aber eben auch viel über das Kunsthandwerk und die Geschichte hinter diesen fabelhaften Stücken lernen. Mit Namen wie Joseff of Hollywood, Weiss, Miriam Haskell, Trifari, Elsa Schiaparelli oder Hattie Carnegie, an denen Sie sich entlanghangeln können, wird Ihr

Spaziergang über Flohmärkte und durch Trödelläden zu einer echten Schatzsuche. Setzen Sie sich also Ihren Detektivhut auf, halten Sie Ausschau nach diesem speziellen gewissen Funkeln – und werden Sie Teil der verwunschenen Welt des Vintage-Modeschmucks.«

Als die Bühnenscheinwerfer gedimmt wurden und die Deckenbeleuchtung im Auditorium wieder anging, gab es einen kurzen Beifallssturm – oder war das bloß Carole? –, und ich lächelte erleichtert. Ich hatte meinen ersten Vortrag als Antiquitätenexpertin gemeistert, und abgesehen von der kurzen Unterbrechung zu Anfang war es halbwegs glattgelaufen.

Im Publikum hustete jemand.

Dann rief Patricia Henderson: »Hilfe! Wir brauchen Hilfe!«

Im Saal sah ich, wie mehrere Leute sich um einen der Stühle geschart hatten. Carole winkte mich zu sich, und ich sprang von der Bühne.

Laura trat beiseite, und erst jetzt konnte ich sehen, wen sie alle anstarrten.

Mit weit aufgerissenen Augen hatte Luke sich vornübergekrümmt, hustete, griff sich an den Hals … und sackte seitlich von seinem Stuhl auf den Teppichboden.

»Luke!«, kreischte Laura und tastete nach seinem Puls. »Luke!«

Dann wurde sie blass.

»Er ist tot!«

19

Phil schaltete die komplette Deckenbeleuchtung an, und noch während sich meine Augen an die Helligkeit gewöhnten, sah ich die Panik in Caroles Blick, als sie Patricia am Arm packte. Ich musste die beiden sofort von hier wegbringen.

»Was ist mit ihm?«, wimmerte Patricia. »War das ein Herzinfarkt?«

Carole rieb ihr über den Arm und nickte. »Auf den Schreck besorgen wir Ihnen erst mal einen starken, süßen Tee.«

»Vielleicht sollten Sie beide gehen und den Tee woanders trinken. Ich komme später vorbei und setze Sie ins Bild«, schlug Phil vor, woraufhin die beiden Frauen zwar nickten, sich aber nicht vom Fleck rührten.

Phil trat neben mich, und seine Hand streifte kurz meine Hüfte, als er sich zu Luke vordrängelte. »Sorry ... Wenn ich ganz kurz ...«

»Natürlich. Entschuldigung!«

Ich wich zur Seite aus, und auch er tastete erst einmal nach Lukes Puls. »Leute, hören Sie bitte? Hören Sie? Ich kann seinen Puls spüren. Er ist *nicht tot*«, verkündete er nachdrücklich und fuhr an Laura gewandt fort: »Vielleicht ein Ohnmachtsanfall? Bitte rufen Sie die Schiffsärztin. Ich bleibe solange bei ihm.«

Sie nickte und schlenderte zur Tür.

»So schnell Sie können, Laura!« Phil sah ihr empört hinterher, und Laura verfiel in einen lockeren Laufschritt. »Beeilen Sie sich, verdammt!«

Dann sah er hoch zu uns anderen.

»Ich glaube, Sie geben Luke am besten ein bisschen Raum. Wenn Sie bitte alle den Saal verlassen könnten …«

»Na ja …« Patricia wand sich aus Caroles Griff und beugte sich über den Kurator. »Wenn Sie wirklich der Ansicht sind, dass dies das Beste wäre? Trotzdem mache ich mir Sorgen um den armen Mann. Gibt es denn gar nichts, was wir für ihn tun können?« Sie schob sich eine graue Haarsträhne hinters Ohr.

Ich konnte sehen, wie ihre Hand zitterte.

»Tee?«, schlug ich vor, berührte sie am Ellenbogen, und sie richtete sich wieder gerade auf. »Ich würde sogar etwas Stärkeres vorschlagen – findest du nicht, Carole?«

Carole übernahm wieder das Kommando und schlang Patricia den Arm um die Taille. »Ich kümmere mich um Sie. Was für ein Schreck, hm?«

Jenny drängelte sich auf Patricias freie Seite. Anscheinend betrachtete sie Carole als Konkurrenz. Dann sah sie sich finster nach ihrem Mann um. »Arch, du nimmst unsere Handtaschen! Wir treffen uns im Grand Salon!«

Die drei Damen verließen den Raum, während der schwer beladene Archie hinter ihnen hertippelte.

»Sie sagen Bescheid, wie es ihm geht, ja?«, rief Carole noch, blickte dabei aber stur geradeaus.

Phil öffnete den Mund, als wollte er etwas erwidern, sagte aber nichts.

Ich hatte nicht vor zu gehen – nicht ehe die Schiffsärztin da wäre – und drehte mich wieder nach Luke und Phil um.

»Sehen Sie das?«, flüsterte ich, beugte mich vor, um den Bewusstlosen genauer zu mustern. »Phil, sehen Sie sich das an!« Ich zeigte auf Lukes Mundwinkel, in dem sich weiße Bläschen gebildet hatten. »Vielleicht ist hier noch etwas ganz anderes faul?«

Ich ging noch ein Stück näher, und Phil beugte sich gleichzeitig vor, sodass wir an den Schultern zusammenstießen und er sofort wieder zurückwich. Er hatte die Augen alarmiert aufgerissen, die Lippen zusammengepresst ... und sah fast aus, als hätte er Angst. Aber wovor?

»Könnte er vergiftet worden sein?«, flüsterte ich.

Stöhnend schlug Luke die Augen halb auf.

»Hilfe ist schon unterwegs«, redete Phil beruhigend auf ihn ein.

»Haben Sie irgendwas bemerkt?«, hakte ich nach. »Ich hab im Scheinwerferlicht oben auf der Bühne das Publikum kaum erkennen können ...«

Phil runzelte die Stirn. »Ich hab mich auf Ihren Vortrag konzentriert ... nur ganz kurz nicht, als ein paar Gäste dachten, hier drin würde Bridge gespielt, und ich sie in den richtigen Salon geschickt habe ... Aber die Ärztin kommt ja gleich. Sie wird uns schon sagen, was sie davon hält.«

Ich versuchte einstweilen, die Ereignisse des Nachmittags Revue passieren zu lassen, solange ich sie noch frisch in Erinnerung hatte.

»Der einzige Moment, in dem nicht alle auf ihren Plätzen saßen, war, als ich sie nach vorn gewinkt habe, um ihnen die Kette zu zeigen, oder?«

Phil nickte beifällig.

»Vielleicht ist er ja vergiftet worden, *bevor* er herkam? Als wir vorn beisammenstanden, hat er auffällig geschwitzt und gehustet.«

»Mag sein …« Phil checkte erneut Lukes Puls. »Laura hat die Gäste in die vorderen Reihen gescheucht, oder?«

»Das stimmt – aber Luke ist zunächst auf seinem Platz sitzen geblieben. Ein Stück weiter saß ein Kellner … Sie ist später gekommen, war es nicht so? Und Carole sah aus, als hätte sie sie wiedererkannt.«

Phil zog die Stirn in Falten. »Die hab ich leider nicht richtig sehen können …«

Im selben Moment entdeckte ich ganz hinten im Raum eine Frau, die uns zu beobachten schien.

Die Kellnerin!

Ich kniff die Augen zusammen, um besser sehen zu können. Groß, schlank … südländischer Teint, blonde Haare. Wie ungewöhnlich. Doch erst als unsere Blicke sich kreuzten, wusste ich, wen ich vor mir hatte.

Bella.

Bella war im Frühling auf Copthorn Manor gewesen, als Carole und ich dort nach Arthurs Mörder gefahndet hatten. Sie war ein echtes Chamäleon – eine Meisterin der Tarnung, erst recht, wenn sie in einer Mission unterwegs war. Ich hätte sie lieber nie wiedergesehen …

»Bella?«, rief ich – vor Ärger lauter, als ich beabsichtigt hatte.

Phil sprang sofort auf.

Immer noch genauso wendig, wie ich sie in Erinnerung hatte, huschte sie hinaus und schlug die Tür hinter sich zu. Ich war drauf und dran, ihr hinterherzulaufen, als Phil mich am Ellenbogen festhielt.

»Bella kann warten. Wir sind in den Suezkanal eingefahren und legen erst wieder morgen an. Jetzt braucht Luke alle Hilfe, die er kriegen kann. Bella schnappen wir uns später. Mal sehen, was sie weiß.«

»Dann arbeiten wir also zusammen?«, fragte ich.

Luke stöhnte, und Phil legte ihm eine Hand an die Schulter. »Hilfe ist unterwegs. Halten Sie durch.«

Phil konnte barsch und abweisend sein, aber in diesem Moment, da er Luke beruhigte, erhaschte ich einen Blick auf eine andere, weichere Seite an ihm.

Als er erneut zu mir hochschaute, musste ich mich zusammenreißen, um nicht zu lächeln.

»Nachdem wir hier fürs Erste alle nicht wegkommen, können wir ebenso gut Ihre Talente einsetzen«, sagte er.

*

Die Schiffsärztin kam, Luke wurde auf einer Trage mitgenommen, und Phil wollte sofort die Personallisten durchsehen, um zu schauen, auf welche neu angestellte Kellnerin Bellas Beschreibung passte. Unterdessen spürte ich Carole im Grand Salon auf. Sie war in eine konzentrierte Unterhaltung mit Patricia vertieft, und beide hatten mitnichten Tee, sondern Cocktails vor sich.

»Schätzchen! Wusstest du, was für eine Abenteuerin Patricia ist? Sie hat die unfassbarsten Dinge erlebt und erlebt sie bis heute!«

Carole strahlte Patricia an. Die beiden waren auf dem besten Wege, Freundinnen zu werden.

Patricia schüttelte den Kopf, dass ihre Ohrringe nur so klimperten. »Mein verstorbener Ehemann hat seinen Antikhandel aufgegeben, um für einen Ölmulti zu arbeiten, daher sind wir eine Zeit lang oft umgezogen. Trotzdem glaube ich, Caroles Abenteuer mit Arthur Crockleford waren bei Weitem aufregender. Sie hat mir gerade von Copthorn Manor erzählt …«

Bevor ich einhaken und mich nach dem Spurwechsel ihres Mannes vom Antiquitätenhändler zum Ölkonzernangestellten erkundigen konnte, tippte sie auf den Stuhl direkt neben ihr.

»Trinken Sie etwas mit uns. Sie sehen erschöpft aus.« Sie winkte nach dem Barkeeper. Im selben Moment tauchte Jenny auf.

Ich legte die Hände an meine erhitzten Wangen. »Der Vortrag hat mich geschlaucht … und dann Lukes Zusammenbruch! Danke, aber ich glaube, ich ziehe mich in meine Kabine zurück.« Carole wollte direkt aufspringen, doch ich sagte nur: »Wir sehen uns später.«

Ich hatte kaum die Kabinentür aufgestoßen und einen Umschlag vom Boden genommen, der unter der Tür hindurchgeschoben worden war, als Carole hinter mir auftauchte.

»Ich dachte, du wolltest noch dortbleiben?«

»Wäre ich auch, aber dann ist diese Jenny aufgekreuzt. Irgendwie kann ich die nicht ausstehen. Die redet ständig nur über das Geld ihres Mannes.« Dann entdeckte sie den Umschlag in meiner Hand. »Was ist das?«

Freya, ich hatte mit Ihrem Vorgänger eine Abmachung. Wenn Sie die weiterführen wollen, treffen Sie mich um 17 Uhr in der Promenadenbar.

»Luke hat mich gestern gefragt, wo wir untergebracht sind. Glaubst du, er war das? Hat er das unter deiner Tür durchgeschoben«, argwöhnte Carole, »und wurde vergiftet, damit er nicht mit uns redet?«

»Du hast ihm unsere Kabinennummern genannt?«

»Er sah nicht aus wie ein Mörder …« Carole nahm sich

ein großes Glas Wasser. »Und Mörder rieche ich eine Meile gegen den Wind!«

»Wirklich?« Ich gluckste in mich hinein. »Tja, dann gehe ich jetzt wohl zu diesem Treffen. Mal sehen, was ich herausfinden kann. Wenn irgendwer mit Arthur zusammengearbeitet hat, könnte die Person vielleicht Hinweise darauf liefern, welche Verbrechen Arthur hier vermutet hat. Das könnte uns für unseren Fall enorm helfen.«

»Ich gehe mit.«

»Nein, diesmal gehe ich allein. Der Brief ist an mich adressiert, und ich will niemanden verschrecken.«

Auf meinem Handy ging eine Nachricht ein.

Phil: *Luke geht es schon besser, er ist zurück in seiner Kabine. Die Ärztin ist bei ihm und macht ein paar Tests. Vielleicht muss er ins Krankenhaus, sobald wir anlegen.*

»Ich bin nicht lange weg«, versicherte ich Carole. »Wird schon schiefgehen.«

»Aber ich hab extra Jeans und ein T-Shirt für Undercover-Einsätze mitgebracht.« Carole stand auf, als wollte sie sich sofort umziehen.

Ich war ganz gerührt, dass sie sogar solche Szenarien mit eingeplant hatte, wollte sie aber nicht in Gefahr bringen – schließlich war sie alles, was mir auf der Welt noch geblieben war, der einzige Mensch, dem ich trauen konnte.

»Bleib hier. Das muss ich allein machen.« Ich drückte ihre Hand, und natürlich wusste sie, was ich damit meinte: Ich musste mir beweisen, dass ich es auch allein schaffen konnte.

Sie strich sich die Haare über die Schulter und zwinkerte mir zu. »Dann geh schon und sieh nach, wer dich dort erwartet. Während du deinen Spuren nachgehst, könnte es durchaus sein, dass ich auch ein bisschen rumschnüffele.«

Am liebsten hätte ich sie gefragt, was sie damit meinte, aber dafür hatte ich jetzt keine Zeit. Ich gab ihr ein Küsschen auf die Wange. »Ich bin wieder da, so schnell ich kann.«

20

Phil

Phil war keinen Schritt weitergekommen, nicht mal nachdem er mit einem freundlichen Menschen aus der Personalabteilung gesprochen und einen erweiterten Zugriff auf die Personaldaten erhalten hatte. Niemand aus der Crew – ob nun Kellnerin oder was immer – sah der Kunstdiebin, die er noch aus Copthorn Manor kannte, im Entferntesten ähnlich. War Bella als Passagierin an Bord und hatte sich bloß als Crewmitglied verkleidet, um sich Zutritt zu Schiffsbereichen zu verschaffen, die für die Gäste tabu waren?

Er legte seine Uniform ab und zog sich Chinos und ein Leinenhemd an, krempelte die Ärmel hoch und schob sich eine Sonnenbrille in die Stirn. Dann verließ er seine Kabine und steuerte ein stilles Eckchen an, von dem aus er die Passagierinnen und Passagiere beobachten konnte, die im Grand Salon den ersten Cocktail des frühen Abends tranken.

Sah dort vielleicht irgendwer auffällig aus?

Er hatte schon vor einiger Zeit geschlussfolgert, dass die Bezeichnung »Ruhestand« für den Sammler missverständlich war. Sie legte nahe, dass der Sammler im Rentenalter war – vielleicht Ende sechzig oder sogar älter. Dabei konnte er ebenso gut Mitte fünfzig oder noch jünger sein, was die Ermittlungen umso schwieriger machte. Phil ging davon aus, dass eine Menge Gerüchte über den Sammler absichtlich gestreut wurden, um Fahnder und Feinde abzulenken.

Sein bisheriger Hauptverdächtiger – Luke Drummond – lag inzwischen schwer erkrankt in seiner Kabine: Phil hatte Luke ins Visier genommen, nachdem Sloane ihm mitgeteilt hatte, dass Luke für jenen Privatsammler gearbeitet hatte, dessen Shakespeare-Erstausgabe gestohlen worden war.

Mittlerweile deutete einiges darauf hin, dass Luke eine lebensgefährlich hohe Dosis einer Designerdroge verabreicht bekommen hatte – vermutlich Ecstasy –, die für seinen Zusammenbruch und die Bewusstseinseintrübung verantwortlich war. Die Schiffsärztin war zuversichtlich, dass sein Zustand sich stabilisieren würde. Hatte irgendwer versucht, Luke aus dem Weg zu räumen, weil er der Sammler sein könnte, wie auch Phil vermutet hatte? Oder wusste Luke einfach nur zu viel, war dem Feuer zu nah gekommen und hatte sich die Finger verbrannt?

Und wenn Luke *nicht* der Sammler war – würde er ihn identifizieren können? Phil rief auf seinem Handy die Passagierliste auf und ging sie abermals durch. Er fragte sich, ob jemand auf der Liste eine Verbindung nach Griechenland und zu jenem Athener Museum hatte, aus dem die Ming-Vase verschwunden war. Chris hatte Arthur erzählt, dass die Vase für den Sammler anscheinend einen hohen emotionalen Wert hatte – eine weitere Spur, die er verfolgen musste. Und dann war da auch noch das Gemälde …

Was hatte Arthur damit bezweckt, dass er sich selbst hatte hineinmalen lassen?

Dieser Einsatz lief jedenfalls nicht nach Plan, die Fragen türmten sich nur immer höher auf.

Er fuhr sich mit den gespreizten Fingern durchs Haar und rieb sich über das Gesicht – er würde noch mal mit Sloane sprechen müssen. Doch noch mit seinem Handy in der Hand und dem Finger über der Anruftaste sah er, wie Freya das Deck entlangmarschierte und nur kurz stehen blieb, um auf den Kanal hinauszublicken. Er ließ das Handy zurück in seine Tasche gleiten und heftete sich an ihre Fersen.

Erstmals waren sie sich im Wald von Copthorn Manor begegnet. Von seinem höher gelegenen Beobachtungsposten zwischen den Bäumen hatte er Freya und ihre Tante erspäht, die einen Weg entlanghuschten, den sie nie hätten betreten dürfen. Am heutigen Abend hatte Freya denselben entschlossenen Blick – und das konnte nur bedeuten, dass sie irgendwas oder jemanden ins Visier genommen hatte.

In den Monaten, die seit dem Einsatz auf Copthorn Manor vergangen waren, schien Freya irgendwie gewachsen zu sein; sie hielt die Schultern gerader, das Kinn höher, und sie sah Leuten, mit denen sie sich unterhielt, direkt ins Gesicht.

Gerade schob sie sich an ein paar Passagieren vorbei, und er ging schneller. Er wollte sie nicht aus den Augen verlieren.

*

Am Ende des Promenadendecks befand sich eine kleine Bar mit Kunstledersesseln und Tischchen aus Mahagoniholz. Phil sah zu, wie Freya sich etwas bestellte, das entlegene Ende ansteuerte und sich mit dem Rücken ans Fenster stellte.

Auf wen wartet sie?

Er wollte gerade vortreten und sie fragen, was sie vorhatte, als jemand ihn beim Arm nahm.

»Wie geht es Luke?«, fragte Laura und blickte unter ihren langen Wimpern zu ihm hoch.

Nicht zum ersten Mal fragte er sich, ob Laura wusste, wer er tatsächlich war. Sie hatte ihn misstrauisch beäugt, seit der Kapitän sie miteinander bekannt gemacht und ihr mitgeteilt hatte, dass die Geschäftszentrale einen neuen Posten, den des Event-Offiziers, geschaffen habe und Phil an Bord gekommen sei, um »sich die Grundlagen für weitere geplante Kreuzfahrten draufzuschaffen«. Laura hatte ihm bis zum Abend des ersten Tages auf See alles Wesentliche gezeigt und dann wohl geglaubt, dass sie ihr Soll erfüllt hätte. Seitdem war sie ihm mehr oder weniger aus dem Weg gegangen.

»Muss Luke in Ägypten ins Krankenhaus?« Sie bedachte ihn mit einem Blick, den er nicht deuten konnte, der aber anstatt besorgt eher verängstigt wirkte.

»Ich gehe stark davon aus«, antwortete Phil, der einen vagen Verdacht hatte und sehen wollte, wie sie reagierte, wenn er den Ernst der Lage ein wenig überbetonte.

»Haben Sie diese Kellnerin gesehen, die sich in den Vorlesungssaal eingeschlichen hat?«, wechselte Laura abrupt das Thema. »Vielleicht hat die ihm ja etwas untergejubelt, und er ist deshalb zusammengebrochen.« Laura sprach hektisch, und sie sah eindeutig blasser aus als sonst.

»Ist alles in Ordnung?«, fragte Phil, der sich allmählich Sorgen um sie machte.

»Oh, ja, alles gut, danke. Bin nur müde. Aber ich mache gleich Feierabend. Ich gehe noch kurz in die Crewmesse und dann früh ins Bett.«

Kaum dass sie kehrtgemacht hatte, sackten ihre Schultern nach unten, was allerdings nicht nach Müdigkeit aussah; eher nach einer Mischung aus Alarmiertheit und Resignation. Laura war in irgendetwas verwickelt. Dem würde er auf den Grund gehen müssen. Doch Phil würde ihr nicht helfen können, solange sie nicht mit ihm redete – und es war sonnenklar, dass sie dazu noch nicht bereit war.

Er wandte sich wieder zu Freya um.

Wie ist sie überhaupt als Expertin auf diese Kreuzfahrt gekommen? Haben Arthurs Dossiers sie hierhergeführt? Steht da auch etwas über den Sammler drin? Oder fahndet sie wirklich nur nach dem Gemälde?

Wie dem auch sei – ihm blieben nur noch wenige Tage an Bord, um den abtretenden Sammler ausfindig zu machen. So langsam lief ihm die Zeit davon.

Er würde es sich niemals verzeihen, wenn er diese Gelegenheit verstreichen ließe.

21

Freya

Als ich Phil und Laura die Köpfe zusammenstecken sah, ging ich davon aus, dass einer der beiden mir die Nachricht geschickt hatte und mich gleich darauf ansprechen würde. Stattdessen schlurfte eine ältere Dame im Tweedjäckchen und mit einem Whisky in der Hand in meine Richtung. Sie zog sich am Nachbartisch einen Stuhl heraus.

»Dann haben Sie die Einladung auf diese Kreuzfahrt also doch angenommen?«, murmelte sie aus dem Mundwinkel.

Die Stimme kannte ich doch? Als ich aufblickte, erkannte ich auch die braunen Augen wieder.

Bella.

»Hallo, Bella. Dann haben Sie mir die Nachricht geschickt?«

Sie zog eine Augenbraue hoch, fast als wäre sie beeindruckt, dass ich ihre Maskerade durchschaut hatte.

»Ich habe keine Ahnung, wovon Sie reden. Ich hab Ihnen keine Nachricht geschickt.« Als sie antwortete, bewegten sich ihre Lippen kaum. »Bevor Arthur gestorben ist, hat er mich gebeten, ein paar … Dinge für ihn zu übernehmen. Unter anderem sollte ich Sie als Expertin für diese Antikenkreuzfahrt empfehlen. Ihm muss sehr wichtig gewesen sein, dass Sie teilnehmen.« Bella nippte an ihrem Whisky. »Sie haben nicht zufällig eine Ahnung, *warum* Arthur Sie hierhaben wollte oder was sie hier machen sollen?« Sie kippte den Rest ihres Drinks.

»Aber natürlich.« Ich hoffte inständig, dass die Lüge glaubwürdig wäre, doch nach Bellas Kopfschütteln zu urteilen, war sie es nicht.

»Warum waren Sie dann noch nicht in der Suite auf Deck acht?« Ihr Tonfall war nüchtern, und ich hatte sofort das unliebsame Gefühl, dass mir etwas Wichtiges entgangen war. Was hatte es mit dieser Suite auf sich?

»Ich verfolge derzeit eine andere Spur«, erwiderte ich in der Hoffnung, dass sie nicht nachhaken würde. »Waren Sie heute Nachmittag als Kellnerin verkleidet im Theatersaal? Haben Sie mit Luke gesprochen?«

Bella seufzte. »Wenn Sie mir nicht in Quere kommen, komme ich Ihnen auch nicht in die Quere.«

»Warum sind Sie hier?« Ich beugte mich ein Stück vor. »Mal wieder auf Schwarzmarktdiebestour?«

»Ganz kalt.«

Da war ein Hauch Traurigkeit in ihrer Stimme, den ich zuvor noch nie an ihr gehört hatte. Sie stand auf und schlüpfte wieder in die Rolle der alten Frau.

»Im Frühjahr hat Arthur mich gebeten, Ihnen zu helfen. Da stand ich in seiner Schuld.« Sie seufzte. »Wenn wir an Land gehen, ist in einem gewissen Museum ein Treffen geplant – und vermutlich eine Übergabe. Ganz sicher bin ich mir leider nicht. Aber vielleicht möchten Sie dort anwesend sein? Und behalten Sie Deck acht im Blick. Glauben Sie mir, mit Luke hatte ich nichts zu tun.« Und damit schlurfte sie davon.

Ich hatte kaum Zeit, noch einen Schluck von meinem Pfefferminztee zu nehmen, als Phil auf mich zugeschlendert kam.

»Wollten Sie mich hier treffen?«, fragte ich – und warum er mir eine Nachricht unter der Tür durchgeschoben habe; seit dem Copthorn-Manor-Fall habe er doch meine Nummer.

Stirnrunzelnd ließ er sich neben mir nieder. »Was für eine Nachricht?«

»Irgendwer hat mich zu einem Treffen hierhergebeten.« Mit hochgezogener Augenbraue sah ich ihn an.

»Und da dachten Sie, es wäre eine gute Idee, die unbekannte Person allein zu treffen?« Er schüttelte seufzend den Kopf. »Sind Sie so naiv, oder tun Sie nur so?«

»Nur die Ruhe. Das hier ist ein öffentlicher Ort.« Ich nickte vage in Richtung der anderen Barbesucher. »Sie gehen jetzt besser, sonst verschrecken Sie denjenigen noch.«

Doch stattdessen lehnte sich Phil entspannt zurück, als wollte er den restlichen Nachmittag hier draußen verbringen. Ein Lächeln umspielte seine Mundwinkel.

»Ernsthaft?« Ich sah ihn finster an.

»Ja, ernsthaft. Ich muss Sie nämlich sehr dringend etwas fragen.«

Ich schnaubte. »Aber nicht jetzt. Ich will, dass Sie …«

Er lehnte sich vor und stützte die Ellenbogen auf dem Tischchen auf. »Sind Sie im Besitz von Arthurs Dossiers? Sie sahen überrascht aus, als ich Ihnen vom Sammler erzählt habe – aber vielleicht war das ja nur gespielt?«

Ich hatte nicht vor, mit ihm über die Dossiers zu reden. Stattdessen kam ich wieder auf die Nachricht zu sprechen, die jemand unter meiner Kabinentür hindurchgeschoben hatte, und schilderte, was Bella mir über das Treffen in Ägypten erzählt hatte. Im Gegenzug erwähnte Phil seine kurze Unterredung mit Laura und wie merkwürdig sie sich verhalten hatte.

»Glauben Sie, dass Laura mir die Nachricht hat zukommen lassen, dann aber Sie gesehen hat und weggegangen ist?«, fragte ich.

»Keine Ahnung. Hat Bella gesagt, warum sie hier ist?«

Ich schüttelte den Kopf. »Aber ich schließe mich dieser Museumstour an, sobald wir in Ägypten an Land gehen.«

Phil setzte sich gerade auf. »Woher weiß Bella von dem Treffen?«, fragte er leise.

»Hat sie nicht gesagt.«

»Das finden wir heraus.«

Dass er *wir* gesagt hatte, war mir nicht entgangen. »Einerseits traue ich ihr nicht über den Weg, andererseits …«

Wir wussten beide, dass wir ihrem Hinweis trotzdem nachgehen würden.

»Zur Sicherheit suche ich trotzdem Nacht für Nacht dieses Schiff ab und finde rein gar nichts, was auf das Treffen hinweisen würde, das Arthur erwähnt hat.« Er klang richtiggehend erschöpft. »Ich habe bereits sämtliche Passagiere durchleuchtet – aber zu beweisen, dass hier irgendwer der Sammler sein könnte, kommt der Suche nach der Nadel im Heuhaufen gleich.«

»Wir können uns nicht darauf verlassen, dass das Treffen an Land stattfindet«, bestätigte ich. »Wenn ich jemanden treffen wollte, ohne dass andere es mitbekommen, wäre die Halloween-Party doch perfekt geeignet, oder? Da sind alle anderweitig beschäftigt.«

Phil nickte. »Und verkleidet. Darüber habe ich auch schon nachgedacht.«

Es war an der Zeit, unsere neue Allianz auf Belastbarkeit zu prüfen.

»Sally hat erwähnt, sie würde die Führung durch das Museum übernehmen. Ich traue weder ihr noch Mark, dazu kenne ich sie einfach nicht gut genug – aber wenn ich Sally das nächste Mal begegne, frage ich sie über den Museumsbesuch aus. Mal sehen, ob sie irgendwas durchblicken lässt.«

»Und ich versuche, mehr über unsere Freundin Bella herauszufinden. Wir müssen in Erfahrung bringen, was sie hierhergeführt hat.«

»Dann schwärmen wir jetzt aus?«, fragte ich, und wir sahen einander an. Unausgesprochen hatten wir eine Übereinkunft getroffen.

Mit einem Seufzer sah Phil in die Ferne. »Sie marschieren geradewegs in die Höhle des Löwen …«

Ich strahlte ihn an. Denn genau dort wollte ich hin. Weil ich nur dort die Antworten finden würde, nach denen ich suchte. Phil machte Jagd auf den Sammler, und ich war fest davon überzeugt, dass Arthur mich aus genau demselben Grund an Bord geschleust hatte. Insofern ging ich jetzt ebenfalls auf die Jagd – wo immer sie mich noch hinführen würde.

*

Die beiden Sachverständigen standen an ihrem Stammplatz auf dem Außendeck der Bibliothek, und ihre Gesichter zeichneten sich als Silhouetten vor dem Vollmond ab. In der Ferne flimmerten die Navigationslichter der Frachtschiffe über dem spiegelglatten Wasser. Das Festland zu beiden Seiten des Kanals sah verdorrt und verwaist aus, doch in einiger Entfernung war Leben zu erahnen: Scheinwerferlichter von Fahrzeugen auf dem Heimweg und ein paar kleinere Siedlungen. Ich straffte die Schultern, damit ich selbstbewusst wirkte.

Was wisst ihr beiden?

Als Sally mich kommen sah, gab sie Mark ein Zeichen. Es war fast der gleiche Ablauf wie tags zuvor, trotzdem hatte sich etwas an ihnen verändert; von einem freundlichen Willkommen konnte keine Rede mehr sein. Sally hatte die Stirn gerunzelt, und Mark holte tief Luft und drückte den Rücken durch.

Sie sind eindeutig beunruhigt.

»Hallo.«

Irrte ich mich, oder hatte Sallys Stimme gezittert?

»Hi. Ich hab mich gefragt, ob ich Ihnen ein paar Fragen zum morgigen Ausflug stellen dürfte.«

»Gibt's schon Neuigkeiten von Luke?«, ging Mark sofort dazwischen.

»War es wirklich ein Herzinfarkt?« Sally streifte ihren Kollegen mit einem flüchtigen Blick. Die Dynamik zwischen den beiden verwirrte mich. »Wir haben überhaupt nichts mehr von ihm gehört ...«

Sie weichen mir aus. Wie kriege ich Sally dazu, über den Museumsausflug zu sprechen?

In der Ferne tutete das Horn eines anderen Schiffes auf dem Kanal. Die feucht-schwüle Luft schien uns regelrecht einzuhüllen. Jetzt oder nie.

»Keine Ahnung, aber bestimmt erholt er sich wieder. Hören Sie, ich würde mir bei unserem Landgang in Hurghada wahnsinnig gern das Ägyptische Museum ansehen«, flunkerte ich und versuchte, ein unschuldiges Gesicht zu machen. »Hätten Sie etwas dagegen, wenn ich mich Ihrer Führung anschließen würde?«

»Die Tour ist ausgebucht«, antwortete Mark tonlos.

Das hatte ich auf dem Weg zur Bibliothek bereits am Buchungsschalter gehört. Bella hatte recht – irgendwas war hinsichtlich des Museums im Busch.

»Ich würde mich einfach mit reinschummeln …«

»Das wird nicht möglich sein«, erwiderte Sally barsch.

Kurz herrschte unangenehme Stille. Anscheinend würde ich das Museum tags darauf auf eigene Faust besuchen müssen.

Ich versuchte es anders. »Übernehmen Sie auch die Führung durch Petra, wenn wir übermorgen in Jordanien ankommen?«

»Ähm, na ja … Doch, ja, die mache ich auch. Genau wie Mark und ein paar örtliche Guides. Die Führungen sind sehr beliebt.« Sie hatte die Fäuste geballt, trotzdem war deutlich zu sehen, dass ihre Hände zitterten.

Ich wandte mich an Mark. »Sie handeln mit antiken Schwertern, Pistolen und anderen Waffen, hab ich das richtig in Erinnerung? Und trotzdem übernehmen Sie eine Führung durch Petra?«

Er zuckte mit den Schultern. »Wir müssen alle mit anpacken.«

Mit dem gestrigen Bild vor Augen, wie Marks Fans ihm regelrecht an den Lippen gehangen hatten, beschloss ich, ihm eine Frage zu stellen, die seit geraumer Zeit an mir nagte: »Haben Sie sich dieses Bronzeschwert in der Galerie schon näher angesehen? Der Kapitän, dem das Schwert für seinen Einsatz in der Schlacht von Trafalgar verliehen wurde, heißt mit dem Nachnamen wie Sie. Es sind wohl nur wenige Schwerter dieser Art geschmiedet worden.« Dass ich über Arthurs Aufzeichnungen und Informationen verfügte und all das auf meinem Handy gespeichert hatte, würde ich natürlich nicht verraten.

Mark sah mich feindselig an.

»Wissen Sie, wie das Schwert in dieser Ausstellung landen konnte?«

Natürlich war mir klar, dass es gestohlen war, mir ging es um seine Reaktion.

»Ich wüsste nicht, weshalb Sie das interessieren sollte. Wenn Sie mich jetzt bitte entschuldigen würden? Ich muss allmählich ins Bett.«

Sally nestelte an einem goldenen Jackenknopf, während sie ihm hinterhersah.

»Mussten Sie das ansprechen?«, murmelte sie. »Der Diebstahl ist doch schon Jahre her. Und von diesen Schwertern sind durchaus einige erhalten ... Sie wissen doch gar nicht, ob das Schwert aus dieser Ausstellung das verschwundene Rushwell-Schwert ist.«

Ich rief mir das Foto des Schwerts aus Arthurs Dossier und die Abbildungen der anderen Gegenstände in Erinnerung. Wenn es sich bei diesen Artefakten nicht um Diebesgut oder um Hehlerware handelte, hätte Arthur keinerlei Anlass gehabt, sie alle aufzulisten.

»Freya?« Von hinten war Phils Stimme zu hören. »Vielleicht könnten wir kurz über die bevorstehenden Exkursionen reden?«

Als Phil lächelnd auf uns zukam, ergriff Sally sofort die Gelegenheit und machte sich aus dem Staub.

»Das«, sagte er und zog demonstrativ eine Augenbraue hoch, »war wirklich eine interessante Art der Befragung.«

Unwillkürlich biss ich mir auf die Lippe. Ich fragte mich, wie viel er mit angehört hatte und ob ich zu weit gegangen war. »Aber das Bronzeschwert *wurde* Marks Familie gestohlen ...«

»Das Schwert aus der Galerie wird Kapitän James Rushwell laut Werketikett gar nicht zugeschrieben – wie kommen Sie also darauf?« Er machte einen Schritt auf mich zu und kam mit dem Mund ganz dicht an mein Ohr heran.

»Die Info stammt nicht zufällig aus Arthurs Dossiers, oder doch? Aus denselben Dossiers, die nie wiederaufgetaucht sind? Die möglicherweise Listen gestohlener Kunstschätze enthalten?«

Mir war schlagartig flau im Magen. »Ich hab Ihnen doch schon gesagt, dass es diese Dossiers nie gegeben hat ...«

Er seufzte. »Wenn Sie so weitermachen wollen – meinetwegen ... Unseren Nachforschungen zu den Exponaten aus der Galerie zufolge liegen Sie mit dem Schwert übrigens vollkommen richtig. Es wurde gestohlen, allerdings tauchen die übrigen Exponate nicht in der Lost-Art-Datenbank auf – was nicht heißt, dass sie nie gelistet worden wären, und auch nicht, dass es sich nicht trotzdem um Hehlerware handeln dürfte.«

Phil zeigte auf eine Sitzecke, in der wir uns niederließen und eine Weile schweigend das schwappende Wasser betrachteten.

»Ich fange vielleicht weiter vorne an«, sagte er unvermittelt. »Kurze Zeit nach dem Fall, der Sie und Arthur damals nach Jordanien geführt hatte, hat Arthur bei mir angeklopft und gefragt, ob ich mir nicht einen gewissen berühmt-berüchtigten *Sammler* genauer ansehen möchte. Er wollte wissen, ob die Abteilung für Kunstverbrechen beim FBI wusste, wer dieser Sammler war und wer alles für ihn arbeitete.« Phil hielt inne und fuhr sich mit den Fingern durchs Haar. »Tatsächlich hatten wir schon eine Akte angelegt, und natürlich war ich daran interessiert, den Sammler oder wahlweise seinen mutmaßlichen Mitarbeiter Chris Prince zu finden ... weil vermutlich einer der beiden oder auch beide zusammen meinen früheren Partner auf dem Gewissen haben. Deshalb habe ich auch versucht, Sie von hier fernzuhalten.« Er machte eine vage Geste über das

Deck. »Ich kann nicht … Ich will nicht, dass Sie oder Ihre Tante ums Leben kommen.«

Phils Blick verschleierte sich, als wäre er in Gedanken weit in die Vergangenheit zurückgereist.

»Das wird nicht passieren.« Ich beugte mich vor, drückte seinen Arm und hoffte, dass ich damit recht behalten würde. »Erzählen Sie mir, was damals passiert ist.«

22

Phil

Allmählich verzogen sich die letzten Passagierinnen und Passagiere aus der Bibliothek, um noch ins Casino oder bereits ins Bett zu gehen. Doch auch in dieser Nacht würde er nicht sehr viel Schlaf abbekommen. Er hatte vor, erneut die Flure auf und ab zu streifen und nach Hinweisen auf *das Treffen* Ausschau zu halten.

Er sah auf die Uhr. Es war Viertel vor zehn. »Ich fasse mich so kurz wie möglich, weil ich noch ... etwas erledigen muss.«

Er wusste nicht recht, wo er anfangen sollte, doch dann erzählte er Freya von seinem Treffen mit Arthur im vergangenen Jahr am Ufer der Themse, bei dem er erfahren hatte, dass weder Chris Prince noch die Vase damals mit dem brennenden Schiff untergegangen waren. Nach seiner Unterredung mit Arthur hatte ihn der Verdacht beschlichen, dass möglicherweise sogar Chris selbst hinter dem Brand gesteckt hatte – vielleicht ja im Auftrag des Sammlers? – oder aber dass Chris versucht hatte, jenem die Vase streitig zu machen.

»Aber das verstehe ich nicht«, unterbrach Freya ihn. »Ich meine ... Dass Arthur geglaubt hat, der alte und der neue Sammler könnten hier an Bord aufeinandertreffen, hab ich schon kapiert, aber ... Welche Rolle sollte Chris Prince dabei spielen? Ursprünglich war er als Experte an Bord vorgesehen. Warum ist er also nicht hier?«

»Chris Prince ...« Phil holte tief Luft. »Er konnte wahnsinnig charmant sein, hatte Manieren – und dieses Bad-Boy-Auftreten, das Frauen anscheinend unwiderstehlich finden. Aber er war eben auch immer manipulativ ... und ein durch und durch schlechter Mensch.«

Freya rührte sich nicht, sah ihn nur an, und das Weiß in ihren Augen leuchtete in der Dunkelheit. Er brauchte einen Moment, um seine Gedanken zu sortieren.

»Er stammte aus gutem Hause: Eliteinternat, Herrenhaus, im Sommer Südfrankreich, im Winter Skiurlaube ... Ging wohl nach dem Studium nach London in die Finanzbranche, und dort fing er an, schnelles Geld zu machen, verhökerte nebenher Kunstschätze und Antiquitäten an Jungs aus der City, die ihm den seriösen Händler abkauften, oder vielleicht war ihnen auch nur nicht weiter wichtig, woher diese Kunstschätze stammten – denn die meisten waren entweder gestohlen oder gefälscht. Dann verschwand er aus England und tauchte in reichen Seglerkreisen rund ums Mittelmeer und im Nahen Osten wieder auf. Das Leben auf See schien ihm zu liegen. Er mischte bei illegalen Verschiffungen mit – teils sogar von Menschen – und fühlte sich nichts und niemandem verpflichtet außer sich selbst. Ich hab all das aus Eds Unterlagen erfahren, nichts davon war verbrieft, aber anscheinend hatte Prince meinem damaligen Kollegen ab und zu Hinweise zukommen lassen – hauptsächlich Hinweise zu konkurrierenden Schmugglerbanden, die er damit aus dem Weg räumen konnte.«

»Wie ist Ed gestorben?« Freyas Stimme klang zögerlich, und schon jetzt schimmerten Tränen in ihren Augen. Sie hatte eins und eins zusammengezählt, schließlich wusste sie genauso gut wie er, was damals mit dem Schiff und den Männern an Bord passiert war.

Phil schüttelte den Kopf. »Ich habe …« Er verstummte erneut und hielt den Blick auf die Lichter eines entfernten Frachters gerichtet. Wenn er jetzt darüber redete, würde das alte Wunden aufreißen. Doch irgendwann musste er es tun.

»Ed meinte, er hätte von einem Informanten gehört, gewisse Kunstschätze vom Schwarzmarkt würden auf See den Besitzer wechseln und der Sammler würde auf einem der Schiffe sein. Also sind wir nach Jordanien geflogen. Und ständig klingelte Eds Telefon. Er war mir gegenüber noch nie derart geheimniskrämerisch gewesen. Aber immerhin sagte er mir, wann und wo die Übergabe stattfinden würde und dass er auf dem Schiff als Deckarbeiter angeheuert hatte. Ich hab noch zu ihm gesagt, dafür wäre er zu alt – garantiert würden sie misstrauisch werden, und ob ich nicht besser für ihn einspringen solle. Aber Ed ging damals stramm auf die Rente zu und wollte sich wohl unsterblich machen, indem er den legendären Sammler enttarnte. Ich hätte darauf bestehen müssen, dass …«

»Sie glauben, Chris Prince hat Ed auf das Boot geschleust?« Sie musste kurz nachdenken. »Arthur muss in Jordanien ebenfalls mit ihm zu tun gehabt haben, weil Chris ihn später gebeten hat, die Vase zu verstecken. Dann haben wir also aus unterschiedlichen Richtungen alle an ein und demselben Fall gearbeitet.«

Phil fing Freyas Blick auf und nickte. »Ich kannte Arthur damals nicht gut. Zu dem Zeitpunkt hat er noch nicht mit uns zusammengearbeitet. Mir ist erst sehr viel später aufgegangen, dass wir beide vor Ort waren. Das FBI wusste damals nicht, dass die Versicherung des Museums Arthur damit beauftragt hatte, nach der Vase zu fahnden. Aber Versicherungen und Strafverfolgungsbehörden sprechen nun mal nicht dieselbe Sprache … Das FBI ist daran interessiert, Diebesgut zu beschlagnahmen *und* die Täter zur Strecke zu bringen, während eine Versicherung bloß ihr Exponat wiederhaben will, damit sie nicht zahlen muss.«

»Dann war Ed in Akaba mit an Bord …« Freya schlug beide Hände vors Gesicht. »Gott, das tut mir so leid! Wir haben an dem Abend auf der Lauer gelegen und darauf gewartet, dass der Deal vollzogen würde. Dann brach das Feuer aus … Wir haben noch versucht zu helfen, aber …«

»Ich weiß noch, dass Boote kamen und versucht haben, nah genug ranzukommen, aber ich habe erst Jahre später erfahren, dass auch Sie und Arthur dort waren.«

Unvermittelt riss Freya die Augen auf. »Aber das ist es doch! Das muss es sein! Arthur hat *sich selbst* in das Gemälde des brennenden Schiffs malen lassen. Es kann doch kein Zufall sein, dass für *Sie* ein brennendes Schiff diese Bedeutung hat … und dass *ich* im Leben nichts mehr fürchte als Feuer. Wir waren beide am Tag des Schiffsbrands vor Ort … und würden beim Anblick des Gemäldes sofort genauer hinsehen.«

»Das Gemälde, natürlich, ich hatte nicht …« Warum in aller Welt war er nicht selbst daraufgekommen?

»Arthur wollte, dass wir auf dieses Kreuzfahrtschiff kommen, da hin, wo sowohl der in den Ruhestand gehende Sammler als auch Chris Prince aufkreuzen würden. Damals sind alle davon ausgegangen, dass Chris 2001 in Akaba gestorben wäre – aber das war nicht der Fall. Vor wem hat er sich seither versteckt? Vor dem Sammler? Vor der Schwarzmarktkonkurrenz? Oder bloß vor dem Gesetz?«

Phil schüttelte den Kopf. »Ich glaube, er hat die ganze Zeit weiter mit dem Sammler zusammengearbeitet. Mein Kollege Ed war damals beinahe manisch auf den Sammler fixiert. Ich hab den Verdacht, dass sie Ed aus dem Weg geräumt und gleichzeitig die Chance genutzt haben, Chris aus der Schusslinie zu bringen. Und als das FBI ihm auf den Fersen war, hat Chris ja vielleicht geglaubt, Arthur wäre seine beste Option, um die Vase aus Jordanien rauszuschmuggeln. Arthur sollte sie zurück nach England bringen, und dort würde Chris sie abholen, sobald Gras über die Sache gewachsen wäre. Nur dass Arthur kurze Zeit später anfing, mit den Schwarzmarktschätzen der Metcalfs zu arbeiten, die nicht nur stinkreich, sondern überdies einflussreich waren, wodurch ihm womöglich erspart blieb, dass Chris ihm auf die Pelle rückte. Chris hatte einfach nicht mehr die Druckmittel, um Arthur zur Herausgabe der Vase zu erpressen.«

»Wir müssen noch etwas anderes bedenken. Arthur konnte nicht wissen, dass das Gemälde, das er dem Lowestoft Maritime Museum gestiftet hat, gestohlen werden und dann hier an Bord wiederauftauchen würde – was für mich nur bedeutet, dass es nicht als Hinweis auf den Sammler gedacht war, sondern auf das Versteck der Vase. Irgendwer muss gewusst haben, dass das Gemälde diesen Hinweis enthält, und hat es deshalb gestohlen.«

»Arthur hat selbst gesagt, dass der Hinweis, wo genau die Vase lagert, ausschließlich von der richtigen Person zu entschlüsseln wäre. Und diese Person sind Sie. Sie haben als Kind ein Feuer überlebt *und* waren in Akaba, als dort das Schiff in Flammen aufging.«

»Letzteres gilt aber auch für Sie. Ich glaube, ihm war klar, dass wir beide hier an einem Strang ziehen müssen.« Freya ließ den Kopf gegen die Rückenlehne sinken. »Er war schon immer allen einen Schritt voraus.«

Phil sah Freya interessiert an. »Aber wie hätte Arthur wissen sollen, dass Sie sich auf die Suche nach dem Gemälde machen würden?«

Freya drehte den Kopf weg und sah zum Ufer. »Das weiß ich leider auch nicht.«

Sie lügt.

»Wenn Chris Prince Ihr Informant war ... hätten Sie vielleicht ein Foto von ihm?«

Und sie versucht, das Thema zu wechseln.

»Er war nicht *mein* Informant, sondern der von Ed. Aber ich hab tatsächlich ein Foto – von damals. Seit dem Treffen mit Arthur habe ich versucht, ihn ausfindig zu machen. Allerdings scheint er sich in Luft aufgelöst zu haben.« Phil holte sein Handy heraus und hielt ihr ein Foto hin.

Freya setzte sich abrupt auf. »Könnten Sie mir das schicken? Damit ich es an Betty vom Museum in Lowestoft weiterleiten kann?«

Er nickte, schickte ihr das Foto, und sie leitete es weiter. Binnen Sekunden vermeldete ihr Handy eine Nachricht, und Freya keuchte leise auf. »Betty meint, er sieht Mr. Schnösel verblüffend ähnlich. Ich glaube, allmählich können wir davon ausgehen, dass Chris Prince das Gemälde gestohlen hat. Dann hat er bestimmt auch diesen Mann umgebracht ...«

Phil blickte alarmiert auf, sagte aber nichts. Er schien all das erst mal sacken zu lassen. »Wenn Sie glauben, dass Chris das Gemälde gestohlen hat und das Gemälde jetzt hier ist ... dann muss Chris doch wohl ebenfalls hier sein?«

Zorn loderte in ihm auf – zusammen mit dem unbändigen Drang, endlich denjenigen zur Rechenschaft zu ziehen, der für Eds Tod verantwortlich war.

»Und wenn Sie nach Ihrem Gespräch mit Arthur geschlussfolgert haben, dass Chris hinter dem Schiffsunglück stand … dann sind Sie nicht nur hier, um den Sammler zu fassen, stimmt's?«

»Wussten Sie eigentlich, dass Eds Leiche nie gefunden wurde?«, murmelte Phil und spürte, wie sich ein altvertrauter Kloß in seinem Hals bildete. »Arthur hat mir zugesichert, dass wir Ed Gerechtigkeit widerfahren lassen würden. Diese Kreuzfahrt war seine Art, mir den Weg dafür zu ebnen.«

Freya tätschelte seinen Arm. »Wir gehen der Sache auf den Grund. Sie werden für Gerechtigkeit sorgen … Und außerdem hoffen wir einfach, dass wir beide morgen im Museum Antworten bekommen.«

23

Freya

Schatten der Vergangenheit verdüsterten Phils Blick und trübten den Glanz seiner Augen. Er umklammerte die Armlehnen seines Stuhls, als müsste er sich gegen die Trauer stemmen, die über ihm zusammenschlug. Ich konnte ihm ansehen, dass er seinen alten Freund ebenso vermisste wie Arthur. Über die beiden zu sprechen, hatte Phil den Verlust abermals deutlich vor Augen geführt.

Doch auch mich suchten die schlimmen Erinnerungen heim, während wir noch eine Zeit lang schweigend beisammensaßen.

Arthur und ich hatten damals in Akaba am Ufer darauf gewartet, dass die Übergabe stattfinden würde. Als urplötzlich Flammen aus dem Schiff geschlagen hatten, war ich vor Panik wie erstarrt gewesen. Meine Fingernägel hatten sich in meine vernarbte Handfläche gebohrt, als wäre ich wieder ein kleines Kind, als würde ich das Grauen des Feuers erneut durchleben.

Wir überredeten einen Fischer, uns näher an das brennende Schiff heranzubringen, damit wir im Wasser nach Überlebenden suchen konnten. Die grässlichen Bilder des brennenden Schiffes und der Geruch von Diesel und Ruß wurden zu einer unauslöschlichen Erinnerung.

Nicht einen einzigen Menschen konnten wir aus dem Inferno retten. Und kaum dass unser kleines Fischerboot sich wieder dem Ufer näherte, bestand Arthur darauf, dass ich augenblicklich abreiste. Mit nach Rauch stinkenden Klamotten war ich in einem verbeulten 4x4 über den Desert Highway durch das Wadi Rum gerast, um schließlich von Amman aus wieder nach Hause zu fliegen …

Ich musste mich zwingen, ins Hier und Jetzt zurückzukehren, und sah zu Phil. Ein Feuer hatte uns beiden viel abverlangt. Meine Eltern waren bei einem Hausbrand ums Leben gekommen – wegen eines Defekts am elektrischen Kamin –, und bis zum heutigen Tag fragte ich mich, was passiert wäre, wenn meine Mutter sich nicht bei mir angesteckt hätte und der Meinung gewesen wäre, es sei zu kalt im Haus. Mehr denn je wollte ich der Wahrheit auf den Grund gehen und hören, was damals vor all diesen Jahren in Jordanien tatsächlich geschehen war.

»Als Arthur damals nach Hause kam, hat er kein Wort darüber verloren, was er nach meiner Abreise noch herausfinden konnte. Er meinte nur, keiner der vier Männer an Bord habe überlebt. Höchstwahrscheinlich seien sie der Explosion zum Opfer gefallen – und vermutlich sei so auch der avisierte Deal geplatzt. Ich glaube, irgendwie fühlte er sich schuldig, auch wenn ich nicht weiß, warum eigentlich. Aber genau wie auf Copthorn Manor hat Arthur sichergestellt, dass wir jetzt beide hier sind.«

Phil nickte ernst. »Wenn das Gemälde hier ist und Betty Chris als Mr. Schnösel identifiziert hat, bedeutet das doch, dass Chris dafür gesorgt hat, dass es hier ausgestellt wird. Nur warum in aller Welt sollte er so was tun? Und dass ich ihn an Bord noch nicht gesehen habe, heißt noch lange nicht, dass er nicht hier ist.«

Mit seinen dunkelbraunen Augen sah er mir konzentriert ins Gesicht, als ein Steward nach draußen trat, um die Tische abzuräumen. Phil drehte sich weg und starrte aufs Wasser. Unterdessen betrachtete ich ihn.

»Los«, sagte er dann und drückte den Rücken durch. »Sehen wir uns dieses Bild noch mal an. Immerhin ist es der einzige Hinweis, den wir derzeit haben.«

»Aber ist die Galerie nicht geschlossen?«

Schmunzelnd legte er einen Schlüsselbund auf dem Tischchen zwischen uns ab.

»Warum haben Sie das denn nicht gleich gesagt?«

»Ich wollte warten, bis die meisten anderen entweder im Casino sitzen oder zu betrunken sind, um noch irgendwas mitzubekommen.«

Im selben Moment leuchtete mein Handy auf.

Sky: *Hab mit jemandem namens Dave aus der Geschäftsstelle telefoniert, und der meinte, eine gewisse Susan Jones hätte dich damals empfohlen. ABER das war nicht die Einzige. Arthur hatte dich schon Anfang Mai für die Kreuzfahrt ins Spiel gebracht.*

Ich zeigte Phil die Nachricht.

»Ach, arbeitet noch jemand für Sie?« Er sah mich merkwürdig an. »Wer ist das?«

»Sie heißt Sky und ist uns wirklich eine Riesenhilfe.«

Sky: *Ich hab außerdem recherchiert, wer solche Miniaturen malt wie deine Mutter. Wusstest du, dass sie das in den 80ern unterrichtet hat? Soll ich dir eine Liste schicken?*

Ich: *Betty zufolge kam Arthur an dem Tag, als er das Gemälde im Museum vorbeigebracht hat, aus Norfolk. Wohnt dort jemand von deiner Liste?*

Sky: *Ja, eine gewisse Miranda Clive.*

Erneut drehte ich das Handy zu Phil um, und beide starrten wir auf die tanzenden Punkte hinab.

Sky: *Hier ihr Profilbild – ein kleines Dorf …*

Dann trudelte ein Foto von Burnham Market ein, einer bildschönen Gemeinde in Norfolk mit schönem Pub, einer Boutique, einem Buchladen, einem alteingesessenen Metzger und einem Fischladen … und im nächsten Moment das Foto einer kleinen Kunstgalerie an einem gepflasterten Hof. Ich sah zu Phil hoch, und er nickte. Anscheinend hatten wir beide den gleichen Gedanken.

Ich: *Könntest du vielleicht morgen dort hinfahren? Ich glaube, vor Ort kommst du besser an Informationen.*

Sky: *Klar.*

»Was genau haben Sie denn auf dem Gemälde entdeckt?«, fragte Phil.

»Ich hab es mir noch nicht genau genug angucken können, aber anscheinend hat Arthur eine Künstlerin – die kleine Miniaturen erstellt, und zwar dermaßen detailverliebt, dass sie fast fotorealistisch wirken – dazu gebracht, ihn auf dem brennenden Schiff einzufügen. Allerdings gehe ich davon aus, dass das nicht alles war. Wir haben auf dem Bild auch die Brosche entdeckt, die Arthur mir vererbt hat, und Carole hat ein Krawattentuch wiedererkannt, das sie Arthur mal geschenkt hat.«

Wir standen beide auf.

»Gehen wir.« Phil legte mir die Hand auf den unteren Rücken, und ich musste mich zusammenreißen, um nicht mit großen Augen zu ihm hochzusehen. Für komplizierte Gefühle hatte ich jetzt keine Kapazitäten. Wir mussten herausfinden, welche Hinweise das Gemälde barg.

*

Als Phil die Galerie aufschloss, war es fast halb elf. Ich trat einen Schritt zurück, als er das Metallrollo gerade weit genug hochzog, dass wir uns darunter hindurchducken konnten. Für den Fall, dass uns irgendwer beobachtete, hoffte ich, dass Phils Uniform den Anschein erwecken würde, wir hätten hochoffiziell hier zu tun.

Ich trat ein und sah mich nach dem Lichtschalter um, doch Phil hielt mich zurück.

»Ich muss erst die Alarmanlage ausschalten.« Er tippte eine Ziffernfolge in ein schwach hinterleuchtetes Tastenfeld. »Ist ein stummer Alarm«, erklärte er, als ich verblüfft eine Augenbraue hochzog. »Aber *jetzt* können wir uns hier drin alles ansehen – vor allem das Gemälde.«

Ich machte Licht, während Phil das Rollo wieder runterließ.

»Wir müssen uns beeilen. Ich will nicht, dass irgendwer durchs Rollo sieht, dass hier drin Licht brennt.«

Ich nickte und eilte auf Arthurs Gemälde zu, hob es von der Wand und legte es mit der Rückseite nach oben auf der großen Hauptvitrine ab. Was für eine Erleichterung, dass wir nicht unter Lukes Beobachtung standen und endlich die Möglichkeit hatten, das Gemälde zu untersuchen. Ich fuhr mit den Fingern über die Rückseite der Leinwand sowie die Holzleisten, weil ich mir sicher war, dass dort irgendwo ein handfester Hinweis versteckt wäre, konnte aber keinen finden.

»Da ist nichts«, murmelte ich enttäuscht und drehte die Bildseite nach oben.

Ich kniff die Augen zusammen, um erst Arthur und dann die merkwürdige Haltung seiner Hände genauer zu betrachten. Sie schienen auf etwas zu ruhen – auf einem Buch, mutmaßte ich, das ans Steuerrad gelehnt war. Im Licht des

Strahlers über mir konnte ich gerade so die unvorstellbar winzige Aufschrift »Nummer 2« entziffern.

Das zweite Dossier!

»Eventuell hat Arthur geglaubt, wir könnten auf dieser Kreuzfahrt Antworten finden, die uns aufs Lowestoft Maritime Museum verweisen würden ... wo wir wiederum auf dieses Bild stoßen würden? Vielleicht hat Arthur sich bloß bezüglich der Reihenfolge geirrt?«

»Mhm«, machte Phil. »Mag sein.«

Im selben Moment fiel mir auf, dass Arthurs linker Zeigefinger leicht abgespreizt war und vom Motiv des Bildes wegzudeuten schien.

»Also, was sehen wir hier vor uns?« Phil stellte sich ein Stückchen dichter neben mich.

Ich wies ihn auf Arthurs Hand hin.

»Sie haben an der Stelle gestanden, wo Arthur es hingehängt hatte, oder? Wissen Sie noch, was daneben hing?«

Ich dachte fieberhaft nach. »Nicht viel ... ein paar Hummerfallen? Ein alter Tauchanzug samt Helm. An den anderen Wänden historische Werbeplakate für Fischernetze. Ein kleiner Durchgang zu einer nachgebauten Kombüse ...« Im selben Moment fiel mir wieder ein, was Betty gesagt hatte. »Er hat das Gemälde dort selbst hingehängt. Ich schreibe Betty gleich morgen früh eine Nachricht und frage nach.«

Phils Augen blitzten. »Sobald wir in Jordanien anlegen, lassen wir sämtliche Exponate beschlagnahmen. Und bei diesem Bild sind wir uns immerhin einig, dass es gestohlen wurde.«

»Aber wenn wir davon ausgehen, dass die anderen Ausstellungsstücke dem Sammler gehören – was für mich naheliegend klingt ... In welchem Verhältnis stehen somit er und Chris Prince? Sind die beiden ein und dieselbe Person?«

»Ich denke nicht. Seit meinem Treffen mit Arthur bin ich zunehmend sicher, dass Prince für den Sammler gearbeitet hat. Und das könnte noch immer der Fall sein.« Mit einem Seufzer schob er die Hände in die Taschen – nur um im nächsten Moment ein paar schwarze Scheiben herauszuholen. »Ich verteile noch schnell ein paar von denen, vielleicht bekommen wir ein paar Informationen …«

»Sind das Wanzen?«

Eilig machte ich noch ein paar Fotos von dem Gemälde und hängte es zurück an die Wand. Dann blieb mein Blick wie bereits tags zuvor an den Schiffswrackkeramiken hängen. Ohne Luke in meinem Nacken konnte ich sie mir endlich genauer ansehen. Sie waren wunderschön, jedes einzelne Stück.

»Haben Sie auch den Schlüssel zu der Vitrine?«

Phil nickte und schloss auf. »Gar nicht schlecht, dass das Überwachungssystem ein paar technische Bugs hat, stimmt's?«

Er zwinkerte mir zu, und mit einem Anflug von Bewunderung musste ich eingestehen, dass er wirklich an alles gedacht hatte.

»Ich bin mir fast sicher, dass diese Exponate hier« – ich zeigte auf die Gegenstände – »Teil der berühmten Hatcher-Sammlung sind und aus Jingdezhen stammen.« Ich nahm einen mit Korallen bewachsenen Weinkelch heraus. »Sehen Sie, hier, das typische orangerote Etikett von Christie's Amsterdam. Und da – ›*Hatcher Collection June '84*‹. Christie's Amsterdam war das erste Auktionshaus, das Schiffswrackporzellan versteigert hat. In diesem Fall ist die Provenienz klar, was diese Stücke noch viel wertvoller macht.« Ich setzte den Weinkelch vorsichtig zurück und nahm das nächste Exponat heraus. »Und hier, ein ganz fantastisches Exemplar einer Meeresskulptur. Dieses Stück stammt laut Etikett aus dem Hội-An-Wrack. Sie kennen die Geschichte?«

Er nickte.

Vorsichtig hob ich die Skulptur an. Auch diese bestand aus blau-weißem Porzellan, diesmal jedoch vietnamesischer Herkunft. Es handelte sich um eine mittelgroße Vase und eine Teetasse, die fast rechtwinklig durch Seepocken miteinander verwachsen waren. Die ursprüngliche Glasur war abgetragen und das Blau an den jeweiligen Stellen verblasst.

Als Nächstes fiel mir eine kleine Teetasse auf ... die mich an Arthur erinnerte, der im Lowestoft-Museumsflyer eine ganz ähnliche in der Hand gehalten hatte. Wenn das kein zusätzlicher Hinweis war!

Denk nach – wann hat Arthur jemals von Schiffswrackporzellan oder einem Fall gesprochen, der damit zu tun gehabt hat?

»Wie kommen Sie eigentlich darauf, dass diese Exponate gestohlen wurden? Sie könnten genauso gut legal erworben worden sein.« Phil fuhr vorsichtig über den versteinerten Überrest des Krebstiers, das sich einst auf dem gesunkenen Schatz niedergelassen hatte. Seine Augenbrauen wanderten leicht nach oben. Offensichtlich war Phil von alledem genauso fasziniert wie ich.

Und er versucht, mich auszuhorchen, wie viel ich weiß.

»Der Händlerfall«, platzte es unwillkürlich aus mir heraus.

Phil runzelte die Stirn. »Ich kann nicht ganz folgen.«

Ich sah zu ihm hoch. Unter gar keinen Umständen würde ich ihm erzählen, dass exakt diese Exponate in Arthurs Dossier aufgeführt waren und mir soeben klar geworden war, dass er Kunstschätze aufgespürt haben musste, die viele

Jahre zuvor gestohlen worden waren. »Das war ungefähr zu der Zeit, als ich gerade meine Eltern verloren hatte und kaum ein Wort sprach … Damals nahm Carole mich oft mit in Arthurs Laden, und Arthur erzählte mir bei einer Tasse Tee alte Geschichten. Unter anderem erwähnte er einen Fall, als mehrere Antiquitätenhändler – und insbesondere einer aus London, der auf Schiffswrackporzellan spezialisiert war – ausgeraubt worden waren. Dieser Fall hat Arthur lange beschäftigt. Er hatte ihn nie gelöst … Na ja, vielleicht irgendwann ja doch?!« Ich strich vorsichtig über die kleine Teetasse. »Die Diebstahlserie hatte sich vor 1990 ereignet – und erst da wurde die Lost-Art-Datenbank ins Leben gerufen. Vielleicht stehen diese Sachen ja deshalb nicht drin?«

Phil nickte. »Fast alles hier muss vor 1990 gestohlen worden sein. Das soll Sloane sich für uns näher ansehen.«

»Das wäre toll.« Mein Zeigefinger fuhr über ein Stück rauen Bewuchs. »Es gibt Leute, die von diesen Keramiken keine Ahnung haben, diese Seepocken nicht mögen und sogar versuchen, sie zu entfernen. Ich hab mal von einer Reinigungskraft gehört, die das Christie's-Etikett abgeschrubbt hat … wodurch das Exponat massiv an Wert eingebüßt hat.«

Ich setzte die Skulptur wieder zurück und machte ein paar Schritte, um sie mir aus einem anderen Blickwinkel anzusehen.

»Die sind einfach nur fantastisch«, sagte ich eher zu mir selbst. »Allein die Vorstellung, dass diese Fracht über eine so lange Zeit für die Welt verloren war und wir plötzlich wieder das Glück haben, sie in die Hand nehmen und uns mit der Vergangenheit verbunden fühlen zu können …«

Als ich das Exponat in der Vitrine auf seinem Samtbett zurechtrückte, spürte ich darunter eine leichte Erhebung.

Ich wollte gerade nachsehen, was sich darunter verbarg, als urplötzlich das Rollo nach oben ratterte.

»Was machen Sie denn da?«, fragte Laura erbost und betrat die Galerie.

»Wir sehen bloß nach, ob hier alles in Ordnung ist.« Unauffällig drückte Phil mir eine münzgroße Wanze in die Hand, und ich wusste genau, was zu tun war: Während Phil sich so postierte, dass er Laura den Blick auf die Vitrine verstellte, zog ich eilig die Folie auf der Rückseite ab und befestigte die Wanze unter dem Vitrinenboden.

Adrenalin prickelte in meiner Wirbelsäule. So etwas liebte ich über alles. Das hier war meine Berufung. Und mir war nicht entgangen, dass es Phil genauso zu gehen schien.

»Das muss doch wirklich nicht sein.« Laura reckte den Hals, um an Phil vorbeizuspähen. Dann hielt sie ihm die offene Hand entgegen und forderte die Schlüssel zurück. Ich sah Phil überrascht an. Wenn wir ihr jetzt die Schlüssel aushändigten, würden wir nicht mehr an das Gemälde herankommen.

»Sie sind nicht der Einzige mit einem guten Draht zur Firmenzentrale – und Sie sind nur hier, um zu hospitieren.« Die Skepsis stand ihr ins Gesicht geschrieben. »Die Galerie ist ab sofort meine Verantwortung – und damit auch die Schlüssel.« Sie schnipste mit den Fingern in unsere Richtung.

Insgeheim rechnete ich damit, dass Phil widersprechen würde, doch er nickte mir lediglich zu.

Mit einem siegreichen Blick schnappte sich Laura die Schlüssel.

»Gute Nacht«, sagte sie noch und machte einen Schritt zur Seite, damit wir die Galerie endlich verließen.

Phil nickte zur Tür. »Gehen wir.«

Ich warf ihm einen finsteren Blick zu, während er mich nach draußen und um die nächste Ecke schob. An der Shoppingzeile zog er mich unauffällig in einen dunklen Ladeneingang.

»Dann wollen wir doch mal sehen, was sie jetzt vorhat.« Er zog Kopfhörer heraus und gab mir einen davon.

Als ich ihn mir ins Ohr schob, konnte ich mir ein Lächeln nicht verkneifen. »Sie hatten die Galerie bislang gar nicht verwanzt?«

»Doch, aber ich glaube, Luke ist mir auf die Schliche gekommen …«

»Hallo?«

Die Sprecherin hatte einen unverkennbar australischen Akzent.

»Alles gut, ich hab's im Griff … Nein, musst du nicht. Es ist alles unter Kontrolle. Ab sofort läuft alles wie geplant …« Kurz war ein Knacksen zu hören, dann: *»Ja, das erste Treffen steht. Morgen, im Museum.«* Wieder ein Knacksen. *»Und dann natürlich alles Weitere in Jordanien. Musste ja unbedingt das Schatzhaus sein, oder? Genau!«* Sie lachte. *»Nein, dorthin nicht, das ist mir eindeutig zu weit zu gehen.«*

Phil stand im Dunkeln so dicht neben mir, dass ich regelrecht spüren konnte, wie er sich verspannte, als Laura den Treffpunkt erwähnte.

Das Schatzhaus des Pharao in Petra.

Wie sollten wir so einen Ort überwachen?

Die Felsenstadt, eine der schönsten antiken Stätten der Welt, eins der sogenannten neuen sieben Weltwunder – mitten in der kargen jordanischen Wüste. Ich konnte mich noch gut an meinen ersten Besuch dort erinnern. Laura hatte recht – der Weg dorthin war weit, staubig und beschwerlich. Weshalb also dort ein Treffen verabreden?

»Ja, Deck acht ist für morgen bereit. Mach dir keinen Kopf …«

Ich sah Phil in die Augen. »Dann gibt es *drei* Treffen?«

Phil nickte. »Arthur wusste von einem Treffen an Bord. Bella hat das Ägyptische Museum erwähnt, aber anscheinend gibt es noch eins in Petra.«

»Dann haben wir ja jetzt einen Plan.« Ich machte einen Schritt von ihm weg.

»Da wäre noch etwas«, sagte er, und ich blieb stehen.

Auf dem Flur lachte jemand. Ein Pärchen schlenderte mit Energydrinks in der Hand an uns vorbei in Richtung Casino.

Er winkte mich zurück in den dunklen Eingang. »Als Sie und Ihre Tante hier aufgetaucht sind, hab ich mich gefragt, wer unterdessen den Laden führt, und habe meine Kollegin darauf angesetzt. Sloane hat mir vorhin geschrieben. Sky, Ihre neue Angestellte, ist eine Hackerin. Sie dürfen ihr nicht trauen.«

»Das macht sie inzwischen nicht mehr«, entgegnete ich eilig, »sie hatte sich bloß mit einem falschen Mann eingelassen, so was passiert eben … Aber wieso überprüfen Sie ein Mitglied *meines* Teams?«

»Weil ich mir Sorgen mache.«

Ich will nicht, dass er sich Sorgen macht. Ich will, dass er an mich glaubt.

Trotzdem befeuerte er damit meine Zweifel. Ich wollte meinen Instinkten und Sky vertrauen können.

Ich schüttelte den Kopf. »Ich kann das alles auch ohne Ihre Hilfe. Ich kann sogar …«

»Das meinte ich nicht. Gewisse Leute haben es auf Arthurs Dossiers abgesehen, nur deshalb …« Diesmal rieb er sich resigniert das Gesicht.

»Die hab ich aber nicht.« Ich sah ihm unverwandt ins Gesicht und hoffte abermals, er würde mir glauben. Dann war er also wegen der Dossiers daran interessiert, wer in meiner Abwesenheit den Laden hütete. Wenn niemand da gewesen wäre, hätte er dann vielleicht jemanden geschickt, der danach suchen könnte? Es hätte mich nicht überrascht.

Er lächelte schief. »Und selbst wenn Sie sie hätten, wären sie garantiert so gut versteckt, dass niemand sie in Ihrer Abwesenheit finden würde, oder? Selbst wenn jemand praktischerweise gerade alle Zeit zu suchen hätte.«

Versuchte er gerade, mich zu verunsichern? Allmählich regten sich in mir Bedenken, weil ich Sky angestellt und ihr so freimütig den Laden überlassen hatte. Aber von einem Kreuzfahrtschiff auf dem Roten Meer aus konnte ich gerade ohnehin nichts unternehmen.

»Ich muss morgen früh raus.« Ich wandte mich zum Gehen. »Ich will in Hurghada mit zu der Führung durchs Ägyptische Museum.« Statt auf seine Antwort zu warten, marschierte ich auf den Fahrstuhl zu. Ich musste Carole erzählen, was Phil über Sky herausgefunden hatte. Hatten wir den Laden und die Dossiers in Gefahr gebracht?

Ich weigerte mich zu glauben, dass mein Bauchgefühl in Bezug auf Sky falsch gewesen war. Aber das würde sich wohl oder übel zeigen müssen.

24

Carole

Carole war losgezogen, um Freya zu suchen, dann aber vor dem Grand Salon mit Patricia zusammengestoßen, die sie zu einem Drink in der Bibliothek überredet hatte.

»Cheers.« Sie stießen mit ihren Martinis an.

»Was haben wir nur für ein Glück!« Carole ließ den Blick übers Wasser schweifen und atmete an der salzigen Meeresluft tief durch.

»Sie sagen es. Man muss das Leben einfach in vollen Zügen genießen. Ich habe meinen zwei Neffen schon gesagt, dass sie nicht mit einer Erbschaft rechnen sollten. Die zwei müssen schon selbst für sich sorgen – weil ich mein Vermögen nämlich verprassen werde.«

»Guter Vorsatz, meine Liebe! Und wofür soll es draufgehen? Für solche herrlichen Kreuzfahrten und luxuriösen Urlaubsreisen rund um die Welt?«

»Für Stripper! Bärige, massige Stripper!« Sie zwinkerte Carole zu, die vor Lachen nach Luft schnappte.

»Fantastisch! Und was haben Ihre Neffen zu … den Strippern gesagt?«

»Tony war einfach nur baff. Er ist ein helles Köpfchen, sehr unterhaltsam und ein echtes Zahlengenie. Er findet natürlich, ich wäre schon zu alt für solche Abenteuer – aber ich bin doch nicht tot!« Sie kicherte in sich hinein. »Manchmal ist er einfach zu ernst. Wir haben die zwei damals zu uns geholt, als sie noch Teenager waren, weil die Verwandtschaft meines verstorbenen Mannes wirklich zu nichts nutze war. Da war viel schmutziges Geld im Spiel, Sportwagen und Pipapo ... bis die Polizei irgendwann dazwischenging. Die zwei sind zu uns gezogen, und erst mal haben wir ihnen den Kopf ein bisschen zurechtgerückt, indem wir sie auf ein gutes Internat und dann an die Uni geschickt haben. Vor allem Tony ist wirklich gut geraten. Allerdings braucht er allmählich eine Freundin. Er hat in letzter Zeit dermaßen viel um die Ohren, dass er gar nicht nach Mädchen schaut.«

»Ach, da haben wir ja einiges gemein! Ich habe meine Nichte zu mir geholt, als ihre Eltern gestorben sind. Sie ist das Beste, was mir je passiert ist. Sie hat eine gescheiterte Ehe hinter sich, steht aber endlich wieder mit beiden Beinen im Leben. Vielleicht sollten wir Tony und Freya zusammenbringen? Hier an Bord gibt es ja diesen wahnsinnig gut aussehenden Offizier, den Freya sich näher ansehen sollte, wie ich finde. Aber sie hört nicht auf mich. Und ich versuche ständig, ihren Bekleidungsstil ein bisschen aufzupeppen. Sie ist der Ansicht, aufgrund ihres Jobs sollte sie besser nicht auffallen, aber ...«

»Oh, das klingt ja wie bei Jenny! Die müsste sich auch mutiger kleiden.«

»Saß Jenny beim Expertendinner mit uns am Tisch? Und war sie nicht auch bei Freyas Vortrag?«

»Genau.« Patricia seufzte. »Sie ist hinreißend, aber ihr Ehemann, Archie ... Ich sag nur: kein guter Mensch.« Sie legte ihre Hand auf Caroles Arm und wurde ernst. »Ich mag Sie, deshalb ... Verbringen Sie mit Archie bloß nicht mehr Zeit als nötig.«

Carole war überrascht über die Nachdrücklichkeit in Patricias Stimme und wollte schon etwas erwidern, doch Patricia hatte bereits das Thema gewechselt.

»Freya hat Arthurs Antiquitätenladen übernommen, stimmt's? Wie läuft es für sie? Zumindest wirkt sie, als wäre sie vollkommen in ihrem Element. Schön zu sehen, wenn eine Frau ihren Weg geht.« Patricia trank ihren Martini aus und gab dem Barkeeper zu verstehen, dass die nächste Runde fällig war. »Als ich vor fünfundvierzig Jahren meinen Mann kennengelernt habe, war die Kunst- und Antiquitätenbranche ja wahnsinnig männlich dominiert. Er hat seine Antiquitäten geliebt. Als er dann in die Ölbranche gewechselt hat, hatte er kaum noch Zeit für unsere gemeinsame Leidenschaft, fürs Sammeln und Handeln mit Antiquitäten.« Sie tippte sich an den Kopf. »Wie sich herausstellte, war ich diejenige mit dem Näschen für die Preziosen, während er eher der Zahlenmensch war. Sein Name stand auf dem Firmenschild, aber für den ganzen Rest war ich verantwortlich.«

»Ach, großartig«, sagte Carole, als die Bedienung den nächsten Drink brachte. »Ich komme ja kaum hinterher.« Eilig nahm sie einen Schluck. »Ja, es ist schön zu sehen, wie Freya wieder zu dem zurückkehrt, was sie seit jeher am liebsten gemacht hat. Der Antiquitätenladen ist ja nur die Spitze des Eisbergs, wenn man mal überlegt, was Freya und Arthur früher …«

Carole verstummte und nahm erneut einen großen Schluck. Ihr war klar, dass sie mit Leuten, die sie nicht gut genug kannte, besser nicht über all das sprechen sollte. Also wechselte sie das Thema.

»Und in Little Meddington hat sie sich eingefügt, als wäre sie nie weg gewesen.«

»Arthur wäre bestimmt stolz auf sie. Dann fühlt es sich gut für sie an, wieder zu Hause zu sein?«

»Das hoffe ich doch sehr. Ich finde es jedenfalls wunderbar, sie seit Arthurs Tod wieder in meiner Nähe zu haben.« Bevor die Trauer sie einholte, sprach sie eilig weiter: »Außerdem haben wir eine tolle neue Assistentin, die sich hervorragend mit Computern auskennt und unser Inventar ins Internet stellt.«

»Da hat sich seit unserer Zeit so viel verändert, finden Sie nicht? Als Geschäfte noch von Angesicht zu Angesicht gemacht wurden? Als ein Handschlag noch reichte und man sich auf die Leute verlassen konnte. Tony behauptet ja, ich wäre aus der Zeit gefallen, dabei trauere ich einfach nur den Zeiten nach, als ich die Regeln noch kannte.«

»Klingt, als hätten Sie sehr viel mehr mit der geschäftlichen Seite zu tun, als Sie zugeben wollen«, bemerkte Carole, doch als Patricia die Stirn runzelte, fragte sie sich sofort, ob sie gerade etwas Falsches gesagt hatte. Sie beugte sich vor und drückte Patricias Hand. »Aber was diese jungen Leute heutzutage können, bewundere ich schon sehr.«

Patricia lächelte herzlich. »Sie können wirklich allem noch etwas Gutes abgewinnen, oder?«

»Ich versuche jedenfalls immer, Freya klarzumachen, dass das Leben zu kurz ist, um bloß zu arbeiten.«

Sie hob ihr Martiniglas an, um mit Patricia anzustoßen.

»Mögen wir nie in der Hölle landen, aber stets auf dem Weg dorthin sein«, sagte Patricia.

»Möge alles Auf und Ab lediglich unter der Bettdecke stattfinden«, konterte Carole, und Patricia lachte.

»Auf uns unabhängige Singlefrauen, die für zwei trinken, bis sie doppelt und dreifach sehen!«

Sie stießen miteinander an.

»Oh ja, auf uns Singlefrauen – aber neuerdings mit *friends with benefits*! Ich werde nicht müde, Freya darauf hinzuweisen.«

»Ich weiß gar nicht, was *friends with benefits* eigentlich sind …«

Carole stellte ihr Glas ab und klatschte in die Hände. »Dann steht Ihnen jetzt etwas bevor!«

Sie sahen einander an – und Carole musste schmunzeln. Das schelmische Blitzen in Patricias Augen verriet doch alles. Carole freute sich, eine verwandte Seele getroffen zu haben.

25

Freya

Ägypten

Ich wachte von lautem Klopfen an meiner Kabinentür auf. »Moment!« Ich schlüpfte in den Bademantel und warf einen Blick auf mein Handy. Es war gerade mal sechs Uhr.

Das Klopfen ging weiter, bis ich die Tür aufmachte. Vor mir stand Laura und hatte die Hände in die Hüften gestemmt.

»Waren Sie das?« Sie sah mich durchdringend an.

»Ich weiß nicht, wovon Sie reden.«

»Ich hab Sie dort gestern gesehen, und als ich heute Morgen aufgeschlossen habe ... fehlte das Schwert. Bitte, legen Sie es zurück, bevor es jemand bemerkt.« Die Empörung in ihrer Stimme war in Angst umgeschlagen. »Wissen Sie überhaupt, mit wem Sie sich anlegen?« Ihr Poloshirt, das zur Crewuniform gehörte, sah aus, als hätte sie darin geschlafen.

Mit demselben beschwichtigenden Tonfall, den ich bislang nur während unserer scheiternden Ehe meinem Ex gegenüber angeschlagen hatte, sagte ich: »Ich habe kein Schwert gestohlen.«

Sie rieb sich über die Uniformshorts. Die Panik stand ihr ins Gesicht geschrieben.

»Aber vielleicht kann ich helfen? Sagen Sie mir, wer alles einen Schlüssel hat oder den Code zur Alarmanlage kennt. Oder könnte das passiert sein, während die Galerie geöffnet war und irgendwer gerade nicht hingesehen hat?«

Ich wusste, Überwachungsaufnahmen gab es nicht, weil Phil die Kameras sabotiert hatte.

Sie schob sich an mir vorbei in meine Kabine, stieß die Tür zu und lehnte sich dagegen. »Luke sollte die Galerie überwachen ... und dann hab ich das für ihn übernommen.« Sie kratzte sich über den Arm – inzwischen war ihre Haut mit hässlichen roten Striemen überzogen.

»Wer ist der Besitzer der Sammlung?«

Sie schüttelte vehement den Kopf. »Keine Ahnung – so blöd bin ich nicht, dass ich so was frage! Ich muss dieses Schwert finden ...«

Bella ist die einzige Diebin hier an Bord, zumindest die einzige, die ich kenne.

»Wollen Sie sich nicht setzen? Wann genau haben Sie den Diebstahl entdeckt?«

»Heute früh.« Im selben Moment wurde sie blass, so als wäre ihr gerade etwas eingefallen. »Ich muss weiter.« Sie riss die Tür wieder auf und drehte sich noch mal zu mir um. »An Ihrer Stelle würde ich heute unter dem Radar bleiben. Gehen Sie besser nicht von Bord, wenn wir anlegen. Ihre Anwesenheit scheint gewisse Leute unruhig zu machen.«

»Laura, Sie sehen verängstigt aus.«

Ihre Fingerknöchel wurden weiß, als sie sich an den Türrahmen klammerte. »Haben Sie noch meine Nachricht? Sie müssen sie vernichten ...«

»Die war von *Ihnen*?«

Ich hatte mit Ihrem Vorgänger eine Abmachung. Wenn Sie die weiterführen wollen, treffen Sie mich um 17 Uhr in der Promenadenbar.

»Haben *Sie* Arthur Informationen zugespielt? Wenn Sie mir alles erzählen, kann ich vielleicht helfen …«

Doch sie steckte nur den Kopf durch die Tür und kontrollierte den Flur.

»Warten Sie, Laura – bitte! Sie müssen mir sagen, woher Sie Arthur kannten!«

»Spielt doch keine Rolle mehr. Er hat versucht, mir aus dieser Sache rauszuhelfen. Von Chris wegzukommen. Aber jetzt bricht alles zusammen.«

Ohne zurückzublicken, rannte sie los und verschwand außer Sicht.

Lauras Nachricht steckte zwischen den letzten Seiten eines Krimis, den ich derzeit las. Ich zog sie hervor.

»Carole?« Mit der Nachricht in der Hand trat ich auf unsere Zwischentür zu. »Wir brauchen sofort ein besseres Versteck.« Ich hielt die Nachricht in die Höhe. Nachdem wir sie ins Futter eines ihrer Koffer geschoben hatten, schilderte ich ihr, was soeben vorgefallen war. »Wenn Laura ausdrücklich sagt, dass ich am Hafen nicht von Bord gehen darf, sind wir auf der richtigen Spur!«

»Eindeutig, Schätzchen.« Caroles langer, leuchtend grüner Kimono wehte hinter ihr her. »So kannst du aber nicht gehen!« Sie zeigte auf mein Outfit. »Für unseren Ausflug ins Land der Pharaonen musst du dich ein bisschen aufstylen. Wir können dieses unfassbare Museum doch nicht in Freizeitklamotten betreten! Warte, ich zeig dir, was ich mir gedacht habe … Vielleicht hilft dir das ja auf die Sprünge? Oh, und ich weiß schon, die Führung ist ausgebucht, aber von so kleinen Widrigkeiten lassen wir uns doch nicht abhalten. Uns fällt schon was ein. Ich als Passagierin mit Luxussuite, du als Expertin – da haben wir doch garantiert Vorrang beim Landgang. Also, Beeilung!«

»Laura weiß, was hier vor sich geht«, rief ich zu ihr rüber, während ich in ein Sommerkleid und ein langärmeliges Kaftanhemd schlüpfte und ins Bad huschte, um mir die Zähne zu putzen. »Glaubst du, Bella hatte recht? Dass eins dieser wichtigen Treffen im Ägyptischen Museum stattfindet?«

»Wenn das Treffen wirklich dort stattfindet, will ich dabei sein.« In ihrem überdramatischen Schauspielerinnenflüsterton fuhr sie fort: »Wir gehen *undercover*!«

Als ich kurze Zeit später sah, für welches Outfit sie sich entschieden hatte, hatte ich daran so meine Zweifel.

*

Der Hafen von Safaga war ein moderner Industrie- und Umschlagkomplex aus Beton, von dem aus Frachten in alle Welt transportiert wurden. Kristallklares Wasser schwappte gegen unser Schiff. Wir lagen neben zwei größeren Kreuzfahrtschiffen am Kai, und die schwüle Brise wehte mir die lockigen Haare ins Gesicht. Ich strich sie mir hinter die Ohren und ließ den Blick schweifen. Nach der kühlen Stille in meiner Kabine war der Trubel im Passagierterminal, das von schwer bepackten Kreuzfahrtgästen förmlich überrannt wurde, fast schon zu viel für mich.

In der Schlange für die Passkontrolle versuchten wir, einen ersten Blick auf das alte Ägypten zu erhaschen, dessentwegen wir gekommen waren. Doch nachdem unsere Papiere kontrolliert worden waren, landeten wir erst mal bloß auf einem riesigen Parkplatz.

Carole tippte mich mit ihrem Fächer an und nickte diskret in Marks und Sallys Richtung, die ein Stück links von uns standen.

Sally hatte ihr Handy gezückt, redete wie ein Wasserfall und nickte wiederholt. Dann ging sie ein paar Schritte, und Mark folgte ihr. Ein Tourist, der ihn allem Anschein nach besser kannte, schlenderte neben ihm her. Irgendwie kam der Mann mir vage bekannt vor. Die drei schienen auf einen parkenden Bus zuzugehen – doch im selben Moment entdeckte ich aus den Augenwinkeln noch jemand ganz anderen.

Ich packte Carole am Arm. »Bleib an ihnen dran! Wir sehen uns im Museum!«

»Aber …«

»Keine Zeit!« Sally und Mark waren bereits in den Bus gestiegen, und dann folgten Jenny und Archie. »Ich glaube, ich habe gerade Bella entdeckt. Ich muss mit ihr reden!«

»Beim letzten Mal, als du ihr nachgelaufen bist, ist es schlimm ausgegangen.« Carole nahm meine Hand. Dann huschte ihr Blick zu dem Reisebus. Sie wusste, dass ich recht hatte: Wir mussten uns aufteilen.

»Wir haben beide Tracking-Apps auf dem Handy, oder? Also los. Wir sehen uns später!«

Ich hielt Ausschau nach der Frau mit dem großen Hut, die am letzten Reisebus in der Reihe einfach vorbeigelaufen war, und hoffte inständig, dass ich richtiglag: dass es Bella in neuer Verkleidung gewesen war. Sie schien weit besser als ich zu durchschauen, was hier vor sich ging, und ich war fest entschlossen herauszufinden, was sie wusste.

Als auch ich am letzten Bus auf dem Parkplatz vorbeiging, parkten dahinter sieben Taxis in Reihe. In eins davon musste Bella eingestiegen sein. Ich hatte mich kaum vorgebeugt, um in das erste Taxi zu spähen, als das nächste in der Reihe den Motor anließ – und ich durchs Rückfenster einen Strohhut erhaschte.

Nein, nein, nein!

Ohne nachzudenken, stürmte ich los und wollte mich eigentlich nach dem Türgriff ausstrecken. Stattdessen geriet ich vor den Kühler, schlug mit der Hand auf die Motorhaube, und mein Fuß geriet gefährlich nah vors Vorderrad.

»Ich fahre mit!«, rief ich mit so viel Autorität in der Stimme, wie ich nur aufbringen konnte, ohne gleichzeitig jeden im Hafen auf mich aufmerksam zu machen.

Mein Herz raste, trotzdem würde ich jetzt nicht klein beigeben.

Der Fahrer riss beide Hände hoch und forderte mich wütend auf, aus dem Weg zu gehen. »Sind Sie verrückt geworden?« Doch dann stieß Bella die hintere Autotür auf, und ich sprang zu ihr auf die Rückbank. Ihr mediterraner Teint, die geschürzten Lippen, die Haltung – sie strahlte von Kopf bis Fuß Erheiterung aus.

»Alles gut. Fahren Sie weiter«, säuselte sie dem Fahrer zu.

Der Wagen fuhr wieder an, ich sackte gegen die folienbedeckte Rückenlehne und musste mich an der kühlen Klimaanlagenluft erst wieder beruhigen.

Dann warf ich ihr einen finsteren Blick zu. »Musste das sein?«

Sie zuckte mit den Schultern. »Ich erledige meine Aufgaben am besten allein.«

»Sagen Sie mir endlich, warum Sie hier sind. Worauf haben Sie es abgesehen?«

Macht Bella ebenfalls Jagd auf den Sammler?

Bella nahm ihren Hut ab und legte ihn zwischen uns. »Äh … nein. Nein, ich erzähle Ihnen rein gar nichts.«

»Ich könnte Ihnen im Gegenzug wichtige Informationen geben.«

Sie musterte mich mit ihren braunen Augen. »Meinetwegen. Ich weiß, dass Arthur Ihnen Listen mit gestohlenen Kunstschätzen hinterlassen hat. Unter anderem eine mit einer gewissen schottischen Sammlung.«

Ich musste mir auf die Lippe beißen, damit sie mir die Überraschung nicht ansah. *Woher weiß sie vom dritten Dossier?*

»Sie wollen wissen, was heute passieren soll, oder?« Sie zog einen Taschenspiegel und Lipgloss aus ihrer Handtasche. »Ich sage es Ihnen – und dafür lassen Sie mich die schottische Liste einsehen.«

Ich traute Bella nicht über den Weg – was immer sie tat, tat sie nur zu ihren eigenen Gunsten. Aber unser Fall war wichtiger – nicht nur für mich, sondern auch für Phil.

Unser Taxi nahm Kurs auf die Wüste.

26

Eingekesselt zwischen zwei breiten Straßen und zig großen Hotels war das Ägyptische Museum Hurghada in einem lang gestreckten, flachen Gebäudekomplex untergebracht. Bodentiefe getönte Fenster bildeten die Vorderfront. Am entlegenen Ende entdeckte ich ein Baugerüst – vermutlich ein Anbau, der noch mehr Pauschaltouristen dazu verlocken sollte, in die hiesige Geschichte einzutauchen.

Bella hatte die Fahrt genutzt, um mir von ihrer und Arthurs Zufallsbegegnung mit Chris Prince in Edinburgh zu berichten. Chris habe Bella beim Transport einiger Kunstschätze nach Großbritannien und aus Großbritannien heraus geholfen, und »über den Sommer« seien sie sich nähergekommen.

Mit einem Seufzer drehte sie sich zum Fenster. »Wir waren uns sehr ähnlich ... dachte ich ... Ich war es so leid, immer alles allein zu machen, dachte, endlich hätte ich jemanden gefunden, der ...« Sie wischte sich eine Träne weg, die sich im Augenwinkel gebildet hatte. »Aber er brauchte bloß Informationen von mir.« Sie sah mich vielsagend an. »Was Logistik und Transport angeht, ist er auf dem Schwarzmarkt mit Abstand der Beste. Chris kann alles von überallher überallhin bringen. Aber das hat ihm nicht gereicht. Er hatte Kohle, genoss enormen Respekt – aber er wollte Macht. Irgendwann kam er wohl auf die glorreiche Idee, dass er der neue Sammler werden könnte … Bei jeder Gelegenheit erwähnte er Dinge, die er selbst anders oder besser machen würde. Womöglich hat irgendwer davon Wind bekommen und beschlossen, dem einen Riegel vorzuschieben, ist ihm zu einem Museum in Lowestoft gefolgt und …«

»Bella … Sie glauben, er ist tot?«

»Seither hat ihn niemand mehr gesehen oder von ihm gehört.« Sie hob den Po an, befreite ihre Beine vom Plastikschutz des Autositzes, hielt aber den Blick die ganze Zeit geradeaus gerichtet.

»Ob er tot ist oder nicht, kann ich Ihnen leider nicht sagen.« Ich legte ihr eine Hand auf den Arm. »Sehen Sie mich an.« Sie sah mir kurz ins Gesicht, schlug dann aber erneut den Blick nieder. »Bella – Chris Prince war *nicht* der Mann, der hinter dem Museum tot aufgefunden wurde. Wir haben einer Mitarbeiterin des Museums sein Foto gezeigt, und ja, er war dort, hat sich umgesehen, aber …«

Das Taxi hatte inzwischen gehalten, und Bella legte die Hand an den Türgriff. »Gehen Sie zurück an Bord.«

»Warum? Glauben Sie wirklich …?«

Sie stieg aus und drehte sich zu mir um. »Sie wollen wissen, woher ich weiß, dass dieses Treffen hier stattfindet? Weil Chris es eingefädelt hat.« Dann schmetterte sie die Wagentür zu.

Ich stieß sie wieder auf. »Bella! Warten Sie!«

»Dieses Treffen soll alle zusammenbringen, die für sein Team spielen, sobald er das Ruder übernimmt.« Sie schnaubte. »In Wahrheit geht es natürlich nur darum, wen er alles schmieren muss. Aber letztlich läuft das wohl aufs Gleiche hinaus.«

Es dauerte einen Augenblick, ehe ich verstand, was sie damit meinte. »Wen schmiert er? Bella?«

Sie legte ein ziemliches Tempo vor, und ich musste joggen, um mit ihr Schritt zu halten.

»Das Ganze ist organisiert wie eine Firma – Sie wissen schon, samt Geschäftsführer und allem.« Sie blieb stehen und packte mich am Arm. »Kommen Sie mir nicht in die Quere. Das hier ist eine Sache zwischen mir und meinem Ex. Sofern er noch lebt, will ich von ihm wissen, warum er mich aus der Planung rausgenommen hat, obwohl er mir hoch und heilig versprochen hatte, dass ich mit von der Partie wäre. Ich will wissen, warum er sich einfach nicht mehr gemeldet hat.«

Im selben Moment ahnte ich, was Bella wollte. Rache.

Rechts von uns zischte eine Bustür auf, und Gemurmel drang an mein Ohr. Ich suchte die Passagiere nach Carole ab. Dann die lautstarke Schimpftirade unseres Taxifahrers – wir hatten vergessen zu bezahlen! Ich sah Bella hinterher, als sie davonmarschierte, drückte dem Taxifahrer viel zu viele Pfund in die Hand und eilte Bella hinterher. Als ich zu ihr aufgeschlossen hatte, griff ich nach ihrem Arm.

»Sie glauben also, Chris könnte hier sein? Aber dann können Sie doch nicht einfach so dort einmarschieren!« Als sie versuchte, sich loszureißen, griff ich umso fester zu. »Bella, halt! Denken Sie nach! So kommen Sie nie an Antworten!«

Sie wirbelte zu mir herum, wand sich aus meinem Griff und funkelte mich finster an. Womöglich hätte sie sich wütend auf mich gestürzt, wenn nicht im selben Moment die Buspassagiere auf uns zugeschlendert wären.

»*Falls* er hier ist, wird er sich wünschen, er wäre nie hier gewesen«, zischte sie. »Er hat mich ausgenutzt …«

»Beherrschen Sie Ihre Wut, Bella!« Ich fing ihren Blick auf und versuchte, sie zur Vernunft zu bringen, so wie ich es bei meiner Tochter Jade gemacht hätte. »Sie werden jetzt *nicht* wegen eines Mannes den Kopf verlieren! Ich hab Sie auf Copthorn Manor zusammen mit Giles erlebt und gesehen, wie Sie ihn um den Finger gewickelt haben, um das zu erreichen, was Sie erreichen wollten. Diese Energie brauchen Sie jetzt wieder. Wenn Sie blindwütig dort reinstürmen, werden wir rein gar nichts in Erfahrung bringen. Wir müssen den Sammler zur Strecke bringen und dem Sterben ein Ende setzen.«

Immer mehr Passagierinnen und Passagiere von unserem Schiff strömten an uns vorbei. Bella sah mich an und schien über meine Standpauke nachzudenken. Dann straffte sie die Schultern und strich ihr Kleid glatt. »In Ordnung.« Ihr Blick loderte noch immer, doch dann schloss sie sich gemäßigten Schrittes unserer Reisegruppe an. »Wie Sie wollen. Ich nehme an, Ihr Kavalier dürfte auch noch auftauchen? Der muss bei der Auktion heute Abend unbedingt fernbleiben, sonst geht er dabei drauf.«

»Kavalier?« Ich schnaubte. »Ich weiß nicht, wen Sie meinen.«

Auktion? Stand eine Auktion im Programm?

»Heißt das nicht so bei alten Leuten? Sie wissen schon – dieser Offizier, der gar kein Offizier ist.«

Ich schüttelte den Kopf, doch um ihre Augen herum bildeten sich feine Lachfältchen.

»Kommen Sie schon. Ich sehe doch, wie er Sie angafft.«

»Er … Nein.« *Gott, werde ich gerade rot?*

Um diesem Gespräch zu entkommen, konzentrierte ich mich darauf, einer Gruppe aus rund zwanzig Kreuzfahrtgästen zum Museumseingang zu folgen. Es war bereits schwülwarm, und meine Haut klebte. Ich ließ mich gerade so weit zurückfallen, dass es nicht weiter auffiel.

Sally an der Spitze der Gruppe drapierte gerade ein blaues Tuch über ihre Haare. Mark Rushwell ging neben ihr her – und Carole direkt dahinter, an vorderster Front, wie immer, während der Rest der Gruppe hinter ihnen herschlurfte.

»Zwei Stunden! In zwei Stunden geht es zurück«, rief ihr Busfahrer, zündete sich eine Zigarette an und wandte sich zum Gehen.

Carole drehte sich noch einmal nach mir um und spähte über den Rand ihrer Sonnenbrille. Ich wusste, was ihr gerade durch den Kopf schoss – *die Jagd beginnt!* –, weil ich genau das Gleiche dachte.

Bella und ich durchquerten die großen Glastüren als Letzte. Als ich mich in der Eingangshalle umsah, war von Sally plötzlich nichts mehr zu sehen. Mark hingegen marschierte direkt an uns vorbei zum Ticketschalter.

Carole gesellte sich zu mir.

»Hast du mitbekommen, wo Sally hin ist?«, fragte ich sie. »Ich dachte, sie würde die Führung übernehmen?«

»Sie hat sich kurz vor dem Eingang zurückfallen lassen«, antwortete Carole. »Ich glaube, sie ist gar nicht mit nach drinnen gekommen. Irgendein hiesiger Guide soll unsere Gruppe übernehmen.«

Wir machten sofort kehrt und liefen hinaus an die Sonne, suchten den Eingangsbereich ab, aber dort war niemand – bis ich aus dem Augenwinkel etwas Blaues um die Ecke huschen sah. »Da lang!«

Carole hielt ihren Hut fest, als wir Sally hinterherliefen, blieb aber abrupt stehen, als wir um die Ecke bogen und das Baugerüst vor uns aufragte. Ich wollte es gerade umrunden, als jemand von hinten meinen Arm griff und mich zurückzog.

Bella.

»Wenn die sehen, dass sie beschattet werden …«, sagte sie mit weit aufgerissenen Augen und zeigte auf Caroles auffälliges Outfit.

Im selben Moment ertönte ganz in der Nähe ein Schrei: »*Nein!*«

Bella und ich pirschten vor zur Ecke des Gebäudes.

»*Hab ich nicht! Würde ich nie machen!*«

»Laura?«, flüsterte Carole von hinten. »Die saß gar nicht in unserem Bus …«

Laura redete leise auf einen großen, breitschultrigen Mann in Chinos und weißem Henleyshirt ein, der einen Panamahut und Fliegersonnenbrille trug, sodass sein Gesicht nicht zu erkennen war. Bella musterte ihn aufmerksam. Laura schien ihm irgendwas zu erklären, doch offenbar war ihm die Geduld ausgegangen, weil er sie an den Schultern packte und schüttelte – und sie redete zwar immer noch zu leise, als dass ich sie hätte verstehen können, versuchte aber anscheinend, sich loszumachen, während Sally, die neben ihr stand, lauthals protestierte.

»Wir müssen ihr helfen!«, flüsterte ich Bella zu und machte einen Schritt vor.

Im selben Moment wand Laura sich frei und rannte los. Sprintete, ohne sich noch mal umzudrehen, in Richtung Strand. Panik verzerrte ihr Gesicht. *Was hat er zu ihr gesagt?*

Und urplötzlich rannte jemand hinter ihr her – meine Tante!

Ich hatte nicht mal mehr die Zeit, ihr nachzurufen und sie aufzuhalten, weil sie Laura binnen Sekunden einholte, die ihrerseits gerade die Tür zu einem wartenden Taxi aufgerissen hatte.

»Ihre Tante ist ein verrücktes Huhn«, murmelte Bella

anerkennend. »Aber jetzt schnell – vielleicht haben sie Carole gesehen, wie sie mit Laura ins Taxi eingestiegen ist. Womöglich ahnen sie inzwischen, dass sie beobachtet werden.«

Ich spähte erneut um die Ecke. »Gut. Carole ist also an Laura dran – dann bleibt uns ja wohl nur, uns um die beiden dort zu kümmern.«

Ich zeigte in Richtung des Mannes und Sally, die inzwischen auf die Rückseite des Museums zugingen, und wir nahmen die Verfolgung auf. Vor uns öffnete sich von innen eine Seitentür, und Sally und der Mann schlüpften hinein. Kurz bevor die Tür ins Schloss fallen konnte, hatte Bella den Fuß in den Spalt geschoben und riss die Tür wieder auf.

Als sie über die Schulter sah, dachte ich kurz, sie würde auf mich warten. Doch dann hauchte sie ein »Sorry!« in meine Richtung – und die Tür fiel hinter ihr zu.

»Bella, lassen Sie mich rein!«, fauchte ich und rüttelte an der Klinke. Mir blieb nichts anderes übrig, als zum Haupteingang zurückzulaufen.

In der kühlen Eingangshalle blieb ich kurz stehen, um wieder zu Atem zu kommen und meine Gedanken zu sortieren. Ich musste diesen Mann finden, ich musste herausfinden, wo Sally und Mark waren – und wo Bella steckte. Eilig kaufte ich mir eine Eintrittskarte und marschierte in die Richtung, in der ich den Seiteneingang vermutete.

Dahinten links …?

Ich lief quer durch den ersten Ausstellungsraum an Touristen vorbei, die sich um Sarkophage, riesige Steinstatuen und Hieroglyphentafeln scharten. Die angrenzenden Räume lagen hinter breiten Bogendurchgängen, durch die man ein gutes Stück voraussehen konnte. Trotzdem – von niemandem eine Spur. Erst als ich drauf und dran war, die

Hoffnung zu verlieren, erhaschte ich einen Blick auf Sallys blaues Tuch ganz am Ende des hintersten Raums – und sie schien es eilig zu haben.

Ich lief ihr sofort nach. Mit jedem Ausstellungsraum, den ich durchquerte, lichteten sich die Touristenmassen, und ringsum wurde es leiser. Umso unangenehmer klangen meine quietschenden Sohlen auf dem Steinboden. Schließlich sah ich, wie Sally ihrerseits jemandem hinterherlief: dem Mann mit dem Panamahut.

Das Quietschen meiner Sneakers schrillte durch den verwaisten letzten Ausstellungsraum, als ich abrupt bremste und hinter den Türrahmen zurückhuschte, weil der Panamahut sich jäh umdrehte. Ich presste mich gegen die Wand und lauschte auf Schritte.

Nach ein paar Sekunden spähte ich durch die Tür.

Sally und Panamahut waren bei einer Vitrine im hinteren Bereich angelangt, wo bereits drei weitere Personen standen – Mark Rushwell und das Ehepaar, das an meinem ersten Kreuzfahrtabend mit am Tisch gesessen hatte: Jenny und Archie. Sie hatten die Köpfe geneigt, als würden sie irgendwas mustern, schienen sich dabei aber zu unterhalten.

Panama nahm Hut und Sonnenbrille ab und gab Mark die Hand. Dann griff er in seine Schultertasche und zog einen Stoffbeutel heraus, den er Sally überreichte.

Ich nahm mein Handy hoch, um ein Foto zu machen, hielt dann aber inne, als Sally den Stoffbeutel aufzog ... und einen schlangenförmigen Armreif herausangelte. Ich stand zu weit weg, um mir sicher zu sein – aber er schimmerte golden und sah kein bisschen antik aus. Sie lächelte erfreut und legte den Armreif an.

Klick! Diesmal machte ich ein Foto.

Ist Panama etwa Chris Prince? Ich konnte ihn nicht richtig erkennen, aber er sah dem Mann von dem Foto, das Phil mir gezeigt hatte, zumindest nicht unähnlich.

Als ich gerade erneut die Hand hob, um ein weiteres Foto zu machen, wandten sich alle in meine Richtung.

Weg hier!

Panisch strauchelte ich rückwärts und rannte zurück durch den Raum, den ich zuvor durchquert hatte. Hinter mir Schritte auf den Steinfliesen. Sie kamen näher!

Mir schlug das Herz bis zum Hals. Als ich nach hinten sah, lief Panama mir hinterher. Im nächsten Ausstellungsraum hoffte ich auf Touristen – oder Bella, die mir würde helfen können –, doch der Raum war leer.

Ich war komplett auf mich allein gestellt.

»Freya Lockwood! Bleiben Sie stehen!« Ich hielt wie versteinert inne. Irgendwas war da an seiner Stimme, irgendwas Eisiges, wie der tiefste Meeresboden … »Wir wollen hier doch keine Szene machen.«

Er hatte sich das Sakko über den Arm gelegt, damit ich nicht sehen konnte, was er in der Hand hielt. Eine Waffe.

Und woher weiß er überhaupt, wie ich heiße?

Sobald er sich umgesehen und sichergestellt hatte, dass wir allein waren, entspannten sich seine Schultern.

Er genießt das hier sogar!

Jetzt, da ich ihn ohne Hut und Sonnenbrille vor mir sah, war ich mir restlos sicher, dass es sich um Chris Prince handelte. Er passte gleichermaßen auf Bettys Beschreibung von Mr. Schnösel und sah aus wie auf dem alten Foto, das Phil mir tags zuvor gezeigt hatte.

Dies war der Mann, der Arthur dazu gebracht hatte, eine gestohlene Ming-Vase zu verstecken, nach der wir zuvor gemeinsam gefahndet hatten.

Der Mann, der nicht auf dem brennenden Schiff gewesen war, auf dem alle anderen gestorben waren.

Der Mann, den Bella geliebt und von dem sie geglaubt hatte, sie müsste ihn betrauern.

Der Mann, den Phil sich vorknöpfen wollte.

Chris Prince.

Inzwischen stand er so dicht vor mir, dass ich seine Sonnencreme riechen konnte.

»Was wollen Sie?«, fragte ich so beherrscht, wie ich konnte, obwohl meine Stimme sich wacklig anfühlte. Ich machte ein paar Schritte auf den angrenzenden Raum zu, aus dem Gemurmel zu hören war.

»Arthur hatte etwas, was mir gehört. Wissen Sie, wo es sich befindet?«

Er hatte einen prätentiösen Privatschulakzent und das Auftreten eines Menschen, dem Gehör geschenkt wurde.

»Ich weiß nicht, wovon Sie reden.« Ich sah ihm unverwandt ins Gesicht. »Arthur und ich hatten zwanzig Jahre lang keinen Kontakt.« Dann nahm ich beschwichtigend die Hände hoch und wich abermals ein paar Schritte nach hinten aus. *Fast geschafft.*

»Sie kommen hier nicht weg.« Ein Lächeln umspielte seine Lippen.

Im selben Moment klingelte mein Handy. Dann rief jemand »He!«, und Chris sah über die Schulter. Mit einem gedämpften *Poff* löste sich ein Schuss.

Ich hechtete zur Seite, doch noch im selben Augenblick schossen lodernde Schmerzen durch mich hindurch.

27

Phil

Seit er Freya und Carole auf dem Kreuzfahrtschiff entdeckt hatte, war ihm klar, dass er auf die beiden aufpassen musste – und wenn es nur wäre, um sie vor ihrem eigenen Draufgängerinnentum zu bewahren. Zugegeben, Freya war eine verdammt gute Fahnderin, aber draufgängerisch eben auch.

Inzwischen waren beide von Bord gegangen und stürzten sich in weiß der Himmel welche Abenteuer, während er seinerseits dafür sorgen musste, den Notarzt gegen den Touristenstrom, der im Hafen von Bord ging, zu Luke zu begleiten – was er Laura zu verdanken hatte, die ihn noch am Kai aufgehalten und darauf bestanden hatte, dass dies Teil seiner nicht existenten Jobbeschreibung sei. Anscheinend musste der erkrankte Kurator nun doch in ein Krankenhaus gebracht werden.

Bis Phil mit dem Notarzt die Krankenstation erreicht hatte, lag Luke bereits bis unter die Nase zugedeckt auf einer Trage, hatte eine Sauerstoffmaske auf dem Gesicht und trug eine Sonnenbrille.

»Der wird bis zum Ende Ihrer Reise nicht wieder fit.« Der Arzt nickte den Sanitätern zu, die den Patienten für die Verlegung vorbereitet hatten. »Es geht ihm wirklich alles andere als gut.«

Nachdem er zugesehen hatte, wie Luke in den Krankenwagen verladen wurde, lief Phil auf den Parkplatz hinter den Hafenanlagen zu. Die meisten Reisebusse waren bereits abgefahren, und die letzten beiden wären gleich unterwegs zum Strand.

Bella hatte Freya von einem Treffen im Museum erzählt. Ihm war nur zu klar, dass Freya dort hinwollen würde. Nur war ausgerechnet Bella die Letzte, der Phil über den Weg traute. Und die Letzte, der Freya hätte vertrauen dürfen …

Als Phil sich ein Taxi heranwinkte, fühlte er sich, als würde eine Abgottschlange sein Herz zerquetschen. Ein gut fünfzehn Jahre alter, verstaubter Ford fuhr rechts ran und hielt. Phil rieb sich die verschwitzten Hände an der Hose ab und teilte dem Fahrer mit, wo es hingehen sollte.

Das Taxi fuhr vom Hafengelände auf die Autobahn und an riesigen Fünfsternehotels, in denen die Bewohner ganzer Kleinstädte untergebracht werden konnten, und an Wohnblocks mit mehr oder weniger Meerblick vorbei.

Eine Dreiviertelstunde später sah er das Ägyptische Museum Hurghada vor sich, das eingezwängt zwischen zwei Hauptstraßen stand, als hätte irgendwer von der Stadtplanung den Geistesblitz gehabt, betrunkene Touristen zur Vorsicht zu erziehen. Allerdings waren nirgends Touristen zu sehen – nur Bus- und Taxifahrer, die rauchend oder schlafend im Schatten saßen. Zwei räudige Katzen fauchten einander an, bevor sie sich um die Ecke verzogen.

Linker Hand waren vier Läden verrammelt, doch dahinter führten breite Stufen zu dem modernen sandsteingelben Gebäudekomplex. Während er an ein paar halb verdorrten Palmen vorbeilief, nickte er vor sich hin. Dies war tatsächlich der perfekte Ort für ein Treffen: öffentlich, aber kaum Zeugen, die wirklich hinsehen würden.

Auf den Stufen brannte ihm die Vormittagssonne in den Nacken. Dann endlich hatte er das klimatisierte Foyer erreicht. Abgesehen von dem Mann am Ticketschalter war dort keine Menschenseele. Phil nahm sich einen Lageplan und studierte die Gegebenheiten des Gebäudes.

Wo genau könnten sie sein?

Aus heiterem Himmel kam Bella auf ihn zu. »Wir haben alles im Griff.« Dann musterte sie ihn von Kopf bis Fuß. »Wir brauchen Sie hier nicht, Sie verhaften ja sowieso keinen dieser … Sie haben hier nicht mal was zu sagen.«

Phil biss die Zähne zusammen, nötigte sich dann aber ein gelangweiltes Lächeln ab. Bella brauchte nicht zu erfahren, dass das FBI längst eine Absprache mit den hiesigen Behörden getroffen hatte. »*Ich* brauche nicht hier zu sein? Was geht hier vor, Bella?«

Er hätte natürlich auch einfach seine Vermutung äußern können, doch er wollte hören, was sie ihm für Lügen auftischte. Ihre Antwort wäre sicherlich lehrreich.

Bella kam fast schon unangenehm dicht an ihn heran. Er verschränkte die Arme, wich aber keinen Millimeter zurück. Sie riss dramatisch die Augen auf, und ihr blumiges Parfüm wehte ihm entgegen, als sie sich an sein Ohr beugte. »Arthur hat mich ebenfalls hierher beordert. Sie sind nicht der Einzige, dem er vertraut hat.« Dann strich sie mit den Fingern an seinem Hals hinunter, über seine Schulter, bis hin zu seinem Bizeps. Und drückte zu.

»Hören Sie mit Ihrem Geflirte auf«, knurrte er. »Das perlt an mir ab. Wo sind Freya und Carole?«

Es war doch immer dasselbe mit Bella – sie setzte ihre Reize ein, um ans Ziel zu gelangen.

»Ich könnte derzeit in Lebensgefahr schweben, und Sie interessiert nur, wo Freya steckt.« Ihr süßlicher Tonfall wirkte auf ihn wie das Kratzen von Fingernägeln auf einer Schultafel.

Er machte einen Schritt von ihr weg, und prompt schmunzelte sie, weil dieser Punkt an sie gegangen war.

»Freya und ich haben eine Abmachung«, fuhr sie fort. »Sie vertraut mir. Ich darf sogar eins von Arthurs Dossiers einsehen.«

Die Aussage fühlte sich an wie ein Schlag in die Magengrube. Trotzdem versuchte er, sich nichts anmerken zu lassen. »Wenn ich hier fertig bin, könnte ich mir eventuell die Mühe machen und gegen Sie ermitteln. Sie aufzuspüren wird …«

»Das will ich erleben.« Bella verdrehte die Augen, allerdings war ihr ein Hauch Unwohlsein anzumerken. »Aber gut«, sagte sie dann und verschränkte ihrerseits die Arme. »Gott, seien Sie doch nicht so verkrampft! Auch ich passe ein bisschen auf sie auf, kapiert?«

»Bella.« Das Grollen in seiner Stimme war eindeutig als Warnung gedacht. Für solche Spielchen hatte er jetzt keine Zeit. »Wir wissen beide, dass sie dieser Sache nicht gewachsen ist. Sie hätten dafür sorgen müssen, dass sie hier nicht auftaucht!«

»Ich hab's ja versucht.« Dann zeigte sie mit dem Finger auf Phil. »Sie sind der Cop, das wäre Ihr Job gewesen. Trotzdem glaube ich, dass Sie sie mächtig unterschätzen.«

Phil schnaubte. Er unterschätzte Freya kein bisschen. Er wusste genau, was sie sich einhandelte, wenn sie allein loszog.

»Sie helfen mir jetzt, sie zu finden.« Er legte seine Hand an ihren Ellenbogen und schob sie voran.

Bella sah ihn leicht angewidert über die Schulter an, doch dann seufzte sie und ging mit. »Herr im Himmel …« Sie stöhnte dramatisch. »Carole ist garantiert längst zurück an Bord und Freya vermutlich schon unterwegs – und dieses Museum ist der reinste Kaninchenbau.«

Sie umrundeten eine der Reisegruppen vom Kreuzfahrtschiff, die einem ortsansässigen Guide lauschte. Am Ende des ersten riesigen Ausstellungsraums betraten sie einen gedimmten angrenzenden Raum. Zu beiden Seiten standen deckenhohe angestrahlte Vitrinen, die mit altägyptischen Artefakten bestückt waren: mit Krügen, Schalen ... Phil fand das Zwielicht beklemmend.

»Freya und ich sind gemeinsam hier angekommen und haben draußen direkt einen Streit mitgekriegt. Dann ist Carole Laura hinterhergerannt, während ich Sally nach drinnen gefolgt bin und Freya ... abgehängt habe.« Bella bedachte ihn mit einem selbstgerechten Blick. Allerdings meinte er, in ihren Augen noch etwas anderes zu erkennen. Hinterlist.

»Sie haben sie einfach stehen lassen? Warum überrascht mich das nicht?« Mit dem Blick suchte er den leeren Raum flüchtig ab und marschierte eilig weiter zum nächsten.

»Was Sie immer von mir denken!«

»Sie sind eine Diebin, und eines schönen Tages werden wir Sie uns schnappen.«

Sie winkte bloß ab. »Sie haben keine Ahnung, wer ich bin.«

Phil zuckte die Achseln. »Trotzdem scheinen Sie ja einiges über die Kreuzfahrt zu wissen.«

Sie betraten einen weiteren Ausstellungssaal, der leider auch nicht besser ausgeleuchtet war. Diesmal standen Glasvitrinen sowohl an den Wänden als auch mitten im Raum – Sarkophage und Bestattungsutensilien, die illustrierten, wie im alten Ägypten Grabmale ausgestattet worden waren.

Doch sie hatten jetzt keine Zeit, die Exponate zu bestaunen.

Viel zu viele dunkle Ecken, in denen man sich verstecken kann.

Er ging ein Stück von Bella weg, um einen Blick hinter eine riesige Vitrine mit einer hell angestrahlten goldenen Statue eines Pharaos zu werfen. Als er das hintere Ende des Raumes erreicht hatte, fehlte von Bella jede Spur.

Er umrundete ein paar größere Auslagen mit Hieroglyphentafeln, als er im angrenzenden Raum jemanden wiedererkannte, der dort eilig vorüberlief.

Chris Prince.

Schlagartig waren die Geister der Vergangenheit, die er seit Jahrzehnten verdrängt hatte, wiedererstanden. Zorn flammte durch seine Adern. Dann sah er die halb automatische Glock 19 in Chris' Hand.

28

Carole

Auf der Rückbank des Taxis lächelte Carole leicht hilflos auf Laura hinab, die darauf bestanden hatte, sich in den Fußraum zu kauern. »Sicher, dass alles okay ist? Vor wem verstecken Sie sich überhaupt?«

Als Laura zu ihr hochblickte, lag Verzweiflung in ihrem Lächeln. »Alles okay, es ist bloß kühler hier unten.«

Carole verdrehte die Augen. »Ach, Schätzchen.«

Laura warf ihr einen irritierten Blick zu. Dann fummelte sie umständlich ihr Handy aus der Gesäßtasche und tippte eine Nachricht.

»Bei der Hektik eben hab ich gar nicht gefragt, ob Sie überhaupt zurück aufs Schiff wollen.«

»Doch, doch.« Laura stemmte sich schließlich auf den Sitz und starrte aus dem Fenster. »Sie hätten mir nicht hinterherlaufen dürfen.«

»Ich habe mir aber Sorgen gemacht.« Carole hob die Hand und schob Laura eine verirrte Haarsträhne aus dem Gesicht.

Eine Träne kullerte ihr über die Wange. »Ich bin einfach so erschöpft …« Dann krümmte sie sich vornüber, bis ihre Stirn auf den Knien ruhte.

Konversation beendet.

Aber so leicht gab Carole nicht auf. »Wir sind jetzt auf der Autobahn. Kommen Sie, rutschen Sie mal hier rüber.« Sie klopfte auf den mittleren Platz. »Vielleicht ist geteiltes Leid ja halbes Leid?«

Als Laura nicht antwortete, versuchte Carole es mit der guten alten britischen Taktik.

»Wahnsinnig heiß hier, oder?«

Laura reckte den Hals, um zu sehen, wo sie inzwischen waren, und hielt den Blick nach draußen gerichtet. »Wo ich herkomme, haben wir gern mal alle vier Jahreszeiten an einem Tag …«

»Sie sind aber auch irre weit weg von zu Hause.«

Die nächste Träne löste sich aus Lauras Wimpern. »Ich will wieder dorthin zurück, aber …« Dann straffte sie sich, wischte sich die Träne aus dem Gesicht und versuchte sich abermals an einem Lächeln.

»In Ihrem Alter hätte ich liebend gern auf einem Schiff gelebt, aber ich sehe schon, dass so was auch anstrengend sein kann. Wissen Sie eigentlich, dass ich nie Heimweh hatte? Dieses Brieftauben-Gen, das fehlt mir komplett. Ich hätte mich überall niederlassen können … bin aber für Freya geblieben, damit ich ihr ein Zuhause bieten konnte, nachdem ihre Eltern gestorben waren. Und wissen Sie, was mir da klar wurde? Es ist mir noch nicht einmal schwergefallen. Mein Leben hat einfach nur eine andere Wendung genommen als ursprünglich gedacht – und Freya hat meine Welt größer und heller gemacht, ganz ohne dass ich ein Flugzeug besteigen musste. Mit einem Mal war mein Leben so viel reicher – allein aufgrund der Menschen, die ich geliebt habe.«

»Sogar wenn Sie sie verloren haben?«

In ihrer Erinnerung legte Arthur sein typisches Grinsen

auf und lachte herzhaft – und Carole zog sich das Herz zusammen. »Alles geht mal vorbei. Aber sich zu verstecken, nur weil man Angst vor Verlust hat, heißt doch, nie herauszufinden, was das Leben alles zu bieten hat … nie zu erfahren, was Liebe ist … und die Liebe ist doch letztlich das Beste am Leben.«

»Meine Mutter ist krank, schon lange, aber jetzt …«

»Ist es an der Zeit, nach Hause zurückzukehren?« Carole wusste nur zu gut, was es bedeutete, einen geliebten Menschen gehen zu sehen.

Laura ließ den Kopf hängen, zog ihren Ring ab und schob ihn über die Daumenspitze. »Ich habe dieses Brieftauben-Gen. Ich hab nie so lange wegbleiben wollen. Ich bin einfach in eine Sache hineingeraten … hab mich mit einem Mann eingelassen, mit dem ich mich nie hätte einlassen dürfen. Aber die Bezahlung …« Sie sprach den Satz nicht zu Ende, schob dafür den Ring zurück auf ihren Ringfinger. »Ich brauchte das Geld.«

»Sie sind verheiratet?« Carole nickte auf den Ring hinab. »Ich war ganz bewusst immer nur Trauzeugin. Wollte nie Verpflichtungen eingehen.«

»Nein, ich bin nicht verheiratet.«

»Verwitwet?«, hakte Carole nach, doch Lauras Stirnrunzeln besagte eindeutig: Nein.

»Diesen Ring trage ich schon seit Jahren … als eine Art Erinnerung daran, dass alles, was ich je gemacht habe, nur dazu gedient hat, mir ein neues Leben aufzubauen.«

Ihr Handy vermeldete eine eingehende Nachricht.

Sunset-Deck in 20 Min, konnte Carole gerade noch lesen, dann drehte sie es um.

»Sie und Ihre Nichte, Sie hätten nicht auf dem Schiff auftauchen dürfen. Ich mag Sie und will nicht, dass Ihnen etwas passiert.« Sie drehte den Ring ein paarmal hin und her. »Auf diesem Schiff gibt es diverse Giftschlangen …«

»Reden wir jetzt von Passagieren oder von der Crew?« Carole stand sofort wieder der Mann vor Augen, der draußen vor dem Museum Laura hatte packen wollen.

Laura wandte sich zu ihr um. »Irgendwer hat das Schwert aus der Ausstellung gestohlen. Die Person, der es gehört, verfügt über ungeheure Macht. Und diese Person ist jetzt sauer. Das Schwert war seit Jahren und Jahrzehnten als eine Art Sicherheit Teil ihrer Sammlung, und ich muss es zurückbringen, sonst …« Sie biss sich auf die Lippe.

Carole empfand Mitleid für sie. Laura wirkte derart verloren und niedergeschlagen, dass Carole nichts lieber wollte, als sie aus ihrer misslichen Lage zu retten, wie immer die genau aussah. »Sie wissen, dass Freya echt gut darin ist, gestohlene Artefakte aufzuspüren?«

Wenn es darum ging, einer in Not geratenen Frau zu helfen, stand Carole jederzeit Gewehr bei Fuß, und das Gleiche galt auch für Freya. Ihre Nichte nannte das den »Frauenkodex«.

In Lauras Augen schimmerte ein Funken Hoffnung. »Dann glauben Sie, sie könnte es wiederfinden?«

»Bestimmt.« Carole zog eine Augenbraue hoch. »Sie müssen sich ihr einfach nur anvertrauen.«

*

Eigentlich sah es Carole nicht ähnlich, dass sie sich so sehr mit dem Umziehen beeilte, doch was sein musste, musste sein. Sie war fest entschlossen zu sehen, wer Laura zu diesem Treffen beordert hatte, und dafür musste sie noch vor ihr auf dem Sunset-Deck sein.

Das Sunset-Deck samt Bar war ein gutes Stück kleiner als die vorderen Decks. Entlang der Reling und rund um zwei Jacuzzis waren Sonnenliegen aufgereiht. Obwohl sie auch unter ihrem riesigen Sonnenhut gut geschützt gewesen wäre, hatte sie sich gerade ein Plätzchen im Schatten gesucht, als sie Laura auch schon auf die Bar zugehen sah.

Wen würde sie gleich treffen? Vielleicht einen männlichen Kreuzfahrtgast? Carole schob ihre riesige Dior-Sonnenbrille bis zur Nasenwurzel hoch und versuchte, sich lückenlos einzucremen und gleichzeitig Laura im Blick zu behalten. Wenn gleich irgendwer diesem Mädchen Ärger machen sollte, war sie bereit dazwischenzugehen.

Deshalb war sie zunächst überrascht, als sie Patricia Henderson entdeckte, die Laura die Hand auf die Schulter legte, und dann beruhigt, gerade weil es Patricia war. Als großmütterliche Frau mit dem richtigen Sinn für Humor und genügend Lebenserfahrung war Patricia genau das, was Laura jetzt brauchte.

Während die beiden sich unterhielten, sackten Lauras Schultern ein wenig nach unten, und Carole musste sich schwer zusammenreißen, um nicht sofort hinüberzugehen. Irgendwas an der Art, wie sie die Köpfe zusammensteckten, gab ihr zu verstehen, dass sie sofort verstummen würden, sobald Carole sich ihnen näherte. Doch die Neugier ließ ihr keine Ruhe. Worüber redeten die zwei?

Nur ein kleines Stück näher …

Sie zog sich den großen Hut tief ins Gesicht, schlang sich den Seidenkaftan enger um den Leib und pirschte los. Sie hatte gerade erst ein paar Schritte gemacht, als sie aus den Augenwinkeln ein Pärchen erhaschte, die beide ihre Bücher herunternahmen, kaum dass sie an ihnen vorbeischlich. Inkognito unterwegs zu sein, war aber auch nicht leicht.

Eilig ließ sie sich auf der nächstbesten Liege nieder und blickte hinaus aufs Meer.

»Aber wenn er doch weiß …«, sagte Laura gerade.

»Nur die Ruhe, das wird schon irgendwie werden, du wirst sehen. Er ist vielleicht misstrauisch, aber er *weiß* nichts.« Patricia rieb ihr aufmunternd den Arm. »Tony kümmert sich darum. Behalte du diesen sogenannten Offizier im Blick, der hier ständig herumstreicht.«

Laura nickte niedergeschlagen.

Carole seufzte in sich hinein. Phil war für so eine Undercover-Sache wirklich nicht geeignet. Er sah einfach viel zu gut aus, um nicht aufzufallen.

Patricia und Laura senkten die Stimmen, sodass sie jetzt gar nichts mehr verstehen konnte, bis Laura sich zu guter Letzt verabschiedete und eilends verschwand.

»Hier, bitte schön.«

Carole zuckte heftig zusammen, als Patricia sich auch schon neben ihr niederließ und einen Mojito vor sie hinstellte. »Ich dachte, wir könnten eine Erfrischung gebrauchten. Diese Kreuzfahrt ist ja wirklich das reinste Drama.«

Lächelnd erhob Carole das Glas. »Auf Ihre Fürsorge!« Insgeheim argwöhnte sie, dass Patricia wusste, dass Carole gelauscht hatte.

»Ich dachte, Sie wären an Land gegangen?« Patricias Blick huschte zur Bar, wo sie gerade noch mit Laura zusammengestanden hatte.

Natürlich weiß sie Bescheid.

»Aber ja. Ich bin mit Laura zurückgekommen. Es war einfach *unerträglich* heiß.« Ehrlichkeit war schließlich die beste Strategie, gerade unter Freundinnen, und als solche betrachtete sie Patricia. In ihrem Alter schloss man nicht mehr so leicht neue Freundschaften, deshalb wusste sie jede einzelne Freundin zu schätzen. »Laura hat niedergeschlagen gewirkt, aber mir hat sie sich nicht anvertrauen wollen, deshalb wollte ich auch nicht stören, als Sie beide sich unterhalten haben.«

Aber statt zu erzählen, worum es gegangen war, wiegelte Patricia ab. »Ach, da war nichts.« Sie schnalzte mit der Zunge. »Bloß irgend so eine Männergeschichte. Ist das nicht immer so bei diesen jungen Dingern? Nur gut, dass wir diese Phase hinter uns haben.« Mit ihrem Mojito tippte sie Caroles Glas an. »Cheers.«

Patricia schien zu spüren, dass Carole ihr die Geschichte nicht abnahm, und kurz kreuzten sich ihre Blicke, als sie beide an ihrem Drink nippten.

»Die wird schon wieder«, fügte Patricia schief lächelnd hinzu.

Unwillkürlich fragte sich Carole, wer bitte schön die Giftschlangen waren, die Laura zuvor erwähnt hatte.

29

Freya

Die Steinfliesen des Ägyptischen Museums waren kalt und hart. Als ich die Augen aufschlug, sah ich einen Sarkophag direkt vor mir.

Steh auf!, kreischte ich mir selbst zu.

Brennende ... stechende ... überwältigende Schmerzen strahlten von meinem Arm aus. Hochstemmen war ein Ding der Unmöglichkeit. Eine tiefdunkle Flüssigkeit breitete sich auf meinem Kaftanhemd aus und hatte auf den Fliesen bereits eine Pfütze gebildet.

Wo ist Chris?

Mühsam rappelte ich mich auf die Füße, als ich Schritte und Stimmen hörte und mich umdrehte. Chris stand im Durchgang zum angrenzenden Ausstellungsraum und hielt immer noch seine Waffe in der Hand. Dann kam eine Reisegruppe in unsere Richtung; er drapierte sein Sakko über der Waffe, und im nächsten Moment strömten die Leute auch schon an ihm vorbei.

Unsere Blicke kreuzten sich.

Jetzt galt es, um Hilfe zu rufen oder so weit weg wie nur möglich von Chris Prince zu gelangen.

Ich entschied mich für die Flucht.

Das Adrenalin rauschte nur so in meinen Ohren.

Gedämpft hörte ich Chris rufen: »Aus dem Weg!«

Ich blickte mich nicht um.

Als ich den angrenzenden Ausstellungsraum erreichte, krachte ich gegen eine Vitrine, auf der ich einen Blutschmierer hinterließ. Ich umklammerte meinen linken Arm und rannte weiter. Wo war der Notausgang? Der große Vorraum, durch den ich gekommen war, war leer, und kurz war ich erleichtert. Dann entdeckte ich am Durchgang zum Foyer zwei große, breitschultrige Männer, die mir den Rücken zugekehrt hatten. Sie waren wie Touristen gekleidet, doch die Haltung sah eher nach Bodyguard aus.

»Freya!«, brüllte Chris von hinten.

Zwischen den beiden Männern am Ausgang – die unablässig den Museumszugang zu kontrollieren schienen – und Chris, der mir dicht auf den Fersen war, saß ich in der Falle.

Eilig wich ich zur Seite aus. Mir blieben nur wenige Sekunden, um einen Ausweg zu finden. In der rückwärtigen Ecke befand sich ein schmaler Durchgang, der auf einen Flur zu führen schien, doch dorthin zu fliehen, hieße, zurück in Chris' Richtung zu laufen.

In der gegenüberliegenden Ecke stand eine große Statue von Anubis, dem Gott der Totenriten und der Mumifizierung, mit dem Kopf eines schwarzen Hundes, aufmerksam gespitzten Ohren und dem Körper eines Menschen.

Ich hätte es als schlechtes Omen deuten können. Aber ich meinte auch, mich zu erinnern, dass er als Schutzheiliger der Waisenkinder und verlorenen Seelen galt. Und weil ich selbst Waise war, schlitterte ich auf ihn zu.

Versteck dich!, schien er mir zuzurufen.

Mein Arm pochte wie verrückt, und meine Schuhsohlen quietschten erneut über den Steinboden, als ich hinter Anubis schlüpfte und mich gegen die kühle Wand sacken ließ, um zu Atem zu kommen. *Ich werde heute nicht sterben!*, redete ich mir gut zu. Dann zog ich mein Handy heraus, um Carole anzurufen, als im selben Moment Bellas Stimme das Pochen meines Herzens und mein Keuchen übertönte.

»Chris!«

Auf allen vieren spähte ich hinter der Statue hervor. Bella trat aus dem schmalen Flur am Ende des Raumes. Ihr Blick loderte vor Zorn, sie hatte die Fäuste geballt und hochrote Wangen.

Chris schüttelte hektisch den Kopf und lief – immer noch mit der Waffe in der Hand – auf sie zu. Bella stellte sich breitbeinig hin und stach ihm den Zeigefinger gegen die Brust.

»Freya ist da lang verschwunden«, sagte sie laut genug, dass ich sie verstehen konnte. »Aber das hier geht ja auch nur uns beide etwas an.«

Sie riskiert gerade ihr Leben. Entweder war sie unfassbar mutig ... oder einfach nur blind vor Wut.

Ihr Blick huschte zu meinem Versteck, und in mir krampfte sich alles zusammen. Sie wusste, wo ich war. Dann sagte sie etwas, was ich nicht verstehen konnte, er streckte sich nach ihr aus und riss sie am Arm zurück.

»Bleib hier, du ...«, zischte er. »Wehe!«

Ich muss ihr helfen! Doch noch während ich versuchte, mich aufzurichten, sah Bella abermals zu mir, und mit einem kaum merklichen Blinzeln gab sie mir zu verstehen, dass ich mich bedeckt halten sollte. Schlagartig dämmerte mir, dass nicht sie meine Hilfe brauchte, sondern dass sie *mir* zu Hilfe gekommen war.

»Das hast du falsch verstanden.« Plötzlich schien Chris sie regelrecht zu beknien. »Es gab eben nur diese eine Gelegenheit – *meine einzige Chance.*«

»Und warum konnten wir nicht …« Bella senkte die Stimme, trotzdem konnte ich ihr die Trauer und Enttäuschung anhören. »Du hast gesagt, wir würden das *zusammen* durchziehen.«

Den Rest konnte ich nicht verstehen, weil Chris Bella zum anderen Ende des Ausstellungsraums zerrte und sie in den Flur verschwanden, aus dem Bella gekommen war.

Sobald sie außer Sicht waren, sprintete ich los. Allerdings waren meine Beine zu schwach, ich geriet ins Straucheln, stolperte und krachte erneut auf den kalten, harten Boden. Diesmal konnte ich einen Schrei nicht verhindern. Blut tropfte von meinen Fingern auf den Steinfußboden.

Im nächsten Moment wurden Rufe laut, und mein Puls geriet aus dem Takt.

»Freya?« Als ich die Augen aufschlug, hatte Phil sich über mich gebeugt und hob sanft mein Kinn an. »Sie zittern« – er starrte auf meinen Arm hinab – »und Sie bluten! Wir müssen Sie von hier wegbringen. Können Sie gehen?«

»Alles gut …«, murmelte ich, während er mir vorsichtig auf die Beine half. »Ist nur der Schock … War bloß ein Streifschuss, glaub ich …« Dann gingen wir langsam los in Richtung Ausgang. »Phil – Chris Prince ist hier! Mit Bella!«

Er biss die Zähne zusammen. »Wie bitte?«

»Wir müssen ihr helfen!«

»Erst muss ich Sie hier rausbringen.« Er legte mir den Arm um die Taille und ging schneller, trotzdem ahnte ich, dass er insgeheim viel lieber kehrtmachen und Chris Prince aufspüren wollte.

Carole rief an, aber ich konnte jetzt nicht rangehen. Ich schrieb ihr eilig zurück. *Bin schon unterwegs.*

»Bella hat offenbar geglaubt, er wäre tot. Scheint fast, als hätte Chris ein Faible dafür, seinen Tod vorzutäuschen.

Immerhin hat er das jetzt schon zweimal gemacht«, murmelte ich.

Phil brummte nur in sich hinein und geleitete mich durchs Foyer. Die Bodyguards waren zum Glück verschwunden. Er schob die schwere Eingangstür auf, und dampfig-schwüle ägyptische Luft schlug uns entgegen.

»Steigen Sie ein.«

Das Taxi hatte eindeutig schon zu lange in der Hitze gestanden. Ich ließ sofort das Fenster runter, während Phil sich die Taschentuchschachtel von der Hutablage schnappte.

Ich zog den Ärmel hoch, um die Wunde an meinem Oberarm zu inspizieren. »Ist nur oberflächlich ... Die Kugel hat mich bloß gestreift.«

Phil beugte sich vor und inspizierte den Streifschuss ebenfalls. »... Leichtsinn ...«, hörte ich ihn murmeln.

»Was war das gerade?« Hatte er mich leichtsinnig genannt?

Er sah mir in die Augen. »Er hätte Sie umbringen können. Was, wenn ich nicht vorbeigekommen wäre?«

»Dann wäre trotzdem alles gut ausgegangen.«

Insgeheim jedoch hatte ich keine Ahnung, wie ich ohne Bella und Phil dort je wieder rausgekommen wäre. Dass mir sogar beide hatten helfen müssen, machte mir zu schaffen, und selbst im Nachhinein versetzte mich die Erkenntnis, dass mein Leben von anderen abhängig gewesen war, beinahe in Panik.

»Chris hat mich dabei ertappt, wie ich Fotos gemacht habe, als er Sally einen Armreif überreicht hat. Ich schätze mal, das war ein Bestechungsgeschenk.«

Phil presste ein paar Taschentücher auf meine blutende Wunde. »Halten Sie das fest ... Das muss genäht werden.«

Als er kurz den Druck erhöhte, keuchte ich auf, und er zog eine Augenbraue hoch. »Leichtsinn hat nun mal Folgen.«

»Ich war aber nicht …«

Doch. Ich war leichtsinnig gewesen.

Ich drehte mich von ihm weg und lehnte mich ans Seitenfenster. Der Fahrtwind strich angenehm über mein heißes Gesicht. »Und was ist mit Bella? Wir können sie doch nicht einfach so dort zurücklassen.«

»Die kommt schon klar. Oder haben Sie vergessen, wie sie auf Copthorn Manor ihren damaligen Freund eingeseift hat?«

Ich meinte, aus seiner Stimme einen Hauch Bewunderung herauszuhören.

Als vor uns unversehens ein Fußgänger auf die Straße trat, stieg der Taxifahrer in die Eisen. Ich musste mir auf die Zunge beißen, um nicht laut aufzustöhnen. Der Fahrer lehnte sich aus dem Fenster und schimpfte lautstark. Ich hielt meinen verletzten Arm fest umklammert und schloss die Augen, als das Adrenalin, das mich bislang angefeuert hatte, allmählich verebbte und tiefer Erschöpfung wich.

»Alles okay?«, fragte Phil leise.

»Geht schon. Wir müssen herausfinden, was Chris Prince vorhat. Und wir müssen diesen Sammler aufhalten – den alten wie den neuen –, und zwar ein für alle Mal.«

*

Das Taxi hielt am Kreuzfahrtterminal. Auf dem Weg durch die Passkontrolle und die Security hing Phils Jacke über meinem verletzten Arm. Auf dem Weg zu meiner Kabine schlug Phil vor, die Wunde zu versorgen. »Dann stellt auch niemand unangenehme Fragen«, fügte er hinzu, als ich auch schon im Bad verschwand, um das blutbefleckte Oberteil auszuziehen.

Als ich wieder herauskam und mir den Ärmel eines frischen T-Shirts auf die Schulter schob, lehnte er am Esstisch. Als er sich vorbeugte, um den Streifschuss zu inspizieren, wehte sein Atem kühl über die Wunde.

»Genäht werden muss das nicht. Ich hab Verbandszeug in meiner Kabine und sogar Antibiotika. Sie gehen nicht schwimmen, bis das hier verheilt ist. Passen Sie bloß auf, dass sich nichts entzündet.«

Ich gluckste in mich hinein. »In der Sonne zu liegen und planschen zu gehen, war sowieso nicht der Plan. Meine Tante wird trotzdem enttäuscht sein, weil ich ihr den gepunkteten Bikini, den sie mir gekauft hat, nicht vorführen kann.«

Er machte große Augen. »Sie lassen Ihre Tante Ihre Kleidung aussuchen?«

»Das passiert einfach – gegen meinen Willen. Aber jetzt habe ich ja einen guten Grund, das Teil nicht tragen zu müssen.«

»Schön, wenn mein medizinischer Rat zu etwas nütze ist … Ich wünschte mir nur, Sie würden auch in anderer Hinsicht auf mich hören.«

Da war er wieder, dieser besorgte Blick aus seinen dunklen Augen.

Während er seinen Verbandskasten holen ging, nahm ich ein Paracetamol und ließ mich auf mein Bett sacken. Dieses Bild, als Chris die Waffe auf mich gerichtet hatte … die Todesangst, als ich zu Boden gegangen war …

Ich musste in Erfahrung bringen, wie es Bella ging.

Ich musste mir einen Schlachtplan zurechtlegen.

Als Phil wiederkam, sprühte er etwas auf die Wunde, was höllisch brannte. »Sorry«, murmelte er, sah mir dabei aber nicht ins Gesicht. Es folgten eine Wundauflage und Wundverschlussstreifen. Jedes Mal, wenn ich zusammenzuckte, hielt er kurz inne, bis die Schmerzen nachließen, und wartete, bis ich ihm ein Kommando gab, dass er weitermachen konnte.

Als er fertig war, blickte er zu mir auf. »Wo ist eigentlich Carole?«

Ich zog mein Handy aus der Tasche und schrieb ihr eine Nachricht. Die Antwort kam postwendend. »Sie ist oben an Deck, kommt aber gleich. Ich wollte sie nicht beunruhigen …« Ich sah Phil vielsagend an, und er nickte. »Wir sagen ihr einfach, dass ich … mit dem Arm … an einem Nagel hängen geblieben bin.«

»Sie sollten ihr die Wahrheit sagen. Chris weiß, dass Sie auf dem Schiff sind. Von jetzt an müssen Sie beide sehr, sehr vorsichtig sein. Chris sollte eigentlich als Sachverständiger an Bord sein, und jemand wie er wirft seine Pläne nicht über den Haufen, wenn es nicht unbedingt nötig ist. Sie bleiben hier drin, bis wir in Jordanien anlegen.«

»Ausgeschlossen. Ich bin hier, um den Diebstahl eines Gemäldes aufzuklären. Außerdem ist ja wohl inzwischen klar, dass das Gemälde mit dem Sammler zusammenhängt, auf den Arthur uns anscheinend angesetzt hat. Und da wollen Sie, dass ich in der Kabine bleibe? Wo ich doch so kurz davor bin, den Fall aufzuklären?« Ich schnaubte. »Vollkommen ausgeschlossen.«

Sein Blick huschte zu meinem Arm.

»Das da … hält mich nicht auf.«

Mein Arm tat immer noch höllisch weh und pochte, aber mithilfe von Schmerzmitteln würde ich klarkommen.

»Im Taxi zum Museum hat Bella eine Auktion erwähnt, die heute Abend stattfinden soll und bei der *Sie* besser nicht aufkreuzen, weil Sie das nicht überleben würden.« Ich zog eine Augenbraue in die Höhe. »Ich bin hier anscheinend nicht die Einzige, die ins Kreuzfeuer geraten ist. Könnte damit vielleicht der ›eine Abend‹ gemeint sein, von dem Arthur gesprochen hat?«

»Heute Abend ist der Halloween-Ball ... Der wäre eine gute Gelegenheit. Während alle verkleidet und abgelenkt sind ...«

Die Tür schlug auf, und Carole stürmte herein. »Warum hast du mir denn nicht geantwortet?« Dann platzte sie mit all dem heraus, was sie Laura und Patricia hatte tuscheln hören – und keuchte auf, als sie meinen Verband entdeckte. »Was ist passiert?« Sie sah mich erschrocken an, eilte auf mich zu, legte mir erst die Hände an die Wangen und zog mich dann an sich.

»Alles gut. Phil und ich haben gerade unsere nächsten Schritte besprochen.«

»Haben wir nicht«, entgegnete Phil.

Ich hörte geflissentlich darüber hinweg. »Bella hat eine Auktion erwähnt, die heute Abend stattfinden soll. Allerdings steht nichts dergleichen im Programm. Das könnte besagtes Treffen sein, an dem auch der Sammler teilnimmt.«

Carole und ich sahen einander vielsagend an. Die Jagd war eröffnet.

30

Sky

Freya hatte ihr immer noch nicht geantwortet. Sky sah auf die Uhr. Ägypten war Großbritannien um zwei Stunden voraus, für Freya war es also schon nach Mittag. Sie klappte ihren Laptop auf und hackte sich in das Computersystem des Schiffes. Hoffentlich war Freya noch an Bord.

Vermutlich sitzt sie gerade beim Lunch, beschwichtigte sie sich. *Mach sie nicht verrückt, du hast hier doch alles im Griff.*

Hatte sie nicht.

Ihr Herz hämmerte wie wild, seit sie den Brief geöffnet hatte, den der Briefträger am Morgen eingeworfen hatte. In dem Umschlag hatten Kopien von Dokumenten gesteckt. Dem unaufmerksamen Betrachter wäre darauf nichts weiter aufgefallen, doch für Sky roch das Ganze nach Erpressung. In den Dokumenten waren einige der schmutzigeren Jobs aufgelistet, die sie für Aaron übernommen hatte … unter anderem stand da seine Notiz: *alles zu Arthur Crockleford zusammentragen. Countdown läuft.* Mehr hatte er gar nicht schreiben müssen.

Unruhig tigerte sie im Laden auf und ab, bis der Verkaufsraum ihr wie ein Käfig vorkam, zu dem sie keinen Schlüssel besaß. Irgendwann verharrte ihr tränenfeuchter

Blick an ihrer Tasche, die sie über den Schreibtischstuhl gehängt hatte. Sie kramte den Schlüsselbund heraus und drehte das Schild an der Tür auf »Geschlossen« um.

Sie konnte Aaron nichts liefern. Sie hatte den kompletten Laden abgesucht, hatte analoge wie digitale Ordner durchforstet – und nichts, rein gar nichts gefunden. Was immer Arthur im Laden versteckt haben mochte, war schlicht und ergreifend nicht mehr hier, und die Akte, die sie zu Arthur angelegt hatte – und die auch Freya und Carole umfasste –, war beängstigend dünn.

Sie hatte keine weiteren Anhaltspunkte ... außer vielleicht einen sehr vagen.

Sky hatte Miranda Clive in Norfolk kontaktiert und ihr gesagt, wo sie arbeitete. Miranda hatte munter über Little Meddington geplaudert, über Arthur und das Antiquitätengeschäft, doch als Sky sie nach einer »speziellen Auftragsarbeit« gefragt hatte, hatte Miranda gezögert.

Als Sky dann auch noch nachgehakt hatte, wann sie Arthur zuletzt gesehen habe und woher die beiden sich kannten, hatte Miranda regelrecht ausweichend reagiert.

Sky hatte ihren alten, verbeulten Ford Fiesta hinter dem Laden geparkt. Bevor sie es sich doch noch anders überlegte, setzte sie sich ans Steuer. Sie musste für ihre Akte mehr über Arthur herausfinden. Vielleicht würde Miranda ja ein bisschen mehr erzählen, wenn Sky persönlich dort auftauchte – etwa aus welchem Grund Arthur unbedingt in das Gemälde hatte eingefügt werden wollen oder warum er es dem Museum in Lowestoft gestiftet hatte.

Von Little Meddington nach Burnham Market brauchte sie gute zwei Stunden, aber in der kühlen Herbstsonne machte ihr die Fahrt nichts aus. Es war sogar schön, wieder einen Plan zu haben.

Dem Navi zufolge war das Dorf nicht mehr weit, und nach den Möwen zu schließen, die über ihr kreisten, näherte sie sich der Küste. Wie sich herausstellte, war Burnham Market eins jener hübsch hergerichteten Dörfer in East Anglia mit einer breiten Hauptstraße, an der zu beiden Seiten viktorianische und edwardianische Wohnhäuser, Ladengeschäfte und zwei bildschöne traditionelle Pubs lagen. In einem davon hätte sie gern ein Päuschen eingelegt, doch erst musste sie die Künstlerin aufsuchen.

Miranda Clives Atelier lag abseits der Hauptstraße am Ende eines kopfsteingepflasterten Gässchens. Das alte Ladenlokal war klein, warm ausgeleuchtet, und hinter einem Schreibtisch, der auf die rot lackierte Eingangstür ausgerichtet war, saß eine grauhaarige Frau in einem gesmokten Kleid.

Sky strich ihren Bleistiftrock glatt, kontrollierte in der Fensterscheibe ihr Spiegelbild und hoffte, dass sie nicht zu sehr nach Maklerin aussah.

Als sie die Tür aufschob, schlug ein Glöckchen an. Ringsum hingen schwarz gerahmte Gemälde.

Die Frau am Schreibtisch blickte auf und lächelte sie freundlich an. »Sprechen Sie mich jederzeit an, wenn ich Ihnen helfen kann.« Über ihrem Kleid trug sie eine Kette mit großen roten Perlen, und es lag ein freundlicher Zug um ihre blauen Augen.

Sky erwiderte ihr Lächeln und wandte sich den Bildern zu, die sie sofort in ihren Bann schlugen. Sie trat näher an eines heran, das eine Küstenszene mit einem Fischer auf einem Kutter zeigte – so winzig und doch so unfassbar perfekt. Daneben hing das Bild eines sommersprossigen kleinen Jungen, der seine Betrachterin staunend anzusehen schien. Mirandas Malstil hatte etwas Ehrfurcht gebietend Fotografisches an sich.

»Sind Sie die Künstlerin?«

»Ja. Ich bin Miranda.« Sie stand auf, umrundete ihren Schreibtisch und stellte sich neben Sky.

»Ich bräuchte Ihre Hilfe.« Sky hatte das sichere Gefühl, dass nur eine Miniaturenkünstlerin mit solchen Fähigkeiten Arthur so treffend hatte malen können. Sie zog ihr Handy aus der Tasche und rief das Foto des Gemäldes auf. »Wir haben telefoniert. Haben Sie Arthur Crockleford in dieses Ölgemälde aus dem neunzehnten Jahrhundert eingefügt?«

Miranda schüttelte nachdrücklich den Kopf. »Nein, ganz sicher nicht.« Dann schien sie hinter ihrem Schreibtisch wieder regelrecht in Deckung zu gehen.

Sky rief sich in Erinnerung, was sie zuvor recherchiert hatte. »Sie haben bei Grace Lockwood studiert, oder?«

Mirandas Blick huschte zur Tür. »Ich glaube, Sie sollten wieder gehen.«

Hier stimmte doch etwas nicht. »Freya Lockwood, Grace' Tochter, schickt mich. Sie hat Arthurs Antiquitätenladen geerbt und möchte in Erfahrung bringen, warum Sie ihn in dieses Gemälde eingefügt haben.«

Miranda nestelte an ihren Perlen und starrte unverwandt zur Tür.

Sie hat Angst, schoss es Sky durch den Kopf. *Ich muss es anders probieren.*

»Wie wäre es, wenn wir Freya anrufen, damit sie bestätigen kann, was ich gerade gesagt habe?«, schlug Sky vor und hoffte inständig, das Freya ans Telefon ginge.

Miranda biss sich auf die Unterlippe, aber sie sagte nicht Nein.

Diesmal ging Freya sofort ran, als der FaceTime-Anruf durchging, und Sky atmete erleichtert aus. »Hi. Hast du meine letzte Nachricht gekriegt?« Panik stieg in Sky auf, als sie sah, dass Freyas Arm bandagiert war. Sie gab sich alle Mühe, unbekümmert weiterzusprechen, und sie räusperte sich. »Ich bin gerade bei Miranda Clive, der Malerin, und dachte mir, vielleicht wäre es gut, wenn ihr euch kurz unterhalten könntet – damit sie weiß, dass wir wirklich diejenigen sind, die wir zu sein behaupten.« Dann drehte sie ihr Handy so herum, dass die beiden einander sehen konnten.

»Sie sehen aus wie auf dem Foto …« Miranda kniff die Augen zusammen und musterte Freya auf dem Display. »Arthur war wahnsinnig stolz auf Sie. Er hat Ihnen etwas hiergelassen, zusammen mit einer Nachricht.«

»Ich kann Sie leider nicht hören«, sagte Freya, »aber Sky arbeitet für mich im …«

Im nächsten Moment war die Leitung tot.

Sky und Miranda starrten das Handy an.

»Ich probiere es gleich noch mal.«

Freya ging erneut dran, aber diesmal brach der Anruf bereits nach zwei Sekunden ab.

Miranda sah Sky an und nickte. »Moment. Ich suche schnell heraus, was Arthur für Freya hier deponiert hat, und dann versuchen wir es einfach noch einmal.«

Sie kramte durch ihre unterste Schreibtischschublade und holte das Foto eines verschlissenen blauen Louis-Vuitton-Schrankkoffers hervor.

»Was soll das sein?« Sky starrte irritiert das Foto an und zoomte dann erneut das Foto des Gemäldes größer, das Carole gemacht hatte. »Den haben Sie aber nicht auch da drauf gemalt, oder?«

Sky rief erneut Freyas Nummer auf und drückte Miranda, kaum dass die Leitung stand, das Handy in die Hand.

»Vor einem knappen Jahr ist Arthur mit einem alten Gemälde unter dem Arm hier reinspaziert und brauchte meine Hilfe«, erklärte sie. »Er hatte ganz genaue Vorstellungen, was ich malen sollte, und meinte, wenn hier irgendwann jemand nach dem Gemälde fragen sollte, sollte ich ihm das hier geben.« Sie hielt das Foto des alten Schrankkoffers hoch. »Das hier sei das letzte fehlende Puzzleteil, und wer immer käme, bräuchte folgende Information: ›Caroles erster Reisekoffer.‹ Ich sollte mir das exakt so einprägen, das tun Sie bitte auch und ... Sehen Sie sich das Gemälde ganz genau an«, forderte sie Freya auf. »Ich bin mir nicht sicher, was Arthur damit bezweckt hat, aber er war ein alter Fuchs, und was immer ich in das Gemälde einfügen sollte, hatte große Bedeutung für ihn.«

Diese Frau hatte eindeutig Ausstrahlung und Autorität. Sky spürte, dass diese Unterredung beendet war, und steckte das Foto in ihre Tasche.

»Danke«, sagte sie und wandte sich zum Gehen. »Ihre Bilder sind wirklich fantastisch.«

Draußen fotografierte sie das Foto des Schrankkoffers ab, schickte es an Freya und Carole und eilte zurück zu ihrem Wagen.

Freya: *Keine Ahnung, was es mit dem Koffer auf sich hat, aber sei du bitte vorsichtig und schließ hinter dir ab, wenn du wieder im Laden bist.*

Die Nachmittagssonne tauchte Little Meddington in weiches Licht, als Sky die Hintertür zu Crockleford Antiques aufschloss. Sie warf einen flüchtigen Blick in Richtung eines schwarzen SUV, der mit laufendem Motor am Ende der Gasse stand; auf dem Fahrersitz saß ein Mann, dessen Gesicht im Schatten lag. Als sie durch die Tür schlüpfte und hinter sich abschloss, hämmerte ihr Herz wie wild.

31

Freya

Ich musste stundenlang geschlafen haben. Als Carole mich weckte, ging die Sonne bereits unter. »Ich kann es kaum erwarten, dass du das Halloween-Kostüm siehst, das ich für dich ausgesucht habe! Ich hab uns Essen in die Kabine bestellt, damit wir ein bisschen mehr Zeit haben. In diesem Kostüm wird dich keiner erkennen«, flüsterte sie verschwörerisch, »und Phil wird hin und weg von dir sein!«

Ich verdrehte die Augen, doch Carole war viel zu aufgeregt, um es zu bemerken.

Phil hatte mich aufgefordert, bis Jordanien zu meiner eigenen Sicherheit in der Kabine zu bleiben. Mit einem einzigen Blick hatte ich ihn zum Schweigen gebracht.

»Ich ziehe mich ganz gewiss nicht für Phil um. Wir arbeiten an einem Fall, und dabei darf er uns unterstützen: Mit seiner Hilfe bekommen wir am Hafen das Gemälde zurück.«

Phil hatte ihr erklärt, dass die Exponate aus der Galerie noch am Hafen in Jordanien beschlagnahmt würden. Die Ermittlungsbehörden standen schon bereit.

»Betty kann bestätigen, dass Chris an dem Tag, bevor sie die Leiche entdeckt hat, bei ihr im Museum war. Und nachdem wir jetzt wissen, dass Chris Prince am Leben ist, stellt sich doch die Frage, wer der Tote war. Phil und ich haben schon darüber nachgedacht, und er hat da einen Verdacht.« Ich sah Carole so streng an, wie ich nur konnte. »Siehst du? Wir arbeiten sowieso schon zusammen. Mehr aber auch nicht.«

»Wir haben immer noch nicht herausgefunden, was aus dem zweiten verschwundenen Sachverständigen geworden ist – Ben Wells. Könnte er der Tote aus dem Museum gewesen sein?«

»Wir bräuchten ein Foto von Ben, um uns ganz sicher zu sein.« Ich ging im Kopf noch mal alles durch, was ich bislang wusste. »Womöglich war das gestohlene Gemälde nur eine Finte? Es geht jedenfalls um einiges mehr. Hier auf dem Kreuzfahrtschiff ist etwas viel Größeres im Gange, und ich muss alledem auf den Grund gehen. Für Arthur.«

Carole nahm meine Hand. »Und genau das tun wir.«

»Ich drehe eine Runde ... vielleicht auf Deck acht? Mal gucken, ob ich Bella irgendwo finden kann. Anschließend ziehen wir uns um.«

Seit ich Bella und Chris Prince hatte streiten sehen, machte ich mir Sorgen um sie. Nach allem, was ich in Copthorn Manor von ihr mitbekommen hatte, schien sie ein Faible für unangenehme Männer zu haben.

Ich schlenderte zunächst die belebtesten Bereiche und Decks ab, doch bei vierhundert Passagierinnen und Passagieren und einer umfangreichen Crew war die Suche nicht leicht. Zudem hatte Bella ein Talent dafür, sich unsichtbar zu machen. Die Sonne stand bereits tief am Himmel, und ich wusste, mir lief die Zeit davon. Früher oder später müsste ich mich für den Halloween-Abend fertig machen. Damit wäre die Gelegenheit verstrichen, herauszufinden, ob wirklich zeitgleich ein »Treffen« stattfinden würde.

Auf dem Rückweg zu meiner Kabine machte ich einen Umweg über Deck acht, auf dem ich bislang noch nicht gewesen war. Hier sah es exakt so aus wie auf Deck sieben, wo Carole und ich untergebracht waren.

Carole hatte inzwischen garantiert mit ihren Partyvorbereitungen angefangen, und allmählich wurde die Zeit knapp. Ich beschloss aufzugeben und kehrte um.

Als ich auf dem Weg zum Aufzug hinter mir schnelle Schritte hörte, wirbelte ich herum.

Ein Crewmitglied joggte an mir vorbei. Ich lächelte erleichtert.

Bella.

»Alles in Ordnung?«, zischte ich ihr hinterher. »Ich hab Sie gesucht.«

Ihre blonde Perücke sah täuschend echt aus, und der hellrosa Lippenstift stand ihr ausgezeichnet – eine wunderbare Verkleidung. Sie war wirklich sehr wandlungsfähig. Sich derart zu verändern, musste aufregend sein. So etwas wollte ich auch lernen. Vielleicht würde es meine Detektei bereichern.

»Was machen Sie denn hier?« Sie sah sich hektisch um. »Sie können hier doch nicht auf und ab patrouillieren!«

»Ich hab mir Sorgen gemacht. Was ist in Hurghada passiert?«

Sie sah mich halb herablassend, halb dankbar an, und ein Lächeln huschte ihr übers Gesicht, doch dann straffte sie sich wieder. »Ich komme klar, wie Sie ja sehen können. Und jetzt verschwinden Sie!«

Ohne eine weitere Erklärung setzte sie sich wieder in Bewegung. Ich packte sie am Arm.

»Bella, ich brauche eine Antwort.«

Schnaubend befreite sie sich aus meinem Griff. »Doch

nicht hier!« Noch während ich hinter ihr herstapfte, stellte ich staunend fest, dass sie nicht nur ihr Äußeres komplett verändert hatte, sondern auch ihre Gestik und Gangart. Am liebsten hätte ich sie sofort ausgefragt, wie sie das machte – wie sie die Rolle, die sie gerade einnahm, regelrecht verkörperte.

Vor einer Kabine blieb Bella stehen und spähte den Flur entlang. »Los, rein!«

Die Kabine sah ganz ähnlich aus wie meine. Ich stellte mich vor die Balkontür. »Danke für … heute Vormittag.« Ich legte die rechte Hand auf meinen linken Arm, der immer noch wehtat.

»Na ja, Sie hätten Ihren Teil unseres Deals ja nicht mehr einlösen können, wenn Sie dort gestorben wären.« Sie versuchte offenbar, kaltschnäuzig zu klingen. »Ich wollte Sie nur aus der Schusslinie bringen, aber Sie können sich einfach nicht daran halten, was?«

»Eher nicht. Immerhin ist das hier mein Job. Was war das vorhin – in dem Museum, zwischen Ihnen und Chris Prince?«

Bella trat vor den Spiegel und zupfte sich die Perücke zurecht. »Ich war davon ausgegangen, Chris wäre tot … oder … Ich wollte nicht glauben, dass er mich einfach nur ausgenutzt und dann sitzen gelassen hat. Ich bin sonst nicht der Typ für *normale* Beziehungen, aber Chris hat …« In ihrer Stimme lag kein bisschen Wut, nur noch Trauer. »Er ist so ein Dreckskerl!«

»Worüber haben Sie beide vorhin gesprochen, Bella?« Ich legte ihr die Hand auf die Schulter.

»Ich habe ihn nach Ben Wells gefragt«, antwortete sie leise und zog ihren Lippenstift nach.

»Ben Wells, der verschwundene Antikexperte?«

»Ich hab ihn nie kennengelernt, aber ich hab mal mitbekommen, wie Chris mit ihm telefoniert hat. Eigentlich dachte ich, Ben Wells würde im Ägyptischen Museum auftauchen. Aber anscheinend wurde er als der neue Sammler gehandelt und wollte Chris dafür aus dem Weg räumen. Irgendwie wünschte ich mir gerade, er hätte es geschafft. Und das Gegenteil scheint jetzt der Fall zu sein. Chris meinte, Ben sei ›weg‹, was nur eines bedeuten kann. Ursprünglich waren drei von ihnen als der Sammler im Rennen. Allerdings weiß ich nicht, wer der Dritte ist.«

»Chris Prince hat Ben Wells umgebracht?«

»Höchstwahrscheinlich.«

»Und wissen Sie, was mit Luke passiert ist?«

Bella zuckte mit den Schultern. »Den wollte wohl auch irgendwer aus dem Weg räumen. Und jetzt ist er ja kaltgestellt. Chris hat dazu nichts gesagt, aber ich glaube nicht, dass die beiden sich sonderlich grün waren.« Sie rückte ihr Oberteil zurecht.

»Und hätte Chris Luke etwas antun können?«

»Gut möglich. Aber dafür müsste er schon einen guten Grund gehabt haben. Außerdem war er zu dem Zeitpunkt nicht auf dem Schiff. Insofern muss es irgendwer anders gewesen sein.«

»Und jetzt, da Sie wissen, dass Chris noch am Leben ist – was haben Sie als Nächstes vor?«, fragte ich, obwohl ich ahnte, dass ich die Antwort nicht würde hören wollen.

Sie warf mir einen flammenden Blick zu. »Ich mache die *alle* fertig.«

»Dann tun wir uns doch zusammen! Beweisen wir, dass sie in illegale Machenschaften verwickelt sind, und bringen sie alle hinter Gitter.«

Sie sah mich kurz an und seufzte auf. »Mein Vorschlag

wäre eher ein anderer gewesen …« Sie drückte die Schultern durch, als wollte sie im nächsten Augenblick eine Bühne betreten.

»Wenn Sie Arthurs Infos zu dieser schottischen Sammlung sehen wollen, muss ich erst meinen Fall abschließen, und zwar … auf legale Weise.« Hoffte ich doch.

»Meinetwegen.« Sie wandte sich zur Tür. »Aber wehe, Sie halten nicht Wort, sonst mache ich es auf meine Art.«

Bella spähte durch den Türspion und hatte bereits die Hand an der Klinke, als draußen auf dem Flur Stimmen laut wurden.

Unvermittelt sprang sie auf mich zu und zerrte mich in Richtung Schrank, riss ein paar Perücken daraus hervor und warf sie auf den Schminktisch. »Besser, es erkennt Sie nach dem Museumsausflug niemand wieder. Vielleicht hat Chris seine Leute nach Ihnen ausgeschickt.«

Ich griff nach der erstbesten Perücke, wollte sie mir einfach aufsetzen, doch Bella verdrehte die Augen und kam auf mich zu.

»Wir müssen jetzt schnell sein. Ich übernehme das.« Binnen Sekunden hatte sie meine Locken festgesteckt und ein Haarnetz darüber befestigt. Genau so stellte ich mir die Arbeit in einer Theatermaske vor. An meinem Haaransatz entlang trug Bella Klebstoff auf …

Als sie fertig war, sahen die langen blonden Haare an mir annähernd natürlich aus. Ich trat vor den Spiegel, um mein Äußeres zu begutachten. Würde ich dieses neue Ich mögen? Ich fuhr mit den Fingern über die glänzenden Strähnen und warf sie mir über die Schulter, wie Carole es immer tat. In eine andere Rolle zu schlüpfen, machte wirklich Spaß.

Draußen auf dem Flur war es wieder still geworden. Bella warf mir eine ihrer Crewuniformblusen zu und bedachte meine Leggings mit einem Stirnrunzeln. »Vielleicht kommen wir damit durch, aber nur vielleicht …«

In Uniform und mit neuer Frisur huschte ich hinter Bella her aus der Kabine. Wir hielten uns dicht an der Wand und spähten erst um die Ecke, bevor wir weitergingen. Am Ende des Flurs, wo Luke untergebracht gewesen war, betraten Archie und Jenny eine Kabine.

»Das ist eine der größten Suiten, die sie an Bord haben«, flüsterte Bella. »Und es ist nicht ihre.«

Jenny schien einem Mann in einem dunklen Anzug, der die Tür für sie geöffnet hatte, etwas zuzuraunen. Selbst aus der Ferne sah der Typ aus wie der Türsteher eines Nachtclubs.

Sobald die Tür hinter ihnen zufiel, marschierte Bella mit einer Selbstverständlichkeit weiter, als wäre sie hier zu Hause.

»Leute von der Besatzung fallen nicht auf, es sei denn, sie verhalten sich auffällig … *Verstanden?*« Sie zog eine Augenbraue hoch, und ich reckte das Kinn vor und drückte den Rücken durch. »Schon besser. Und jetzt …«

Wir legten beide ein Ohr an die Tür. Fünf, sechs Türen weiter lag ein Stapel Zimmerservicetabletts vor einer Kabinentür. Ich konzentrierte mich wieder auf die gedämpften Stimmen aus der Kabine.

»Das kann so nicht weitergehen. Was hat Arthur diesen Weibern erzählt?«, fragte Archie gerade.

»Wo sind überhaupt die Sachen, die du verkaufen wolltest? Hast du sie dabei?«

»Natürlich. Ich will sie nur noch mal durchgehen, bevor ich sie aus der Hand gebe«, erwiderte Archie. »Mit Arthur lief das alles viel reibungsloser.«

»Also, heute Abend …«, sagte Jenny. »Aufregend, dass jemand Neues den Thron besteigt, oder?«

Es folgte leises Gemurmel, das nicht gerade freundlich klang.

»Okay, okay.« Wieder Jenny. In ihren ohnehin schon nervigen Singsang hatte sich auch noch ein hektisches Schrillen geschlichen. »Zurück zum Geschäftlichen.«

Hier bahnte sich also ein Deal an, nur wussten wir nicht, was gehandelt werden sollte.

Dann war ein Klicken zu hören.

»Da wird aber nicht viel geredet«, flüsterte ich.

»Bestimmt haben sie Angst, dass sie beobachtet oder belauscht werden. Aber ich hatte vorhin Glück – ich hab ein paar Schlipsträger aus der Kabine kommen sehen, als ich gerade wieder aus dem Museum zurück war, und bin kurz rein.«

»Dann sind wir hier fertig?«, fragte Jenny immer noch mit schriller Stimme.

»Ja.«

Als sich Schritte der Tür näherten, zuckte ich zurück und wollte bereits die Flucht ergreifen, als Bella mich zurückhielt.

»Langsam!«, wisperte sie mir zu.

Wir waren gerade erst ein paar Meter weit gekommen, als die Tür hinter uns auf- und wieder zuging. Trotzdem schlenderte Bella unbeirrt langsam weiter. Jenny, Archie und der Türsteher eilten an uns vorbei, ohne uns eines Blickes zu würdigen.

»Wir sollten sie trotzdem woanders hinbringen«, sagte Jenny leise zu dem Türsteher.

»Ich gebe Tony Bescheid. Er soll einen Servierwagen schicken.«

Dann bogen sie um die Ecke, und Bella und ich machten augenblicklich kehrt. Mit einem breiten Grinsen zückte

Bella eine Schlüsselkarte. Ich sah sie mit großen Augen an. Aber wieso war ich eigentlich überrascht?

»Beeindruckend. Wie wäre es, wenn Sie mir bei Gelegenheit ein paar Ihrer Tricks zeigen?«

Bella schob die Schlüsselkarte in den Kartenleser. »Vielleicht eines Tages.« Die Tür schwang auf. »Sofern Sie mir beibringen, wie ich erkennen kann, was eine Fälschung ist und was nicht.«

Ich lächelte. *Vielleicht.* »Dann wollen wir doch mal sehen …«

Als wir die Kabine betraten, hatte ich so eine Ahnung, wie Howard Carter sich gefühlt haben musste, als er den ersten Blick in Tutanchamuns Grabkammer warf.

32

Sky

In Crockleford Antiques saß Sky am Schreibtisch und starrte erneut auf die Kopien der Dokumente hinab, die am Morgen per Post gekommen waren. Manchmal fragte sie sich, wie Aaron zu so viel Geld kommen und anderen Leuten so viel Angst machen konnte, während er gleichzeitig dumm genug war, derlei Informationen zu vervielfältigen.

Sie hatte Stunden damit zugebracht, die einzelnen Punkte durchzugehen und ein eigenes Dossier dazu anzulegen – eines, das Aaron und seine Helfershelfer entlarven würde. Mit dem Ergebnis war sie hochzufrieden.

Plötzlich waren von draußen ein Kratzen und ein Klicken zu hören. Ihr Herz setzte für einen Schlag aus, und wie ferngesteuert schob sie ihre Unterlagen zwischen die Seiten eines Auktionskatalogs und warf ihn in eine Schublade.

Da ist jemand!

Bevor sie auch nur nach ihrem Handy greifen oder in die Küche eilen konnte, um sich ein Messer zu schnappen, betrat Aaron den Laden. Seine Augen waren regelrecht schwarz, und ein grausamer Zug lag um seinen Mund.

»Wir müssen reden.« Mit ein paar wenigen langen Schritten stand er vor ihr und griff nach dem Riemen ihrer Schultertasche.

Sky verzog das Gesicht, wich aber keinen Fingerbreit zurück. Trotzdem hatte Aaron ihre Reaktion gesehen und zog leicht die Augenbrauen hoch. Ihre Angst war Wasser auf seine Mühlen. Doch diesmal würde sein Einschüchterungsversuch nichts bewirken.

»Wo warst du den ganzen Tag?«

In den wenigen Wochen, die sie inzwischen bei Crockleford Antiques arbeitete, hatte Sky zwei Frauen kennengelernt, die auch ohne Mann klarkamen. Diesem Beispiel wollte sie folgen.

Er packte sie an der Schulter, und sie verstärkte den Griff um ihren Taschengurt.

»Nur die Ruhe, ich will dir doch nur die Tasche abnehmen.« Seine Augen blitzten. *Ihm macht das hier richtig Spaß.* Sein Raucheratem stieg ihr in die Nase und wehte über ihre Wange. »Mach jetzt bloß keine Szene. Darauf hab ich keinen Bock.«

»Was willst du?« Sie sah finster zu ihm hoch. »Du hast mir Kopien dieser Dokumente geschickt – willst du mich jetzt erpressen? Wenn sie mich hochnehmen, hängst du mit drin.«

Er summte beifällig. »Wer sagt denn, dass ich zur Polizei gehe, Mäuschen? Ich wollte dich nur daran erinnern, für wen du arbeitest.«

Sie rief sich die Dokumente in Erinnerung. Am spannendsten war die Rechnung über die Landing Page einer Unternehmenswebseite, die sie vor Jahren erstellt hatte. Eine Mietwagenfirma … Nein, ein Umzugsunternehmen! *King und Söhne.*

»Weißt du, Aaron, ich verstehe ja, dass du Infos von mir willst. Aber ich kann nun mal nicht zaubern.« Sie wusste, dass er nicht lockerlassen würde, bis sie ihn wirklich davon überzeugt hätte, dass er alle potenziellen Informationen über die Lockwoods und Arthur Crockleford bereits bekommen hatte. Abzuhauen wäre womöglich schlauer gewesen, aber nun tat sie eben das Gegenteil und würde ihm weismachen, dass hier nichts weiter zu holen war und er Leine ziehen konnte. »Diese Frauen sind sauber.«

»Sind sie *nicht*!« Er schrie sie fast an. »Wie sonst hätten sie von der Kreuzfahrt erfahren? Unser Auftraggeber ist stinksauer, weil wir ihn nicht vorgewarnt haben, dass sie dort auftauchen. Wir ... *Du* solltest sie im Blick behalten. Anscheinend sind sie dort einfach bei irgendeinem Treffen aufgekreuzt, und er hat auf eine von ihnen *schießen* müssen.« Er fuhr mit dem Daumen über ihren Wangenknochen und dann den Hals hinab bis zu der Stelle, wo ihr Puls am stärksten puckerte. »Er ist nicht zufrieden mit uns. Und genau deshalb machst du dich jetzt nützlich und findest endlich, was er haben will.«

Freya hatte einen Verband am Arm ... War das der Schuss?

»Du warst clever genug, um die Museen ausfindig zu machen, mit denen Arthur in Verbindung stand. Aber unser Auftraggeber ist jeder einzelnen Spur nachgegangen und hat nirgends etwas gefunden. Er ist außer sich, und ich schwöre dir – Chris willst du nicht in die Quere geraten!« Er legte ihr die Hand an den Hals und musste nicht mal zudrücken, um den Ernst der Lage deutlich zu machen. »Und jetzt stehe *ich* in seinem Fokus ... weil *du* deinen Job nicht gemacht hast.«

Im selben Moment fielen all die vereinzelten Infoschnipsel an ihren Platz, als hätte Sky soeben einen genialen Programmiercode geschrieben, der eine verschlossene Tür aufgestoßen hatte. Konnte es wirklich auf diese Weise zusammenhängen?

King und Söhne. Der Sohn eines Königs … ist ein Prinz. Ein Prince.

Als sie ihre nächste Frage formulierte, setzte sie alles auf eine Karte. »Was hat dieser Chris Prince eigentlich gegen Freya und Carole?«

In Aarons Blick blitzte irgendwas bedrohlich auf. »Woher kennt denn mein kleines Mäuschen diesen Namen?«

»Du hast ihn doch gerade selbst erwähnt.«

»Nein, hab ich nicht. Was weißt du über ihn?« Seine Finger bohrten sich in ihren Hals, während er mit der freien Hand nach ihrem Handgelenk griff, sie die Stufen hinauf ins Wohnzimmer schleifte und aufs Sofa stieß. »*Was. Weißt. Du. Über. Ihn?!*«

»Nichts – nur dass ein Chris Prince auf dieser Kreuzfahrt hätte auftauchen sollen, dann aber nicht erschienen ist.«

Aaron schüttelte missbilligend den Kopf. »Das hier ist eine Nummer zu groß für dich.« Sein Handy klingelte, und er ging ran. »Ja, bin jetzt da. Ich beschaffe die nötigen Infos. Ich hab vor ein paar Wochen jemanden eingeschleust – bin mir ziemlich sicher, dass die uns sagen kann, was wir wissen müssen. Oh, ja, sie hat sich mit dieser Lockwood-Frau angefreundet. Gute Idee!« Kurz herrschte Stille. »Arthurs Dossiers und eine Vase. *Verstanden?*« Dann sah er Sky in die Augen.

»Ich hab nichts davon finden können, und das weißt du auch«, sagte sie leise.

»Ach, weiß ich das?« Er setzte sich neben sie. »Seit du hier arbeitest, hast du dich verändert. Diese Frauen haben dich doch gebrainwasht!«

Ich hatte mich schon was verändert, bevor ich hier angefangen habe.

Aaron nahm ihren Laptop vom Couchtisch. »Also, wo warst du heute? Was genau hat dich bis nach Norfolk geführt?«

Scheiße! SCHEISSE!

Lüg ihn an!

Schnell!

»Chris glaubt, dass Freya und Carole auf dem Schiff sind, weil sie etwas wissen, was sie nicht wissen dürften. Er traut ihnen nicht. Und jetzt traut er mir auch nicht mehr. Glaubt, ich verschweige ihm etwas. Ich hab ihm gesagt, dass ich das nie machen würde und auch nicht gesungen hab. Denn das warst ja wohl *du*!« Er zog ein vergoldetes Zippo hervor und klickte die Flamme an. »Wusstest du, dass Chris gern mit dem Feuer spielt? Er ist dafür bekannt, dass er gern Sachen abfackelt.« Er sah sich in der kleinen Wohnung über dem Laden um. »Aber solange er auf dem Roten Meer herumschippert, ist ein nasses Grab vielleicht angemessener … Also, warum sind die zwei auf dem Schiff? Spuck's aus – oder diese Hütte steht nicht mehr lange, und deine Freundinnen gehen eine Runde schwimmen.«

»Chris Prince ist auf demselben Schiff wie Freya und Carole?!«

Scheiße!

Aaron antwortete nicht, aber sie kannte ihn gut genug: Das Schmunzeln auf seinem Gesicht sagte alles.

Sie musste die beiden warnen. Irgendwie musste sie ihnen Hilfe schicken.

Sky streckte sich nach dem Laptop aus. »Ich durchleuchte weiter die Lockwoods, wenn du willst – aber alles, was ich herausgefunden habe, steht längst in der Akte.«

Aaron ließ sich gegen die Sofalehne sacken, während Sky

ihre E-Mails durchging. Da, der Entwurf einer Nachricht zu Luke, die sie noch nicht an Freya geschickt hatte.

»He, was soll das werden?«

Aaron streckte sich nach ihrem Laptop aus, doch da hatte Sky schon auf Senden gedrückt.

33

Freya

Bella und ich standen in der Mitte der großen Suite. Bella nickte bedächtig, während ich andächtig den Blick schweifen ließ.

»Nicht gerade das, was Sie erwartet haben, oder?«

»Natürlich nicht! Das hier ist ein *Museum*! Wie ist das alles an Bord gekommen?« Ich drehte eine Runde durch die Kabine, die fast dreimal so groß war wie jene, die ich ein Deck tiefer bewohnte. Auf Staffeleien standen kleinere Gemälde mit maritimen Motiven: Segelschiffe, exotische Inseln, Unwetter auf See. Die Leinwände waren mit Klammern an den Staffeleien befestigt statt auf Keilrahmen aufgezogen. »Wie sind die an Bord gelangt, ohne dass sie in Griechenland, Zypern oder Ägypten entdeckt worden wären?«

»Ich nehme an, da war ein bisschen Kleingeld im Spiel«, erwiderte Bella.

Auf einem Schminktisch lagen samtene Schmuckschatullen, und auf dem Doppelbett war eine riesige Sammlung Schiffswrackkeramiken ausgebreitet. Ich nahm eine blau-weiße Rouleau-Vase mit hauchzart aufgemalten Blütenzweigen und Insekten hoch. Nicht die geringste Beschädigung. Ein atemberaubendes Exemplar – und weit wertvoller als jene in der Galerie. Zwischen ein paar anderen Gegenständen entdeckte ich ein gefaltetes Blatt Papier.

»Das ist die Inventurliste.« Ich hielt sie Bella hin, und im selben Moment dämmerte mir etwas.

Rund sechzig Prozent dieser Gegenstände waren auch in Arthurs zweitem Dossier aufgeführt gewesen.

»Was ist denn die *Hatcher-Sammlung*?«, erkundigte sich Bella. »Für mich sehen diese Dinger irgendwie bloß alt und ramponiert aus …«

»Die Hatcher-Sammlung besteht aus der bestens dokumentierten Fracht einer gesunkenen Dschunke.«

Ich nahm eine Miniaturvase hoch, die kleiner als meine Handfläche war. Sie passte exakt über die Narbe, die mich an den Tod meiner Eltern erinnerte. Eilig holte ich mein Handy heraus und fing an, Fotos zu machen und sie mit jenen aus dem zweiten Dossier zu vergleichen.

Unterdessen warf Bella die Liste beiseite und drehte sich zu den Schmuckschatullen um. Anscheinend zog sie blitzendes Geschmeide vor. Es schien nicht Teil der nautischen Sammlung zu sein und war auch nicht in Arthurs Listen aufgeführt gewesen, trotzdem war es garantiert Teil eines Schwarzmarktkonvoluts, das womöglich eingetauscht statt verkauft werden sollte; Geld war nun mal leichter aufzuspüren.

»Die sind aber schön!« Sie nahm ein Paar Jugendstil-Diamantohrhänger aus einer kleinen Schatulle.

Ich blätterte kurz durch ein Buch über Münzen und zog ein paar Schachteln auf, in denen kleine Skizzen alter Meister lagen – *klein genug, um ins Handgepäck zu passen.*

Unvermittelt packte mich Bella am Arm. »Sie kommen zurück!«

Vor der Kabinentür waren Männerstimmen zu hören, und wir sahen einander panisch an.

»Balkon!«, zischte Bella, riss die Balkontür auf und zog den Vorhang vor.

Ich hetzte ihr hinterher und machte die Balkontür hinter uns zu. Mir schlug das Herz bis zum Hals, und ich presste mich mit dem Rücken gegen die Milchglasscheibe, die diesen Balkon vom nächsten trennte. Mein verletzter Arm streifte die Wand, und ich musste mir fest auf die Lippe beißen, um nicht vor Schmerzen aufzujaulen. Bella tastete nach meiner Hand.

»Alles okay?«, flüsterte sie, ließ die Balkontür dabei aber nicht aus dem Blick.

Ich nickte. Und schmeckte Blut.

Von drinnen war ein Klirren zu hören. Ich machte eine Bewegung in Richtung Kabine, doch Bella hielt mich fest. Die Vorstellung, nicht verhindern zu können, dass derart kostbare Stücke beschädigt wurden, war für mich unerträglich.

»Diese alten Sachen sind es nicht wert, jetzt in die Schusslinie zu geraten. Wir haben es auf den dickeren Fisch abgesehen. Außerdem haben wir zwei einen Deal.«

Sie hatte ja recht. Wenn wir eine Schwarzmarktgröße wie den Sammler zur Strecke bringen und unterbinden konnten, dass irgendwer seine Nachfolge antrat, würden wir gleichzeitig verhindern, dass immer mehr Antiquitäten- und Kunstdiebstähle in Auftrag gegeben würden.

»Wie zum Geier konntest du die Karte verlieren?«, grollte einer der Männer in der Kabine und erhielt ein Murmeln zur Antwort. »Ab sofort kümmere ich mich persönlich darum.«

»Chris?«, raunte ich Bella tonlos zu.

»Nein …«

»Wer dann? Die Stimme kenne ich doch!«

Sie zuckte nur mit den Schultern.

Ich presste die Hand auf meinen verletzten Arm, der ungut puckerte – und im selben Moment gaben meine Beine nach. Ich musste mich an der Wand abstützen, schloss die Augen und spürte, wie sich ein Arm um meine Taille schlang.

Drinnen schlug die Kabinentür zu, und Bella pirschte sich ein Stück vor.

»Sie sind weg. Wir müssen uns beeilen!« Sie stützte mich am Ellenbogen und manövrierte mich vorwärts.

In der Kabine waren einige Bilder umgestellt worden, und auf dem Beistelltisch entdeckte ich eine zerbrochene Teetasse.

»Arthur hätte das alles bestimmt anders gelöst …«

Bella zog mich weiter und öffnete die Kabinentür einen Spalt weit. »Sie sind aber nicht er. Sie machen die Dinge anders, aber das heißt nicht, dass Sie nicht ebenfalls auf Gerechtigkeit aus wären.«

Keine Ahnung, warum ich mich in diesem Moment für Bella derart erwärmte – vielleicht weil die Wunde an meinem Arm mir das Gefühl gab, verletzlich zu sein, zerbrechlich wie die kaputte Teetasse, die ich nicht hatte retten können. Und bei alledem hatte Bella nicht einmal recht: Ich versuchte verzweifelt, alles *genau so* zu machen, wie Arthur es gemacht hätte. Warum sonst hätte er sein Vertrauen in mich gesetzt, indem er mir die Dossiers zugespielt hatte?

»Wir müssen weg.« Bella zog die Tür auf und winkte mich hinter sich her. »Die suchen die Kabine ein letztes Mal ab, sobald sie sämtliche Sachen umgezogen haben.«

Ich versuchte zu lächeln. Es wurde wohl eher eine Grimasse.

*

In meiner Kabine stürzte ich erst einmal ein Glas Wasser herunter, nahm eine Schmerztablette und öffnete die Zwischentür zu Caroles Suite.

»Bin in der Dusche, komme sofort!«, rief Carole. »Hast du etwas von Sky gehört? Ich hab versucht, sie zu erreichen, aber ich hatte keinen Empfang.«

»Ich schau gleich nach«, antwortete ich durch die Badezimmertür, starrte hinaus auf die dunkle See und versuchte, meine Gedanken zu sortieren. Noch zwei Stunden bis zum Halloween-Ball. Der Balkon der Kabine auf Deck acht hatte die gleiche Aussicht wie meiner, doch nachdem ich dort all das Diebesgut mit eigenen Augen gesehen hatte – und seit auf mich geschossen worden war –, fühlte sich alles ganz anders an; vielleicht spielte aber auch die blonde Perücke eine Rolle.

Mir fiel wieder ein, was Phil über Sky gesagt hatte. Eilig griff ich zum Telefon und wählte die Nummer des Ladens, auch wenn dort schon fast Ladenschluss war.

Das Telefon klingelte zweimal.

»Hallo?«

Sky klang irgendwie gedämpft, als würde sie sich den Hörer nicht direkt ans Ohr halten.

»Sky, Freya hier. Ich wollte nur fragen, ob alles in Ordnung ist.«

»Es ist ... äh ... Wie ist die Kreuzfahrt? Geht es euch gut?« Irgendwas schwang in ihrer Stimme mit.

Was ist da los?

»Geht es *dir* gut?«

Im Hintergrund war eine gedämpfte Männerstimme zu hören, und sofort zog sich mir der Magen zusammen.

»Sky? Wer ist das?« Ich krallte die Finger ums Balkongeländer.

»Äh … Das war bloß der Fernseher. Mir geht's gut. Vielleicht reden wir besser morgen?«

»Du würdest mir sagen, wenn irgendwas nicht in Ordnung wäre, oder? Wenn irgendwer bei dir ist, sag so was wie: ›Ich wollte mir gerade was zu essen machen‹, und ich alarmiere Agatha …«

»Äh, ja, hab schon gehört, dass du deine … Schlüsselkarte verloren hast. Sicher, dass du sie nicht in der 825 hast liegen lassen? Schau doch mal nach. Dann noch einen schönen Abend!«

Wie bitte? 825? Das war weder meine noch Caroles Kabinennummer. Ein paar Sekunden lang starrte ich auf mein Handy hinab. Das hier fühlte sich eindeutig verkehrt an. Sky hatte beherrscht und vorsichtig geklungen, als hätte sie jedes Wort auf die Goldwaage legen und möglichst professionell, fast steif klingen wollen. Sie war doch sonst so impulsiv, so bunt mit ihrem Strickjackenmantel, so genial am Computer … und am Telefon fröhlich und entspannt.

Nur einen Augenblick später entdeckte ich ihre E-Mail mit Informationen über den Kurator. Ich konnte mich nicht mal mehr daran erinnern, dass ich darum gebeten hatte. Vielleicht interpretierte ich aber auch einfach zu viel in die Sache hinein.

Luke Drummond, geboren 1965 in Brighton, sprich: 59 Jahre alt. Hat in Oxford Geschichte studiert, dann bei Sotheby's und als Fernsehexperte gearbeitet. Vor sechs Jahren Einbruch in eins der Häuser, in denen er Antiquitäten katalogisiert hat. Einzige Spur war ein Transporter, der von dort wegraste, einem Zeugen zufolge hatte der Fahrer ein Schlangentattoo auf dem Arm.

Transporter einer gewissen Firma namens King und Söhne*!*

Ab diesem Zeitpunkt keine weiteren registrierten Anstellungen von Luke Drummond, aber er hat wohl weiter für Privatkunden gearbeitet. Keine weiteren Spuren, bis

Seid vorsichtig, ich glaub, er

Hier endete die E-Mail.

34

Halloween-Ball

Nach einer weiteren Stunde, in der ich von einer aufgedrehten Carole gestylt wurde, war ich bereit für die anstehende Veranstaltung. Mein Kostüm bestand in einer viktorianischen Version von Draculas Braut mit hochgeschnürten Brüsten und zwei roten Blutflecken am Hals. Sogar Eyeliner hatte Carole mir verpasst. Wie sie den schwarzen Strich über meine Lider gezogen und am Ende sogar einen kleinen Schwung gesetzt hatte, hatte mich schwer beeindruckt. Das Korsett hatte ich nur locker geschnürt, damit ich noch atmen konnte, ohne gleich umzukippen, und ich trug nach wie vor die blonde Perücke, die Bella mir verpasst hatte, allerdings mit einem langen roten Schleier und einer verzierten schwarzen Maske vor dem Gesicht. Carole selbst ging als Morticia Addams: in einem langen, eng anliegenden schwarzen Kleid, das über den Boden schleifte, mit pechschwarzer Perücke und übertriebenen Smokey Eyes. Sie sah zum Niederknien aus.

Der Festsaal, in dem die Party stattfand, lag auf dem Oberdeck und war wie ein Dracula-Schloss aus einem 1980er-Jahre-Spielfilm dekoriert. Hinter den Fenstern auf der rückwärtigen Seite war rabenschwarze Nacht, die Saalbeleuchtung war gedimmt, und an den Kronleuchtern baumelten dunkellila Quasten.

Ich versuchte, mir einen Überblick zu verschaffen, aber es war unmöglich zu erkennen, wer hier wer war – überall Werwölfe, Hexen, Geister, mehrere kopflose Marie Antoinettes und mehr Dracula-Bräute, als ich zählen konnte. Carole und ich traten an die Bar, und während wir auf unsere Getränke warteten, zupfte ich an meinem Ausschnitt herum.

»Warte, bis Phil dich sieht! Dem fallen die Augen aus dem Kopf!« Carole strich sich über die Perücke. »Ich sollte eine Partnervermittlung eröffnen!«

»Ich bin aber nicht seinetwegen hier.« Ich wollte, dass er mich als Kollegin betrachtete, war mir jedoch nicht sicher, ob das Kleid diesbezüglich hilfreich war. »Wir müssen herausfinden, wo Mark, Sally, Jenny ... und Archie stecken ... und nach Chris Ausschau halten.« Ich legte Carole, die sich wieder weggedreht hatte, die Hand an den Arm. »Hast du mich verstanden?«

»Absolut.« Trotzdem sah sie noch immer so aus, als würde sie einzig und allein nach Phil Ausschau halten.

Die Bar war mit blauem Trockeneis dekoriert worden, und inmitten der Schwaden rang ein als Skelett verkleideter älterer Mann um Luft. Überdimensionierte Spinnweben hingen über den Deckenlampen und Türrahmen.

»Du liebe Güte ...« Carole starrte zum anderen Ende des Saals. Ich folgte ihrem Blick und entdeckte jemanden, der das exakt gleiche Kostüm trug wie ich. »Tut mir leid, ich konnte ja nicht ahnen, dass so viele in deiner Verkleidung kommen würden! Ich hab schon sage und schreibe fünf gezählt ... Soll ich rübergehen und vorschlagen, dass ihr verschiedenfarbige Armbänder tragt?«

»Ach was. Ist doch gar nicht schlecht, wenn es mehr von meiner Sorte gibt.« Insgeheim überlegte ich schon, ob ich noch mal zurück zu Deck acht laufen und nachsehen sollte, ob sich dort irgendwas tat.

»Dieses Kostüm muss ja irre beliebt sein ... Und es sieht wirklich exakt aus wie deins.« Carole schüttelte den Kopf. »Vielleicht nimmst du deinen Schleier ab und legst knallroten Lippenstift auf? Dann würdest du ein bisschen herausstechen.«

Ich drehte mich weg und versuchte, so zu tun, als würden wir gar nicht miteinander reden. »Nach dem Zwischenfall im Museum will ich ehrlich gesagt lieber gar nicht auffallen.« Eine Überlegung, die meiner Tante wahrscheinlich fremd war.

»Es ist keine Schande herauszustechen, weißt du?«, flüsterte sie mir zu. »Aber ... Stimmt schon, du sollst ja nicht noch mal verletzt werden.«

»Und als du dieses monströse Kostüm besorgt hast, bist du nicht auf die Idee gekommen, dass es vielleicht ein bisschen freizügig wäre?« Ich zupfte zum hundertsten Mal meinen Ausschnitt nach oben.

»Aber natürlich, Schätzchen. Nur hatte ich da im Sinn, dass dir ein bisschen Aufsehen nicht schaden könnte – an einen Undercover-Einsatz hab ich nicht gedacht ... Es sei denn unter der Bettdecke!«

»Oh, bitte ...« Ich verzog das Gesicht. »Wir sind hier, um ...« *Den Sammler zu enttarnen.* Ich sprach den Satz nicht zu Ende. Ich wusste schließlich nicht, wer uns gerade zuhörte.

Sie beugte sich zu mir her. »Aber das wäre doch ein netter Bonus, oder nicht?«

Ich schüttelte den Kopf. Ich hatte keine Lust, mir von ihr sagen zu lassen, wie ich mein Leben aufregender gestalten könnte. Dieses Gespräch hatten wir schon zigmal geführt.

Stattdessen ließ ich erneut den Blick schweifen und sah zwei weitere Frauen im gleichen Kostüm, wie ich es trug, den Saal betreten.

Phil entdeckte ich, noch ehe er mich entdeckt hatte. Er trug seine Marineoffiziersuniform, und in seinem Hals steckte ein Plastiksäbel aus einem Scherzartikelladen. Keine Frage: Er sah unfassbar gut aus, gelassen und selbstbewusst. Eine weiß geschminkte Frau in einem schwarz-weiß gestreiften, tief ausgeschnittenen Oberteil und einem verdammt kurzen Rock schwänzelte neben ihm her. Sie sah großartig aus – kein Wunder, dass Phil stehen geblieben war, um sich mit ihr zu unterhalten. Gerade legte sie ihm die Hand an den Arm. Ich fragte mich, ob er sie attraktiv fand und mit ihr flirtete, doch dann schien er sich verstohlen umzusehen und hielt bei Carole und mir inne.

Mein Puls schoss in die Höhe. Ein paar Worte zu der weißgesichtigen Frau, sie kicherte, er wandte sich ab und kam mit langen Schritten auf uns zu.

»Morticia. Guten Abend.« Er lächelte Carole an. »Freya?!« Sein Blick huschte an mir auf und ab. Dann beugte er sich zu mir vor. »Wie geht es Ihrem Arm?«

Noch ehe ich antworten konnte, riss Carole die Hände in die Luft. »Geht tanzen! Genau das braucht ihr beiden jetzt!« Dann legte sie mir die Hand auf den Rücken. »Mach eine alte Frau glücklich und zeig mir, wie diese neumodischen Tänze gehen.«

Wir wussten beide, dass sie die beste Tänzerin im ganzen Saal war. Als ich mich nicht vom Fleck rührte, schubste sie mich allen Ernstes zur Tanzfläche. Ich riss den Arm hoch, um das Gleichgewicht nicht zu verlieren, und schlug Phil versehentlich gegen die Brust. Als ich zu ihm hochsah, sah er mich mit einem schelmischen Blitzen im Blick an. Seine

Mundwinkel zuckten, und dann legte er mir den Arm um die Taille.

»Zumindest kann ich Sie auf der Tanzfläche im Blick behalten«, murmelte er mir zu.

»Es geht mir …«

»Gut, ich weiß. Aber vielleicht sehen wir dort sogar mehr und können die anderen Gäste beobachten. Und wir wollen Ihre Tante doch nicht enttäuschen?«

Ich drehte mich zu ihr um, und sie hauchte mir tonlos zu: *Hab Spaß!*, als wäre ich ein schüchternes kleines Mädchen.

»Ich hab seit meiner Kindheit nicht mehr getanzt«, flüsterte ich. Unser Verhältnis musste professionell bleiben, und die Vorstellung, dass Phil mich an sich ziehen würde, weckte Gefühle in mir, die eher … unprofessionell waren. Die Kapelle spielte gerade einen Walzer, und die Tanzfläche war gut gefüllt. »Wir müssen wirklich nicht …«

»Ich führe. Hat meine Mutter mir beigebracht«, fiel Phil mir ins Wort und zog mich dichter an sich. »Sie ist Mexikanerin, insofern würde Salsa mir eher liegen, aber was soll's …«

Wir standen einander so dicht gegenüber, dass ich nicht ganz mitbekam, was er gerade sagte; ich versuchte, seine Körperwärme zu ignorieren und die Leute ringsum ins Visier zu nehmen. Ich erwähnte auch nicht die Tanzstunden, die ich bei Carole gehabt hatte, als sie irgendwann der Ansicht gewesen war, weil ich die Vergangenheit doch so sehr liebte, würde aus mir mal eine Schauspielerin für Kostümfilme werden.

»Und – ist es wirklich so schlimm?«

Ich antwortete nicht, weil ich Angst hatte, meine Stimme könnte mich verraten. Doch allmählich fanden wir in den Takt der Musik.

»Wie geht's denn nun Ihrem Arm?«, fragte er erneut.

»Besser. Danke, dass Sie mich dort rausgebracht haben.«

Als er für eine Drehung seine Hand mit meiner verschränkte, fühlte es sich an, als wäre die Luft zwischen uns elektrisch aufgeladen. Irgendwann war der Walzer zu Ende, und ich ließ verlegen seine Hand los.

Ein Kribbeln machte sich in mir breit, das ich schon ewig nicht mehr verspürt hatte, und am liebsten hätte ich ewig weitergetanzt.

»Ich sollte wieder zu Carole gehen …«

Damit ließ ich ihn stehen und beschwor mich, dass sämtliche Gedanken und Gefühle für Phil ab jetzt nur mehr platonisch sein dürften.

Aus den Augenwinkeln sah ich eine Frau im gleichen Kostüm, wie ich es trug, die Tanzfläche überqueren. Sie ging auf einen Mann zu, der aus einem Jane-Austen-Roman hätte stammen können, aber wohl ein Zombie war. Sie blieb vor ihm stehen und stieß ihm wütend den Zeigefinger gegen die Brust.

Als ich genauer hinsah, erkannte ich Laura und Mark wieder. Mark schüttelte vehement den Kopf und blickte alarmiert. Laura zupfte an ihrem Kleid. Ihre Schultern waren sichtlich verspannt. Ich mäanderte um ein paar Tanzpaare herum, um sie im Blick zu behalten, während bereits das nächste Musikstück anfing.

Mark sagte irgendwas, und Laura riss erschrocken die Augen auf. Ich musste näher an die beiden herankommen, um zu verstehen, worum es ging.

Mark legte Laura die Hand an den Arm und sah sie fast flehentlich an, während sie sich unter seiner Berührung wegzukrümmen schien.

Ich hatte sie fast erreicht, als Laura sich von ihm losmachte. »Das kannst du nicht machen! Doch nicht jetzt!«

Er lachte freudlos, kippte seinen Whisky, drehte sich zur Bar um und bestellte sich den nächsten.

Als Laura zum Ausgang lief, eilte ich ihr nach.

35

Laura

Laura rannte in Richtung der Galerie, um weiteren Schaden abzuwenden, allerdings hatte sie keinen Schimmer, wie sie das hinkriegen sollte. Ein paar kostümierte Kreuzfahrtgäste lungerten dort noch herum, und sie musste sich zusammenreißen, um sie nicht wegzuscheuchen. Sie durfte nicht zulassen, dass sich irgendwer die große Vitrine allzu genau ansah.

Mit einem leisen Seufzer strich sie über den Glasdeckel. Am Morgen hatte sie noch gedacht, Freya hätte das Schwert geklaut, doch inzwischen wusste sie es besser. Konnte sie Freya womöglich doch trauen und sich mit ihrer Hilfe das Schwert zurückholen? Ohne Arthur Crockleford war es einfach nicht mehr dasselbe ... Sie vermisste seine ruhige Autorität, seinen Humor, sein schier unerschöpfliches Wissen. Er war nie aufbrausend gewesen, hatte immer eine Lösung gefunden – und gut für Informationen bezahlt. Er hätte gewusst, was zu tun gewesen wäre, als alles den Bach runtergegangen war. Freya war komplett anders: Weder scherte sie sich um die Passagiere an Bord, die ihre Finger im Schwarzmarkt hatten, noch hatte sie sich je ins »Lager« begeben, um die Kunstschätze zu sichten, wie es Arthur getan hätte. Es kam ihr fast vor, als wüsste Freya überhaupt nicht, was hier ihre Aufgabe war.

Aber weshalb ist sie dann hier?

Laura legte die Hände flach auf die Vitrine und versuchte, sich wieder zu beruhigen. All die anderen Antikenkreuzfahrten, die sie mit organisiert hatte, waren glattgelaufen – aber nun hatte der Wind sich anscheinend gedreht.

Nur noch zwei Nächte … Übermorgen ist alles vorbei, und ich verschwinde von hier.

Dass Luke so schwer erkrankt war, beunruhigte sie. Zwar hatte sie ihn weder gemocht noch ihm getraut, und sie wusste natürlich, dass er für den Sammler arbeitete, aber sie hatte eben auch das Gefühl, dass er ebenfalls hinschmeißen oder sich zur Ruhe setzen wollte – dass er ein Leben führen wollte, in dem er sich nicht ständig über die Schulter blicken musste. Zumindest das hatten sie gemeinsam.

Laura hatte ihn vorübergehend außer Gefecht setzen müssen und ihm etwas in die Wasserflasche getan, die sie ihm im Theatersaal in die Hand gedrückt hatte. Eigentlich hätte er bloß für ein paar Stündchen benebelt sein sollen, damit sie das »Galerieproblem« aus dem Weg räumen konnte. Dass er sogar ins Krankenhaus hatte gebracht werden müssen, war nicht ihre Absicht gewesen.

Das Gemälde des brennenden Schiffes hatte sie in Athen auf dem Weg von einem Café runter zum Hafen entgegengenommen und sofort gewusst, was das bedeutete: *Bring es nach Jordanien.* So war es schon immer gelaufen: *Sei dann und dann an einem bestimmten Ort*, und dann bekam sie irgendwas in die Hand gedrückt, was sie an den Bestimmungsort schmuggeln sollte. Das Gemälde war der bislang größte Gegenstand, und es an Bord zu bringen, war nicht ganz einfach gewesen. Letztlich hatte sie den Hafenbehörden erklärt, es gehöre zu den Ausstellungsstücken für die Galerie.

Damit, dass der Kurator die Exponate derart genau unter die Lupe nehmen würde, hatte sie nicht gerechnet. Seine Vorgänger hatten das nie getan. Sie hatte nicht mal vorgehabt, es auszustellen – und jetzt, da Chris ebenfalls an Bord war, musste es auch schleunigst wieder verschwinden, ehe er Wind davon bekam, dass jeder an Bord es dort sehen konnte. Insbesondere nachdem Luke, Freya und Carole sich derart dafür interessiert hatten. Was genau war bitte schön spannend daran? Chris war ohnehin schon außer sich, weil sie ihm nicht gesagt hatte, dass die zwei Frauen mit an Bord waren.

Mit einem Seufzer sah Laura auf die Uhr. Zeit für einen letzten Kontrollgang. Dann würde sie das Gemälde ins Lager im Heck bringen und anschließend zur Party zurückkehren. Um sich zu beruhigen, rief sie sich ihre neue Wohnung in Melbourne ins Gedächtnis, ein normales Leben, Cafébesuche, guten Wein … Nicht mehr lange, und sie wäre wieder zu Hause.

Sobald wir angelegt haben, bin ich hier weg.

Sie schloss die Vitrine auf, drückte leicht auf die Samtunterlage, und ein leises Klicken ertönte. Sie hob die Unterlage an – und kreischte auf.

36

Phil

Kaum dass Freya zwischen den anderen Halloween-Feiernden außer Sicht verschwunden war, machte sich ein mulmiges Gefühl am Rande seines Bewusstseins bemerkbar. Am anderen Ende des Saales entdeckte er sie wieder – und sie lief jemandem hinterher, der ein ganz ähnliches Kostüm trug wie sie selbst.

Freya war die größere der beiden Frauen. Während er sich durch die Menge schob und versuchte, mit den beiden Schritt zu halten, hielt er den Blick auf sie gerichtet.

Trotz Klimaanlage lief ihm der Schweiß über den Rücken. Salzige Nachtluft schlug ihm entgegen, als zwei Vampire vom Außendeck hereinkamen und ihre langen Umhänge quer über den Flur flatterten. Bis er sich daraus befreit hatte, waren die Frauen außer Sicht. *Haben sie den Aufzug genommen?*

Er lief auf die beiden Fahrstühle zu. Beide in Gebrauch. Der erste hielt auf Deck zehn, wo sich die Ladenzeile befand, während der zweite unterwegs zu Deck acht war. Er nahm die Treppe, doch als er Deck acht erreichte, war der Flur verwaist. Nachdem er sichergestellt hatte, dass ihn niemand gesehen hatte, lief er nach oben in Richtung Promenadendeck.

Wollten sie etwa zur Galerie?

Oben angekommen musste er erst wieder zu Atem kommen. Doch außer zwei Männern, die im Grand Salon an der Bar saßen und schon ziemlich mitgenommen aussahen, war niemand zu sehen.

Phil verkniff sich einen Fluch und ging langsam weiter. Ganz gleich, wie dringend er herausfinden musste, was hier vor sich ging – und wo Freya schon wieder steckte –, durfte er auf den Überwachungsbildern oder für potenzielle Zeugen unter gar keinen Umständen verdächtig wirken. Er war immer gut darin gewesen, seine Gefühle im Zaum zu halten und sogar willentlich zu verdrängen, aber Freya ging ihm nun mal unter die Haut. Er war es gewöhnt, dass Leute seinen Befehlen folgten, dass sie auf ihn hörten – doch Freya widersetzte sich ihm die ganze Zeit.

Als sich seine Atmung wieder halbwegs beruhigt hatte, verschränkte er die Hände hinter dem Rücken und schlenderte betont gemächlich auf die Galerie zu. Die Tür stand offen, allerdings brannte kein Licht.

Phil blieb stehen.

Das Einzige, was er hören konnte, war das Hämmern seines eigenen Herzens – und dann plötzlich schnelle Schritte, nach denen er sich umdrehte, doch hinter ihm war niemand zu erkennen. Er schaltete die Taschenlampenfunktion seines Handys ein und trat über die Schwelle. Das rote Lämpchen an der Überwachungskamera über ihm war erloschen. Doch keinen Meter vor ihm, direkt neben der großen Hauptvitrine, schien sich ein Fleck auf dem Boden zu befinden, und daneben …

Ist das ein Fuß?

Er drehte das Handy in die Richtung, und sein Herz machte einen Satz.

Freya?!

Panisch lief er um die Vitrine herum.

»Oh Gott, Freya!«

37

Freya

Phil rief meinen Namen, und irgendwie klang er heiser und angestrengt, doch als ich mich nach ihm umsah, konnte ich ihn nirgends sehen. Ich rannte in die Richtung, aus der ich ihn rufen gehört hatte, und blieb vor der Tür zur Galerie stehen. Abgesehen vom Lichtkegel einer Taschenlampe war es dort drinnen dunkel, doch dann konnte ich gerade so erkennen, wie er sich über jemanden beugte … über jemanden in einem Kleid, wie ich es trug!

Keuchend klammerte ich mich an den Türrahmen. »Phil? Was ist passiert?«

Er zuckte zusammen. Dann richtete er sich auf, stürzte auf mich zu und nahm mich bei den Schultern. »Sie müssen weg hier!«

Ich wimmerte, als meine Wunde unter seinem Griff ziepte.

»Entschuldigung!« Sofort ließ er mich los. Ihm stand die blanke Angst in den Augen.

»Was ist passiert?«, wiederholte ich.

»Sie sollten dort nicht …« Doch wir wussten beide, dass ich mich nicht würde aufhalten lassen. Er seufzte. »Fassen Sie einfach nichts an.«

Ich bedachte ihn mit einem finsteren Blick. »Würde ich

nie machen. Ist das …?« Ich beugte mich vor – und sah den roten Schleier am Boden.

Laura? Oh Gott, bitte nicht Laura!

Phil legte mir die Hand auf die Schulter. »Sie beide tragen das gleiche Kostüm … Ich muss Sie in Sicherheit bringen!«

Ich schüttelte den Kopf. »Laura hat mich aus dem Aufzug geschubst«, erklärte ich eilig. »Als ich hier ankam, hab ich einen Mann in einem Overall von der Galerie weglaufen sehen. Ich hab noch versucht, ihn die Haupttreppe hoch zu verfolgen, aber zwei Decks weiter hab ich ihn verloren. Ich dachte, er hätte hier etwas gestohlen …«

Sie ist tot …

»Ich fürchte, sie … Ich dachte erst …« Er rieb sich mit der flachen Hand übers Gesicht.

Er dachte, ich wäre gestorben.

Ich ging auf sie zu, wollte Laura intuitiv berühren, ballte dann aber die Faust, weil mir klar war, dass ich hier besser nichts anfasste. »Ach, Laura, warum?«, flüsterte ich. Sie sah aus, als würde sie schlafen, doch ihr Hals war merkwürdig abgewinkelt. Mein Herz krampfte sich zusammen, und in meinem Rachen brannte Säure.

Phil ließ die Tür nicht aus dem Blick und verschränkte die Arme vor der Brust. »Das muss ich dem Kapitän melden.«

»Es tut mir so leid, Laura«, flüsterte ich und wollte mich schon abwenden, als ich sah, dass die Vitrine offen stand. Und beinahe leer geräumt war.

»Dann war es ein Raubüberfall?!«

Ich hätte schneller sein müssen. Bei dem Gedanken krampfte sich in mir alles zusammen.

Phil legte mir die Hand auf den Rücken. Kurz schoss mir durch den Kopf, dass er mich neuerdings ziemlich oft berührte, und dann wurde mir überhaupt erst bewusst, dass ich zitterte.

»Ich kümmere mich darum. Gehen Sie in Ihre Kabine, und ziehen Sie dieses Kostüm besser aus. Und schließen Sie hinter sich ab!«

»Sie wollte zurück nach Australien …«

Phil streifte seine Uniformjacke ab und legte sie mir um die Schultern. Ich wischte mir über die Augen.

»Sobald ich das hier geklärt habe, komme ich zu Ihnen.«

Ich rührte mich nicht vom Fleck. Ich wollte Laura hier nicht einfach liegen lassen. »Ich möchte hierbleiben, bis irgendwer kommt … Sie ist sonst ganz allein.«

Phil drehte sich zu mir um, schien mich zum Trost umarmen zu wollen, doch ich trat zurück.

»Die Erklärung muss hier irgendwo liegen …« Alles schien sich um die Galerie zu drehen. Vorsichtig machte ich einen Schritt um Laura herum. »Kann ich mir kurz Ihre Taschenlampe leihen?«

Phil reichte mir sein Handy, und ich beugte mich vor zu der geleerten Vitrine.

»Wo hat man die Sachen hingebracht?«

Nach allem, was ich mitbekommen hatte, als ich mit Bella in der Kabine mit den Antiquitäten gewesen war, benutzten diese Leute Servierwagen, um Gegenstände von einem Ort zum anderen zu befördern. Die Kunstschätze wurden als normale Haushaltswaren getarnt transportiert.

Ich hob die Hand und zog die Vitrinentür auf. Der Boden über dem Sockel schien schief zu sitzen.

»Was machen Sie denn da?«, fragte Phil alarmiert.

»Ich gehe hier nicht weg, ehe ich herausgefunden habe, was Laura hier wollte. Sie hatte Angst – schon im Museum, als sie mit Chris Prince gesprochen hat. Und auch gerade eben noch, als sie sich mit Mark Rushwell beraten hat.«

Worin war sie verwickelt? Ich sah mir das Innere der Vitrine genauer an und fuhr mit den Fingern die Kanten ab. An vier Stellen konnte ich zylindrische Erhebungen ertasten. Ich wusste, was das war: versteckte Scharniere.

Ich legte das Handy mit dem Licht nach unten auf den Glasdeckel und stellte die wenigen übrig gebliebenen Exponate vorsichtig neben die Vitrine. Dann hob ich den Zwischenboden vorsichtig an.

»Dafür haben wir keine Zeit!« Phil trat an die Tür, spähte hinaus und stellte sicher, dass wir nicht beobachtet wurden.

Der Zwischenboden war schwerer als gedacht. »Helfen Sie mir – hier ist eine Art doppelter Boden, das muss ein Versteck sein!«

Eilig ging Phil mir zur Hand. Die Scharniere waren massiv, und mit vier ausfahrbaren Metallstreben war die Vorrichtung stabil genug, um die darauf liegende Platte zu halten.

Gemeinsam spähten wir in den darunter liegenden Hohlraum.

»Glauben Sie, hier hat irgendwas dringesteckt?«

Phil machte einen Schritt zurück. »Das ändert alles.«

»Was soll das heißen?«

Er verschränkte die Arme, und ich ahnte bereits, dass er mir nicht mehr verraten wollte.

Ich machte einen Schritt auf ihn zu. »Ich kann Ihnen nicht helfen, wenn ich nicht alles weiß.«

»Der Sammler ist mit einer nautischen Sammlung berühmt geworden.« Phil machte eine vage Geste durch den Raum. »Aber das hier sind alles keine Zig-Millionen-Artefakte. Ich hab so meine Zweifel, dass er mit dem Handel solcher Sachen all sein Geld gemacht hat. Und deshalb hab ich den nautischen Exponaten auch keine Aufmerksamkeit geschenkt, ehe Sie und Ihre Tante hier aufgekreuzt sind.«

»Aber Sammler und Händler zu sein, sind zwei Paar Schuhe«, wandte ich ein. »So eine Art Sammlung könnte seinen Ruhm und seine Glaubwürdigkeit gepusht haben …«

»Und gleichzeitig war sie sein Deckmäntelchen. Und zwar hierfür.« Er zeigte auf Hohlraum unter dem Zwischenboden. »Garantiert hat da irgendetwas dringelegen, was unschätzbar wertvoll ist.«

»Und jetzt ist es weg …« Ich suchte erneut das Innenfach ab. »Laura wusste darüber Bescheid. Sie war womöglich sogar beteiligt …« Ich hielt inne. Am Boden des Zwischenfachs hatte ich eine Art Kartuschenring entdeckt. An einem Ende war er gestempelt – mit einem Schlangensymbol, einem Uroboros. »Ich habe gesehen, wie Chris Sally im Museum einen goldenen Schlangenarmreif überreicht hat … Ob das miteinander zu tun hat?«

Phil starrte das Symbol an. »Keine Ahnung. Könnte schon sein. Letztes Jahr gab es einen Fall in New York – den Diebstahl einer Shakespeare-Erstausgabe … Ein Transporter, der am Tatort gesehen worden war, ist später ausgebrannt wiederaufgetaucht – und nur ein paar Meter daneben lag ein Schlüsselring mit einem Schlangensymbol. Keine Ahnung, ob das mit Chris Prince und mit Sallys Schlangenarmreif zusammenhängt … Womöglich nicht …«

»Arthur hat nicht an Zufälle geglaubt – und das tun Sie ebenso wenig.« Ich warf ihm einen vielsagenden Blick zu, und er nickte.

»Stimmt.«

Ich blickte erneut hinunter auf Laura. »Was ist nur schiefgegangen, dass es so enden musste?« Ich ließ den Lichtkegel über sie wandern. Ihr Ring blitzte in der Dunkelheit auf. Lauras linke Handfläche war nach oben gedreht. Und mit einem Mal entdeckte ich auf dem Ring eine Gravur.

»Für den Sammler muss gar nicht allzu viel schiefgegangen sein«, murmelte Phil, der erneut an die Tür getreten war und den Flur kontrollierte. »Ihm ist sein Vermögen schlicht wichtiger als Menschen und selbst die Kollegen um ihn herum, die sogenannten Vorstandsmitglieder, die an seinen Schwarzmarktdeals mitverdienen. Er fädelt Events wie diese Kreuzfahrt ein, hat garantiert ein ganzes Netzwerk aus Schleppern und Hintermännern, die seine Ware von A nach B verschieben, und vielleicht hat Laura dazugehört. Er bezahlt sie anständig, aber sie tragen eben auch das gesamte Risiko, während der Sammler selbst im Hintergrund bleibt und Rekordsummen kassiert.«

»Laura hat mit Chris Prince gesprochen. Gehen wir davon aus, dass er der neue Sammler werden soll?«

»Heute Abend findet auf Deck acht das *Treffen* statt. Unsere einzige Hoffnung besteht darin, dass der Sammler sich dort zu erkennen gibt, so wie Arthur es angedeutet hat. Wenn wir ihm nicht Einhalt gebieten, bleibt dies nicht der letzte Todesfall, den wir zu beklagen haben.«

Ehe er mich daran hindern konnte, zog ich Laura den Ring vom Finger. *Ein Schlangenkopf.* Dann nahm ich mir ihre Crewschlüsselkarte, stand auf, legte den Ring an – er passte perfekt – und schob die Karte in meine Tasche.

Damit habe ich den Zugang zu diesem Treffen.

»Wenn das Treffen auf Deck acht stattfindet, sollten wir schleunigst dorthin.«

Phil nickte knapp. Dann zückte er seinerseits eine Schlüsselkarte und drückte sie mir in die Hand. »Das hier ist die Karte zu Kabine 822. Sie können schließlich nicht den ganzen Abend auf Deck acht auf und ab wandern. Wenn das Treffen wirklich dort stattfindet, sehen Sie die Teilnehmer an dieser Tür vorbeilaufen. Warten Sie in der Kabine auf mich.«

Die Kabine konnte nur wenige Türen von der Nummer entfernt sein, die Sky mir geschickt hatte, und ich würde mich auf dem Weg dorthin genau umsehen. Ich sah auf die Schlüsselkarte in meiner Hand hinab. Die Idee war nicht schlecht, allerdings würde ich unter gar keinen Umständen in der Kabine sitzen und Däumchen drehen, während nur ein paar Türen weiter der Sammler – ein Mörder – und diverse Hehler ihre kleine Versammlung abhalten würden.

Doch das musste Phil ja nicht erfahren. »Dann sehen wir uns dort.«

38

Auf dem Weg sah ich mich mehrmals um, obwohl ich mir immer noch nicht sicher war, nach wem ich eigentlich Ausschau hielt. Doch bis ich die Schlüsselkarte ins Lesegerät schob und Kabine 822 betrat, war ich niemandem begegnet. Ein Stück weiter den Flur entlang auf der gegenüberliegenden Seite stand genau wie früher am Tag ein Servierwagen. Diesmal standen darauf zwei Teller samt Warmhalteglocken, zwei Weingläser und eine leere Flasche Châteauneuf-du-Pape von Louis Latour.

Da hat aber einer einen teuren Geschmack!

Der Servierwagen stand genau vor der Kabine, die Sky mir genannt hatte. Nur warum?

Sobald ich die Tür hinter mir zugeschoben hatte, zog ich mein Handy heraus und rief im Laden an. Ich hatte nach wie vor das nagende Gefühl, dass dort etwas nicht stimmte, und seit wir Laura tot aufgefunden hatten, machte ich mir wegen Sky umso größere Sorgen.

Sie geht nicht ran.

Ich rief auf ihrem Handy an.

Auch da nicht …

Ich riss mir den lächerlichen Schleier und die Maske vom Kopf und ließ beides achtlos fallen. Dann rieb ich mit dem Daumen über Lauras Ring an meinem Finger und über die eingravierte Schlange. Gab es eine Verbindung zu dem

Armreif, den Chris Sally gegeben hatte? Hatte Laura den Ring von Chris bekommen – und wenn ja, war sie ebenfalls in seine Geschäfte verwickelt?

Ich hatte mir gerade einen ziemlich waghalsigen Plan zurechtgelegt und mir meinen Schleier geschnappt, als es klopfte.

»Ich bin's«, flüsterte Phil.

Ich schloss auf, und er schlüpfte herein.

»Ich hab Bella als Marie Antoinette gesehen, als ich gerade die Galerie abgeschlossen habe.« Dann sah er verdattert an mir hinab. »Wollen Sie das anbehalten?«

»Dass ich so tue, als wäre ich Laura, ist unsere einzige Möglichkeit, dort reinzukommen.« Ich hielt die Hand mit dem Ring hoch, und Phil seufzte.

»Wir wissen doch gar nicht, ob sie es in Wahrheit nicht auf Sie abgesehen hatten.«

»Das glaube ich nicht. Nein, bestimmt sollte Laura in der Galerie jemanden treffen oder irgendwas für diese Zusammenkunft abholen, und der Mörder hat ihr aufgelauert. Wenn er der Einzige ist, der weiß, dass sie tot ist …«

»Und Sie dort an Lauras Stelle reinspazieren, sind Sie die Nächste«, fiel Phil mir ins Wort.

»Aber anders geht es nicht. Denn *Sie* lassen die garantiert nicht rein. Ich gehe hin und versuche, eins Ihrer Abhördinger mitzunehmen, damit wir mitbekommen, was vor sich geht.« Ich legte den Schleier wieder an. »Das war übrigens keine Bitte. Laura ist tot, und all das muss endlich aufhören.«

Mit verschränkten Armen stellte er sich mir in den Weg.

»Wird das jetzt zur Gewohnheit, dass Sie Frauen in irgendwelche Zimmer einsperren?« Ich zog eine Augenbraue hoch. »Soll ich gleich um Hilfe rufen oder erst meine Selbstverteidigungs-Skills anwenden?«

»Sie würden bloß feststellen, dass ich Ihnen überlegen bin«, sagte er und machte einen Schritt auf mich zu. »Nur dass ich nicht gegen unbewaffnete Frauen kämpfe.«

»Dann werden Sie mich jetzt durchlassen müssen.«

Kurz herrschte Stille, als Phil seine Optionen abwägte, doch noch ehe ich weiter versuchen konnte, ihn zu überzeugen, hörten wir Stimmen durch die Tür.

»Es ist die einzige Möglichkeit«, wiederholte ich leise. »Ich bin so schnell wie möglich zurück.«

Seufzend zog er eine Wanze aus der Tasche und legte sie mir in die Hand. »Beeilen Sie sich, oder ich muss hinterherkommen.«

Ich tätschelte seinen Arm und versuchte, mein hämmerndes Herz zu beruhigen. »Alles wird gut. Ich frage mich nur, wie gut mein australischer Akzent ist …«

Er schüttelte ächzend den Kopf, versuchte aber immerhin nicht mehr, mich aufzuhalten. »Wenn Sie in zwanzig Minuten nicht zurück sind …«

Statt zu antworten, schlüpfte ich durch die Tür und eilte den neun oder zehn Damen und Herren, die alle in Halloween-Kostüme gekleidet waren, den Flur entlang hinterher.

*

Nacheinander betraten die Gäste die Kabine am Ende des Flurs. Ein Mann in einem schwarzen Anzug hielt an der Tür Wache. Eine Frau hielt ihm ihr Handy hin, er trat zur Seite und ließ sie und ihren Begleiter eintreten. Ein Zombie wiederum zeigte seinen Siegelring und durfte ebenfalls hinein.

Ich versuchte, auf Abstand zu bleiben, schlug den Blick nieder, hielt aber Schlüsselkarte und Ring so, dass er beides sehen konnte.

Im selben Moment war von Selbstvertrauen keine Rede mehr. *Das hier wird nicht funktionieren.*

Der Türsteher starrte kopfschüttelnd auf meine Schlüsselkarte hinab. Ich rechnete schon mit dem Schlimmsten.

»Du bist spät dran, Laura.«

»Ja, ich ...«

»Los, geh schon.«

Ich nickte. *Ich hab es geschafft!*

Hinter uns fiel die Tür ins Schloss.

Die Suite war riesig – größer als alle, die ich bislang betreten hatte. Es sah fast aus, als wäre eine ganze Reihe Kabinen zusammengelegt worden. Ich hielt mich an der rückwärtigen Wand und arbeitete mich langsam seitwärts, bis ich vor einer Konsole stand, auf deren unterer Ablage ich Phils Wanze würde deponieren können.

Schätzungsweise sechzig verkleidete oder maskierte Männer und Frauen hatten einen Halbkreis gebildet, und ich musste mich auf die Zehenspitzen stellen, um zu sehen, was vor sich ging.

Ein Beistelltisch mit einem großen Bildschirm, daneben eine Vitrine mit kleineren Exponaten. Ich ging ein Stück näher und erkannte ein paar Gegenstände aus Arthurs Dossier und aus der Galerie wieder.

Das hier ist eine private Auktion!

Ein Auktionator schob sich durch die Reihen und betrat ein kleines Podium. Er stand mit dem Rücken zu den Vorhängen, die vor der Balkontür zugezogen waren. Seine Verkleidung erinnerte mich vage an das *Phantom der Oper*: langes schwarzes Cape und weiße Maske, die das halbe Gesicht verdeckte – garantiert, um zu verhindern, dass jemand ihn erkannte. Trotzdem kam er mir seltsam vertraut vor; doch noch ehe ich ihn mir genauer ansehen konnte, spürte ich Blicke auf mir. Ich sah mich um. In der hinteren rechten Ecke stand eine große, dunkelhaarige Frau, die in einem bauschigen rosa Kleid und mit Halbmaske als Marie Antoinette verkleidet war.

Bella.

Um ehrlich zu sein, wäre ich überrascht gewesen, wenn sie nicht hier gewesen wäre. Sie fing meinen Blick auf und schüttelte kaum merklich den Kopf, als wäre ich ein unartiges Schulkind, das sie beim Rauchen auf dem Schulhof ertappt hatte.

»Meine Damen und Herren, guten Abend! Wie ich aus bestens informierten Kreisen erfahren habe, wird dies die letzte Antikenkreuzfahrt gewesen sein, also lassen wir sie mit einem Feuerwerk enden.«

Die Stimme des Mannes auf dem Podium erkannte ich zweifelsfrei wieder. Das war Mark Rushwell.

»Ich spreche wohl für uns alle, wenn ich sage, dass wir zutiefst betrübt waren, vom Dahinscheiden unseres lieben Freundes Arthur Crockleford zu erfahren. Er war ein Fels in unserer umbrandeten Branche – und es wird schwer für mich, in seine Fußstapfen zu treten. Aber wie heißt es so schön? *The show must go on.* Der heutige Abend steht unter dem Motto ›Nautisches und Exotisches‹, und uns wird das immense Privileg zuteil, dass einige unschätzbare Stücke des *Sammlers* in den Verkauf gehen.«

Arthur war Auktionator auf diesen Kreuzfahrten? Natürlich … Damit hatte er ungehinderten Zugang zu wesentlichen Informationen. Clever, Arthur. Du hast wirklich vorgehabt, sie zur Strecke zu bringen, was?

»Zudem dürfen wir uns auf ein ungelistetes Last-Minute-Objekt freuen, das Sie nicht verpassen wollen! Aber zuallererst wenden wir uns den Nummern eins bis dreißig zu.

All diese größeren Objekte« – er zeigte auf den Bildschirm – »werden derzeit in internationalen Depots und in Privatsammlungen verwahrt. Sie werden per Spezialtransport zu Ihnen verbracht. Der Transport wird natürlich extra berechnet.

Kommen wir also zu diesen beiden Objekten aus der Privatsammlung des *Sammlers* – eine Armbanduhr sowie eine Skizze. Mit dem erzielten Erlös wendet er sich seinen künftigen Aktivitäten außerhalb unserer Organisation zu. Ich darf übrigens bestätigen, dass sein Nachfolger in Kürze benannt wird und Sie als Vorstandsmitglieder beim morgigen Mittagessen in Petra über die neue Marschrichtung der Unternehmung informiert werden.«

Ein Raunen ging durch die Reihen.

Dann ging die Flügeltür in der gegenüberliegenden Wand der Suite auf, und ich stellte mich auf die Zehenspitzen.

Die hereingebrachten Objekte waren heiß umkämpft. Eine Patek Philippe Nautilus 5711/1A-018 mit blauem Stahlzifferblatt und Vierzig-Millimeter-Gehäuse aus dem Jahr 2023 erzielte 2,1 Millionen Pfund und eine Skizze zu William Turners *Fighting Temeraire* weitere 3,4 Millionen.

»Und hier, Ladys und Gentlemen … kommt unser Last-Minute-Objekt. Wir hatten die Hoffnung schon aufgegeben, dass es rechtzeitig ankäme, aber … Sehen Sie selbst.«

Zwei Männer schoben eine Rollbahre mit etwas Sargförmigem unter einem Samttuch herein. Ich erschauderte, als mir kurz Lauras Leiche auf dem Galerieboden vor Augen stand. Die Männer zogen das Tuch herunter, und bei dem außerweltlichen Anblick ging ein Keuchen durch die Reihen.

Es war tatsächlich ein Sarg. Ein Plexiglassarg. Und darin lag eine kleine ägyptische Mumie. Wenn die echt war, dann war sie Abermillionen wert …

»Erst im vergangenen Jahr ging durch die Presse, dass in einem Grabschacht der alten Nekropole von Sakkara bei Kairo in einem Kalksteinsarkophag die Überreste eines Mannes namens Hekashepes entdeckt wurden, der etwa 2300 vor unserer Zeitrechnung gelebt haben dürfte.« Marks Umhang wehte auf, als er mit großer Geste auf die Mumie zeigte. »Worüber die Presse nicht berichtet hat, meine Damen und Herren, war ein kleineres, aber nicht minder beeindruckendes Grab. Was Sie hier vor sich sehen, sind ... die mit Blattgold bedeckten mumifizierten Überreste von Hekashepes' Sohn.«

Das Licht erzeugte selbst nach Jahrtausenden einen matten Schimmer auf dem Blattgold.

Auf dem Kopf waren Augen, Mund und dunkle Haare aufgemalt. Der Körper war mit Binden umwickelt, sodass er selbst nach so langer Zeit immer noch lebensecht wirkte. Hekashepes und sein Sohn waren eindeutig wohlhabende Menschen gewesen. Im alten Ägypten hatte Gold als Farbe der Götter gegolten. Eine Leiche in solche Pracht zu hüllen, zeugte davon, dass der Mann auch im Jenseits einen göttergleichen Status beansprucht hatte.

Ich war wie erstarrt, einen so unschätzbar wertvollen Kunstschatz vor mir zu sehen. *Einen Menschen*, korrigierte ich mich. Ich stand vor einem Menschen, und der gehörte nicht auf eine Schwarzmarktauktion – er gehörte in eine der besten ägyptischen Sammlungen der Welt. Überdies gehörte er zu seinem Vater.

Irgendwie hatte ich gehofft, dass der Handel mit Antiken dieser Größe und Qualität seit meinen Zwanzigern, in denen ich als Ermittlerin gearbeitet hatte, nach und nach verebbt wäre. Gleichzeitig wusste ich, dass Ägyptologinnen und Ägyptologen zufolge überhaupt erst dreißig Prozent des alten

Ägypten entdeckt, offiziell geborgen und erschlossen waren, sodass sich illegale Grabungen noch immer als hoch lukrativ erwiesen. Mir fiel ein Artikel über den Arabischen Frühling ein, in dem gestanden hatte, dass mit dem Sturz des seit dreißig Jahren regierenden Staatspräsidenten Husni Mubarak 2011 auch der Polizeiapparat zusammengebrochen war; Hunderte antiker Stätten aus pharaonischer, koptischer und islamischer Zeit wurden nicht mehr bewacht, sodass Grabräuber dort leichtes Spiel hatten und antike Kunstschätze zu Tausenden auf dem Schwarzmarkt landeten. Besagte Kunstschätze wurden anschließend über ägyptische Exporthäfen und über die löchrigen Grenzen ins Ausland geschmuggelt.

Anscheinend hatte sich seither nicht viel verändert.

Ich hatte gerade einen Schritt nach vorn gemacht, um einen genaueren Blick auf die Mumie zu werfen, als sich eine Hand um meinen verletzten Arm schloss und mich nach hinten zog. Keine Sekunde später landete die Hand – nein, ein Tuch! – auf meiner Nase und meinem Mund.

»Was haben Sie hier zu suchen?«

Das Tuch roch süßlich, und mir wurde schwindlig.

Ich versuchte, mich zur Wehr zu setzen. Die Leute ringsum beachteten mich nicht weiter, als wäre dies hier ein ganz normaler Vorgang: dass eine Frau gegen ihren Willen weggeschleift wurde. Allmählich bekam ich weiche Knie.

Im nächsten Moment drehte sich alles, und ich wusste nicht mehr, wo ich war. Das Murmeln von der geheimen Auktion trat in den Hintergrund und verstummte. War ich aus der Suite gebracht worden?

»Wohin?«, fragte der Mann rechts von mir.

»Er will mit ihr reden.«

Mir wurde abermals schwindlig, und ich schloss die Augen.

39

Carole

Carole ließ den Blick über die ausgelassene Halloween-Party schweifen. Die Neunziger-Playlist gefiel ihr ausgesprochen gut, und auch die betrunkenen Kreuzfahrtgäste auf der Tanzfläche schienen ihren Spaß zu haben. Carole war ganz in ihrem Element, sodass es eine Zeit lang dauerte, bis sie bemerkte, dass Freya immer noch nicht zurückgekehrt war.

Als Freya dann auch noch ihre Nachrichten ignorierte, wurde Carole unruhig.

Wo steckt sie denn nur? Ist sie bei Phil?

Sie suchte den Saal erneut ab, doch hier war Freya nicht. Um nicht in Panik zu geraten, genehmigte sie sich einen weiteren Wodka Lime. Wenn Freya bis Mitternacht nicht zurück wäre …

»Hier sind Sie!«

Als sie sich umdrehte, winkte ihr jemand hektisch zu.

Carole schob sich durch die Menge auf Patricia zu.

»Kommen Sie, Freya steckt in Schwierigkeiten«, sagte sie. »Sie braucht dringend Ihre Hilfe.«

Caroles Puls schoss in die Höhe, und sie sah sich nach Phil um. Doch Patricia hatte schon ihren Arm ergriffen und zog sie in Richtung Tür.

»Freya braucht Sie *jetzt sofort.*«

»Geht es ihr gut?«

»Das sehen Sie gleich – aber sie hat sich ein paar Probleme eingehandelt …« Patricia tätschelte ihren Arm. »Los, wir beeilen uns besser.«

Es kam Carole gar nicht in den Sinn, zu fragen, woher Patricia wusste, dass Freya in Schwierigkeiten steckte. Als ihr das dämmerte, war es bereits zu spät.

40

Bella

Bella war mit so vielen Hehlern aus der Welt des Sammlers bekannt, dass sie mit Leichtigkeit eine Einladung zu der Auktion erhalten hatte. Bis es gleich ernst werden würde, nippte sie vergnügt an ihrem Champagner – doch dann bekam sie mit, wie Freya betäubt wurde. Wie ungünstig. Die Frage war nur: Wussten Freyas Kidnapper, dass sie nicht Laura war?

Ohne ihre jüngste Botoxbehandlung hätte sich vermutlich eine Zornesfalte auf ihrer Stirn abgezeichnet. *Jetzt muss ich ihr womöglich helfen und verpasse den ganzen Spaß.*

Sie suchte die Suite erneut nach Chris ab. Sie wusste, dass er in Ägypten an Bord gekommen war. Sie wollte diese Kabine eigentlich nicht verlassen, ehe sie miterlebt hätte, wie seine Welt zusammenbrach – nur dass sie ebenso wenig zulassen durfte, dass eine andere Frau betäubt wurde ...

Ah, da bist du. Ich hab eine Überraschung für dich. Mich ghostet keiner ungestraft.

Der Magnetismus, der sie anfangs geradezu zwingend zusammengeführt hatte, war immer noch so stark wie eh und je, nur dass Bellas Sinn für Gerechtigkeit – ihre eigene Version davon – den entscheidenden Hauch stärker war.

*

»Was weißt du über Schiffswrackporzellan?« Arthur stand an der improvisierten Bar eines Schlosses in den schottischen Highlands. Es war Hogmanay, einer der höchsten schottischen Feiertage, und Silvester.

»Dir auch ein gutes neues Jahr.« Bella prostete ihm mit ihrer Sektflöte zu. »Du weißt doch, dass ich eher für Rubine und Saphire zu haben bin.« Sie nippte an ihrem Champagner, und die Bläschen prickelten ihre Kehle hinab. Sie sah sich nach ihrem aktuellen, überheblichen Freund Giles Metcalf um.

»Und Diamanten, wie mir scheint.« Arthurs Augen funkelten, als er in Richtung ihrer Kette nickte.

»Ich hab kürzlich erst eine Doku gesehen: Inzwischen werden sie künstlich hergestellt, und keiner erkennt mehr den Unterschied. Trotzdem sind mir diejenigen aus guten alten Minen immer noch lieber.« Ihre Finger strichen flüchtig über ihre Kette. »Und im viktorianischen Zeitalter konnten sie noch keine künstlichen Diamanten herstellen.«

Arthur zuckte mit den Schultern. »Ich muss dir übrigens was erzählen … über ein Museum unten in Suffolk, an der Küste. Ich hab so das Gefühl, ein Besuch dort könnte dir Spaß machen.«

Es war nicht das erste Mal, dass der alte Mann dieses entlegene Museum in Suffolk erwähnte, doch Bella hatte größere Coups im Sinn.

Als Arthur losschwadronierte, stellte sie auf Durchzug und beäugte stattdessen einen großen, gut aussehenden Mann Mitte, Ende vierzig, der auf sie beide zugeschlendert kam. Er hatte dunkle Augen, markante Wangenknochen, kurz geschorenes blondes Haar und sah alles in allem aus, als wäre er einer Ralph-Lauren-Werbung entsprungen.

Spannenderweise roch er auch so. Als er bei ihnen stehen blieb, streckte er Arthur die Hand entgegen. Bella entging mitnichten, wie der alte Mann zögerte, dem Fremden dann aber doch die Hand gab.

»Ich wusste nicht, dass Sie auch kommen wollten. Was kann ich für Sie tun, Chris?«

Chris ging ganz dicht an Arthurs Ohr heran, flüsterte ihm etwas zu, und Arthur schüttelte sofort den Kopf.

»Nicht jetzt, mein Guter. Ganz schlechtes Timing. Und weshalb in aller Welt sollten Sie ausgerechnet ...?«

Chris erwiderte etwas, und Arthur riss die Augen auf.

»Interessant.« Dann drehte er sich zu Bella um. »Kennt ihr euch schon? Chris Prince, darf ich Ihnen ... eine Freundin vorstellen?«

»Bella.« Sie legte ihr strahlendstes Lächeln auf.

»Freut mich sehr.«

*

Der Mann, der nach Giles' Abgang ihr neuer Lover geworden war, stand an Bord des MVGoldstar-Kreuzfahrtschiffs ein paar Armeslängen entfernt neben ihr. Bella war felsenfest überzeugt gewesen, dass er ums Leben gekommen war – bis sie ihn im Ägyptischen Museum wiedergesehen hatte. Sie hatte ihn betrauert – doch jetzt wusste sie, dass er sie einfach nur verlassen hatte, und das bloß, weil er nicht gern teilte. Sie ballte die Fäuste vor Wut. Das würde sie ihm nicht durchgehen lassen.

Bella war an Bord des Schiffes gekommen, um Chris' Mörder zur Strecke zu bringen, und hatte herausfinden müssen, dass Chris wohlauf und quietschfidel war ... Und genau deshalb würde sie ihm jetzt alles nehmen, was er hatte und je hatte besitzen wollen. Genau wie er es mit ihr getan hatte, indem er sie sitzen gelassen hatte.

Verbitterung nagte an ihrem erkalteten Herzen, und sie schwor sich, nie wieder jemanden so nah an sich heranzulassen. Ein, zwei Momente musste sie noch warten, ehe sie ihre Rache bekam.

Erst musste sie den Männern folgen, die Freya davonschleiften. Sie nahm sich noch eine Sekunde Zeit, über ihre Schulter zu blicken. Hinter ihr wurde die Mumie auf der Rollbahre im Kreis gedreht, damit die potenziellen Käuferinnen und Käufer sie von allen Seiten betrachten konnten. Bella ahnte, dass diese Mumie nichts weiter bedeutete, als dass ein neuer Kandidat für den Posten des Sammlers seinen Hut in den Ring warf. Schon über Jahre war gemunkelt worden, dass der alte Sammler sich zurückziehen wollte, und dann hatte Bella ein paar Wochen vor Chris' Verschwinden zufällig ein Telefonat mitbekommen. Er war außer sich gewesen, als irgendwer ihm gesteckt hatte, dass einer der Anwärter auf den Posten des Sammlers für ein »besonders beeindruckendes Objekt« sorgen wollte. Aber so leicht ließ Chris sich nicht ausstechen – daher auch die neuerlichen Bemühungen um die graue Vase.

Im Ägyptischen Museum hatte er Bella erzählt, dass ihm in Lowestoft jemand aufgelauert und ihn hatte umbringen wollen. Dass er »aus dem Rennen gedrängt« werden sollte – was immer das zu bedeuten hatte. Trotzdem würde er die Möglichkeit, als Sammler aufzurücken, nicht kampflos aufgeben.

Doch Bella kannte so einige von Chris' Geheimnissen und wusste genau, wem sie die würde anvertrauen müssen. Sie schickte Phil eine Nachricht, umriss kurz, was Freya zugestoßen war, und hoffte, dass er vor ihr da wäre.

»Bin gleich wieder da«, raunte sie dem Türsteher am Eingang zu.

»Einmal raus, immer raus«, erwiderte der und warf einen Blick durch den Spion, ehe er die Tür für sie öffnete.

»Ist das Ihr Ernst? Warum?« *Dafür bringe ich Freya eigenhändig um!*

Der Mann zuckte bloß mit den Schultern. »Ich mache die Regeln nicht.«

Ein Stück den Flur entlang konnte Bella gerade noch sehen, wie Freya in die Kabine bugsiert wurde, in der zuvor die Antiquitäten gelagert hatten.

Im selben Moment pingte ihr Handy. Phil hatte geschrieben.

Bin in Kabine 822.

Widerwillig schrieb sie zurück; lieber hätte sie sich nicht mit dem FBI gemeingemacht.

Komme.

Sie hätte ein Vermögen darauf verwettet, dass er ihr sofort entgegenlaufen würde. Nicht gerechnet hatte sie mit Patricia, die im selben Moment mit Carole im Schlepptau den Flur überquerte.

Gott, diese Frauen können sich wirklich aus gar nichts raushalten.

Die beiden legten ein derartiges Tempo vor, dass Bella nicht schnell genug reagieren konnte, als Carole auch schon auf die Kabine zugezerrt wurde, in der Freya zuvor verschwunden war.

Bella war alarmiert. Sie wusste nur allzu gut, wie so etwas ablief. Die eine Gefangene würde um der anderen willen die Füße stillhalten. Zumindest würde sie selbst es so machen.

»Wo ist sie?«

Phil war neben sie getreten, und ohne ihn anzusehen, zeigte Bella den Gang hinunter und antwortete leise: »Da, fünfte Tür. Ich hab gerade noch gesehen, wie auch Carole dort reingebracht wurde – und zwar von Patricia. Die beiden haben ein Problem …«

Phil nickte verbissen, und Bella straffte die Schultern. Dieser Abend hatte eine finstere Wendung genommen. Sie mussten jetzt an einem Strang ziehen, wenn sie Freya und Carole dort rausholen wollten.

41

Freya

War ich bewusstlos gewesen? Ich war mir nicht sicher, allerdings hatte ich hämmernde Kopfschmerzen, und die Zunge klebte mir am Gaumen, als hätte ich die ganze Nacht Party gemacht. Mit verschwommenem Blick versuchte ich, mich zu orientieren. Ich saß in einem Sessel, der ähnlich aussah wie der in meiner Kabine. Als ich die Hand heben wollte, um mir die Augen zu reiben, stellte ich fest, dass ich an Händen und Füßen gefesselt war.

Im selben Moment hörte ich ein Murmeln und konzentrierte mich auf zwei Männer, die identische schwarze Anzüge trugen und an der Tür miteinander tuschelten.

»Hallo?«, stieß ich hervor und musste erst mal husten. Womit immer der Stofffetzen getränkt gewesen war, den man mir aufs Gesicht gedrückt hatte – es hatte mir eindeutig einen trockenen Hals beschert.

Der größere Mann, der näher bei mir stand, ging über meinen Ruf hinweg.

»Was wollen Sie von mir?« Ich hörte selbst, dass ich so rauchig und heiser klang wie normalerweise Carole.

»Sie wissen ja wohl, wie das hier läuft.« Er verdrehte die Augen in Richtung seines Kompagnons.

Nur wusste ich es wirklich nicht.

»Sie brauchen gar nicht erst um Hilfe zu rufen.« Er nickte in Richtung Flur. »Die Gäste dort draußen sind derzeit eher mit anderen Dingen beschäftigt.«

Entspannt, als wären sie x-beliebige Urlauber, lehnten sie an der Kabinenwand. Ich hörte nur noch meinen Puls in den Ohren hämmern. Ich schloss die Augen, damit mir nicht schlecht wurde, und beschloss, all meine Energie darauf zu verwenden, mich in der Kabine nach einer Fluchtmöglichkeit umzusehen. Das silberfarbene Panzertape an meinen Handgelenken und Knöcheln saß dermaßen fest, dass ich es würde zerschneiden müssen … oder, wenn nötig, zerbeißen …

Als das Handy des größeren Mannes klingelte und er ins Bad ging, um zu telefonieren, beugte ich mich über das Tape an meinen Handgelenken.

»Was soll das werden?«, fragte der Kleinere. »Sie kommen hier doch so oder so nicht raus.«

»Meine … Nase juckt.« Um glaubwürdig zu wirken, versuchte ich, mich mit dem Finger an der Nase zu kratzen, nur dass ich mir versehentlich ins Auge stocherte – *ganz toll gemacht!* –, sodass mir prompt die Tränen kamen und ich sie mir nicht einmal aus dem Gesicht wischen konnte.

»Er ist unterwegs«, sagte der Große, als er zurückkam, und verzog bei meinem Anblick das Gesicht. »Die da brauchen wir anscheinend nicht mal zu foltern. Die ist eine Gefahr für sich selbst.«

Der Kleinere schüttelte ungläubig den Kopf. »Stell bloß sicher, dass sie sich nichts antut. Ich warte so lange draußen.«

Ich zerrte an meinen Fesseln und versuchte, ihre dummen Sprüche mit einem herablassenden Blick zu quittieren, war aber insgeheim erleichtert: Gewisse Leute rechneten nicht damit, dass eine dusselige Frau imstande war, sich ihre Freiheit zu erkämpfen.

Ich rutschte in dem Sessel so weit zurück, wie ich nur konnte, und lehnte den Kopf an. Ich musste mich konzentrieren. Doch kaum dass ich den nächsten tiefen Atemzug nahm, stieg Übelkeit in mir auf.

Dann hörte ich durch die Tür Caroles Stimme. »Wo ist sie? Ich will sofort mit der Ärztin reden!« Es fühlte sich an, als drehte jemand ein Messer in meinen Eingeweiden herum.

»Carole?«, rief ich, obwohl dies das Letzte war, was ich gerade wollte: dass ausgerechnet meine Tante hier hereinstürmte und sich damit selbst in Gefahr brachte.

Die Kabinentür ging auf, und in ihrem langen schwarzen Morticia-Addams-Fischschwanzkleid stürmte Carole herein. Sie schien sogar Fake-Blut über den Stoff verspritzt zu haben.

Als sie mich entdeckte, blieb sie wie angewurzelt stehen.

»Was ist denn hier los?«, fragte sie ruhig, aber unüberhörbar wütend. Als sie auf mich zulaufen wollte, hielt einer der Männer sie am Arm zurück.

Hinter Carole tauchte Patricia Henderson auf und schnalzte missbilligend mit der Zunge. Einen kurzen Moment lang glaubte ich, dass sie eingreifen wollte, doch dann sah sie sich nur unterkühlt um. »Wo ist Tony?«

»Patricia? Was machen Sie denn hier?«, fragte ich. Von der freundlichen Person, die mir draußen vor dem Restaurant hochgeholfen hatte, als ich gestolpert war, war nichts mehr zu spüren.

Sie sah mich mit starrem Blick an. »Ich bin …« Dann hielt sie inne. »Sind Sie wirklich nicht informiert? Hat Arthur Ihnen denn gar nichts gesagt? Er war unser Auktionator und hat diverse Deals für uns abgewickelt. Als Sie an Bord gekommen sind, sind wir davon ausgegangen, Sie würden sich uns zu erkennen geben – aber nein. Sie haben sich an keine Regel gehalten, und das hat alle sehr irritiert. Mein Ehemann – Gott hab ihn und sein weiches Herz selig – hätte Sie augenblicklich über Bord werfen lassen. Aber wir wollten sehen, was Sie unternehmen würden. Gerüchteweise hat Arthur Listen hinterlassen, deshalb ... mussten wir erst sichergehen.«

»Ihr Ehemann war der Sammler?« Ich hatte nach wie vor nicht kapiert, was hier eigentlich vorging.

Patricia lächelte süßlich. »Mein Mann war innerhalb der Antiquitätenbranche wahnsinnig beliebt – und er hatte ein Auge für wertvolle Objekte. Wir haben immer davon geträumt, um die Welt zu reisen. Als er diesen Job bei dem Ölkonzern annahm, hat er die Gelegenheit ergriffen, und wir zogen ins Ausland, während unsere Neffen zu Hause auf dem Internat waren. Er kannte eine Menge Leute, die seinen Blick fürs Besondere zu schätzen wussten. So kam eins zum anderen. Irgendwann hat er die beiden Jobs gleichzeitig ausgeführt. Und weil ich immer schon ein Zahlenmensch bin, habe ich unsere kleine Nebenbeschäftigung mit den Antiquitäten gemanagt. Aber das ist jetzt schon ein Weilchen her.«

Ich versuchte, mir nicht anmerken zu lassen, wie überrascht ich war. »Aber Ihr Mann ist doch letztes Jahr gestorben, deshalb ...«

Dann ist ... Patricia der Sammler?!

»Kluges Kind. Ich mag kluge, starke Frauen. Sehr gut, Freya. Mein Mann und ich waren ein klasse Team – und Himmel, wir hatten ein tolles Leben.« Sie nahm die Brille aus ihren grauen Haaren, setzte sie auf und sah auf mich herab. »Sie sehen wirklich nicht gut aus … Was ist denn mit Ihrem Auge passiert?«

Hinter ihr betrat ein Mann die Kabine. Er kam mir bekannt vor, aber ich kam nicht sofort darauf, wo ich ihn schon mal gesehen hatte. Er war groß, hatte einen dunklen Teint, braune Augen, trug einen schwarzen Anzug samt Krawatte … Das war keine Verkleidung. Er warf einen Blick auf seine Armbanduhr. Eine Patek Philippe. Und binnen eines Wimpernschlags war alles klar: Er war der Restaurantleiter aus dem Seafood and Steak – aber ich hatte ihn auch noch woanders gesehen. Frühmorgens als Kellner im Frühstückssaal! Und dann als Tourist verkleidet, wie er sich mit Mark unterhalten hatte, als beide in den Bus zum Ägyptischen Museum gestiegen waren!

»Tony – gut, dass du da bist.« Patricia tätschelte ihm den Arm.

Tony zeigte auf mein Auge.

»Ich war das nicht«, sagte der kleinere Mann eilig. »Das hat sie sich selbst zugefügt – beim Niesen.«

»Hierher«, blaffte Tony Carole an, und als sie sich nicht vom Fleck rührte, packte er sie am Arm.

»Finger weg, Sie Grobian!« Carole wehrte sich nach Kräften.

»Tony, mein Lieber, die Dame ist meine Freundin. Carole, das ist mein Neffe. Wie schön, dass ich Sie miteinander bekannt machen kann. Vielleicht wäre es unter anderen Umständen netter gewesen, aber es ist nun mal, wie es ist.« Sie tippte Tony auf den Arm. »Ich wäre dir sehr verbunden, wenn wir die Informationen auf eine gesittete Art und Weise bekommen könnten.«

Erneut lächelte sie süßlich. Tony fing ihren Blick auf, schob den Unterkiefer vor und nickte.

Es war nur zu klar, wer hier das Sagen hatte.

»*Freundin?!*« Carole riss die Augen auf. »So geht man mit Freundinnen aber nicht um!«

»Wenn Sie sich bitte setzen würden?« Tonys Tonfall war eisig.

Widerwillig setzte Carole sich aufs Bett.

»Dann wollen wir mal … Wir haben es nämlich ein bisschen eilig.« Er sah erneut auf die Uhr, streifte sich das Sakko ab und hängte es über einen Stuhl. »Kommen wir also direkt zur Sache. Sie haben mit Arthur Crockleford zusammengearbeitet«, wandte er sich an mich, »und gemeinsam mit Ihrer Tante Carole haben Sie seinen Laden übernommen. Erzählen Sie mir von den Dossiers.«

Unwillkürlich kam mir in den Sinn, was Phil gesagt hatte: *Wenn* er *hier ist und weiß, dass Sie und Arthur zusammengearbeitet haben* … Nur dass ich inzwischen wusste, dass der *Sammler* in Wahrheit eine ältliche *Sammlerin* war – wenn auch mit einer ganzen Armee an Leuten, einschließlich dem gruseligen Mann, der direkt vor mir stand.

Als ich nicht antwortete, fuhr Tony fort: »Wir brauchen die Dossiers. Wir wollen nachlesen, wo sich eine bestimmte graue Vase befindet, die meine Tante gern zurückhätte. Wie können wir Sie davon überzeugen, dass Sie uns sagen, wo sich die Vase befindet? Carole hat Tante Patricia gesagt, dass Sie über Arthurs Geschäfte Bescheid wüssten.« Mit ein paar wenigen Schritten war er bei Carole und zog sie auf die Beine.

»Hab ich *nicht*!« Doch nach ihren geröteten Wangen zu urteilen, hatte sie es möglicherweise doch ausgeplaudert. Sie sah ihre falsche Freundin verzweifelt an. »Patricia, bitte, das hier ist doch nicht nötig. Ich dachte, wir wären …«

Sie konnte das Wort »Freundinnen« nicht mal mehr aussprechen. Dass sie derart hintergangen worden war, trieb ihr die Tränen in die Augen.

In mir loderte Wut auf, und für einen kurzen Moment vergaß ich, dass ich gefesselt war. Ich schnellte nach vorn. »Lassen Sie sie in Ruhe!«, brüllte ich den Mann an – und landete mit dem Gesicht voran auf dem Boden. Carole kreischte auf, als ich ungebremst hinfiel und alle Luft aus meiner Lunge gepresst wurde.

Ich konnte nicht mehr atmen.

Ich bekam ... keine Luft mehr ...

Nur einen Wimpernschlag später schossen mir Höllenschmerzen in den Arm. Die Wunde war aufgerissen, und Blut sickerte in den Teppichboden.

Caroles paillettenbesetzter Kleidersaum fegte durch mein Sichtfeld, und dann ging sie neben mir in die Hocke und hob meinen Kopf auf ihren Schoß. »Helfen Sie ihr!«, flehte sie Tony an. »Sie blutet!«

Er zerrte sie am Arm zurück.

»Hinsetzen!«, blaffte er, während ich mich am Boden vor Schmerzen krümmte.

Patricia beugte sich über mich, sodass mir von ihrem Parfüm ganz schwindlig wurde. »Das war aber nicht sehr klug. Chloroform hat üble Auswirkungen – Übelkeit, Schwindel ... Arthur hätte sich mittlerweile längst aus der Affäre gezogen.« Sie schnalzte erneut missbilligend mit der Zunge und zeigte auf Carole. »Und sie wäre in seiner Anwesenheit nie in irgendwas hineingezogen worden.« Dann sah sie zu Tony. »Setz sie wieder hin. Dann kannst du loslegen.«

Kaum dass ich wieder in meinem Sessel saß, fing ich Caroles Blick auf, und schlagartig waren alle Überlegungen verflogen: wie ich an Beweise käme, dass Patricias verstorbener Ehemann der Sammler gewesen war, wie Patricia nach dem Tod ihres Mannes die Geschäfte übernommen hatte und wem sie den Staffelstab übergeben wollte. Womöglich ihrem Neffen Tony, so bliebe der Posten in der Familie … Doch jetzt gerade war nur noch eins wichtig: wie ich Carole hier lebend rausbrachte.

»Im vergangenen Jahr hab ich ein Gerücht aufgeschnappt, dass Arthur Crockleford die Vase verwahrt und versteckt hätte. Nur dass sie ihm nie gehört hat.« Patricia hatte die Fäuste so fest geballt, dass ihre Fingerknöchel weiß waren. »Die Vase war ein Geschenk für meinen Mann, und Arthur hätte bloß vorübergehend darauf aufpassen sollen.«

»Was denn für eine Vase?« Meine Stimme klang schwach und heiser, trotzdem hatte sie mich verstanden.

»Mein Mann hat seine Kindheit in Athen verbracht. Er ging dort oft ins Museum, sah sich Ausstellungen an, und speziell ein Exponat weckte in ihm das Interesse an historischen Artefakten. Er liebte es heiß und innig, und irgendwann fand ich, dass er es haben sollte. Als eine Art Symbol dafür, wie weit wir schon gekommen waren und was wir alles erreicht hatten. Ich dachte lange, es läge auf dem Meeresgrund, bis mir eines Tages dieses Gerücht zu Ohren kam. Wir wussten, dass Arthur und Sie keinen Kontakt mehr hatten. Wir hatten Sie auch nie bei den Treffen gesehen. Und urplötzlich sind Sie hier aufgetaucht.«

»Meine Tante glaubte schon, dass Sie hier wären, um Arthurs Job als Sachverständiger zu übernehmen«, warf Tony ein. »Wenn Sie nur Vorträge gehalten hätten, hätten wir Sie in Ruhe gelassen. Aber dann tauchten Sie im Museum auf – mit diesem hinterhältigen Chris Prince. Das hat uns die Augen geöffnet.«

»Aber ich war nicht …«

Tony gebot mir mit erhobener Hand Einhalt. Er hatte nicht vor, sich meine Erklärung anzuhören.

»Und heute sind Sie zu allem Überdruss auch noch bei der Auktion aufgetaucht. Da war uns vollends klar, dass Sie zu viel wissen.«

Ich schüttelte den Kopf und sah zu Carole. »Aber wir …«

Tony beugte sich zu mir vor und flüsterte mir ins Ohr: »Wissen Sie … Wenn Arthur die Vase versteckt hat, dann gehen wir davon aus, dass Sie wissen, wo genau. So schwierig war es nicht, alles über Sie und den Laden in Erfahrung zu bringen. Sie mögen Sky, nicht wahr? Sie sind wirklich sehr gutgläubig.« Er schüttelte abfällig den Kopf. »Und jetzt wird Aaron … Na ja. Wenn Aaron nicht kriegt, was er will, dann tut er nun mal, was er schon immer getan hat.«

Ich starrte ihn an und zerrte an meinen Fesseln. Die Schmerzen waren mir egal. »Lassen Sie Sky in Ruhe! Sie weiß überhaupt nichts!«

Er richtete sich wieder auf. »Sie wird schon plaudern.«

Dann mischte sich Patricia erneut ein. »Tony hat erwähnt, Sky sei zu diesem höchst interessanten Ort gefahren – zu einer Galerie in Burnham Market – und habe die Künstlerin dort nach einer bestimmten Arbeit gefragt, die Arthur bei ihr in Auftrag gegeben hat. Mit ein bisschen … *Überredungskunst* haben wir erfahren, was Sky dort herausgefunden hat – über das Gemälde aus der Galerie. Und über das Foto eines Schrankkoffers. Was soll das für ein Koffer sein?«

Arthur hat darin etwas versteckt.

»Wir wissen nicht, warum Sky in Norfolk war«, ging meine Tante dazwischen, presste die Lippen zusammen und runzelte die Stirn. Sie war unübersehbar wütend.

»Wenn wir Ihnen sagen, was wir wissen, lassen Sie uns dann gehen?«, fragte ich.

Patricia nickte knapp.

Ich sah zu Carole, und im selben Moment war klar, dass wir uns auf eine ihrer langen Erzählungen gefasst machen konnten. Sie berichtete von Betty und dem Museum in Lowestoft, aus dem das Gemälde des brennenden Schiffes entwendet worden war. Dass dies bloß einer von Arthurs Insiderscherzen gewesen sei. Dass wir in Wahrheit nur einen Urlaub gebraucht und das Museum hätten besichtigen wollen. Dass wir nicht vorgehabt hätten, irgendwen zu treffen …

Carole war eine fantastische Schauspielerin. Trotzdem war ich mir nicht sicher, ob sie es ihr abnahmen.

»Sonst wissen wir wirklich nichts«, pflichtete ich ihr eilig bei.

Patricia sah mich reglos an.

Ich schüttelte nachdrücklich den Kopf. »Meine Tante muss doch nun wirklich nicht hier sein. Arthur hat sie immer aus allem herausgehalten, und ich bestehe darauf, dass das auch weiterhin so bleibt.« Trotzig reckte ich das Kinn.

Ob das reicht, um sie von hier wegzubringen?

Patricia zuckte mit den Schultern. »Ich muss wohl deutlicher werden. Es gibt genau eine Sache, die ich will und von der Ihrer beider Leben abhängt. Ich will das Dossier, in dem steht, wo die Vase versteckt ist. Ich will entweder die graue Ming-Vase – oder Informationen zu ihrem Verbleib.«

»Aber ich hab keine …«

Tony packte Carole am Arm. »Wenn ich Ihnen den verdrehe, dann bricht entweder der Arm, oder das Gelenk springt raus.«

Ihr stiegen Tränen in die Augen.

»Nicht!«, rief ich, und die Wut fegte nur so durch meine Adern.

»Wir können den Spieß aber auch umdrehen.« Tony zog ein Messer und kam damit auf mich zu. »Ich bin mir nämlich sicher, dass Ihre Tante etwas weiß.« Er lächelte Carole an. »Ihre Nichte ist wahnsinnig stur. Aber Sie wollen doch nicht ernsthaft herausfinden, wie viel Schmerz sie ertragen kann?«

Ich musste auf Zeit spielen. »Ich hab so eine Ahnung, dass das Gemälde, das aus dem Lowestoft Maritime Museum gestohlen wurde und das jetzt hier in der Galerie hängt, der Schlüssel zu dem Versteck der Vase sein könnte … Nur hatte ich nicht ausreichend Zeit, es mir ganz genau anzusehen. Arthur hat jedenfalls nichts *aufgeschrieben.* Stattdessen hat er es womöglich *aufmalen* lassen.«

Patricia sah mich interessiert an. Dann gab sie mir mit einer Geste zu verstehen, dass ich das erklären sollte.

»Wir könnten in die Galerie gehen, und ich zeige Ihnen, was ich meine. Allerdings nur, wenn meine Tante außen vor bleibt.«

Ich schickte ein Stoßgebet gen Himmel, dass Bella oder Phil schon irgendwo ganz in der Nähe wäre.

»Mich überzeugt das nicht«, murmelte Patricia. »Tony, geh du mit Freya Schnitzeljagd spielen und bring dieses Gemälde her. Carole und ich warten hier. Wir haben doch kein Problem miteinander, oder, Carole?«

»Im Traum nicht«, erwiderte Carole, und ihre Schultern sackten ganz leicht nach unten. Dann sah sie mir ins Gesicht und schien mir mit auf den Weg geben zu wollen: *Geh du nur. Mit der komme ich klar.*

42

Tony hielt meinen Arm fest umklammert, als wir auf den Kabinenflur traten. »Los, Bewegung!«

Ich tat so, als würden mir die Knie weich werden, und strauchelte vorwärts. Tony fing mich auf und stützte mich. »Wie konnte Arthur einen Tollpatsch wie Sie auch nur in die Nähe kostbarer Kunstschätze lassen …« Seine Finger bohrten sich in meine Wunde, und ich wimmerte in mich hinein.

Niemand war in der Nähe, und als wir an der Tür vorbeikamen, hinter der die Auktion stattfand, argwöhnte ich schon, dass sie inzwischen vorbei wäre. Während ich so langsam wie nur irgend möglich weiterging, erhaschte ich hinter einem Spion ein paar Türen weiter rechts eine Bewegung … in Phils Kabine. Ich musste mich zusammenreißen, um nicht sofort um Hilfe zu rufen. Stattdessen sagte ich laut: »Sie können meine Tante doch nicht mit dieser Verrückten allein lassen!« Ich hoffte inständig, dass Phil mich gehört hatte, denn wenn ja, würde er Carole bestimmt aus Patricias Klauen befreien.

Tony kniff die Augen zusammen. »Noch ein Wort, und mein Messer kommt zum Einsatz.«

Ich sah gerade noch, dass auf einem neben der Kabinentür abgestellten Servierwagen ein pinkfarbenes Haarband lag.

Als wir Sekunden später auf dem Promenadendeck ankamen, waren dort nur eine Handvoll Leute unterwegs, doch auf dem Weg zur Galerie entdeckte ich ein bekanntes Gesicht: Mark, der inzwischen seinen Anzug abgelegt hatte und ein schwarzes T-Shirt und eine schwarze Hose trug. Ich ging ein wenig schneller und versuchte, seine Aufmerksamkeit zu erregen, doch als er Tony an meiner Seite sah, schob er eine große Künstlermappe in seinem Griff zurecht und machte, dass er wegkam.

In der Galerie angekommen war sofort klar, dass hier etwas nicht stimmte. Die Rollos waren hochgezogen, alles war hell ausgeleuchtet, trotzdem war niemand da.

Wo ist Lauras Leiche? Ich eilte auf die Stelle zu, an der sie gelegen hatte, und erwartete insgeheim, Spuren des Verbrechens zu sehen, doch der Boden schien frisch gewischt worden zu sein. Außerdem klaffte eine Lücke an der Wand.

Mir fuhr der Schreck in die Glieder. Ich musste Tony ablenken. Er durfte nicht auf den ersten Blick sehen, dass das Bild des brennenden Schiffes nicht mehr an der Wand hing – Phil brauchte so viel Zeit wie nur möglich, um Carole aus der Kabine zu befreien.

»Dieser Hohlraum in der Vitrine … Haben Sie dort die Objekte für die Auktion aufbewahrt?«

Tony lachte. »Das hier ist keine Fragestunde.« Er sah sich um, und sein Blick blieb prompt an der leeren Stelle an der Wand hängen. »Was ist …«

Ich trat auf ihn zu. »Inwiefern war Laura in all das verwickelt?«

Sein Blick verschattete sich. Ich hätte nicht mal sagen können, ob vor Schuld oder Trauer. »Laura war schon in Ordnung … Sie hätte ihre Nase nicht in Dinge stecken dürfen, die sie nichts angingen.«

»Haben Sie sie umgebracht?«

»Nein.« Er ging auf die Lücke an der Wand zu. »Hing dort das Gemälde?«

»Ich bin mir nicht sicher …« Doch mein Blick schien mich zu verraten.

»Es ist nicht mehr hier.« Tonys Stimme hatte sofort wieder einen bedrohlichen Unterton angenommen.

Die Mappe, mit der Mark davongeeilt war … Sie wäre groß genug gewesen. Aber was wollte er damit? War er ebenfalls auf der Suche nach der Vase?

»Jemand hat es gestohlen.«

Hat Tony denn nicht gesehen, was Mark unter dem Arm hatte?

Im selben Moment stürmte Phil in die Galerie.

Ich fing seinen Blick auf. »Ist Carole …?«

»Bella kümmert sich um sie. Ich bin Ihnen gefolgt.«

»Das FBI hat hier nichts zu melden.« Tony zog Messer und Handy heraus.

Sie haben bestimmt immer gewusst, wer Phil in Wahrheit ist!

Während mir das Adrenalin in die Adern schoss, nahm Phil beschwichtigend die Hände hoch. »Wer redet denn vom FBI?« Er trat auf Tony zu. »Wie wäre es, wenn Sie das Messer beiseitelegen würden? Wir müssen reden.« Er machte noch einen Schritt nach vorn.

»Wen wollen Sie anrufen?«, piepste ich panisch dazwischen.

»Die Person, die ich anrufen sollte.«

Rein instinktgesteuert lief ich auf Phil zu.

»Weg!«, rief er, machte einen Satz nach vorn und fegte Tony mit dem gestreckten Bein von den Füßen.

Sie krachten beide zu Boden.

»Weg!«, brüllte Phil erneut mit schmerzverzerrter Stimme, zog den Kopf ein und rollte sich zur Seite ab.

Ich zögerte, weil ich nicht wusste, ob ich Phil in dieser vertrackten Lage allein lassen durfte. Er sah erneut zu mir hoch.

»Weg! *Sofort!*«

In der verzweifelten Hoffnung, dass er allein klarkäme, rannte ich, so schnell ich nur konnte, zurück zu Deck acht. Ein aufgerolltes Handtuch lag in der offenen Tür zu der Kabine, in die Carole und ich verschleppt worden waren. Als ich mich noch in der Tür hektisch umsah, entdeckte ich Caroles Handy am Boden gleich neben dem Bett – und sonst nichts. In blinder Verzweiflung rannte ich ein Stockwerk runter zu unseren Kabinen.

Doch auch dort war von ihr keine Spur.

43

Ich stand in der Mitte meiner Kabine. Meine Augen brannten, ich rieb mir den schmerzenden Augenwinkel und musste gegen eine überwältigende Übelkeit ankämpfen. Das Einzige, was jetzt noch zählte, war: Carole wiederzufinden.

Ich überlegte kurz, der Crew Bescheid zu sagen oder direkt dem Kapitän. Doch dass Patricia und Tony auf dem Schiff gewisse Privilegien genossen, war mir inzwischen klar. Um all diese Kunstschätze unbehelligt an Bord zu schaffen, mussten sie mehr als nur die Firmenzentrale geschmiert haben. Und es musste eine Menge Geld – oder irgendwas anderes – im Spiel gewesen sein, wenn bei einer so gut besuchten Auktion von unschätzbar wertvoller Hehlerware sämtliche Augen zugedrückt wurden.

Wem wollte ich hier noch etwas vormachen? Wie kam ich darauf, dass ich das hier schaffen würde? Die Sammler – Patricia samt Ehemann, jetzt auch noch Tony und all diese Leute, die für sie arbeiteten – waren zu mächtig, als dass eine Person allein sie zu Fall bringen konnte. Sie waren zu mächtig für sämtliche internationale Ermittlungseinheiten zusammengenommen. Nur deshalb hatten sie seit jeher unbehelligt ihren Machenschaften nachgehen können. Sie hatten ihre Tentakel überall.

Ich rieb mir übers Gesicht und straffte die Schultern. *Du*

musst Carole finden, beschwor ich mich. *Du darfst nicht aufgeben, ehe du sie gefunden hast.*

Eilig legte ich meine Verkleidung ab und zog die Crewuniform an, die Bella mir geliehen hatte. Dann machte ich mich auf die Suche. Irgendwann war es zwei Uhr nachts, ich hatte sämtliche Orte, die ich mir nur vorstellen konnte, abgesucht – vergebens –, und mir standen düstere Bilder vor Augen.

Als der Akku meines Handys aufgab, musste ich gezwungenermaßen in meine Kabine zurückkehren, um ihn aufzuladen. Ich war gerade nebenan in Carols Bereich – in der wahnhaften Hoffnung, sie dort zu finden –, als ich plötzlich hörte, wie meine Kabinentür auf- und wieder zuging.

Mein erster Impuls – hinüberzurennen und nachzusehen, ob es Carole wäre – war augenblicklich zunichte, als ich zwei tiefe Männerstimmen hörte.

»Sie ist nicht hier«, sagte einer.

»Los, wecken wir jemanden aus dem Büro, um ihre Karte zu tracken. Das ist einfacher als dieses ständige Hin-und-her-Laufen.«

Tony!

»Mach das. Ich sehe nur noch kurz drüben nach.«

Wo sollte ich mich verstecken? In meiner Panik huschte ich einfach hinter den Vorhang, auch um so weit weg wie nur möglich von der Verbindungstür zu kommen, durch die Tonys Handlanger gleich eintreten würde. Vorsichtig schob ich mich hinter dem Vorhangstoff bis in die hinterste Ecke.

Im Raum ging das Licht an, und ich presste mich gegen die Balkonscheibe. Im selben Moment summte ein Handy.

War das meins?

»Scheiße, das ist meine Tante ... Ich muss los. Sie hat dich noch nicht gesehen, oder?«, fragte Tony. »Das hier klingt nämlich, als wüsste sie Bescheid.«

Kurz herrschte Stille. »Hier ist auch keine Spur von den Lockwoods ... Ich rufe schnell Aaron an, seine Assistentin soll die beiden aus ihrem Versteck locken.«

»Das war keine Antwort auf meine Frage, Chris. Sag mir jetzt bitte, dass sie dich auf dem Schiff nie gesehen hat.« Die Besorgnis in Tonys Stimme war nicht zu überhören.

»Nur die Ruhe. Ich hab mich nur kurz bei der Auktion umgesehen, als sie schon nicht mehr da war.«

»Wenn ich diese Frau nicht entdeckt hätte, die sich als Laura ausgegeben hat, und meiner Tante nicht Bescheid gegeben hätte, wärst du längst aufgeflogen. Das war verdammt leichtsinnig, sogar für deine Verhältnisse!«, fauchte Tony. »Und wenn du die Vase hergebracht hättest, wie wir das geplant hatten, hätten wir mit unserem Arrangement eindeutig den besseren Start erwischt.«

»Ich war kein bisschen leichtsinnig! Seit Arthur tot ist, wusste bis zu dieser Kreuzfahrt nur meine Ex, dass ich lebe. Dabei dachte ich, ich hätte auf Bens Leiche mehr als genügend Hinweise deponiert, damit auch sie glauben würde, ich wäre tot ... Trotzdem ist sie hier aufgetaucht.« Eine Schranktür krachte zu. »Hier ist niemand. Die wären doch auch nicht so dumm, hierher zurückzukehren.«

Und wie *dumm ich war!* Ich krallte mich in den Vorhang und versuchte, weiter die Luft anzuhalten.

»Bella ist tödlich wie eine Schwarze Witwe, wenn sie sauer auf jemanden ist – und auf mich ist sie stinksauer. Ja, ja, lach du nur.«

»Selber schuld. Du hast sie viel zu dicht an dich rangelassen.« Kurz war ein Rascheln zu hören. »Nimm. Deine. Pfoten. Weg! Du kommst nicht weit ohne ...«

Im nächsten Moment hörte ich Keuchen, und ich wollte mir gar nicht ausmalen, was dort gerade passierte. Ich ballte die Fäuste, machte mich bereit zu … keine Ahnung, wozu. Doch dann war das Gerangel auch schon vorbei.

»Okay, okay«, schnaufte Tony. »Ich kümmere mich um die zwei Lockwoods und um deine Ex. Mach dir ihretwegen keine Gedanken.«

Chris schnaubte. »Wir könnten auch direkt den ganzen Vorstand ausschalten …«

»Nein. Meine Tante hat Macht – und zwar weit mehr, als du ahnst. Und sie hat Einfluss. Sie *alle* haben Verbindungen, die uns noch nützlich werden könnten.«

»Sie hätte mir Ben nicht hinterherschicken dürfen. Dass sie mich so unterschätzt hat!«

Tony schnalzte bloß herablassend mit der Zunge. »Ach was, eher hat sie Ben *über*schätzt. Trotzdem brauchen wir sie. Wenn es nicht so läuft, wie wir wollen, können wir immer noch unseren alten Plan aus Schulzeiten aus der Tasche ziehen.«

Chris seufzte. »Vielleicht hätten wir das von Anfang an tun sollen.«

Sie wechselten noch ein paar Worte, dann ging das Licht aus, und die Tür fiel zu. Ich blieb noch ein paar Sekunden hinter dem Vorhang stehen.

Das hatte doch eindeutig so geklungen, als würden Chris und Tony hinter Patricias Rücken zusammenarbeiten?! Und als wäre Ben Wells, der vermisste Experte, der Tote hinter dem Museum.

Sobald ich den Vorhang zurückgeschoben und vorsichtig beide Räume kontrolliert hatte, ließ ich mich kraftlos auf Caroles Bett fallen. Ich hatte mich in meinem ganzen Leben noch nie so allein gefühlt, und allmählich verließ mich die Hoffnung. Ungeduldig wartete ich darauf, dass mein Handy endlich wieder zum Leben erwachte, und ich wusste, ich würde besser noch ein paar Minuten abwarten, bevor ich die Kabine verließ. Mein verletzter Arm pulsierte, meine Sicht war verschwommen, und auf wackligen Beinen strauchelte ich in Richtung Bad, um mir eine Schmerztablette zu holen.

Ich hätte Carole niemals allein lassen dürfen.

Nach allem, was ich gerade mitbekommen hatte, entsprach die Geschäftstätigkeit des Sammlers – Patricias Geschäftstätigkeit – der einer Firma, sogar inklusive Vorstand. Aber wer war dieser Vorstand? Und was würde tags darauf in Petra passieren?

Bella hatte erwähnt, dass Chris im Museum gewesen sei, um gewisse Leute zu schmieren. Ich hatte ihn zusammen mit Sally Bright gesehen, mit Mark Rushwell, Archie und Jenny. Gehörten die vier dem Vorstand an und waren bestochen worden, um für den neuen Sammler zu stimmen? Je länger ich das große Ganze betrachtete, umso mehr erinnerte es mich an die Snuff Bottle mit der kleinen Macke aus meinem Antiquitätenladen, die ich erst hatte polieren müssen, um die Hinterglasmalerei wieder sichtbar zu machen … Nach dieser kleinen Macke in der Geschäftstätigkeit des Sammlers musste ich Ausschau halten – nach genau der Stelle, an der irgendwer einen Fehler gemacht und versehentlich die Karten offengelegt hatte.

Zumindest hatte ich jetzt einen Plan … oder vielmehr: eine grobe Richtung. Ich ließ erneut Revue passieren, was ich bislang wusste, und hoffte, dass mein Unterbewusstsein mir noch irgendeinen Geistesblitz bescheren würde.

Wir mussten uns inzwischen der Küste genähert haben. Als mein Handy endlich wieder anging, hatte ich sogar

Empfang. In der vagen Hoffnung, dass Sky immer noch wach wäre, damit ich sie warnen und ihr berichten konnte, was ich gerade mit angehört hatte, wählte ich die Nummer von Crockleford Antiques.

»Freya?« Skys Stimme klang leise und dringlich.

»Alles in Ordnung?«

»Sky kann gerade nicht sprechen«, übernahm eine Männerstimme, die ich noch nie gehört hatte. »Hier ist Aaron, Skys Geschäftspartner.«

Nur dass ich es besser wusste.

»Sie sind ein Dreckskerl, nichts weiter! Ich will sofort mit Sky sprechen. Sie arbeitet nicht mehr für Sie. Sie ist jetzt *unsere* Assistentin.«

Doch er lachte nur. »Nein, tut sie nicht. Sie ist eine Hackerin, die ich auf Sie angesetzt habe, allerdings keine gute. Außerdem wollte sie kündigen, weil sie Sie *mag.*«

Eine Hackerin und Spionin?

Ich schob sämtliche Fragen beiseite und konzentrierte mich darauf, eine Lösung zu finden. Denn im Augenblick spielte es keine Rolle, wer sie tatsächlich war. Ich musste für ihre Sicherheit sorgen. »Ich rufe die Polizei.«

»Das wird nicht nötig sein. Sie brauchen mir nur zu sagen, wo Arthurs Dossiers und die Vase sind.«

»Bitte, Freya, nicht die Polizei!«, rief Sky aus dem Hintergrund.

Denk nach!

»Ich bin hier auf einem Kreuzfahrtschiff, Sie müssen mir schon mehr Zeit geben ... Es ist mitten in der Nacht, und im Laden sind die Sachen nicht ...« *Denk nach!* »Der Laden muss morgen ganz normal öffnen, sonst ... werden die Leute im Dorf misstrauisch. Sie wollen die Polizei doch außen vor lassen – aber gleichzeitig wollen Sie ganz sicher nicht, dass morgen das komplette Dorf auf der Matte steht.« Ich hoffte inständig, dass ich selbstsicher und überlegen klang, auch wenn das Handy in meiner Hand zitterte.

Aaron schnaubte. »Was soll ein Haufen Rentner schon gegen mich machen?«

»Ich brauche mehr Zeit«, wiederholte ich matt.

Dann hörte ich ein Murmeln, und Aaron war wieder dran. »Ich habe gerade die Anweisung gekriegt, dass Sie Zeit haben bis vier Uhr englischer Zeit –, um in der Bibliothek zu erscheinen und das Versteck der Dossiers sowie der Vase preiszugeben. Ansonsten sehen Sie Sky nie wieder.«

Das musste eine Falle sein, die Chris und Tony mir gestellt hatten. Aber was sollte ich darauf erwidern?

»Gut. Wird gemacht.« Doch erst musste ich einen Weg finden, um Sky in Sicherheit zu bringen und Carole aufzuspüren.

44

Ich starrte mein Handy an, das viel zu langsam lud, und presste mir die Handballen auf die Augen.

Denk nach!

Wie konnte ich Sky aus der Ferne helfen? Wenn sie wirklich eine Hackerin war, leuchtete mir ein, warum sie die Polizei nicht alarmieren wollte. Aber es musste noch einen anderen Weg geben, ihr zu helfen …

In knapp vier Stunden würde ich, um Sky zu retten, in der Bibliothek antreten müssen – genau zu dem Zeitpunkt, da für die Kreuzfahrtgäste der Landausflug nach Petra begann. War das Absicht, damit wir das Treffen in Petra verpassten?

Und was hatte Aaron gleich wieder über die Dorfbewohner gesagt? Er hatte offenbar nie jemanden aus Little Meddington kennengelernt …

Im selben Moment war mir klar, was ich tun musste. Ich griff zu meinem Handy.

»Agatha?« Ich konnte im Hintergrund Stoff rascheln hören.

»Freya, bist du das? Hier ist es mitten in der Nacht!«

»Das ist ein Notfall. Jemand müsste zum Laden laufen – hast du noch die Schlüssel für die Hintertür?«

»Aber klar.«

»Super. Und du müsstest bitte die Little-Meddington-Telefonlawine auslösen.«

»*Was?*«

Ich sah regelrecht vor mir, wie Agatha sich kerzengerade aufsetzte. Die Telefonlawine – die beim Kirchengemeinderat begann – kam nur bei den allerernstesten Notfällen zur Anwendung.

»Warum? Was ist passiert?«

»Skys Leben hängt davon ab, dass ihr meine Anweisungen jetzt haargenau befolgt.«

»Warte, ich hole mir etwas zu schreiben. Wir kümmern uns um Sky. Niemand bringt jemanden von uns in Gefahr!«

Mein Herz setzte für einen Schlag aus. »Agatha, wir müssen das hier unbedingt innerhalb der Dorfgrenzen halten, bis ich zurück bin. Kann ich mich auf dich verlassen?«

»Natürlich.« Ich konnte ihr anhören, wie aufgeregt sie war. »Ist das eins dieser Indiana-Jones-Abenteuer, wie du und Arthur sie immer unternommen habt? Bist du wieder im Rennen?«

Ich musste mir ein Lachen verkneifen, als ich antwortete: »Das ist *top secret*, Agatha … Kann ich mich darauf verlassen, dass du alles für dich behältst?«

»Absolut. Schieß los, ich bin so weit.«

*

Ich starrte auf Skys Nachricht hinab, in der sie Kabine 825 erwähnt hatte, und dachte fieberhaft darüber nach, was Tony gesagt hatte – nämlich dass man die Schlüsselkarten tracken konnte. Wenn Sky wirklich eine Hackerin war, hätte sie in das System des Kreuzfahrtschiffs eindringen und einen Weg finden können, ihrerseits die Karten zu tracken. Die Frage war nur – was wollte sie mir in Kabine

825 zeigen? Ich ließ meine Schlüsselkarte bei den Aufzügen in einen Blumentopf fallen und mich vom Adrenalin vorwärtstreiben, andernfalls hätte die Erschöpfung mich eingeholt.

Jetzt, da die Auktion beendet und auch der Halloween-Ball vorbei war, war Deck acht komplett verwaist. Die meisten Passagierinnen und Passagiere lagen in ihren Betten.

Ich blieb vor Kabine 825 stehen und beäugte den Servierwagen. Auf dem das pinkfarbene Haarband lag.

Da hat jemand nicht die eigene Kabine benutzt ...

Denn ich kannte dieses Haarband. Bella hatte so eins getragen.

Ich klopfte und trat auf die Schwelle, sodass ich im Ernstfall den Fuß in die Tür stellen konnte.

»Zimmerservice«, rief ich leise.

Keine Antwort.

Ich klopfte dreimal.

Der Flur war immer noch menschenleer, allerdings beruhigte mich das kein bisschen. Ich rieb meine schweißnassen Hände an meiner Hose ab.

Bitte mach auf ... Ich klopfte abermals. »Bella?«, flüsterte ich.

Dann trat ich zurück.

Warum wollte Sky, dass ich hierherkomme?

Allmählich verließ mich die Hoffnung. Ich hatte mich gerade umgedreht, um den Rückzug anzutreten, als die Tür einen Spalt weit aufging und eine Hand mich in die Kabine zog. Eine Nachttischlampe brannte. Als ich sah, wer mich gerade in die Kabine gezerrt hatte, war ich ehrlich überrascht.

»Sie!« Luke verzog den Mund. »So langsam wird mir das hier echt zu bunt. Wir sind doch nicht auf dem Piccadilly

Circus! Es ist mitten in der Nacht, und wir versuchen zu schlafen.« Er machte eine Geste durchs Zimmer.

Mit Luke hatte ich nun wirklich nicht gerechnet. »Was machen Sie denn hier? Ich dachte, Sie lägen im Krankenhaus?« Dann fiel mir die halb fertige Nachricht zu Luke ein, die Sky mir geschickt hatte. Sie hatte mich hergeschickt, damit ich mir *ihn* genauer ansehen sollte.

Luke zeigte aufs Sofa. »Ich nehme an, Sie sind wegen der beiden hier?«

Ich drehte mich um. »Carole? Bella?« Meine Erleichterung war so übermächtig, dass mir Tränen in die Augen stiegen.

Carole sprang auf, stürmte auf mich zu und schloss mich fest in die Arme. »Ich hab mir solche Sorgen gemacht, aber Bella wollte nicht, dass ich nach dir suche. Sie meinte, wenn du nur halb so schlau bist wie sie, findest du uns schon. Ich hab versucht, sauer auf sie zu sein, Schätzchen – aber sie hat wirklich einen *großartigen* Fluchtversuch inszeniert!«

Bella setzte sich auf dem Schlafsofa auf und hielt sich die Rippen.

»Sind Sie verletzt?«, fragte ich erschrocken.

»Alles gut.« Trotzdem wimmerte sie leise, als sie sich wieder hinlegte.

Auch wenn Bella nicht der Typ für herzliche Umarmungen war, hätte ich sie am liebsten gepackt und beteuert, wie dankbar ich ihr war. »Danke, dass Sie meine Tante befreit haben. Wo ist denn Patricia?«

»Ist verdammt eilig davongewieselt, aber machen Sie bloß nicht den Fehler, sie zu unterschätzen. Sie ist so skrupellos, wie man nur sein kann. Arthur war in ihrer Nähe und in der Nähe ihrer engsten Vertrauten immer besonders vorsichtig. Egal. Ich hab Ihnen Phil hinterhergeschickt, dachte, der würde einen guten Prinzen auf einem weißen Pferd abgeben.«

Mir stieg die Hitze in die Wangen. »Ich brauche keinen …«

Mit einer knappen Kopfbewegung gab sie mir zu verstehen, dass das Thema für sie beendet war. »Ich muss jetzt schlafen. Ich hab vor, morgen meinen Ex umzulegen.«

Ich fing sofort an, zu protestieren, doch Carole hakte sich bei mir unter. »Ich hab auch schon versucht, sie davon abzubringen, aber dafür bräuchte sie einen handfesten Grund. Sie ist sehr wütend auf ihn, weil er sie hat sitzen lassen und ihr den versprochenen Anteil nicht ausbezahlen will.«

Bella riss die Augen auf. »Er hat mich *geghostet*. Das ist viel schlimmer, als jemanden bloß sitzen zu lassen. Er hat mich nach Strich und Faden hintergangen.« Sie schloss die Augen.

»Ich bin so froh, dass es dir gut geht.« Die Erleichterung war Carole deutlich anzuhören.

Trotzdem wollte ich noch etwas wissen. »Was genau ist eigentlich passiert? Oh, und ich brauche deine Schlüsselkarte.«

»Wieso?«

»Kann ich jetzt nicht erklären. Aber die müssen wir loswerden.«

Carole drückte sie mir in die Hand, und ich trat auf den Balkon, hinter dem salzige Dunkelheit lag, schnippte die Karte unter der Balkontrennwand hindurch, sodass sie mehrere Kabinen weiter unten landete. Wenn Tony Caroles Karte jetzt trackte, würde er in der falschen Kabine landen.

Ich ging wieder nach drinnen.

Carole hatte sich wieder auf dem Bettsofa niedergelassen. Ich setzte mich neben sie. »Und jetzt erzähl.«

Carole holte tief Luft. »Nachdem Tony dich nach draußen geschleift hatte, hat Bella angeklopft, und Patricia hat sie einfach reingelassen.« Sie sprach leise weiter. »Ich hab den Verdacht, dass Bella und Patricia schon mal miteinander zu tun gehabt haben. Bella war irre ruhig und selbstsicher … und hat ihr eine Standpauke gehalten, was ihr einfällt, eine Freundin von Arthur als Geisel zu nehmen – und dass Patricia sich schon vor Jahren zur Ruhe hätte setzen sollen, statt zuzulassen, dass Tony einen Fuß in die Tür bekommt. Als Bella dann auch noch erwähnt hat, dass Chris an Bord ist, ist Patricia kreideweiß geworden – und hat richtig gezittert vor Wut. Sie ist kein Fan von Chris Prince. Als Bella ihr versichert hat, dass sie ihn umbringen wird, hat Patricia eingelenkt und mich freigelassen. Es war so dramatisch, Darling!«

»Und warum seid ihr jetzt beide in *Lukes* Kabine?«

Ich hatte schon fast vergessen, dass Luke ebenfalls da war und uns von der Tür aus beobachtete.

»Weil Bella gegen jeden hier irgendwas in der Hand hat und sich gern mal einen Platz auf irgendeinem Bettsofa erpresst.«

Was bitte schön hatte Bella gegen Luke in der Hand? Dass er nicht wie gedacht in Hurghada im Krankenhaus lag? Bella sah aus, als würde sie schlafen, trotzdem war ich mir sicher, dass sie ganz genau zuhörte.

In der Ecke der Kabine entdeckte ich die Künstlermappe, mit der Mark früher am Abend so verdächtig schnell weggegangen war. Um in die Galerie einzudringen, hätte er Hilfe gebraucht. Und hatte nicht Luke sehr interessiert an dem Gemälde gewirkt? Er musste Mark den Code für die Alarmanlage verraten haben.

Ich sah zu Luke. »Ich hätte Sie nicht für einen Dieb gehalten.«

Luke hatte dunkle Ringe unter den Augen und ließ die Schultern hängen. »Sie haben ja keine Ahnung.« Er ging zum Bett in der Kabinenecke hinüber. »Ich will, dass Sie bei Sonnenaufgang von hier verschwunden sind.« Sein Bett war ungemacht ... Oder lag dort jemand und hatte sich die Decke über den Kopf gezogen? Wer konnte das sein?

»Wie gesagt, wir bleiben«, mischte sich Bella erneut ein und schlug nicht mal die Augen auf. »Das sicherste Versteck ist mitten in der Höhle des Löwen. Luke arbeitet schon seit Jahren für Patricia. Hier wird sie nicht nach uns suchen.«

Dann war Luke also der Handlanger der Sammlerin hier an Bord? Ich setzte mich zu Carole auf die Sofakante, nahm ihre Hand und versuchte zu verstehen, wer hier mit wem unter einer Decke steckte. Ich hatte – genau wie Phil – kurz überlegt, ob Luke der Sammler sein könnte, doch diese Vermutung hatte sich als falsch erwiesen.

»Was ist im Theatersaal genau passiert?«, fragte ich ihn.

»*Laura* ist passiert. Sie hat mir ein Wasser gebracht und ... Na ja. Den Rest haben Sie ja mitbekommen.«

»Aber warum hat sie das gemacht?«

»Laura hat für Chris Prince gearbeitet und ihm mit den Objekten geholfen. Außerdem hatte sie, glaube ich, ein kleines Nebengeschäft am Laufen. Und dabei stand ich ihr im Weg. Sie wollte irgendwas aus der Galerie holen, aber was immer das war – jemand ist ihr zuvorgekommen.«

»Wissen Sie, dass Tony und Chris zusammenarbeiten?«, entgegnete ich.

Luke runzelte die Stirn. »Nein, das wusste ich nicht. Aber das heißt nur, dass unser Rückzug die richtige Entscheidung ist.« Sein Blick huschte zu der Person, die sich unter der Bettdecke versteckte.

Wer ist das?

»Im Moment glauben sie, dass ich nicht mehr an Bord bin und sie sich meinetwegen keine Gedanken mehr machen müssen. Insofern hat Laura mir einen Gefallen getan. Nachdem sie mir Wunder was ins Wasser gekippt hat, habe ich einfach ein bisschen vergifteter getan, als ich war, bin von Bord, um ein paar Vorkehrungen zu treffen, und dann wieder zurück aufs Schiff, während alle anderen im Museum waren.«

Die tiefe Stimme, die von seinem Bett ertönte, erkannte ich sofort als die von Mark Rushwell wieder. »Chris Prince ist in Safaga an Bord gekommen. Er will das Ruder übernehmen. Die Mumie ist für eine Rekordsumme verkauft worden, sodass er jetzt ein üppiges Polster hat, um sich den Vorsitz zu sichern. Und weil Tony die meisten anderen schon auf seine Seite gezogen hat – wer sollte sich ihnen da noch in den Weg stellen? Ich mag mir gar nicht vorstellen, was für ein Durcheinander die beiden anrichten werden.«

Luke ertappte mich dabei, wie ich Mark Rushwells Konturen unter der Decke anstarrte, und sah mich finster an. »Warum sind Sie wirklich hier?«

Ich antwortete nicht. Ich wusste schlichtweg nicht, was ich sagen sollte. Mir schwirrte der Kopf. Wir mussten Chris und Tony das Handwerk legen, bevor sie den Posten des Sammlers übernahmen, allerdings fehlten mir immer noch handfeste Beweise für ihre Machenschaften. Ich flüsterte Bella auf dem Bettsofa zu: »Was machen wir denn jetzt? Wir haben nur noch einen Tag. Wissen Sie, wo ich Phil finde?«

Sie gluckste in sich hinein. »Ich schreibe Ihrem Lover Boy. Aber Sie sollten vielleicht ein bisschen schlafen, bevor wir in Jordanien an Land gehen. Morgen wird ein spannender Tag.«

Ich schmiegte mich an Tante Carole, die sich bereits zurückgelehnt hatte und döste.

*

Es war kurz nach fünf, und ich hatte mich gerade bei Agatha rückversichert, dass in Little Meddington alles nach Plan verlief, als es leise an der Tür klopfte. Ich spähte durch den Spion.

Hinter der Tür stand ein übernächtigter Phil und starrte die Tür an, als könnte er durch sie hindurchsehen. Ich schloss auf und trat zur Seite.

»Geht es allen gut?«, murmelte er und schob leise die Tür hinter sich ins Schloss. »Ich hab Sie gesucht, aber …« Er sah mir direkt in die Augen.

»Alles bestens.«

Er trug eine Baseballcap und ein altes T-Shirt von irgendeiner US-Uni sowie eine graue Jogginghose. War das sein Schlafoutfit? Über seiner Augenbraue entdeckte ich einen Cut, und seine Wange war leicht geschwollen.

»Sind Sie verletzt?« Ich wollte mich schon nach ihm ausstrecken, riss mich aber gerade noch rechtzeitig zusammen.

»Ist nicht weiter schlimm.« Er fuhr sich mit den Fingerkuppen über die Platzwunde. »Warum hat Bella mir geschrieben, dass ich um fünf auf ein bisschen Bettgeflüster in Lukes Kabine kommen soll?«

Ich drehte mich empört nach Bella um, doch die hatte sich die Decke über den Kopf gezogen.

»Leise … Ein paar von uns wollen noch schlafen«, ächzte Luke. »Das hier ist doch kein Puff, verdammt noch mal. Sie schulden mir alle was.«

»Luke ist zurück an Bord?!«

»Und es geht ihm anscheinend gut.«

Phil runzelte die Stirn. »Wollen Sie mir nicht langsam erklären, was hier vor sich geht?« Erstes weiches Frühmorgenlicht fiel durch den Spalt zwischen den Vorhängen und brachte seine Augen zum Schimmern.

»Nicht hier.« Ich zog die Tür zum Bad auf, doch dort war es zu eng für uns beide. Phil war ebenso groß wie breitschultrig und hätte darin sogar allein kaum genug Platz gehabt. Also scheuchte ich ihn auf den Balkon und hoffte, dass die Meeresluft die in mir aufsteigende Hitze vertreiben würde.

Als die kühle Nachtluft in die Kabine drang, stöhnte Bella auf dem Sofa leise auf und zog sich die Decke bis unters Kinn. Ich trat nach draußen.

»Wir müssten ein paar Entwicklungen besprechen und was wir dagegen tun können.«

Phil hörte mir konzentriert zu, als ich ihm berichtete, was ich über Tony und Chris in Erfahrung gebracht hatte, wie ich herausgefunden hatte, dass Patricias Ehemann der Sammler gewesen war und sie seit seinem Tod die Geschäfte führte. Dann schilderte ich, in welchen Schwierigkeiten Sky steckte.

Als ich fertig war, zitterte ich vor Erschöpfung und Verunsicherung.

»Sie frieren«, bemerkte Phil leise.

»Schon okay.«

Doch da war er bereits nach drinnen gehuscht und kam Sekunden später mit einem Bademantel wieder. Seine Hände verharrten einen Augenblick zu lange an meinen Schultern, als er ihn mir umlegte.

»Danke.« Ich schob die Arme durch die Ärmel und schlang den Gürtel eng um mich. Dann legte ich die Hände an die eiskalte Reling und starrte auf die Wellen. »Ich glaube, den Ausflug nach Petra haben Chris und Tony geplant, um mit den Vorstandsmitgliedern zu sprechen. Aber da ist noch irgendwas anderes im Busch.«

»Wir haben Agenten und die örtlichen Behörden in Stellung gebracht, die den Ausflug observieren.« Phil trat neben mich, und fast berührten sich unsere Hände auf dem Geländer. »Und Sie gehen unter gar keinen Umständen zu diesem Treffen um sechs in der Bibliothek. Was soll dort überhaupt passieren?«

»Ich glaube, sie wollen bloß verhindern, dass wir mit nach Petra fahren und mitbekommen, was dort stattfindet.«

»Er wird alles zerschlagen«, murmelte er in sich hinein.

»Wer – er? Chris oder Tony? Aber das würde Ihnen den Job doch erleichtern, oder?«, erwiderte ich halb im Scherz.

Phil drehte sich zu mir um und sah mich unverkennbar besorgt an. Dann legte er mir die Hand an den Oberarm. »Ich versuche, dem Ganzen ein Ende zu setzen, ohne dass jemand verletzt wird.«

Es war ihm so ernst, dass ich mich für meinen dummen Scherz beinahe schämte. »Ich weiß. Erlauben Sie mir, dass ich Ihnen helfe.«

»Sicher, dass ich Sie nicht davon abbringen kann?« Er sah mir tief in die Augen.

»Das hier ist jetzt mein Leben. Risiko hin oder her – ich hänge mit drin«, antwortete ich. »Also gehen wir es gemeinsam an. Ich bin mir sicher, dass Arthur das so gewollt hätte.«

»Wenn das alles vorbei ist, müssen wir beide aber ein paar Dinge klären und Grenzen ziehen, sofern Sie dann immer noch Arthurs Ermittlerjob übernehmen wollen«, sagte Phil. »Diese … Leichtsinnigkeit muss ein Ende haben.«

»Klar.«

Nie wieder würde ein Mann mir vorschreiben, was ich zu tun oder zu lassen hätte. Nicht ohne Grund war ich seit Langem geschieden. Aber diese Diskussion wollte ich nicht hier auf dem Balkon führen.

»Dank Ihnen wissen wir inzwischen, mit wem wir es zu tun haben – Patricia, Tony und Chris. Jetzt brauchen wir nur noch Beweise. Wenn in Petra ein Treffen anberaumt ist, müssen wir vor Ort sein.«

Ich sah auf die Uhr. »Dann hoffen wir mal, dass die Bewohner von Little Meddington so furchterregend sind, wie sie es mitunter sein können. Wenn sie nicht Bescheid geben, dass Sky in Sicherheit ist, muss ich in die Bibliothek – und wer weiß, was mich dort erwartet.«

Phil nahm seine Cap ab und fuhr sich durchs Haar. »Sie sind genau wie Arthur …«

Immerhin klang es nicht wirklich nach Kritik.

45

Agatha

In Little Meddington war es Viertel vor vier in der Nacht, und Agatha Craven, die Inhaberin der Teapot Tearooms, hatte eine Mission. Als Freya sie aus dem Urlaub angerufen und ihr erklärt hatte, was zu tun war, hatte sie keine Sekunde gezögert. Wenn jemand in Schwierigkeiten steckte, wurde das komplette Dorf zusammengetrommelt. So war das nun mal in Suffolk.

Agatha stand mit ihrem Ehemann Simon – dessen Anwesenheit leider nicht besonders beruhigend war – vor der Hintertür zu Crockleford Antiques. In ihrer Tasche steckte der Ersatzschlüssel, und sie hielt eine Taschenlampe in der Hand.

»Du bist auch allein ganz schön furchteinflößend«, murmelte Simon. »Du hättest nicht das ganze Dorf wecken müssen.«

»Und du bist jetzt still, oder es tut dir noch leid.«

»Genau das meine ich.« Er drohte ihr mit dem Zeigefinger und grinste schief. »Dann los, bringen wir es hinter uns. In diesem Dorf dulden wir solche Rüpel nicht.«

Sie nickten einander zu.

Die Bewohnerinnen und Bewohner von Little Meddington – rund fünfzig an der Zahl – fanden sich nach und nach zur Hälfte hinter, zur anderen Hälfte vor dem Laden ein.

»Du koordinierst vorn, und ihr seid bis spätestens fünf vor vier auf eurem Posten.«

Er salutierte und wich ihrem spielerischen Klaps auf die Schulter aus.

In der schattigen Gasse hinter dem Laden standen überdies zwei hiesige Wildhüter und ein Farmarbeiter, die alle ihre Büchsen geschultert hatten. Sonst gingen sie gern mal miteinander jagen. Agatha kannte sie seit ihrer Kindheit, kannte ihre Mütter und wusste, dass sie alle ein Herz aus Gold hatten. Die Gewehre waren nicht geladen, aber das musste der Rüpel im Laden bei Sky ja nicht wissen.

»Okay, Jungs«, flüsterte sie. »Gleich geht's los. Fehlt nur noch Owen.«

Mondlicht fiel zwischen den dahinrasenden Wolken hindurch auf die Hauptstraße, und dann tauchte endlich auch Owen auf, der Mechaniker des Dorfes. Agatha zeigte auf Skys alten Ford.

»Du aktivierst die Alarmanlage, okay? Wir müssen Sky nach draußen locken.«

Sie klatschte in die Hände, damit niemand sah, wie sie zitterten. Doch bei der Vorstellung, was Sky in der Nacht durchgemacht hatte, kehrten ihre Stärke und ihr Durchsetzungswille zurück.

»Sobald sie rauskommt«, erwiderte Owen, »kümmere ich mich persönlich um diesen Mistkerl, der ihr das hier antut.« Er hatte die Fäuste geballt, und Agatha berührte ihn am Arm.

»Sobald sie rauskommt, bringst du sie erst mal von hier weg. Wie wäre das?« Sie konnte ihm die Besorgnis deutlich ansehen. »Sky hatte in den letzten Wochen doch immer wieder Probleme mit ihrem Wagen, oder nicht?«

Owen zuckte mit den Schultern, doch Agatha war schon lange genug am Leben, um zu erkennen, wenn jemand bis über beide Ohren verschossen war.

»Geh zu dem Wagen, und auf mein Kommando …« Dann sah sie auf die Uhr und flüsterte: »Drei. Zwei. Eins!«

Owen lief auf den Ford zu, drückte einmal fest gegen die Kühlerhaube, und Agatha hatte so den Verdacht, dass sie gar keinen Mechaniker gebraucht hätten, um den Fahrzeugalarm auszulösen; Owen hatte einfach nur mit dabei sein wollen.

Sie wartete noch einen kurzen Moment, dann schob sie den Schlüssel ins Schloss der Ladentür und drehte sich flüchtig nach den mittlerweile sage und schreibe sechs Jagdgewehren um, die auf alles vorbereitet waren. Die Läufe zitterten leicht in den Händen der Männer.

»Sky? Bist du zu Hause?«, rief sie. »Ich glaube, ich hab gerade deinen Wagen gestreift, und der Alarm ist losgegangen … Kannst du mal kurz rauskommen und den wieder ausschalten?«

Stille.

»Sky?«

»Ähm … Ja, ich bin hier.« Aus der Wohnung im ersten Stock war gedämpftes Murmeln zu hören.

Agathas Herz hämmerte so laut, dass sie fast befürchtete, einen Herzinfarkt zu kriegen. Aber das hier war ihr Dorf, und so behandelte man keine Frau – nicht, wenn sie es verhindern konnte. Und Freyas Plan war klasse. Agatha würde sicherstellen, dass er funktionierte.

»Das Gejaule weckt noch das ganze Dorf auf«, rief sie. »Ich will nicht, dass jemand bei Officer Blake anruft …« Was niemand tun würde. Aber der Zweck heiligte die Mittel.

»Nein, nicht … Komme!« Sky kam die Treppe heruntergelaufen. Und hinter ihr tauchte ein großer Mann auf. Sky richtete ihren Autoschlüssel aus, und der Alarm verstummte.

Einen Augenblick später schrillte er abermals los. *Gut gemacht, Owen.*

»Ich fürchte, du musst doch kurz rauskommen … Und wie gesagt, vielleicht hab ich deinen Ford ja touchiert, deshalb brauche ich deine Versicherungsnummer – es tut mir so leid! Ich kann auch loslaufen und Officer …«

»Nein, schon in Ordnung, bin schon unterwegs.« Sky warf dem Mann hinter ihr einen finsteren Blick zu, fauchte ihm irgendwas zu, und er ließ sie gehen.

Agatha sah auf die Uhr. Noch zwei Minuten, bis Freya in der Bibliothek des Schiffes sein müsste. Sie durften jetzt keine Zeit verlieren.

»Ich kann ihn auch anrufen …«

»Bin schon da.« Sie warf noch einen Blick über die Schulter, doch kaum dass sie die Hintertür erreicht hatte, zog Agatha sie zur Seite und donnerte die Tür hinter Sky zu.

Brüllend riss der Mann die Tür wieder auf – und stand einer Horde Dorfbewohner mit Waffen im Anschlag gegenüber.

Owen legte den Arm um Skys Schultern und schob sie eilig die kopfsteingepflasterte Gasse entlang auf seinen alten Truck zu. Sky drehte sich noch einmal um und sah Agatha an. »Danke.«

Agatha lächelte und wandte sich wieder dem fremden Mann zu. »Ich hab keine Ahnung, wer Sie sind, aber so ein Verhalten dulden wir hier in unserem Dorf nicht. Und Sie sind nur deshalb nicht von der Polizei umringt, weil Freya uns darum gebeten hat. Aber gucken Sie mal.« Sie zeigte auf den Sohn des örtlichen Metzgers. »Er zeichnet alles auf.

Sie gehen jetzt vorn zur Ladentür raus. Mein Mann wartet dort schon und bringt Sie zu Ihrem Wagen.« Sie zeigte in Richtung Verkaufsraum. »Simon hat vorn bereits aufgesperrt. Und kommen Sie bloß niemals wieder!«

Dann zog Agatha ihr Handy aus der Tasche und tippte: *Sky ist bei Owen in Sicherheit, und der Rüpel ist weg.*

46

Freya

Noch ehe die Sonne aufgegangen war, brachte Phil Carole und mich zurück zu unserer Kabine, damit wir duschen, uns umziehen und packen konnten. Ich hatte Mark und Luke das aus dem Lowestoft Maritime Museum entwendete Gemälde abgeknöpft, das sie sich nach eigenen Angaben nur um der Versicherungsprämie willen unter den Nagel gerissen hatten. Das Gemälde – und das Schwert, das Luke für Mark in Sicherheit gebracht hatte.

Jetzt galt es, die Ernennung des neuen Sammlers zu verhindern.

Ich sah andauernd auf die Uhr und hoffte, dass Agatha und die anderen in Little Meddington den Laden stürmen und Sky in Sicherheit bringen würden. Diese Aufgabe anderen übertragen zu müssen, war die reinste Folter, aber ich konnte nun mal nicht an zwei Orten gleichzeitig sein.

Ich war es nicht gewöhnt, mich auf andere zu verlassen, doch dieser Fall verlangte mir das jetzt schon zum wiederholten Male ab.

Als ich bis zwei Minuten vor sechs immer noch nichts von Agatha gehört hatte, war klar, dass Carole und ich zur Bibliothek gehen und uns in Chris' und Tonys Gewalt begeben müssten.

Dann pingte mein Handy. Ich war so erleichtert, dass ich mich buchstäblich an der Wand abstützen musste.

»Sie haben es geschafft!«, rief ich Carole zu.

Mit ein paar langen Schritten durchquerte sie die Kabine und nahm mich in die Arme. »Dann ist Sky in Sicherheit?«

Ich nickte.

»Dieses Dorf ist einfach die Wucht! So macht man das in Suffolk!«

»Dann machen wir uns jetzt schleunigst auf den Weg zu diesem Treffen in Petra und verhindern die Ernennung eines neuen Sammlers. Ein für alle Mal.«

*

Der Hafen von Akaba war von modernen Fünfsternehotels umgeben. An einem hohen Fahnenmast wehte die jordanische Flagge. Porträts von König Abdullah II. bin al-Hussein und seinen Söhnen, den Prinzen Hussein und Hashem, begrüßten uns bei der Passkontrolle. Die übrigen Passagierinnen und Passagiere schienen noch ziemlich verschlafen zu sein, aber Carole und ich waren hellwach.

Sobald wir auf jordanischem Boden waren, schickte das Personal uns zu ein paar parkenden Busse. Carole stupste mich an, als Patricia zusammen mit Mark, Sally, Tony, Jenny und Archie in einen der hinteren Busse in der Reihe einstieg.

»Sollen wir versuchen, denselben Bus zu nehmen?«, wollte Carole wissen.

»Sie fahren gerade los … Wir nehmen den nächsten und behalten sie einfach im Blick.«

Uns stand eine knapp zweistündige Fahrt durch die jordanische Wüste bevor. Als ich aus dem Fenster sah, stellte ich fest, dass Akaba beileibe nicht mehr das verschlafene Fischerdorf von vor zwanzig Jahren war. Kurz schnürte sich mir das Herz zusammen. Die Einundzwanzigjährige, die ich damals gewesen war, als ich erstmals hier entlanggestreift war, hatte mit meinem heutigen Ich kaum noch etwas gemein. Ich war älter geworden, hatte mir Schmisse und Narben eingehandelt – doch meine Entschlossenheit, die Wahrheit ans Licht zu bringen, war ungebrochen. Mein Gerechtigkeitssinn war immer noch genauso stark. Außerdem war die Vorstellung tröstlich, dass sich der Kreis schließen und ich womöglich bald die Vase wiederfinden würde, nach der Arthur und ich vor so langer Zeit zusammen gefahndet hatten.

*

Carole und ich waren eingeschlafen, kaum dass wir Akaba hinter uns hatten, doch sobald wir von der sogenannten Königsstraße in Richtung unseres Ziels abbogen, wachte ich wieder auf. Der Weg nach Petra hatte durch das schier endlose Wadi Musa geführt, doch jetzt hatten wir das kargere rostrote Bergland erreicht. Während sich die Straße immer höher hinaufschraubte, ließ ich den Blick schweifen. Die Naturtöne – Sandstein und Erde – standen in einem scharfen Kontrast zum sattblauen Himmel, an dem nur ein paar Wolkenfetzen zu sehen waren. Die Straße wurde schmaler und kurvenreicher, bis sie schließlich in einen abgelegenen Talkessel hinabführte, in dem das berühmte antike Petra in den Sandstein gemeißelt worden war.

Angeblich hatte Moses hier einst gegen einen Fels geschlagen, und Wasser war daraus hervorgesprudelt. Später hatten die Nabatäer – ein nordwestarabisches Nomadenvolk –

hier ihre Hauptstadt errichtet, die als Drehscheibe für den Gewürzhandel zu Wohlstand kam. Genau diese Nabatäer schlugen Häuser, Tempel und Grabstätten in den Fels, dessen Farbe sich je nach Sonnenstand veränderte. Über ein System aus mehreren Aquädukten bezogen sie Wasser, sodass sie sogar Gärten und ertragreiche Äcker anlegen konnten. Doch Zeiten änderten sich, Handelsrouten wurden verlegt, und nach mehreren schweren Erdbeben verließen auch die letzten Bewohner die Stadt. Vielleicht glaubten sie ja, das Land sei ihnen nicht mehr wohlgesinnt.

Unser Bus hielt hinter einem modernen Gebäudekomplex, in dem ein Museum untergebracht war. Von dort gingen wir auf einen halbmondförmigen Platz zu, der den Zugang zu der alten Felsenstadt markierte. Ich suchte die Menge ab, doch Chris war nirgends zu sehen.

»Das hier fühlt sich verkehrt an«, flüsterte ich Carole zu, doch die hatte inzwischen Sally und Mark entdeckt, die klischeehaft Regenschirme in die Höhe reckten und Namen aufriefen. Direkt daneben standen rund zwanzig weitere Fremdenführer, die ebenfalls Gruppen um sich geschart hatten.

»Teilen wir uns auf?«

»Nein. Ich hab das vage Gefühl, dass Sallys und Marks zwei Gruppen sowieso zusammenbleiben.«

Sally plauderte mittlerweile mit Jenny und Archie, und endlich entdeckte ich Tony, der sich mit einer geschwollenen Lippe am Rand hielt. Ich zog den Kopf ein, obwohl er bei so vielen Zeuginnen und Zeugen womöglich ohnehin nichts unternehmen würde.

Nur Phil konnte ich nirgends entdecken. Er hatte erwähnt, dass er sich mit ein paar Jordaniern und Mitgliedern seines Teams treffen wollte, sobald wir im Hafen angekommen wären, dass er anschließend aber ebenfalls herkommen und sich auf die Lauer legen würde.

Sally schien bemerkt zu haben, dass wir langsam auf sie zuschlenderten, und kam uns ein paar Schritte entgegen.

»Die Schlüsselbänder tragen Sie bitte, solange wir hier sind. Darin stecken auch Ihre Eintrittskarten«, rief sie ihrer Gruppe über die Schulter zu. »Gleich da vorn links und dann die Straße runter. Am Ende des Hangs befindet sich die Einlasskontrolle zum Gelände.« Sie wandte sich an Carole und mich: »Sie sind bei Mark eingeteilt.«

Carole beugte sich leicht vor. »Wir wären wirklich am liebsten mit der echten Expertin unterwegs ...«

»Das geht leider nicht.« Ohne uns aus den Augen zu lassen, rief sie: »Mark, die beiden gehören zu dir.«

Mark versuchte, nicht allzu offensichtlich die Augen zu verdrehen, und winkte uns zu sich. Dann seufzte er tief auf. »Wehe, Sie machen Schwierigkeiten.«

Carole strahlte ihn an. »Das wäre ja noch nie vorgekommen!«

»Bleiben Sie bei der Gruppe. Auf dem Gelände selbst können Sie sich gern herumtreiben.«

Wir nickten artig, behielten aber Sallys Gruppe im Blick, die bereits die Ticketkontrolle erreicht hatte. Auch Patricia hatte sich dort eingereiht und schien mit Jenny zu scherzen. Aus den Augenwinkeln erhaschte ich einen Blick auf Caroles wehmütiges Gesicht.

»Du hast Patricia wirklich gemocht, oder?«

»Ja. Aber als du gekidnappt wurdest ...« Sie seufzte. »Trotzdem muss man ihr eines lassen: Dafür, dass sie aus einer Generation stammt, in der Frauen zu Hause bleiben und sich um die Kinder kümmern mussten, hat sie es wirklich weit gebracht. Sie hat sich über die Konventionen ihrer

Zeit hinweg- und in einer Männerdomäne durchgesetzt. Zwar auf der falschen Seite des Gesetzes – aber das Thema Gleichstellung hat sie verdammt noch mal verinnerlicht.«

»Du bewunderst sie immer noch? Nach allem, was du jetzt über sie weißt?«

Carole lächelte mich an. »Was ich mit am meisten an *dir* mag, ist dein unverrückbarer moralischer Kompass. Aber auch wenn ich nicht gutheißen kann, was Patricia getan hat, kann ich einer Frau doch wohl Anerkennung zollen, die sich gegen alle Widrigkeiten nach oben gearbeitet hat.« Sie hakte sich bei mir unter und tätschelte meinen Arm. »Was nicht bedeutet, dass wir das Netzwerk nicht zerschlagen werden.«

»Die Welt ist nun mal nicht nur schwarz-weiß«, murmelte ich – genau das hatte sie mir von klein auf eingebläut.

Vor uns näherte sich Archie der Ticketkontrolle. Er schaute den Hang hinauf, ließ den Blick über die Besuchermassen schweifen und nickte zufrieden. Er durchquerte die Schleuse und verschwand außer Sicht. Carole blickte zu mir auf. Spätestens jetzt war klar, dass wir nicht länger auf die fünf, sechs Leute aus Marks Gruppe warten konnten, die noch dringend aufs Klo hatten gehen müssen.

Kurzerhand schlichen wir uns davon und eilten hinter Sallys Gruppe her.

47

Der Weg zum berühmten Schatzhaus des Pharao und den umliegenden weitläufigen Anlagen würde zu Fuß beschwerlich werden. Kaum dass wir die Ticketschleuse hinter uns hatten, kamen uns Ortsansässige mit Pferden entgegen und boten uns diese an. Sallys acht, neun Teilnehmerinnen und Teilnehmer hatten Golfcarts bestiegen und waren bereits unterwegs.

Linker Hand ein paar Stufen abwärts befand sich ein Pfad für die Pferde und ein paar Esel und Mulis, die dort an einer Wand angepflockt waren.

»Sie brauchen Pferd«, rief ein Mann.

»Sehr schnelles Pferd – wie Ferrari!«

»Hat eingebaute Klimaanlage«, rief wieder ein anderer. »Schont Ihre Beine auf dem langen Weg!«

»Ja, Sie – Sie da!« Als ich mich umdrehte, hielt Carole bereits auf einen von ihnen zu und strahlte dann mich an. Wir würden also reiten. Na wunderbar.

»Ernsthaft?«, murmelte ich und joggte ihr hinterher.

Sie zeigte auf die Golfcarts. »Sonst hängen sie uns ab, Schätzchen. Wir nehmen diese zwei Vollblüter.«

Sallys Gruppe war schon fast außer Sicht, und die Aberdutzend Kreuzfahrtgäste, die zu Fuß hinter ihnen herzuckelten, würden uns nur zusätzlich aufhalten.

Und immer noch stellte ich mir eine Frage.

Wo ist eigentlich Chris Prince?

Ich checkte mein Handy. Kein Empfang. Ich hatte eine E-Mail von Sky bekommen, die ich jedoch nicht abrufen konnte. Sofort war mir wieder angst und bange. Wenn etwas passierte, würden wir hier keine Hilfe herbeirufen können. Phil hatte zwar erwähnt, dass er diverse Leute in Position gebracht hatte, trotzdem fühlte es sich an, als wären wir vollkommen auf uns allein gestellt.

Carole war bereits auf ein kleineres Pferd aufgestiegen und plauderte mit dem Jordanier, der den Führstrick hielt. Ich ging gerade auf ein weiteres mageres Pferdchen zu, das kein bisschen nach Vollblüter oder Klimaanlage aussah, als ich aus den Augenwinkeln Mark entdeckte, der seine Gruppe den Weg entlangscheuchte. Sofort machte ich kehrt und rannte auf ihn zu. »Mark, ich habe noch eine Frage.«

Er schnalzte missbilligend mit der Zunge. »Dann aber flott.«

»Warum Petra? Ich weiß, hier soll ein Treffen stattfinden, aber … warum *hier*?« Ich gestikulierte in Richtung der Sandsteinerhebungen und Felsblöcke ringsum. »Warum nicht irgendein klimatisiertes Fünfsternehotel mit Blick auf den Sonnenuntergang über dem Roten Meer?«

»Das hier steht bei zig Leuten auf der Bucketlist. Die Kreuzfahrt war nun mal so geplant.« Er winkte zwei älteren Leutchen zu, die sich auf dem holprigen Weg gegenseitig stützten, und rief: »Lassen Sie sich Zeit! Am Schatzhaus des Pharao kommt die Sonne erst gegen halb neun Uhr heraus, aber passen Sie gut auf, wo Sie hintreten!«

»Laura hat das alles organisiert«, murmelte ich in mich hinein, als ein Anflug von Zweifel – so hauchzart, dass ich ihn fast nicht bemerkt hätte – an meinem Bewusstsein zupfte. *Irgendwas habe ich übersehen …*

»Laura?« Mark schüttelte den Kopf. »Ich hätte nie gedacht, dass ... Ich mochte sie.« Er schluckte. »Aber man kann nun mal nicht zweigleisig fahren, ohne irgendwann unter die Räder zu kommen. Dass sie mit Arthur Crockleford geredet hat, war bloß der erste Fehler von vielen.« Er machte einen Schritt von mir weg und rief einer Frau aus seiner Gruppe hinterher: »Wir sehen uns dort!« Dann blickte er wieder mich an. »Ich muss weiter. Sehen Sie sich ein bisschen um, es ist herrlich hier, und dann fahren Sie nach Hause. Mischen Sie sich nicht weiter ein.«

Mir schwirrte der Kopf. »Laura hat sämtliche Expertenevents an Bord organisiert: den Ausflug ins Museum, das hier ...«

»War ja klar, dass Sie dort auch waren.«

Dann ging er los, während Caroles Gaul sich mit ihr in Bewegung setzte.

»Komm schon!«, rief sie mir vom Reitweg her zu.

»Warum wurde Laura ermordet? Sie müssen das doch wissen ... oder zumindest einen Verdacht haben!« Bevor er mir entkommen konnte, packte ich Mark beim Arm. »Warum?« Als er nicht antwortete, sagte ich: »Sonst erzähle ich Patricia, dass Luke ihr das Schwert geklaut hat.«

Er neigte den Kopf und dachte kurz über das nach, was ich gesagt hatte. Er wirkte fast ein wenig verwirrt. »Das Schwert hat immer schon mir gehört. Es war an der Zeit, dass ich es zurück auf unseren Familiensitz bringe. Es war nie für die Auktion vorgesehen. Sie scheinen da einiges durcheinanderzubringen. Sie wären klug beraten, wenn Sie jetzt einfach gehen würden. Sonst bringt die Suche nach der Wahrheit Sie um – so wie Laura. Wenn man zu viel weiß und die Infos dann auch noch zu Geld machen will, geht das eben mitunter schief. Und wie Sie ja bereits wissen, ist

Chris mit Schusswaffen schnell bei der Hand und ziemlich unberechenbar.« Er seufzte. »Ein neuer Sammler ist seit Jahrzehnten überfällig, aber gerade wird das Gerangel um die Nachfolge unerträglich. Was die Aussicht auf Macht mit manchen Leuten macht …« Ein paar Kreuzfahrtgäste winkten ihn heran. »Ich muss jetzt wirklich weiter.«

Mark glaubt, dass Chris Prince Laura erschossen hat, weil sie ihm in die Quere kam. In der Nachricht, die sie mir zugespielt hatte, meinte Laura, sie habe eine Absprache mit Arthur gehabt. Wussten sie das und haben sie deshalb ermordet?

Dass er gesagt hatte, ich hätte einiges durcheinandergebracht, hallte in meinem Kopf nach, bedeutete es doch, dass ich an irgendeiner Stelle eine falsche Schlussfolgerung gezogen hatte.

»*Was* habe ich durcheinandergebracht?«

»Hören Sie … Arthur war in der Branche hochgeschätzt. Nur aus Respekt für ihn hat man Ihre Anwesenheit geduldet und Ihnen nichts getan. Aber mit Ihrer Fragerei begeben Sie sich auf dünnes Eis.« Mark wandte sich endgültig ab und eilte davon.

»Mal abgesehen davon, dass Patricia und ihr Neffe uns gekidnappt haben«, rief ich ihm nach.

Doch er schüttelte nur den Kopf.

Ich war komplett verwirrt. Chris Prince war ein Mann, der Frauen ausnutzte. Er hatte Bella ausgenutzt, und Laura und ich hatten ihn dafür gehasst – ich dafür sogar noch mehr als für den Streifschuss, den er mir verpasst hatte. Er hatte Phils Freund Ed auf dem Gewissen, hatte aller Wahrscheinlichkeit nach Ben Wells umgebracht, Laura und über die Jahre weiß der Himmel wie viele andere, die sich ihm in den Weg gestellt hatten …

Die Vorstellung, ihm hier in die Arme zu laufen, war das blanke Grauen.

Eins wusste ich noch von meiner letzten Reise nach Petra: Die meisten großen Sandsteingebäude waren Grabstätten. Wollte Chris in einem davon dafür sorgen, dass Patricia auch wirklich zurücktrat – und zwar auf eine Art und Weise, dass wirklich kein Rücktritt vom Rücktritt mehr möglich war?

»Ich brauche Ihr schnellstes Pferd!«, rief ich den Männern zu.

*

Die Sonne ging bereits auf, als wir absaßen, unsere Guides bezahlten und in die zu beiden Seiten hoch aufragende Sandsteinschlucht hinabstiegen. Hier und da fühlte es sich an, als würden die Wände auf mich zurücken. Die kalte Morgenluft stach in meiner Lunge und trieb mich an. Wo würde das Treffen stattfinden? Und überall waren Zeugen …

Ich hielt aufs Licht zu, und beim Anblick des Schatzhauses wanderte mein Blick nach oben. Hellenistische Fassade mit hohen Säulen und falschen Fenstern, ein aus dem Sandstein gehauener Portikus. Sallys Gruppe stand munter plaudernd davor.

Ich tippte Carole an, die sich ehrfürchtig zu mir umdrehte. »Ist das nicht das Schönste, was du je gesehen hast?«

Das war es wirklich, und als ich mir einen Moment gestattete, um den Anblick zu genießen, spürte ich, wie sich in meinem Hals ein Kloß bildete. Es gab nur wenige Orte auf der Welt, die selbst im Angesicht von Touristenströmen immer noch magisch wirkten. Dass das Schatzhaus auf so vielen Bucketlists stand, war nur zu verständlich.

»Ich würde ja gern wissen, worüber sie reden.« Ich nickte in Richtung von Sallys Gruppe.

Gleichzeitig spürte ich, wie sich von hinten jemand näherte.

»Das ließe sich machen«, murmelte Phil mir ins Ohr. Seine Brust streifte meine Schulter, und mein Herz machte einen Satz.

Ich lächelte ihn verlegen an und sah ihm in die braunen Augen, als er mir unvermittelt einen Kopfhörer in die Hand drückte.

»Soweit wir es mitbekommen haben, ist Chris Prince noch nicht hier. Ich fürchte fast, uns ist etwas entgangen ... Sloane, meine Kollegin, hat gerade durchgegeben, dass Bella in einem Taxi gekommen ist. Wissen Sie, was sie hier vorhat?«

»Bei Bella ist alles möglich, aber ich tippe auf Rache.« Ich sah ihn ernst an.

»In Sallys Regenschirm steckt eine Wanze.«

Ich schob mir den Kopfhörer ins Ohr und hörte sofort, wie Sally mit ihrer Gruppe sprach.

»Wir gehen jetzt gemeinsam durch den Siq – die Schlucht – bis zur sogenannten Straße der Fassaden. Dort haben Sie bis zum Mittagessen ein, zwei Stündchen Zeit, sich auf eigene Faust umzusehen. Sie können sich beispielsweise das Obeliskengrab und die Königswand ansehen. Diesen Teil übernehmen ein paar örtliche Guides ...« Dann drehte Sally sich weg, sprach mit Patricia, und plötzlich konnte ich nur noch statisches Rauschen hören.

»Sie haben die Wanzen gefunden ... Dann müssen wir jetzt auf eine weniger belastbare Methode zurückgreifen«, flüsterte Phil.

Während Sally auf Patricia einredete, ließ diese den Blick schweifen. Ich riss Carole herum, sodass wir mit dem

Rücken zu ihr dastanden. Als ich vorsichtig über die Schulter spähte, meinte ich, einen weicheren Zug um ihren Mund sowie Sehnen in ihrem Blick zu erahnen ... als würde sie jemanden erwarten.

»Auf wen wartet sie wohl?«

Die ersten Sonnenstrahlen wanderten die lang gezogene Schlucht entlang, und das orangefarbene Licht setzte den Sandstein förmlich in Brand. Ich nahm den Kopfhörer heraus und tippte Phil an. »Sie teilen sich gleich auf. Wir sollten an Patricia dranbleiben.«

»Sehe ich genauso«, erwiderte Phil. »Sie wissen aber, dass sie observiert werden. Keine Ahnung, ob wir so überhaupt weiterkommen.«

»Laura hat diesen Ausflug für Chris geplant. Allerdings glaube ich, dass Chris nicht mehr nach den ursprünglichen Regeln spielt. Er wirft alles über den Haufen. Für Patricia war diese Reise ein Lebenstraum.«

»Und haben Sie Tony irgendwo gesehen?«, mischte Carole sich ein.

Phil drehte sich weg, redete leise in einen Sender an seiner Brust und wartete die Antwort ab. »Der ist schon ein gutes Stück weiter in der Schlucht.« Er hielt inne. »Vor der Straße der Fassaden gibt es einen Imbiss. Dort redet er gerade mit dem Betreiber.«

»Dann müssen wir uns eben auch aufteilen. Carole, kannst du Patricia im Blick behalten? Ich gehe nachsehen, was Tony vorhat.«

Phil hielt mich zurück. »Wenn er Sie sieht ...«

»Das Risiko muss ich eingehen.«

Ich ließ die beiden stehen, lief los in Richtung Schlucht und schwor mir, dass ich eines Tages hierher zurückkommen und mir jeden Zentimeter dieser atemberaubenden

Anlage ansehen würde. Doch im Augenblick hatte ich nur eins im Sinn: Ich musste herausfinden, ob das Treffen, von dem Arthur Phil erzählt hatte, nun wirklich stattfinden würde.

48

Geschlagene dreieinhalb Stunden lang verfolgte ich Tony auf dem anstrengenden Aufstieg zum Obeliskengrab. Die jordanische Sonne brannte auf mich herab, und der Sandsteinstaub juckte in meinen Augen. Phil hatte sich an Sallys Gruppe drangehängt, die eine geführte Tour durch die Königswand machte. Carole wiederum behielt Patricia im Blick, die in Richtung der byzantinischen Kirche unterwegs war.

Sofern Tony mitbekommen hatte, dass ich ihm folgte, schien es ihn nicht weiter zu kümmern. Während ich mich dicht hinter einer weiteren Touristengruppe hielt, sah ich, wie er sich von der Gruppe entfernte und auf einen Mann zutrat, der mit dem Rücken zu mir dastand.

Ich umrundete die Gruppe und sah, wer dieser Mann war: Archie. Er und Tony blickten wie normale Touristen zum Obeliskengrab empor. Dann schüttelte Archie den Kopf – was immer Tony gerade zu ihm gesagt hatte, schien ihm nicht zu gefallen. Jenny wiederum war nirgends zu sehen. Sollte ein Ehepaar hier nicht gemeinsam umherschlendern?

Irgendwas daran störte mich.

Als ich die unzähligen Stufen zurück in die Schlucht hinabstieg, war es Mittag geworden. Die rund dreihundert Kreuzfahrtgäste versammelten sich, um sich einen Überblick über die Essensgelegenheiten zu verschaffen oder – wenn sie von Abenteuern noch nicht genug hatten – den Bergpfad zum Kloster zu erklimmen.

Ich bekam mit, wie Sally ihrer Gruppe erklärte, dass nun ein paar örtliche Fremdenführer übernehmen würden. Angesichts der Aberhundert Touristinnen und Touristen fiel es mir schwer, Tony im Blick zu behalten. Kurz versuchte ich, Carole in ihrem roten Oberteil wiederzufinden.

»Irgendwas ist da im Busch«, flüsterte sie nur Sekunden später. Sie hatte sich durch eine Touristentraube geschoben und meinen Ellenbogen berührt. »Der Spaziergang war ganz wunderbar, aber … Ich bin mir fast sicher, dass Patricia mich entdeckt hat – und ihr meine Anwesenheit vollkommen egal war.«

»Das gleiche Gefühl hatte ich bei Tony, ganz so als wären wir für sie keine Gefahr mehr. Was bitte schön ist da los?«

Mehrere Touristen strömten an uns vorbei, und als einer Carole anrempelte, hakte ich sie unter und zog sie ein Stück zur Seite.

»Keine Ahnung, aber ich hab ein mulmiges Gefühl«, sagte sie. »Und wo steckt überhaupt Bella? Wenn Patricia das Ruder an Tony übergibt – wozu dann das ganze Spektakel?« Sie nickte in Richtung des Grabmals, das vor uns aufragte. »Die tun so, als wären sie piepnormale Touristen …«

Doch als ich mich abermals umsah, war plötzlich keiner von ihnen mehr da.

»Wo sind die denn hin?« Panik schoss mir in die Glieder. Inmitten der Touristenmassen hatten sich unsere Zielpersonen von der Menge entfernt und waren abgetaucht. »Mark hat gesagt, ich hätte etwas durcheinandergebracht. Also – was bitte schön haben wir falsch verstanden?«

»Haben Sie irgendwo Sally oder Mark gesehen?«, fragte Phil, der hektisch auf uns zumarschiert kam.

»Nein«, antworteten Carole und ich im Chor.

Mein Magen krampfte sich zusammen. »Wir haben sie aus den Augen verloren …« *Und das war unsere letzte Chance!*

»Und zwar alle … Patricia, Tony, Mark … Sally und Archie.« Beim Aufzählen suchte er weiter die Gesichter ringsum ab. Vergeblich.

»Aber wie ist das möglich?«, fragte Carole. »Die waren doch eben noch bei ihren Gruppen?«

»Stimmt«, murmelte ich. *Denk nach! Wohin könnten sie so schnell verschwunden sein?* »Der Einzige, der zwischenzeitlich mal *nicht* bei seiner Touristengruppe war, war Tony, als er mit dem Restaurantbetreiber gesprochen hat. Aber da hat er sich bloß eine Limo gekauft und mit dem Mann an der Kasse gesprochen …«

Carole sah mich vielsagend an und nickte nachdrücklich.

*

Hinter dem Theater, das aussah wie ein kleineres römisches Amphitheater aus Sandstein, befand sich ein niedriges, baufälliges Konstrukt, das von oben bis unten mit traditionell schwarz-roten Stoffbahnen in unterschiedlichen Stadien der Fadenscheinigkeit behängt war. An der Front hingen ausgebleichte Werbeschilder für Softdrinks und Eis, allerdings konnte man nicht hineinsehen, weil auch der Eingang mit Stoffbahnen zugehängt war. Das Restaurant sah geschlossen aus.

»Ich gehe hintenrum«, sagte ich.

Phil nickte und schlug den entgegengesetzten Weg ein. Carole hingegen musste irgendwie vergessen haben, dass wir uns hatten bedeckt halten wollen. Sie ging schnurstracks auf den Eingang zu und riss die Stoffbahn beiseite.

»Carole!«, fauchte ich leise.

Zu spät. Mark trat aus der Tür und grollte: »Hier ist geschlossen.«

»Und warum sind Sie dann drin?«, fragte sie und versuchte, an ihm vorbeizuspähen.

Mark machte einen Schritt zur Seite. »Sie geben einfach nicht auf, was? Dann kommen Sie rein. Er wartet schon auf Sie.«

Er?

Carole winkte mich zu sich und duckte sich unter dem Stoff hindurch.

Ich hatte keine andere Wahl, als ihr zu folgen. Ich würde sie nicht allein gehen lassen. Irgendwer hustete hinter mir, und als ich mich umdrehte, stand dort Chris Prince – mit einer Waffe in der Hand.

Phil hatte die Hände bereits erhoben. »Ich nehme an, wir gehen alle mit rein«, sagte er nüchtern, als Chris ihn auch schon vor sich her scheuchte.

»Los, Beeilung!«

Ich werde heute nicht sterben, ich werde heute nicht sterben, redete ich mir mantramäßig zu. »Wollen Sie schon wieder auf mich schießen?«, spottete ich. Er durfte mir die Angst nicht ansehen, ganz gleich, wie sehr mein Herz hämmerte.

»Bewegung! Los, Sie beide! Und ich schieße mit Vergnügen auf jeden hier, der sich mir in den Weg stellt. Hat es beim letzten Mal nicht genug wehgetan?« Er versetzte mir einen Hieb gegen die Schulter, und prompt schossen mir

Schmerzen durch den Arm. Eilig schob Phil sich dazwischen.

»Versuchen Sie, da drin die Füße stillzuhalten«, raunte er mir zu.

»Ist meine grässliche Ex auch hier?« Chris warf einen Blick über die Schulter, aber es war niemand da, der Bella ähnlich gesehen hätte.

Trotzdem war die Frage berechtigt. Wo steckte sie? Ich sah ratlos zu Phil, der bloß mit den Schultern zuckte.

Drinnen brauchte ich einen Moment, bis meine Augen sich an das Zwielicht gewöhnt hatten. Ich blieb kurz stehen, doch Chris schubste mich weiter, sodass ich vorwärtsstrauchelte.

Das Restaurant war in zwei Bereiche aufgeteilt – in einen Souvenirladen mit dem üblichen Touristennippes, bergeweise Stoffen, Holzkamelen und -eseln, auf denen *Jordanien* stand. Auf der anderen Seite stand mittig ein langer Tisch.

Patricia saß am Tischende, Tony direkt neben ihr, dann Sally, Mark, Jenny, Archie … und am gegenüberliegenden Tischende Luke.

»Ich hab mir schon gedacht, dass Sie kommen«, verkündete Luke. »Gibt's noch Stühle? Dann können alle sitzen. Es sei denn, es wollen sich noch mehr Leute vom FBI und von der jordanischen Polizei zu uns gesellen.«

Phil biss die Zähne aufeinander.

Ist Luke etwa doch der Sammler? Und gar nicht Patricia?

»Wirklich. Ist mir vollkommen egal.« Luke griff zu dem Glas Wasser vor ihm auf dem Tisch. »Sie haben nichts gegen uns in der Hand, und selbst wenn Sie Beweise hätten, liegt gegen mich nicht genug vor. Wir sind einfach nur ein paar alte Freunde, die sich zum Kaffee verabredet haben.

Patricia hat gerade von ihren beiden Neffen erzählt und wie erfolgreich sie sind. Tony haben Sie bereits kennengelernt, oder?«

Er nickte in meine Richtung, doch mein Hals war zu trocken, als dass ich hätte antworten können.

»Nicht? Und den zweiten Neffen? Ben Wells?« Er musste mir die Überraschung angesehen haben, weil er umgehend fortfuhr: »Wie ich sehe, haben Sie zumindest schon von ihm gehört. Tja, ich wollte Patricia gerade mitteilen, dass Ben es nicht mehr hergeschafft hat.«

Dann ist Ben Wells, der vermisste Antiquitätenexperte, Patricias zweiter Neffe? Und ich dachte, er wäre der Tote hinter dem Lowestoft Maritime Museum … Oh.

Patricia hatte die Stirn in Falten gelegt.

Sie weiß es noch nicht. Ich schluckte trocken und schloss die Augen. *Oh Gott, sie weiß es noch nicht …*

Sie sah Luke finster an. »Was soll das heißen?«

Luke ging über ihre Frage hinweg und sah stattdessen weiter zu mir. »Ich habe Sie hereingelassen, damit wir ein paar Fragen klären können. Zuerst mal: Was hat Arthur Ihnen über all dies hier erzählt? Vielleicht ja, dass Ben die Organisation ein bisschen modernisieren wollte und Tony hier einfach nur ein schlichter Geist ist, der auf noch mehr Reichtum aus ist? Bens Vorschläge waren … spannend, aber mir war Chris' Vision eindeutig lieber. Nur – hinter wen von ihnen hätte sich Arthur gestellt?«

Ich antwortete nicht. Es sah ganz danach aus, als würde ich an mehr Informationen gelangen, indem ich einfach den Mund hielt.

»Ich bin wirklich zu neugierig. Kommen wir also direkt zum zweiten Grund, warum ich Sie hereingebeten habe.«

Luke griff in eine Ledertasche, die an seiner Stuhllehne

hing, und zog daraus eine Aktenmappe hervor. Er tippte mit dem Zeigefinger darauf.

»Patricia und ihr Ehemann waren der Organisation jahrzehntelang treu ergeben. Patricias Händchen fürs Geschäftliche ist wirklich außergewöhnlich. Zu ihren Spezialitäten gehört das Verschieben von Geld zwischen mehreren Briefkastenfirmen in Steueroasen. Leider fing sie irgendwann an, über ihre Position hinaus zu denken und ihren Neffen einzureden, dass aus ihnen noch sehr viel mehr werden könnte ... mehr, als sie zu leisten imstande wären, wenn Sie mich fragen. Tony, deine jüngsten Alleingänge stimmen mich traurig. Du bist wirklich kein bisschen loyal, nicht mal gegenüber deinem Bruder.« Er sah erst Tony vielsagend an, dann Chris, der immer noch hinter uns stand und die Waffe auf Phils breiten Rücken gerichtet hatte. »Als ich meinen Rücktritt angekündigt habe, wusste ich, dass sofort diverse Messer gewetzt werden ... insbesondere von denen, die heute mit an diesem Tisch sitzen.« Luke wischte sich über die Stirn.

»Wir haben nichts getan, wir haben nicht ...«, stammelte Tony. »Sag's ihm, Chris!«

Mark wandte sich kopfschüttelnd Patricia zu. »Du hast wirklich geglaubt, dass wir nicht mitbekommen, was du vorhattest, Patricia? Dass du deine Neffen in Position gebracht hast? Dass du Ben ausgeschickt hast, um Chris umzubringen, damit der schon mal aus dem Rennen wäre? Nur dass es so nicht gekommen ist.«

Archie verzog das Gesicht, und Jenny versetzte ihm mit dem Handrücken einen Klaps gegen den Arm. »Nicht jetzt!«

Sally schnalzte mit der Zunge, sagte aber nichts.

Luke stand auf, nahm die Akte hoch und schlenderte auf Phil zu, dem er die Akte in die Hand drückte. »Hier, ein Geschenk für Sie. Ich bin mir sicher, Sie haben noch zig weitere Akten mit Erkenntnissen zu mir und meinen Aktivitäten. Aber Sie haben nie auch nur annähernd in Erfahrung gebracht, wer der *Sammler* in Wahrheit ist. Lassen Sie mich Ihnen den Job ein bisschen erleichtern. Da drin stehen jede Menge belastende Informationen über Tony, Ben und Patricia.« Er drehte sich zu ihr um. »Es ist aus, Patricia. Ihr hättet euch nie um die Nachfolge bewerben dürfen.«

»Und wen willst du stattdessen bestimmen? Deinen Protegé?« Patricia zeigte auf Chris. »Du vergisst dabei, dass ich weiß, wo das ganze Geld liegt.«

»Das Geld aus der jüngsten Auktion liegt auf einem Konto, auf das du keinen Zugriff hast. Es ist mehr als genug, damit ich mich zur Ruhe setzen kann. Nur deshalb hat Chris in meinem Auftrag die Mumie und einen beträchtlichen Teil meiner Sammlung an Bord geschmuggelt. Dieses Geld lässt sich nicht zurückverfolgen, und ich bin mir sicher, Chris kann dich überreden, die Einzelheiten zu unseren früheren Firmen ebenfalls auszuhändigen. Er hat ein Talent dafür, Leuten Geheimnisse zu entlocken.«

Tony schüttelte den Kopf. »Chris führt dich doch an der Nase herum!«

Luke schnaubte. »Eure Gier nach Macht und Geld hat euch schon vor Jahren völlig den Kopf verdreht – dir noch viel schlimmer als deinem Bruder. Du hast ihn ans Messer geliefert, genau wie ich das vorhergesehen hatte. Chris führt mich nicht an der Nase herum. Wir arbeiten seit Urzeiten zusammen.«

Patricia war kreideweiß. »Wo ist Ben?« Ihre Stimme war kaum zu hören. »Du hast gesagt, dass wir umdisponieren müssen – und dass er hier zu uns stößt.«

»Er ist tot. Er wollte mich umbringen, also hab ich ihn umgebracht«, sagte Chris Prince eisig. Dann hob er die Waffe über Phils Kopf hinweg und richtete sie auf Tony.

Trotz des Ventilators in der Ecke stand für einen Augenblick die Luft still. Ein Schweißtropfen rann mir den Rücken hinunter.

»Wir wollten das hier gemeinsam machen. Der Deal sollte …«

»Der Deal ist geplatzt«, fiel Chris ihr ins Wort.

»Tot …« Patricia schüttelte den Kopf. Aus ihrem Augenwinkel löste sich eine Träne. Sie sah wieder zu Luke. »Ich verstehe ja, dass Chris Laura loswerden wollte, nachdem sie Informationen an Arthur und womöglich auch an das FBI weitergegeben hatte. Ich hatte gleich das Gefühl, dass mit Arthur etwas nicht stimmte. Ständig hat er so komische Fragen gestellt – hätte ich nur auf mein Bauchgefühl gehört! Aber Ben … Er war dir gegenüber immer loyal, Luke. Er hat nicht …«

Sie biss sich auf die geballte Faust, um nicht laut aufzuschluchzen. Dann riss sie sich wieder zusammen und zeigte in unsere Richtung.

»Und was haben *die* hier zu suchen?«

»Arthur war mir sehr wichtig«, sagte Luke, »und sie waren *ihm* wichtig. Ich wollte wissen, warum.«

Ich holte tief Luft und nahm all meinen Mut zusammen. »Könnten Sie Carole gehen lassen? Sie muss hier nicht sein. Arthur hätte nie zugelassen, dass sie in diese Sache mit hineingezogen würde.«

»Blödsinn. Ich bleibe.« Carole warf mir einen empörten Blick zu.

Phil, der eindeutig das Gefühl hatte, dass die Lage allmählich bedrohlich wurde – immerhin sah Tony aus, als würde er jeden Moment in die Luft gehen –, machte Anstalten aufzustehen.

»Sitzen bleiben!«, blaffte Chris und drückte Phil wieder auf seinen Stuhl. »Er muss erst noch seine Abschiedsrede halten. Damit wir das hier abschließen können.«

»Sie haben ... sie alle umgebracht.« Phil sah nach hinten und funkelte Chris finster an. Wütend presste er die Lippen zusammen, blieb aber sitzen.

»Es reicht«, fauchte Luke und zeigte auf Tony. »Und du setzt dich auch wieder hin! Ich war noch nicht fertig und will Freya und Carole erst noch die ganze Wahrheit über ihren jüngst verstorbenen Freund erzählen. Arthur wusste nämlich, mit wem er es hier zu tun hatte, und ich will, dass die beiden es ebenfalls wissen. Damit ihnen klar ist, dass sie mit ihrer neuen Detektei bei Geschäften des Sammlers besser in die andere Richtung schauen. Dann muss Chris auch nicht einschreiten.

Im vergangenen Frühjahr hat Arthur mich um einen Gefallen gebeten. Freya sollte als Sachverständige auf die Kreuzfahrt geladen werden, und natürlich habe ich Ja gesagt. Er bat darum, ihr Zeit zu geben, sich im Geschäft zu orientieren, und diesen Gefallen wollte ich ihm gern tun. Ich bin jemand, der sein Wort hält. Nur deshalb sind wir jetzt hier.«

Dann sind wir hierhergelotst worden, damit er uns auf Spur bringen kann?!

»Wissen Sie ... Anfangs ging es Arthur immer nur darum, den Schwarzmarkt zu zerschlagen. Immerzu wollte er gestohlene Kunstschätze retten«, höhnte er, »dabei hätte er doch einfach nur die Versicherungsgesellschaften zahlen lassen und sich auf sein kleines Antiquitätenlädchen konzentrieren können. Aber Arthur hatte nun mal Moral. Mehr als einmal hat er auf diese Weise Objekte aufgespürt, die uns gehörten ... Aber das ist inzwischen Jahrzehnte her.«

Luke lächelte mich an, als würde er einem Kind eine Gutenachtgeschichte erzählen.

»Als Arthur in den frühen 2000er-Jahren anfing, für die Metcalfs zu arbeiten, war klar, dass er die Fronten gewechselt hatte. Auch er hatte jetzt die Finger im Schwarzmarkt. Irgendwann nahm Patricia ihn zur Seite und bot ihm an, bei unseren Kreuzfahrten den Auktionator zu geben. Vielleicht glaubte er ja, Patricia wäre der *Sammler* und dass ich für sie arbeiten würde? Oder umgekehrt, wer weiß. Trotzdem hat er mich immer in Ruhe gelassen. Aber Ablenkung ist nun mal die Grundzutat guter Zaubertricks, oder nicht? Jedenfalls war Arthur ein verdammt guter Sachverständiger und Auktionator – deshalb habe ich seinen Erbinnen auch Respekt gezollt und Wort gehalten, als sie an Bord kamen. Ich habe nur darauf gewartet, dass Freya sich einem von uns zu erkennen geben und Arthurs Platz einnehmen würde. Bedauerlicherweise ist das nicht passiert. Und dann ist diese ganze Horde« – er zeigte auf Phil und Carole – »gestern auch noch in meine Kabine eingefallen! Da war mir endgültig klar, dass Sie rein gar nichts wussten.«

»Horde?!« Carole war außer sich. Ihr Stuhl quietschte über den Boden, als sie aufstand und sich vor Luke aufbaute, noch ehe Chris einschreiten konnte. »Wir sind Profis! Meine Nichte ist ...«

Chris schleifte sie zurück an ihren Platz, und schnaubend setzte Carole sich wieder hin.

»Was machst du denn?«, flüsterte ich ihr zu.

Sie reckte ihr Kinn in Richtung der hinteren Ecke, wo Licht durch einen Spalt hereinfiel ... und wo ich ein Gesicht sah. Jemand beobachtete uns, und Carole hatte sicherstellen wollen, dass ich es bemerkte.

49

Die Luft im Restaurant schien regelrecht zu knistern. Kurz herrschte erstickende Stille, als Tony und Chris einander mit Blicken maßen. Luke musterte Carole und mich.

Gut, dass hier niemand rauchte. Ein Funke, und alles wäre explodiert.

Patricia ergriff als Erste wieder das Wort. Sie setzte sich kerzengerade auf und wischte sich die Tränen aus dem Gesicht. »Du täuschst dich in den beiden Frauen. Sie wissen eindeutig zu viel – und ich bin mir fast sicher, dass sie außerdem im Besitz von Arthurs Dossiers sind. Allerdings hab ich getan wie geheißen und sie in Ruhe gelassen – bis ich Freya bei der Auktion erwischt habe und klar war, dass Arthur ihr *alles* erzählt haben muss. Arthur hat sie hier eingeschleust, damit sie die ganze Organisation zu Fall bringt – und nicht, damit sie sich ihr anschließt!« Trotz ihres giftigen Tonfalls rollte erneut eine Träne über ihr Gesicht. »Und Arthur hatte die Informationen von *ihm*.« Sie zeigte auf Chris. »Und du willst, dass er der neue Sammler wird?!«

»Halt den Mund!«, presste Chris zwischen zusammengebissenen Zähnen hervor. »Arthur hat ebenfalls für den Sammler gearbeitet.«

Er versuchte offenkundig, seine Spuren zu verwischen. Aber nach allem, was Phil mir erzählt hatte, war Chris schon weit vor dem Zeitpunkt, da Arthur als Kreuzfahrtauktionator angefangen hatte, dessen Informant gewesen. Allmählich drohte er sich in seinem eigenen Netz aus Intrigen zu verstricken.

»Du irrst dich, meine Liebe«, entgegnete Luke und lächelte Patricia an, auch wenn sein Lächeln nicht bis zu seinen Augen reichte. »Chris hat seine Loyalität schon vor langer Zeit unter Beweis gestellt. Als du damals meine Hilfe brauchtest, um den Diebstahl der Vase aus Griechenland zu arrangieren, die dein Ehemann bekommen sollte, habe ich vorgeschlagen, dass Chris den Transport übernimmt. Wäre er nicht gewesen, wärt ihr, du und dein Mann, an Ort und Stelle vom FBI festgenommen worden, das euch damals schon auf den Fersen war.«

Luke musste gesehen haben, dass ich die Stirn runzelte.

»Damals hatten wir gerade ein besonders ertragreiches Jahr – und davon sollten die Hendersons profitieren. Ist doch immer gut, Vorstandsmitglieder bei Laune zu halten, oder?«

Ich nickte, weil ich nicht recht wusste, was ich dazu sagen sollte oder warum er mir dies alles überhaupt erzählte.

»Allerdings war mir da schon zu Ohren gekommen, dass das FBI Witterung aufgenommen hatte.«

Sein Blick huschte zu Chris, und ich schlussfolgerte, dass der es ihm damals erzählt hatte – weil Chris zweigleisig gefahren war: Er hatte sowohl Ed, Phils einstigen Partner, als auch Arthur mit Informationen versorgt … und zwar, ohne dass Luke davon gewusst hatte.

»Chris«, fuhr Luke fort, »hatte für unser Dilemma eine überaus spannende Lösung parat: das Boot in die Luft jagen und damit den Ermittlungen ein Ende setzen, den leitenden FBI-Ermittler ausschalten, der sich an Bord geschleust hatte, und Arthur überzeugen, die Vase außer Landes zu bringen und für uns zu verstecken. Was ein ziemlich kluger Schachzug war. Außerdem wollte ich sehen, ob Chris es hinbekäme, jemanden wie Arthur davon zu überzeugen, die Vase in Sicherheit zu bringen, statt sie auszuhändigen. Also habe ich zugestimmt. Wenn Arthur die Vase ins Museum zurückgebracht hätte, wäre das für mich kein großer Verlust gewesen. Aber der Plan ging auf, genau wie Chris es sich zurechtgelegt hatte. In meinem Ansehen ist er damit sehr gestiegen.« Luke blickte regelrecht stolz drein.

Das war meine Chance. Ich fing Phils Blick auf und signalisierte ihm tonlos: *Spiel mit!*

Er runzelte die Stirn, trotzdem hoffte ich, dass ihm die Verwirrung, für die ich gleich sorgen würde, Zeit verschaffen würde, um sich aus der Schusslinie zu bringen.

»Aber in einem hat Patricia recht«, warf ich ein. »Chris *war* FBI-Informant. Außerdem hat er Arthur Informationen zum Transport der Vase und anderer gestohlener Kunstschätze zugespielt, lange bevor Arthur anfing, sich ebenfalls auf dem Schwarzmarkt umzusehen.« Es war an der Zeit für eine Notlüge. »Das hat Arthur mir gesagt, und genau deshalb ist Phil ebenfalls hier ... weil Chris auch sein Informant war.«

Phil klappte den Mund auf und sah mich schockiert an. Ich warf ihm einen eindringlichen Blick zu, damit er mitspielte, und er setzte sich aufrecht hin. Wir mussten so viel Misstrauen wie nur möglich säen, um die Gruppe zu spalten.

»Das stimmt«, sagte er zögerlich. »Chris war erst der Informant meines Partners ... und dann meiner.«

»Wie bitte?«, fauchte Chris. »Nie im Leben!« Er presste den Lauf seiner Waffe gegen Phils Hinterkopf, und Carole krallte sich mit schreckgeweiteten Augen in meinen Arm.

Sind wir zu weit gegangen?

Im selben Moment zog auch Mark eine Waffe. »Du warst die ganze Zeit über ein Maulwurf?«

»Jetzt mal ganz ruhig«, ging Luke dazwischen. Trotzdem huschte ein Schatten über sein Gesicht, als er Chris musterte.

Zumindest denkt er über das nach, was wir gerade behauptet haben!

»Hör zu.« Panik hatte sich in Chris' Stimme geschlichen. Er schwenkte die Waffe über die ganze Tischrunde. »Ich hab überhaupt erst mit Arthur gesprochen, *nachdem* ich die Bombe auf dem Schiff platziert hatte – aber das wisst ihr doch längst. Der einzige Grund, warum ich mich später wieder an ihn gewandt habe, war dein Befehl, Luke, die Vase zurückzuholen.« Er versuchte eindeutig, ruhig zu bleiben, doch die Waffe in seiner Hand zitterte. »Ich bin der beste Kandidat für den Posten des Sammlers. Ich habe ein ums andere Mal unter Beweis gestellt, wozu ich imstande bin. Die wollen doch nur einen Keil zwischen uns treiben!«

Luke saß wie erstarrt da. »Interessante Entwicklung ... Manchmal muss man sein Gegenüber eben auf die Probe stellen. Sehen, wo die Loyalitäten wirklich liegen. Als ich beschlossen habe, mich zurückzuziehen, wusste ich, dass es an der Zeit wäre für eine weitere Loyalitätsprobe. Ich habe dir und Ben die gleiche Aufgabe gestellt: Ihr solltet den berüchtigten Arthur Crockleford unter Druck setzen und herausfinden, was er wusste.« Luke griff erneut zu seinem Wasserglas. »Und am Ende überlebt nun mal nur der Stärkste.«

»Es ist längst Zeit, dass du zurücktrittst«, sagte Chris. »Außerdem hast du mir versprochen ...«

Ich spähte erneut zu dem Spalt zwischen den Stoffbahnen. Wer immer dort gestanden hatte, war wieder weg.

Doch während ich kurz abgelenkt gewesen war, war Tony aufgesprungen und schnellte quer über den Tisch auf Chris zu. »Du Verräter! Ich hab dir gesagt, wo du Ben treffen sollst – und du hast die ganze Zeit für das FBI gearbeitet …«

Der morsche Tisch brach unter Tonys Gewicht zusammen, und Sally, Jenny und Archie machten einen Satz nach hinten. Carole kippte seitwärts von ihrem Stuhl, und ich streckte die Hand aus, um ihr hochzuhelfen. Mein Herz hämmerte in meiner Brust. Wir mussten sofort von hier weg!

Phils und meine Flunkerei hatte den Funken gezündet, und jetzt herrschte im Restaurant das reinste Chaos.

Tony kraxelte wutschnaubend über die Überreste des Tisches hinweg und schwang die Fäuste.

Chris wich dem ersten Schlag aus und landete seinerseits einen Hieb in Tonys Rippen. »Du hast deinen eigenen Bruder geopfert! Was hast du denn gedacht, was passieren würde, als du mir gesagt hast, Patricia schickt ihn mir ins Museum hinterher?«

Er landete einen Treffer in Tonys Nieren, und Tony krümmte sich ächzend zusammen.

Im selben Moment stürzte Phil sich auf Chris. Mit einer einzigen behänden Bewegung entriss er ihm die Waffe, allerdings erwischte Chris ihn noch mit der Faust im Gesicht.

Ich packte Carole am Arm. »Rückzug!«

Draußen vor dem Restaurant waren Schritte zu hören.

Phil hieb die Faust in Chris' Rippen.

Luke trat zurück und klopfte sich Staub vom Sakko. »Gehen wir«, sagte er zu Mark.

»Halt!«, brüllte Patricia, der Tränen über die Wangen strömten. »Ich ertrage das alles nicht! Tony … Warum hast du Chris das mit Ben gesagt?«

Tony versuchte, sich aufzurichten.

»Warum Chris? Warum nicht der Familie?«

Als ich mich umsah, schlüpften Jenny, Archie und Sally gerade zwischen den rückwärtigen Stoffbahnen hindurch.

Phil warf mir einen Blick zu. »Raus hier!«

Dann sah er zwischen Luke – der ebenfalls abhauen wollte – und Chris hin und her, der vor ihm am Boden lag. Ich ahnte, dass ihm die Entscheidung nicht schwerfiel: Immerhin war Chris derjenige, der Ed, Laura und viele andere auf dem Gewissen hatte.

»Sie gehen nirgendshin«, presste Phil zwischen zusammengebissenen Zähnen hervor.

Luke schlug die Stoffbahn im hinteren Teil des Restaurants zur Seite, und die gleißende jordanische Sonne erhellte den Innenraum. Er warf mir noch einen letzten Blick zu. »Ich habe Arthur mein Wort gegeben, dass Sie nicht zu Schaden kommen – aber wenn Sie dem Sammler das nächste Mal in die Quere kommen, dürfte das anders ausgehen.«

Hinter ihm sah ich, wie mehrere uniformierte Männer auf das Restaurant zuliefen.

Tony kam nur mit Mühe und mit Patricias Hilfe auf die Beine. »Er … Er darf nicht der neue Sammler werden!«

Patricia sah Luke hasserfüllt an. »Wird er auch nicht. Wir stimmen dagegen.« Doch dann dämmerte es ihr. »Wir sind gar nicht hier, um abzustimmen, oder? Du wolltest die beiden von Anfang an hierhaben«, sagte sie und zeigte auf Carole und mich, »um uns andere aus dem Weg zu räumen!«

»Die Zeiten ändern sich, meine Liebe. Das ist doch der Sinn und Zweck einer Nachfolge – weg mit den Alten, rein mit den Neuen. Nur so konnte der Posten des Sammlers so lange aufrechterhalten werden. Als Chris mir erklärt hat, wie er sich das vorstellt, hab ich natürlich helfen wollen …«

Das hier ist von A bis Z ein abgekartetes Spiel. Luke hat Chris von Anfang an zu seinem Nachfolger bestimmt, und das Treffen sollte nur dazu dienen, den alten Vorstand loszuwerden und Chris den neuen bestimmen zu lassen, sofern er nicht ohnehin allein weitermachen will. Und so wie er Bella und Tony behandelt hat, scheint er wirklich nicht gern zu teilen …

Phil riss Chris' Waffe hoch und hielt sie drohend in die Luft. Alle erstarrten, doch dann fiel Licht durch den Vordereingang. Bella – verkleidet als alte, grauhaarige Frau mit Krückstock – trat ein.

»Scheint so, als käme ich gerade rechtzeitig.« Sie warf einen Blick über ihre Schulter und lächelte, als gut zwanzig, wenn nicht dreißig jordanische Polizisten das Restaurant umstellten und ihre Waffen in den Anschlag nahmen. »Tut mir leid, dass ich erst jetzt komme. Hat ein bisschen gedauert, alle zusammenzutrommeln.«

Luke, Mark und Sally, die bereits am Hinterausgang standen, waren die Ersten, die festgenommen wurden.

»Waren Sie das, die uns beobachtet hat?«, fragte ich, und Erleichterung machte sich in mir breit. »Sie haben die Polizei alarmiert …«

Bella schlenderte auf Carole zu und sah sie anerkennend an. »Nur gut, dass Carole überall heraussticht. Und ich wusste, dass Phil die hiesigen Behörden informiert hatte. Könnte sein, dass ich behauptet habe, dass ich mit ihm zusammenarbeite …«

Phil schnaubte ungläubig.

»Schätzchen, meine Bewunderung für Sie kennt keine Grenzen.« Carole umarmte Bella kurz. Sie sah ein wenig mitgenommen aus, doch dann klopfte sie sich den Staub von ihrem roten Oberteil und schnippte sich die Haare aus dem Gesicht. »Danke, dass Sie uns zu Hilfe geeilt sind. Wir geben ein echt tolles Team ab!«

Bella zwinkerte mir zu. Als ihr Blick an Chris hängen blieb, dem Phil die Arme auf den Rücken gedreht hatte, verdüsterte sich ihr Blick.

»Viel Spaß im jordanischen Knast«, fauchte sie ihm entgegen, als die jordanische Polizei auch schon das Restaurant stürmte.

*

Phil brauchte geschlagene vier Stunden, um seinen jordanischen Kollegen zu erklären, dass Bella, Carole und ich nicht in illegale Machenschaften verwickelt waren. Bella hatte einem der bewaffneten Polizisten Chris sogar noch in die Arme geschubst, als sie das Lokal gestürmt hatten.

Sie wäre als Nachfolgerin eindeutig besser geeignet gewesen, schoss es mir durch den Kopf.

Alle, die an diesem Nachmittag an diesem Tisch gesessen hatten, waren festgenommen und nach Amman gebracht worden.

Auf dem Weg zurück nach Petra bat ich den Polizisten, der für uns abgestellt worden war, Skys E-Mail für mich abzurufen. Sie enthielt das Foto eines Dokuments, und als wir es groß zoomten, war klar, dass wir Infos zu den britischen Aktivitäten des Sammlers würden beisteuern können – und wirklich alles verwies auf Chris. Nachdem Patricia nun wusste, dass der Tod ihres Neffen Ben Wells mittelbar auf Lukes Rechnung gegangen war, der Chris auf die Probe hatte stellen wollen, erklärte Patricia sich bereit, mit den Ermittlern einen Deal auszuhandeln.

Anhand ihrer neuen Erkenntnisse leiteten Interpol und das FBI weitere Ermittlungen in all den Fällen ein, in denen der Sammler seine Finger im Spiel gehabt hatte. Sloane Clarke, die FBI-Agentin, die Monate zuvor den Sammler überhaupt erst wieder zur Sprache gebracht hatte, wurde mit der Ermittlungsleitung betraut. Sie nahm sich zuallererst den Mord an Laura vor und sorgte dafür, dass deren sterbliche Überreste an die Familie in Australien überstellt wurden. Ihr großer Durchbruch bestand darin, dass sie Chris dazu brachte, die Adresse von Lukes Rückzugsort im englischen Oxfordshire preiszugeben. Die Abteilung für Kunst- und Antikenkriminalität bei Scotland Yard stürmte das Haus und stellte neben zahlreichen höchst spannenden Gegenständen unter anderem die Shakespeare-Erstausgabe sicher, deren Diebstahl anscheinend ebenfalls auf das Konto des Sammlers gegangen war.

Phil nahm sich ein paar wohlverdiente Tage frei, und Bella … Tja. Bella würde, da war ich mir sicher, eines schönen Tages bei mir auftauchen und Einblick in Arthurs drittes Dossier einfordern.

50

Crockleford Antiques

Eine Woche später

Der eisige Novemberwind pfiff durch das undichte Ladenfenster. Weil die Heizung gegen die Kälte nicht ankam, hatten wir Mäntel an.

Carole hatte Phil aufgefordert, Stühle zusammenzusuchen und in einen Halbkreis vor den Tisch am Schaufenster zu stellen. Zwei Stühle waren schon von Carole und Sky besetzt. Carole schenkte Tee aus.

Ich stand vor dem Gemälde des brennenden Schiffes, das wir auf eine Staffelei auf Arthurs Schreibtisch gestellt hatten, und Phil stellte sich zu mir.

»Betty wollte, dass es bei uns bleibt, bis das Lowestoft Maritime Museum im Frühjahr wieder öffnet«, erklärte ich.

Betty war offenbar der Meinung gewesen, dass es als einziges gestohlenes Exponat das wohl wertvollste im ganzen Museum sein müsse, und da durfte es natürlich nicht über den Winter dort hängen, sondern musste rund um die Uhr bewacht werden. Den Gefallen tat ich ihr gern. Ich mochte das Bild. Es gab mir das Gefühl, dass Arthur immer noch ganz in der Nähe war.

Ohne den Blick von dem Gemälde abzuwenden, fuhr ich fort: »Arthur hat unter das Foto des Bildes geschrieben: *Was das Feuer nicht zerstört, härtet es.* Ein Zitat aus *Das Bildnis des Dorian Gray.* Glauben Sie, er wollte uns damit etwas sagen?« Ich sah zu ihm hoch. »Wir sind beide in der Vergangenheit mit verheerenden Feuern in Berührung gekommen. Womöglich hat Arthur das damit gemeint? Sie haben jetzt Gerechtigkeit für Ihren Partner …«

»Das stimmt. Und Sie haben erfolgreich Ihren ersten eigenen Fall gelöst.«

Er schien noch mehr sagen zu wollen, tat es aber nicht.

Schweigend betrachteten wir das Gemälde.

Danke, Arthur.

»Wenn Arthur uns gerade sehen könnte, wäre er hellauf begeistert.« Carole kam auf uns zugeschlendert und hakte sich bei uns beiden unter. »Ich bin wahnsinnig stolz auf euch. Und er wäre es ebenfalls – auch wenn ich mich immer noch frage, warum Arthur eine unschätzbar wertvolle Vase in meinem alten Koffer versteckt hat.«

Als wir nach Hause gekommen waren, war ich auf direktem Wege zu Caroles Schrankkoffer in unserer Abstellkammer gelaufen. Darin hatte tatsächlich die Ming-Vase gelegen – samt der Akte, die Arthur und ich einst von der Versicherungsgesellschaft bekommen hatten. Mehr brauchten wir nicht, um die Vase zu identifizieren und sie ihrem rechtmäßigen Besitzer, dem griechischen Museum, zu überstellen.

»Betty war überglücklich«, bemerkte Carole, »als du sie angerufen hast, um ihr mitzuteilen, dass wir das Gemälde aufgespürt haben.«

Phil sah mich an. »Dieses Gemälde war ein entscheidendes Puzzleteil. Allerdings führte es letztlich bloß zu der Malerin und dem Foto Ihres Koffers. Vermutlich hatte Arthur die Vase zuvor zwanzig Jahre lang im Museum verwahrt. Erst als ihm gedämmert hat, dass Chris sie dort vielleicht finden würde, hat er sie abgeholt und im Museum nur den Hinweis darauf deponiert.«

Carole schob uns auf die Stühle am Fenster zu, und wir setzten uns.

Phil zog das zweite Dossier heran und schlug es auf. Ich war mir nicht sicher, ob Arthur es gutgeheißen hätte, dass ich die Infos darin mit Phil teilte; trotzdem war in mir die Erkenntnis gereift, dass unser Erbe nicht in dem bestehen durfte, was er mutmaßlich gedacht hätte, sondern darin, was wir daraus machten. Und ich wollte Arthurs Erbe nicht allein schultern müssen – es wäre zu schwer für mich gewesen. Wenn ich je all die Kunstgegenstände aufspüren wollte, die Arthur aufgelistet hatte, brauchte ich Verbündete.

Ob dies sich als Fehler entpuppte, würde die Zeit weisen.

Draußen vor dem Fenster kämpfte eine Frau gegen den Wind an. Die Bommel an ihrer Mütze wippte auf und ab, als sie sich auf unsere Ladentür zukämpfte. Dann schlug die Tür auf, und Bella musste sie mit einiger Kraft wieder zudrücken.

»Sie feiern ohne mich, na, das ist ja erfreulich …« Sie warf einen Blick auf den Tisch. »Ist Tee wirklich das Beste, was Sie zu bieten haben?« Sie zog eine Flasche Champagner aus ihrer Tasche. »Ich wäre eher hierfür.«

»Nachdem wir freigelassen wurden, waren Sie weg. Wir wollten bereits da auf unseren Erfolg anstoßen, aber …«

»Ich wollte lieber nicht bleiben. Die Polizei ist mir suspekt.« Ihr Blick blieb an dem Dossier in Phils Händen hängen. »Ich nehme an, das ist meins?« Sie sah mir ins Gesicht. »Wir hatten einen Deal – und Sie geben es einfach Ihrem Lover Boy?!«

Ich brach in Gelächter aus, und Phil errötete.

»Bella, Sie wissen genau, dass er nicht mein Lover Boy ist – und das dort ist auch nicht das Dossier, auf das Sie es abgesehen haben.«

Bella zuckte mit den Schultern. »Dann gibt es mehrere davon?«

Ich antwortete nicht. Vielleicht war selektive Wahrheit auch eine Lösung.

Das dritte Dossier lag auf Arthurs Schreibtisch. Von den anderen, die an unterschiedlichen Stellen im Laden sorgsam versteckt waren, wusste Bella nichts.

Ich stand auf und ging es für sie holen.

»Ich halte das immer noch für keine gute Idee«, mischte Phil sich ein.

»Freya schon«, konterte Bella und ließ das Dossier nicht mehr aus den Augen. »Da drin sind die Kunstschätze und Antiquitäten aufgelistet, die in einem schottischen Schloss lagern sollen. Arthur hat nie herausgefunden, in welchem genau, aber den Hinweisen zufolge, die er hinterlassen hat, kommen eigentlich bloß vier Schlösser infrage. Ich muss nur noch herausfinden, welches davon es ist.«

»*Wir*«, korrigierte ich sie.

»Meinetwegen. *Wir*. Aber jetzt trinken wir erst was.«

Ich war bereits in Richtung Küche gegangen, um Gläser zu holen, als ich mich noch einmal umdrehte und sie alle lächeln sah, als hätten sie sich auf ein gemeinsames Ziel geeinigt. Dass ich Phil, Bella und Sky von Arthurs geheimen Dossiers erzählt hatte, fühlte sich für mich richtig an. In Kombination würden unsere verschiedenen Kenntnisse und Fähigkeiten die Detektei Lockwood auf ein ganz neues Level heben.

Bevor wir zu der Kreuzfahrt aufgebrochen waren, hätte ich das nie erwartet. Da hatte ich alles allein machen und mich beweisen wollen. Das war jetzt anders, und ich hoffte, Arthur hätte es für mich genau so gewollt. Nachdem er so lange verdeckt ermittelt hatte, hatte er gar keine andere Wahl gehabt, als gewisse Leute zu deren Schutz außen vor zu lassen. Ich hingegen hatte die Chance, es anders zu machen und eine neue Detektei mit einer neuen Firmenphilosophie zu gründen.

Ich öffnete den Geschirrschrank und nahm die Sektflöten heraus. Phil war mir nachgegangen und lehnte am Türrahmen. »Sollen wir jetzt das Gespräch führen?«

Ich sah ihn verdattert an. »Was denn für ein …?«

»Ich hätte gern, dass Sie … dass du … dass deine Detektei das FBI berät und unterstützt.«

Damit hatte ich nicht gerechnet.

»Als … bezahlte Beraterin?«

Er grinste. »Wir beschäftigen unsere Beraterinnen und Berater normalerweise nicht gratis. Aber falls dir das lieber ist …«

»Nein! Ich meine – ja! Ich würde wahnsinnig gern als Beraterin arbeiten! Natürlich!«

»Dann lasse ich die Verträge ausstellen.« Er beugte sich zu mir vor. »Aber dann werde ich *sämtliche Dossiers* einsehen müssen.«

»Was für … *sämtliche Dossiers*?«

Kopfschüttelnd, aber immer noch schmunzelnd verließ er die Küche.

Den restlichen Nachmittag beugten wir uns abwechselnd über das Dossier und wägten verschiedenste Optionen ab. Wir lauschten Caroles Erzählungen über die guten alten Zeiten mit Arthur in diversen schottischen Schlössern – und ausführlichen Schilderungen eines Techtelmechtels, das sie in den Achtzigern mal mit einem echten Schlossherrn gehabt hatte.

In diesem Moment – umgeben von den Menschen, denen ich die Wahrheit über die Dossiers anvertraut hatte – war mir bewusster denn je, dass ich an der Schwelle zu etwas stand, was mein Leben verändern würde. Ich musste nur endlich aufhören, an mir zu zweifeln. Ich musste meinen Instinkten trauen und dorthin gehen, wo sie mich hinführten.

Die Antiquitätenwelt hatte ja keine Ahnung, was ihr damit bevorstand.

DANKSAGUNG

Dieses Buch entstand inmitten eines emotionalen Wirbelsturms. Dass mein Debütroman gerade in die Welt hinausgeweht worden war, dass ich bei Veranstaltungen auf meine Leserinnen und Leser traf und sowohl online als auch im echten Leben neue Bücherfreundinnen und -freunde kennenlernte, war für mich der wahr gewordene Traum. Gleichzeitig musste ich mit dem niederschmetternden Tod meiner Mutter klarkommen. Eigentlich war geplant gewesen, dass wir diese Bücher zusammen schreiben würden. Dass es nun anders kommen sollte, war für mich schwer zu verkraften. Diese beiden Extreme haben dazu geführt, dass dieses Buch ein Kampf war, und es würde heute nicht vorliegen, wenn ich nicht die Hilfe und Ermutigung der folgenden Menschen gehabt hätte.

An meine Lektorinnen Francesca Pathak bei Pan Macmillan, Kaitlin Olson von Atria und Adrienne Kerr von Simon & Schuster in Kanada: Ein riesiges Dankeschön für alles, was ihr im vergangenen Jahr für mich getan habt. Es heißt ja gern, dass ein ganzes Dorf nötig ist, um ein Buch zu veröffentlichen, aber dieses hier hätte ohne euren außerordentlichen Lektorinneneinsatz nie im Leben das Licht der Welt erblickt. Ich weiß eure harte Arbeit bis hin zur Deadline unendlich zu schätzen.

Ihr habt mir im vergangenen Jahr überdies das Vergnügen beschert, mit einigen fantastischen Teams zusammenzuarbeiten, die dazu beigetragen haben, dass aus einem Manuskript ein fertiges Buch geworden ist. Mein Dank gilt Lucy Hale, Christine Jones, Stuart Dwyer, Claire Evans, Leanne Williams, Alex Coward, Becca Souster, Laura Marlow, Becky Lushey, Josie Turner, Laura Sherlock, Grace Rhodes, Emma Harrow und James Annal – für das wieder mal fantastische Originalcover –, Emily Sumner und überhaupt dem erweiterten Pan-Macmillan-Team.

Danke an Gena Lanzi, Dayna Johnson, Morgan Pager und Ifeoma Anyoku von Atria sowie Mackenzie Croft und Cayley Pimental von Simon & Schuster Canada.

Wie immer geht ein riesiges Dankeschön an meine Agentin Hannah Todd – die Erste, die an mich und an meine Serie geglaubt hat und ohne deren Hinweise nie irgendwas daraus geworden wäre –, an Elinor Davies und Valentina Paulmichl bei der Madeleine Milburn Literary Agency sowie ans komplette Team der Agentur.

Schreiben kann eine einsame Sache sein, deshalb ist einer der besten Ratschläge, die man bislang unveröffentlichten Autorinnen und Autorin mit auf den Weg geben kann: Sucht euch eine Schreibgruppe! Hier ist meine, aus der mittlerweile Freundschaften erwachsen sind, und ich danke euch allen von Herzen für eure Unterstützung, Anfeuerung und euren weisen Rat: Ali Clack, Tania Tay, Annette Caseley, K. C. Collinson, Catherine Whitmore, Kate Poels, Annaliese Avery, Karen Ball, Karen Minto, Alison Penny, Lui Sit und die Totleigh-Bees-Schreibgruppe, Tricia Gilby, Katy Hays, Jessa Maxwell, Veronica Henry, Sophia Bennett, Katy Watson, Ellory Lloyd, Eve Chase, Lucie Whitehouse, Celeste Connally, Hannah Brennan, Jessica Bull, Kristin Perrin, Orlando Murrin und Alex Hay.

An Billy, meinen Ehemann, und meine Kinder, Aria

und Leo: Danke für euren unerschütterlichen Glauben an mich und meine Autorinnenschaft. Ohne euch wäre dies alles nicht möglich gewesen. Danke an Clare Flaxen, Katy Hayward, Kat Taylor, Liz Kurr, meine Geschwister Samantha, Tanya, Tasha, Kirsty und Tom, meinen Stiefvater John Wainwright und Frances Howard-Brown, die all ihre Freunde dazu gebracht haben, mein Buch zu kaufen.

Danke, Olga Cree, die die weltbesten Aquarelle zu meinen Büchern gemalt hat, aus denen wiederum Lesezeichen und Poster geworden sind – das ist wahre kreative Magie.

An all die Buchblogger*innen und Influencer*innen, die über meine Bücher sprechen: Ich freue mich riesig, online und bei Veranstaltungen mit euch zusammenzutreffen. Danke für eure ermutigenden Worte! Mein Buch hätte ohne euch nie im Leben in die Hände so vieler Leserinnen und Leser gefunden.

Ein besonderer Dank gilt all den Bibliothekar*innen, Buchhändler*innen und Festivalteams in East Anglia, die sich beide Beine ausgerissen haben, um eine Autorin aus der Region zu unterstützen, allen voran Andrew bei Dial Lance Books in Ipswich, Kate bei Harris and Harris, Jo bei Red Lion und all »meine« Waterstones-Buchhändler*innen, besonders Grace aus Sudbury, Jem aus Ipswich, Alison aus Lowestoft und Clive aus Colchester, die mich anlässlich von Lesungen und Signierstunden mit offenen Armen empfangen und tatkräftig unterstützt haben. Ich bin euch allen wahnsinnig dankbar.

Und Ihnen natürlich, liebe Leserin und lieber Leser: Danke fürs Lesen!

Mehr über mich und meine Bücher finden Sie auf www.clmillerauthor.com

Cara X